# 丽江风华

中国纪实文学研究会　编

中国文联出版社

图书在版编目（ＣＩＰ）数据

丽江风华 / 中国纪实文学研究会编. -- 北京 ：中国文联出版社, 2022.10
ISBN 978-7-5190-4946-1

Ⅰ. ①丽… Ⅱ. ①中… Ⅲ. ①散文集－中国－当代 Ⅳ. ①I267

中国版本图书馆 CIP 数据核字(2022)第 183661 号

编　　者　中国纪实文学研究会
责任编辑　苏晶
责任校对　翟文静
装帧设计　赵敏

出版发行　中国文联出版社有限公司
社　　址　北京市朝阳区农展馆南里 10 号　　邮编　100125
电　　话　010-85923025（发行部）　010-85923091（总编室）
经　　销　全国新华书店等
印　　刷　涿州市荣升新创印刷有限公司

开　　本　710 毫米 x 1000 毫米　1/16
印　　张　26
字　　数　320 千字
版　　次　2022 年 10 月第 1 版第 1 次印刷
定　　价　68.00 元

# 目录

# 序

## 白庚胜

2022年新岁伊始，以刘守家先生为团长的中国纪实文学研究会采风团，便乘新冠病毒稍衰间隙，应丽江市委、市政府之邀，前去玉龙山下、金沙江畔深入生活，并报道丽江这个名满当今中国乃至全球的历史文化遗产富集之地、生态文明首善之区、民族团结大乐园、文化旅游创始地的生命律动与发展变化。而这是我于三年前响应丽江市委崔茂虎书记、丽江市政府郑艺市长、丽江市委宣传部何玉兰部长之托所组织策划的“文学名家写丽江”系列活动之一个部分。

由于得到丽江市委、市政府的精心安排，以及采访地干部群众的大力配合，更加上刘守家、陈政举、朱金平、杨易峰、王科、刘凤龙、赵宴彪、尹超等团员于丽江自然人文深切的爱，对纳西等各族人民及其文化的无比礼敬，短短五天的时间就基本达到了初定的目标，拥有了许许多多的收获。一场触及灵魂的精神旅行，一次深入透彻的丽江审美，一批质量上乘的作品收获，同时带动了本土作家的成长，启发了现场创作的自觉，坚定了现实主义的方向，密切了名会、名刊、名作家与土地、边疆、生产、现实、多民族生活的联系，用文学的形式，进一步改善了丽江的形象，弘扬了丽江的底气、正气、浩气，给予文化旅游方兴未艾的丽江以激情、想象力、创造性，特别是满满的文化自信、文化自尊、文化自豪，以及不可估量的社会、经济、文化、审美效应。

采访归来，在刘守家团长的主持下，中国纪实文学研究会马不停蹄，立即着手编辑《中国纪实文学》丽江特刊，并在此基础之上精选这部专集，还扩容收入了一些叶梅、刘志军等北京及昆明，尤其是丽江作家的部分作品，使《丽江风华》灿然生辉、异常丰富、别样精彩。当然，限于容量、专业、体裁、题材的原因，一些非文学性的、非纪实性的、自传性的作品只能割爱，以令本集比之特刊更加凝练、集约。我想，对于这种处理，有关作者是会从容对待、会心接受的。

在遗憾于自己因参加全国政协有关活动而未能参加此次活动之余，我要衷心感谢崔书记、郑市长、何部长的是：这样大规模、高端的文学采风是丽江历史上的第一次，而且成效是如此显著。你们不愧是丽江人文精神建设的旗手；我感激于我的团队的是：你们用元气、精气、灵气感知丽江、张扬丽江、勉励丽江，你们及其作品都永恒了，你们永在丽江山水间、田野里、人民中；我要与家乡文友们共勉的是，你们完全可以也应该坚守本土，同时联通全国、网络天下，在与文学名家的交往、交流、交融中提高修养、拓展境界、守正创新、攀登高峰，为故乡的光荣与梦想，以及中国文学的繁荣、世界文学的进步做出自己特殊的贡献。

是为序。

（白庚胜，男，纳西族，中共党员，博士后。全国政协常委，中国作家协会副主席，中国纪实文学研究会会长。著名作家，创作颇丰，著有孙淑玲主编的《白庚胜文集》50 卷，主编有类书、丛书 40 余种近 10000 卷）

2022 年 3 月 27 日

# 人文风物冠南国　神话天堂看丽江

## 刘守家

人都说桂林山水甲天下，我要说丽江山水冠南国。这么说，其实一点也不为过。它那壮美的自然景观、独特的人文底蕴，它那久远的历史渊源、神秘的民族风情，叫每一个游人无不啧啧称羡，流连忘返。而今，多少人驻足丽江，心潮难抑，为它写下发自内心的诗句："边陲古城气势雄，遍布名胜醉春风"，说丽江遍地名胜，并非虚誉；"玉龙卧雪秋寒早，为访幽境踏栈行"，玉龙幽境，引无数游人心旌摇动，遐思不已；"白云朵朵树上挂，溪流汩汩山涧淌"，白云溪流，已成为丽江标志性"背景"；"水流双车转，桥小百座横。故道茶马远，古柳又新春"，小桥流水，茶马古道，撩文人墨客之诗兴，牵探胜思古之幽情；"古城夜空茶酒香，游人如织赛马帮"，古城不独风光奇绝，其美食佳肴、茶酒文化也声名远播；"玉龙雪峰白云飞，蓝月湖波翠如翡"，玉龙雪峰映衬之下的山光湖色，源自天然，声闻四海；"翠色山峦下，商居掩古城"，丽江无处不古，无处不美，自然之美加上人工雕饰之美，二者如璞如玉，浑然契合……游丽江，访玉龙，品雪韵，赏湖山，探幽境，醉风情，听古歌，享美食，是无数游人情牵神往的梦想。

好一个"神话天堂，大美丽江"！难怪军旅作家陈政举，在他金秋时节寻访丽江的文章"题记"中激情满怀地赋诗盛赞：

秋山秋水秋气爽，秋分秋收秋满仓。  
秋时秋光秋美景，秋红秋枫秋盛装。  
秋枝秋叶秋草香，秋星秋月秋重阳。  
秋韵秋味秋饱尝，秋诗秋词秋乐章。

奇绝、丽江之惊艳，又怎一个“秋”字了得?

“一年一度秋风劲”，此刻的丽江，可谓“不似春光，胜似春光”，而其景其情其韵，不似人力，更似天工。难怪作家秋游丽江，赞不绝口，连用二十四个“秋”字盛赞其秋色。然而，丽江之大美、丽江之奇绝、丽江之惊艳，又怎一个“秋”字了得?

云南有句广告语叫“彩云之南”，以此概括云南美轮美奂的风韵，我以为，这四个字神妙得很，那是一种无法用辞藻去形容的大美，近乎玄虚，近乎仙幻，古人所虚拟的“蓬莱三岛”，或许可比拟云南丽江的胜境吧。

宋代词人赵以夫在他的《摸鱼儿·古城阴》中吟道，“古城阴，一川新浸，天然尘外幽绝。谁家幻出千机锦，疑是蕊仙云织。”他所咏古城是西湖，不是丽江，此古城非彼古城，但同样是“天然尘外幽绝”，相信词人若亲临丽江古城，必定大发游兴，且必定会沉浸于丽江胜景，进而“碧筒满注，共作醉乡客”。你看，就连明代著名地理学家徐霞客也与丽江结下不解之缘。崇祯十二年，年过五旬的徐霞客游历至丽江，受到土司木增的盛情接待。壮丽雄奇的金沙江和玉龙雪山，令徐霞客无比神往。在丽江期间，徐霞客在日记中详细记录了纳西族聚居地的生活状况、民族关系、礼仪习俗及气候、物产、景物等，为后人留下了宝贵的资料。他在土司木增的居所“木府”，被这座宏丽的建筑所震撼——这不就是丽江古城的“紫禁城”么！尤其是那座“接风楼”，更叫徐霞客惊叹连连，他在《滇游日记》中盛赞该楼“宫室之丽，拟于王者”。木氏土司家族历经元、明、清三个朝代，鼎盛时期木府占地一百多亩，有近百座建筑，是八百年来大研古城的心脏所在。流连期间，徐霞客与土司木增接谈甚欢，二人话沧桑往事，叙遗风流韵，常常是，把酒吟歌，“不知东方之既白”，留下一段兄弟民族之间的友谊佳话……

令人沉醉的丽江，冠绝天下，成为古今游人心目中的“圣地”。我们中国纪实文学作家采风团一行八人秋日赴丽江调研采风，完成任务之余，也饱览了丽江山水与风物，一圆多年梦想。秋天的丽江，将我们双眼和心底涂抹上层层色彩：领略“潦水尽而寒潭清，烟光凝而暮山紫”，尽赏“落霞与孤鹜齐飞，秋水共长天一色”，吟味“层峦耸翠”、“飞阁流丹”，驻听“渔舟唱晚”、“雁阵惊寒”，感叹“物华天宝”、“人杰地灵”，几乎是将唐代才子王勃的《滕王阁序》在此亲身“重温”了一回。那滋味，仿佛饮了三杯醇醪，飘飘欲醉。

游丽江，访古城，不能不探究它的前世今生。丽江，又名大研，与四川阆中、山西平遥、安徽歙县并称为“保存最为完好的四大古城”。其民族主体为纳西族。它不仅是国家5A级旅游景区，还是一个整体入选世界文化遗产的古城。追溯纳西族历史，其先祖则是久居边邑的羌人。南北朝时期，这些游牧的羌人先是向南迁徙到岷江上游，又逐渐向西南迁徙至四川省西部的雅砻江流域，再继续西迁至云南境内的金沙江上游沿岸一带及丽江等地，最后便在这一带地区定居了下来，形成了纳西族。元朝时期，丽江第一次纳入中央王朝的版图，极大地提高了纳西族在周边民族中的政治地位。纳西先民各部落也在这一时期走向了统一，形成了独立的民族。明朝时期，明王朝大力扶持木氏土司进行地方治理，纳西族在吸收白、藏等民族的文化精华时，也接受了中原汉文化的滋养，因而促进了纳西族地区的历史发展进程。清朝时期，丽江实行“改土归流”，地方经济得到迅速发展，手工业也渐趋繁盛，丽江古城的格局最终形成，成为纳西族地区政治、经济、文化中心。中华人民共和国成立后，纳西族的历史由此开启一个新纪元。

人们羡慕那里的自然环境，“家家通流水，户户垂杨柳”，恍若仙境一般。但丽江古城不独有丰饶的自然资源，它的人文气息也相当浓烈而醇厚。古城“风水”极佳。西有狮子山，北有象山、金虹山，背西北而向东南，避开了雪山寒气，接引东南暖风，藏风聚气，占尽地利之便。丽江的建筑全为古朴的院落民居，房屋构造简单而不简陋，粗犷而不粗俗，其庭院布局和屋舍装饰都极其精美繁复，浑然和谐，合乎古人崇尚的“天人合一”理念，因其丰富的文化内涵、独特的建筑风调而意趣横生，魅力四射。这座古城拥有大片保持明清建筑特色的民居，多为土木结构，“三坊一照壁，四合五天井，走马转角楼”，既讲究结构布局，又追求雕绘装饰，被中外建筑专家誉为“民居博物馆”。

“人人尽说江南好，游人只合江南老”，唐代诗人韦庄迷恋江南，欲老守其间，可说是痴情种子。可丽江也不逊江南水乡，曾引得无数人痴情迷恋。古城中有一条四方街，就是一处不可错过的人文景点，它地处古城的中心，历史上的四方街即为茶马古道的中转枢纽，尤其是明清时期，四方街上商贾云集，人文荟萃，烟火鼎盛，其商业之繁荣，生息之兴旺，风物之特异，无不集一方之美。丽江古城内的街道大多依山傍水而建，铺设的红色角砾岩，雨季不会泥泞，旱季不会飞灰，石上花纹自然雅致，映衬着雪山、蓝天、白云和明媚的阳光，街道与整个古城风调显得相得益彰。在这条街上，你随处可见色彩斑斓的各种民族服饰，而这些服饰也成了靓丽女孩们的最爱。在古城街巷，经常看到穿着造型各异、五彩缤纷民族服饰的女孩在自娱自乐地游走、拍照、寻觅美食。纳西女孩经历过高原日光的曝晒，皮肤没有水乡女子那般细腻白皙，而是带有当地人那种略带苦涩的标志性的“高原红”，然而她们一旦穿上绚丽飘逸的民族服饰，便显得青春妩媚，丽影婀娜，成了丽江古城尤其是四方街一抹流动的风景线。人们常常还可以看到，澄澈明亮的阳光下，步履缓慢的纳西老人悠闲地踱步，看到他们身上的靛蓝色衣帽服饰，叫人似乎忘记了岁月，忘记了尘嚣，心神不禁无忧无虑地徜徉在时间的长河里。

丽江的桥也是一大特色。它不是“金沙水拍云崖暖，大渡桥横铁索寒”一诗中所说的那种险象环生的铁索桥，也不是元代戏曲家马致远笔下的“小桥流水人家，古道西风瘦马”的落寞凄清，而是形制千姿百态、伴着潺潺流水、生动鲜活的一件件艺术品。丽江作为一个依山傍水的古城，东河、西河穿城而过，有河便有桥，于是便出现了各式各样的桥。在丽江古城区内的玉河水系上，飞架有三百多座桥梁，有廊式风雨桥、石拱桥、石板桥、木板桥等。较著名的有锁翠桥、大石桥、万子桥、南门桥、马鞍桥、仁寿桥，古朴雅致，均建于明清时期。大石桥为古城众桥之首，位于四方街东向约百米处，由明代木氏土司所建，因从桥下河水中可见玉龙雪山倒影，故又名映雪桥，于此驻足凭栏，极富优雅韵味。

以文化为主题的丽江“一杯茶”客栈，是丽江继承传统的人文佳作。它坐落于束河古镇，是一座青砖灰瓦、古色古香的中式建筑。看上去，飞檐斜阁，雕梁画栋，照壁盈门，花草掩映，透露出一种古朴、典雅、庄严的气象。大门口的廊墙上，镶着一块引人注目的“一杯茶客栈”标牌，门两旁挂着一副耐人寻味的木制对联，上联是“杯溢素香留客醉”，下联为“茶煎雅苑待君归”，其字体和意蕴，都才气内敛，脱凡不俗。客栈里建有亭台楼阁，均错落有致，可品茶，可饮酒，可用餐，可休憩。另设有琴、棋、书、画、影视等艺术设施，供人娱乐休闲。置身其间，如沐春风，如沃春雪，仿佛是远方游客的第二故乡。客栈中还展示有东巴书法、东巴书画、东巴青花瓷器，意在以此展现神奇的东巴文化，传递纳西族古老而又新鲜的文化气息。

多少年来，说起丽江，泸沽湖都是一个常说常新的必谈话题。“何处来三岛，苍茫翠色流。嶙峋吞海气，缥缈壮边陲。叠嶂临波动，连峰倒影浮。浦寒猿啸月，汀冷雁鸣秋。雨后烟鬟净，云中螺碧幽。乘槎如有约，即此是仙州。”清代文人刘秉肃在他的《泸湖三岛》诗中，描摹泸沽寒凉季节的缥缈仙境，一句“苍茫翠色流”，道尽此中佳处。“水光潋滟晴方好，山色空蒙雨亦奇”，泸沽湖无论是晴是雨，都景色宜人。提起它，我禁不住想到另一“天堂”西湖，“却把西湖比西子，淡妆浓抹总相宜”，泸沽湖之美，又何尝不是“淡妆浓抹总相宜”？在摩梭语里，“泸”为“山沟”，“沽”为“里”，泸沽湖意即山沟里的湖。这是一汪美得让人沉醉的高原湖泊。放眼望去，视野中是一片浩渺无边的天蓝色湖水。三五只摩梭人驾驶的小木船，像轻盈的苇叶飘游在湖面。极目处可见连绵起伏的层峦叠嶂，山腰或山顶浮动着悠闲的白云。倘若是傍晚，那火烧云似的霞光，将西天的云彩皴染得缤纷烂漫，如彩练当空，煞是壮观。摩梭人就在这天幕之下，恣意地享受着他们自由快乐的生活，演绎着他们古老而别致的人生。泸沽湖是我国的第三大深水湖，位于滇川交界处，湖泊面积五十多平方公里，好似一颗硕大无朋的珍珠，闪耀在祖国边陲。它的西北面是格姆山，山脚下是广袤的草海，水肥草美，芦花簇簇，水鸟翩飞，满眼一派天然意趣。就其地理特征而言，泸沽湖是一个高原断层溶蚀陷落湖泊，由一个西北东南向的断层和两个东西向的断层所构成。其流域属巴颜喀拉地槽区，金沙江褶皱系，湖区古生代及中生代地层发育，无典型的湖相沉淀。由于受构造运动的影响，湖盆四周群山环抱，湖岸多半岛、岬湾。全湖有五个全岛、三个半岛和一个海堤连岛，样貌各异，都美不可言。明代地理学家徐霞客在《徐霞客游记》中对泸沽湖有文字记载。明清两代诗人对泸沽湖吟咏甚多，极尽赞美之辞，“泸湖秋水间，隐隐浸芙蓉”，秋水之上有芙蓉绽开，那景致恰似一幅水墨画。“祖龙求神仙，三山渺何处”，这是在赞叹泸沽湖如美似幻的胜境。泸沽湖水生植物种类和数量在全国高原湖泊中都堪称“之最”；湖中鱼类极其丰富，有银鱼、鲫鱼、鲤鱼、草鱼、麦穗鱼、裂腹鱼诸多品类；湖上栖息着各种禽类，如斑头雁、鸳鸯、岩鸽、画眉、红嘴鸥、野鸭、黑颈鹤、天鹅、鸬鹚等。这一切。都为泸沽湖平添了无限生机与诗情画意。白云、蓝天、绿草、繁花、茂林、飞鸟，与湖光山色相映成趣。好一方世外桃源般的“人间净土”！好一处洗涤尘世灵魂的“精神氧吧”！

泸沽湖畔更为引得世人瞩目的还有那些神秘的摩梭人。这一族群可谓中华民族大家庭中最具“原生态”的一支。许多游人到此，被摩梭人风土人情所迷醉，留下亦叹亦赞、亦惊亦羡的诗句，“最爱泸沽梦里游，小楼明月映风流。夜来山鸟浑多事，每在春深处啭喉”，“风流”大可解为“多情”，而碍眼的山鸟则确乎有些“多事”了；“疏星点点夜如磨，船向泸沽那畔挪。长恐无人花易谢，窗灯挤出绿藤萝”，那垂挂着“绿藤萝”的窗灯，该隐藏着多少隐秘而美丽的故事？“泸沽湖畔走婚多，夜月锃明犹打磨。总有木楼窗半掩，灯光忽闪诱情哥”，这位作者看来对摩梭人“走婚”这一母系氏族社会遗存发生了老大兴趣，多少个世纪过去了，幽窗半掩的一座座木楼里，演绎了万千情话、无尽缠绵，难怪这位“老兄”笔下如此缱绻悱恻、情怀难释。这位游客应该是诗坛中人，文笔不坏，虽偶涉调侃，但字里行间亦不乏情致，也算从某种角度写出了摩梭人的“这一个”。摩梭人，有的史书将其称为“牦牛羌”或“牦牛夷”，这也许与他们的生活形态有关吧。古代摩梭人为游牧民族，冠以“牦牛”之名大概即源于此。而“摩梭”一名，史书中记载称，“县在郡西，宾刚徼白摩沙夷有盐坑”。唐朝称摩梭为么些或磨西，宋朝也称么些或摩西，元朝称么些或摩沙，明朝称磨西或么西，清朝称摩娑或摩挲。摩梭人样貌服饰有鲜明特色，往往是，姑娘们高挽发髻，佩戴美丽头饰，喜欢斜插一朵鲜艳的红花。她们通常穿红衣，着白色百褶裙，腰围白色羊毛皮，脚蹬红皮鞋，显得光鲜照人。小伙子们则头戴红箍装饰的白毡帽，穿蓝色上衣和白色马裤，脚蹬黑色马靴，身披带有红色条纹的白色围巾，显得英武俊朗。摩梭人能歌善舞，较为流行的是“甲蹉舞”，俗称打跳。“甲”为美好之意，“蹉”便是跳舞的意思。摩梭人的音乐，除了丧葬词，其旋律往往都是高亢豪放的。通常的音乐曲调主要有《阿哈巴拉》《玛答打》《打麦调》《绩麻调》《丧葬调》《摇篮曲》《赞美格姆女神歌》《打跳曲》等。乐器主要有笛子、葫芦笙、唢呐、鼓、钹、拨浪鼓、手摇铜铃、口弦等。他们的歌舞别具风情，其旋律和曲调大都充满了欢乐，表现了摩梭人达观的生活态度。最让人感到神秘的是，他们居然至今还保留着母系氏族社会的一些遗存——“走婚”。母系家庭中母亲主宰一切，家庭里的成员都是一个母亲或祖母的后代，是母性血缘的亲人，没有父亲血缘的成员。这可说是人类社会发展史上一块带有原始痕迹的“活化石”吧。

再来看看丽江的“天之骄子”玉龙雪山吧。玉龙雪山是一座神奇的山峰，以其别样的景致与风情蜚声中外。“丽江雪山天下绝，堆琼积玉几千叠。足盘厚地背擎天，衡华真成两丘垤。”元朝诗人李京为它激情赋诗，“天下绝”三字已足够表明玉龙雪山的奇丽。玉龙雪山位于丽江城北，是北半球最靠近赤道的终年积雪的山脉，呈扇面形“拱卫”着丽江古城。早上在初升的太阳照耀下，它山腰以上一派通红，气象甚是宏丽壮观。午间在晴明湛蓝的天空映衬下，则晶莹如玉，圣洁如神，望一眼，便会给人以心灵的荡涤与洗礼。山间沟壑泉瀑淙淙，一展“飞流直下三千尺”之壮美意境。山脚下是狭长而开阔的草海，繁花野草，争奇斗艳，美不胜收。蓊郁的森林、飘浮的云雾，绿得浓烈，白得澄澈，各展风姿，移人心魂。在丽江，玉龙雪山一直被纳西人民奉为心中的“神山”，世世代代享受当地纳西等各民族人民的顶礼膜拜。它与茶马古道、泸沽湖以及浩若繁星的民族传说、民间风物人情一道，为丽江古城增添了斑斓的地域色彩。自古以来，人们盛赞丽江为“人间天堂”，看过玉龙雪山，感觉这赞誉实至名归，洵不欺我。我为它的神奇、它的圣洁、它的宁静、它的悠远所折服：这不是至臻至美的“人间天堂”是什么？还有比它更珍奇的大自然馈赠吗？我来丽江，驻足玉龙雪山，心神久久为之荡漾，不禁陡然生出“乐不思蜀”、愿今生今世长做雪山脚下丽江人之奢想！

程海湖，又是一个传奇般的地标性景点。“湖光秋月两相和，潭面无风镜未磨。遥望洞庭山水翠，白银盘里一青螺。”将唐代诗豪刘禹锡的《望洞庭》描述洞庭湖的佳句借来比拟程海湖，也是很恰切的，相信诗人若踏足丽江，亲临程海，一睹其秀色，也会诗兴大发，留下千古名篇的吧。刘禹锡这是写秋天的湖景。再借用宋代政治家、文学家范仲淹《岳阳楼记》中的几句描写洞庭湖之春的经典文句：“春和景明，波澜不惊，上下天光，一碧万顷。”这是春天的湖景，程海湖之春比之于洞庭，如何？恐怕亦不遑多让。程海这名称很奇特，初次听说的人，切不可望文生义，因它确乎不是海，而是永胜县境内的一汪湖泊。有人形容它为“一颗镶嵌在大山里的宝石”，或“一滴长长的眼泪”，其实，无论用怎样的美言去描摹它都不属夸张。你看它，晶莹如平镜，通透似水晶，静静地安卧于群山之中，汲取上天之灵光，尽享大地之厚爱，与日月星辰相依相伴，走过无数晨昏与四季。明万历年间《云南通志》载："相传渔者网鱼，偶获石碑，上题'大圣程河妙感景帝'，盖蒙氏仿封地也，其石沥水数十年，至今始乾，尚有润。"那么，程海之名应源自史书中的"程河"。它的佳处还在于，吸纳了周边群山的山泉，其水质甜美，湖面恬静，循环往复，自成系统，堪称遵天道之变化，循自然之至理。

"江山代有才人出"。丽江古城虽地处边陲，但它不独以风物取胜，几百年来，世世代代生活在那里的各族人民，还涌现出许多堪载史册的杰出英才。就在程海湖的西侧南缘，于青山绿水之间，安详地坐落着一个宁静的村庄，别看它不起眼，有道是"山不在高有仙则名，水不在深有龙则灵"，这就是大名远扬的毛家湾。

若论丽江"人物志"，值得一提的还有丽江历史上最后一个进士和庚吉。他先任兵部主政，后请改为外用，曾任四川多地知县，1904年辞官归田，与乡人协助知府创办丽江府中学堂，后任学堂监督，被选为县参议长。红军长征过丽江时，年逾古稀的和庚吉出面辟谣，稳定人心，带领纳西族人用最热烈隆重的仪式欢迎红军，并把故居腾出送给贺龙作为指挥部。其深明大义、爱民爱国之举，颇得乡民景仰和拥戴。

红军将领贺龙、任弼时、关向应、萧克、王震等，虽不是丽江人，但与丽江有着一段情缘，也是丽江历史上不能不提的一页。明代诗人卢龙云在《送梁国博之任滇南郡丞》一诗中写道，"万里西南道，看君拥传车。金沙江色净，铜柱瘴烟疏。"可见金沙江距离中原十分遥远，江面上常有"瘴烟"弥漫，红军此去，靠的是双脚，并无"车"可"传"，那么，只有依靠人民群众。红军长征前夕，上述几位将领所率红二、红六军团遭遇蒋介石调集一百三十个团的重兵围剿，为争取主动，他们开始战略转移。几经辗转，向西急进，渡过金沙江，越过大雪山，历尽艰险，同红四方面军会师于甘孜。在金沙江，丽江人民为红军渡江付出巨大努力，丽江人民也因此将贺龙、任弼时、关向应、萧克、王震等及其红军战士视为"丽江亲人"，这段史实也为丽江大地多添了一抹红色基因。

在丽江，“数风流人物”，还要大书特书一位“奇人”，那就是当代丽江少数民族文化艺术家——和文光。他是纳西族百年音乐世家第三代传人、民族音乐家、国家一级作曲家、东巴书法家、中国音乐家协会会员、中国民间文艺家协会会员、中国少数民族音乐学会理事、中国近代文学学会南社与柳亚子研究会艺术委员会副主任、东西方艺术家协会理事，现任丽江民间艺人协会会长，丽江民族文化传习院院长。头衔之多，足见其才情。“世上岂无千里马，人中难得九方皋”，宋代诗人黄庭坚在《过平舆怀李子先时在并州》诗里，感慨“千里马”难以被发掘，缺乏如九方皋那样的伯乐，和文光便是一匹纳西族的“千里马”，幸运的是，他遇到了伯乐，央视、丽江当地政府对他的艺术与研究事业多有帮扶。但首先是他自己肯于努力，精于钻研，宋代诗人陆游在《冬夜读书示子聿》中曾说，“古人学问无遗力，少壮工夫老始成”，岁月没有辜负和文光日积月累的辛勤劳苦，如今他声名远播，可说是“少壮工夫老始成”了。他一生酷爱文化艺术，进入晚年德艺双馨，笔耕不辍，著作等身，成果惊人。他所主持经营的“接风楼”，三面是他的展室，墙上挂满了各种作品和出版的书籍，柜里摆满了获奖证书和奖品。特别是他用东巴文创作的七百米书画作品长卷《千禧天歌》，被纳入世界名人纪录，先后在北京钓鱼台国宾馆和万里长城展出；2008 年为北京奥运会创作的“根深树不倒，林茂水长流”东巴书法作品，在民族文化宫展出后，被世界首富比尔·盖茨家族收藏；他创作的东巴书法作品《中国梦》《心经》《十二生肖》等，先后被收藏在美国、法国、德国、日本、韩国等国家和地区。他对纳西民族音乐的创作无人比肩。他对东巴文化的深度研究，对东巴文字的书写艺术，已经使他成为一个名副其实东巴文化专家了。

不仅仅是他，他的全家也是纳西“名人”。2001 年，和文光一家两代四口人，在北京参加了由全国妇联、中央电视台等单位联合举办的全国《欢乐之家》电视竞选。通过三轮角逐，最后获得金杯。他一家三代五口人都是民歌手，多次在丽江举办家庭演唱会，受到中外游客及新闻媒体的好评，被誉为“纳西音乐世家”。他的母亲肖汝莲，是纳西音乐世家第二代传人、著名的民间歌手，也是蜚声中外的纳西民歌《栽秧调》的传承人。他的妻子和国芳，在云南省第五届民运会开幕式文艺演出中演唱的《栽秧调》轰动了昆明，曾被邀到海南中华民族文化村去演唱，被中外游客誉为“纳西族的才旦卓玛”。他的女儿达坡玛吉，能歌善舞，所创编的少儿舞蹈《纳西娃》多次在省级以上电视台播放。他的儿子达坡阿玻，是纳西音乐世家第四代传人，所演唱的《阿普三朵请您来》等纳西族歌曲多次在省级以上比赛中获奖，并制成磁带或光盘出版发行。就是这样一个远近闻名的歌舞之家，以不同的人生阅历和对纳西文化艺术的感悟与自信，尽情地为自己的民族放歌，时时向世人述说着他们与纳西族文化割舍不断的情缘。他们的影响远及大洋彼岸，已成为云南丽江及纳西族的一张文化名片。

丽江还是非物质文化遗产的“聚集地”。文化遗产中最亮的一道风景就是边屯文化。边，即边疆；屯，即屯垦。边屯文化是汉族屯垦戍边的军兵与边陲少数民族人民相融合而共同创造的。屯垦戍边是古代为巩固边防所采取的一种国防战略。历来文人墨客大都书写戍边之苦，唐代诗人李白在《关山月》诗中说，“戍客望边邑，思归多苦颜。高楼当此夜，叹息未应闲”，可见“边邑”没有什么快乐可言，唯有哀叹连连。唐代诗人李益在《夜上受降城闻笛》诗中说，“不知何处吹芦管，一夜征人尽望乡”，那些远戍的“征人”就连听到“芦管”吹奏的乐声，也是情不能禁，满怀思乡之情登高远眺。更不要说唐代诗人陈子昂《登幽州台歌》诗中那凄苦之辞了，“前不见古人，后不见来者。念天地之悠悠，独怆然而涕下”，其情其境何等的悲苦！但丽江一地因屯垦戍边所产生的边屯文化，则蕴含更多积极意义。自明代“洪武调卫”六百年以来，在云南特别是永胜形成的以中原传统汉文化为核心，融合本地少数民族文化，同时具有典型的军事屯驻特点的文化。明代以前，云南境内的汉族大都融合于少数民族之中。从洪武到永乐年间，明政府征调了大批军民到云南驻守。几十万军民背井离乡，辞别故土，奔赴边疆，开始了旷古未有的民族大迁徙。移民而来的汉族军民与当地少数民族和睦相处，文化、生产技术、生活方式等相互融合，相互促进，共同繁荣了特色鲜明的边屯文化。边屯文化内涵十分丰富，也十分驳杂，涉及经济、文化、政治、军事、生活等等诸多领域，既宏大，又细微。如“火塘”，古时少数民族靠雷电赐火、钻木起火、火镰引火，火种来之不易，视火塘为神圣之物，生活不可缺少，白天靠它做饭，夜来靠它取暖。纳西、彝、白、傈僳、普米、藏等少数民族，均视火塘为圣物，把民族图腾、祖先灵位供于上方，因而火塘四季不熄，昼夜不灭。再如期纳镇清水村自古年年所过的“火把节”，至今还在延续。“火把节”这天到来之前，人们做“松香面”，待天黑后举着火把去稻田、苞谷地里烧地脚的蚊虫，边烧边朝火中撒“松香面”，仪式很特别。而纳西族的东巴文化，主要包含的是本民族的元素，更多体现的是纳西族自身文化的精髓，但或者也不可避免地揉入中原文化因子。“东巴”译为智者、巫师和祭司，是纳西族知识储备最高的人。东巴文化当中有三大经典 :《创世纪》《黑白战争》和《鲁般鲁饶》。《创世纪》讲的是纳西族开天辟地、迁徙人间、繁衍后代的一系列故事 ;《黑白战争》讲的是黑部落和白部落为了争夺光明引发的一系列争斗 ;《鲁般鲁饶》讲的是纳西族的殉情文化。东巴文是纳西族古老的象形文字，纳西语称其为“司究鲁究”，就是木迹石迹的意思，是指留在木头石头上的印迹。可以引申理解为是见到木头就画木头，见到石头就画石头，像先民的岩画那样的象形文字。东巴象形文字，是丽江纳西族的祖先所使用的图画象形文字，既能表意，又能表音，如图如文如乐，自远古时代有之，甚至比甲骨文还要古老。纳西族曾有一部古老的宗教典籍《东巴经》，其包罗着纳西族祖先的认知与智慧，堪称百科全书。当时能掌握这种文字的，只有纳西族的东巴。据查，这种文字光是单字就有一千四百多个，能组成复杂的词组、语句，能够描写事物、表达内心、记录生活等等，还能写成优美的诗歌和文赋，而且简单易学，形象生动。至今，纳西族仍有不少人会读会写。它已被联合国教科文组织列入世界记忆名录，进行数字化归档，因而被称为文字中的“活化石”，而且是还在活着的象形文字。可以说，东巴文字已成为目前最神秘的民族文字。追根溯源，它创制于唐代，已经有一千多年的历史，是中华民族传统文化中的珍品，而他们这些“字、画、诗、歌、舞”之中，谁又能说一点没有中原文化的影响与浸润？

纳西文化中的歌舞，风情独特，它是全部来自纳西民族的本土原创，还是与中原文化相关联，不得而知，但它吸收了丽江地区除纳西族外其他少数民族的歌舞样式，大约是可以确定的。纳西族古歌《热美蹉》，从歌声中不仅可领略到纳西族音乐文化的魅力，同时也能领略纳西族火塘文化的风采。《热美蹉》是产生于氏族社会时期的原始舞蹈音乐，广泛流行于纳西族民间，并被载录于纳西族东巴经书，被评为国家级非物质文化遗产，被誉为“活着的音乐化石”，对于研究原始音乐舞蹈具有重要的价值。同样被评为国家级非物质文化遗产的《白沙细乐》，纳西语叫《崩石细哩》，是集歌、舞、乐为一体的大型古典音乐套曲，曲调凄惨委婉。纳西古歌《谷气调》，如泣如诉，被纳入中国民歌博物馆。《阿哩哩》是纳西族人民深受欢迎的一种歌舞，其基调欢快轻松，逢节日和高兴之事，纳西族人便围成圆圈，跳这种传统的民族歌舞，跳舞者手拉着手，一人领唱，众人相和，边跳边唱。“勒巴舞”，纳西语称“勒巴蹉”，就是像蛙那样活蹦奔跳的舞蹈，是自古以来流传于丽江诸多村寨里的一种原始舞蹈。“左擎牦尾右摇鼗，燕接凫连柳絮飘。窈窕双环随进退，纤纤不似小蛮腰。”这是清代纳西族著名诗人李玉湛对流传于丽江西北部塔城一带的民间舞蹈——“勒巴舞”的真实写照。

纳西族的石刻、木雕、竹编、瓷艺、服饰，木雕也都或多或少地蕴含在边屯文化之中。其中的木雕技艺尤为独绝。在丽江，很多木雕匠人都是白族，他们用匠心传承了木雕技艺。白族木雕主要的特点就是“精”，白族木雕在漫长的历史长河中，渐渐地融进了丽江，成为丽江文化的一部分。木雕文化沉淀出白族人民内敛、宽容、博爱、精进等等的生存智慧，又散发着一种“天人合一”般的和谐之美。

纳西文化中，美食文化不可或缺。古人对美食一向多有偏爱，笔下吟咏美食的佳句甚多，“夜半酣酒江月下，美人纤手炙鱼头”，说的是“鱼头”之美；“唯有莼鲈堪漫吃，下官亦为啖鱼回”，说的不仅仅是鱼，还有鲜爽可口的“莼菜”；“时绕麦田求野荠，强为僧舍煮山羹”，这说的是“山羹”野味；“长江绕郭知鱼美，好竹连山觉笋香”，江鱼加上竹笋，其味大约难以用语言形容；宋代诗人陆游在《游山西村》诗中的“莫笑农家腊酒浑，丰年留客足鸡豚”，其纸上传达出的“鸡豚”美味，佐以“浑酒”，虽不称至味佳肴，却一直为人津津乐道。与上述美食一样，丽江的美食也很古老。说起丽江最著名的美食，恐怕当属“宁蒗坨坨肉”。在丽江，“宁蒗坨坨肉”的招牌比比皆是。一张大圆桌烧烤架内，烧着通红的火炭，烤着香喷喷的大坨肉，蘸着折耳根、腐乳、辣椒等作料，食客便似乎尝到了人间至味。“坨坨肉”，顾名思义，便是一大坨一大坨的肉，来自宁蒗的彝族风俗，其历史可以追溯到彝族饮食的起源——以动物为食。除猪肉外，牛肉、羊肉、鸡肉、鸭肉、鹿肉等皆可制作成“坨坨肉”。这一美食属“地方名片”，而今它与“沙县小吃”、“兰州拉面”、“东北家常菜”、“北京卤煮”等地方特色小吃一样，已然成为地标一般的标志。再就是“永胜油茶”。一个带嘴的小土罐，撒进一撮米，挑进一坨油，拿去火塘边烘烤。用筷子搅拌，待米粒金黄，再投进一块方茶，略做烘烤后，注入滚水，就成为香气弥漫的“永胜油茶”了……丽江的边屯文化何止于此，若细细列数，恐怕要写成一部厚厚的“大书”。这一文化期待有识之士作深入探究、发掘，并梳理成册，以便昭示世人，流布天下。

梦丽江，游丽江，写丽江，一段时间以来，我的脑海里往复翻腾着的，几乎全是“丽江”二字。我要说，“我欲因之梦丽江，风情园里尽神奇”。大美丽江，我心中最美的“仙境”，永远的“图腾”。

金秋丽江之行，我的心中深深地印刻下了它秀丽的姿影。我敢说，从此，它的山山水水、一草一木，它的婀娜的舞姿、悠远的歌调、淳朴的笑脸、鲜香的美食、厚重的文化，它的一切的一切，便永志不忘，长久地留驻在了我的心里了。

我神往它古老的过去，我赞叹它昌盛的今天，我更祝福它光明的未来。中华人民共和国成立后，尤其是改革开放后，丽江发生了翻天覆地的巨变，古城得以保留，市容得以焕新，各民族人民安居乐业，过着丰衣足食的小康生活。各条战线蓬勃发展，交通便捷畅通，高速公路纵横交错，文化娱乐丰富多彩，大街小巷歌舞升平，家家门前溪水，户户门庭花树。高原古城珠圆玉润，大美无疆。

丽江古城，历史悠久，随日月轮转八百多年，文化底蕴深厚，尤其是非物质文化遗产遍布全市区域。文化潜移默化作用不断推进古城发展，精神变物质，物质变精神，相互转换。

丽江人民崇文重教，涌现出众多仁人贤达，可谓英杰荟萃，回首往圣，追慕先贤：如崇仁利恩、木泰、木公、木高、土司木懿、周汝诚、刘慥等人物。近代以来，严英武、严英俊、丁志平、李群杰、方国瑜等等为革命事业和文化建设做出了特殊的贡献。而丽江的魅力也确乎不仅仅凸显在风光独绝，它的历史文化内蕴和英杰人物更令人心向往之。

历史的车轮驶入 2021 年，全党全国人民以无比欢悦的心情迎接中国共产党百年华诞。作为党员作家，更应该书写党的苦难辉煌，书写新时代新征程的伟大成就，书写社会主义城乡新的风貌，从新闻媒体与多方面的信息，云南省丽江市非遗之美、文化之美引起我们动心倾慕，决定从这里入手，展现出文学精彩的光照。为此，丽江市委、市政府满心欢喜地邀请中国作家协会副主席兼中国纪实文学研究会会长、全国政协常委白庚胜商谈赴丽江采风采访事宜。白庚胜立即拍板，组织以刘守家为团长的中国纪实文学作家采访团。国庆节假期刚过，我们一行八人沐浴金秋时光，奔赴丽江古城，得到丽江市委宣传部大力支持帮助，在采访过程中也得到永胜县、玉龙县、古城区等宣传系统领导热情的帮助，尤其是丽江市委宣传部陈国光、和龙、和松阳、丽江市音乐家和文光始终陪伴我们采风采访结束，还为采风团成员提供资料并亲自撰文，让我们深受感动，借此作序，谨致谢忱！

丽江多名作家、作者和我们共同采风采访，度过难忘的五天时光。两个月来，共同创作丽江文学作品六十余篇，洋洋洒洒四十多万字，多角度多方面反映出多民族风格的纪实文学篇章。

搁笔之际，我的意绪仍飘游在丽江那片神奇的土地上。回望古城，心旌摇曳，情思难抑，赋诗为纪：

古风遗绪伴流年，回首山河一瞬间。
雪岭边陲留胜迹，金沙程海孕诗篇。
情思我欲骋千里，浩歌谁能摩九天。
放眼南天成七彩，诗文寄意万千言。

丽江归来，余绪未了；絮絮万言，聊以感怀。

（刘守家，笔名刘守家、王天、韩光。系著名作家，中共党员。大学文化。现任中国纪实文学研究会名誉会长，中国纪实文学艺术委员会主任，《中国纪实》杂志社主编，《中国纪实文学丛书》编辑部总编。20 世纪 60 年代末，在援越抗美战场上荣立 2 次战功（第一次战功于 1967 年 3 月 10 日在炮火连天、硝烟弥漫的战场活捉两名美国飞行员；第二次战功于 4 月 15 日在“钢铁前哨一〇一高地”代理排长指挥战斗，英勇鏖战，取得辉煌胜利。6 月任《战斗快报》记者，因采写战斗新闻报道、文学作品突出被援越抗美部队给予通报嘉奖）。70 年代中期，开始写作，由国家一级出版社先后出版发行 8 部文学专著；创作电影文学、电视剧文学各 2 部。1991 年 3 月应中央电视台的邀请，主讲中国纪实文学多种体裁艺术风格及美学特征、中国纪实文学理论创新及社会功能）

# 夜访束河品文化

## 刘守家

金秋时节，中国纪实文学作家采风团一行 8 人齐聚首都机场，下午 1 时乘坐丽江班机，银鹰穿云破雾，历时 3 个半小时抵达三义机场。此时，丽江市委宣传部陈国光委员、和龙科长到机场前来迎接并热情地将我们请进浮黄色中巴车厢，车沿着宽阔的马路中速行驶，平稳舒坦，我拉开车窗帘，贪婪地观赏两侧风光，一排排绿树、一簇簇花丛掠车而过，远处群山迤逦，云霭缥缈。行驶中途，层峦叠嶂，山上峡谷流溪宛如一条白带飘逸而落，我暗自惊叹，山河也眷恋丽江大地，绰约多姿。正当我沉浸在风光陶醉中，车已到达丽江束河古镇，回首观往，奇峰峻岭白云飘，玉龙雪水碧波涛，江山壮美此多娇，丽江古城千年饶。秀景荡心，一扫千里旅途之疲惫。

走近花园，下榻一杯茶客栈。我注目庭院门前，上额：一杯茶客栈，左联：杯溢素香留阁醉，右联：茶煎雅苑待君归。安顿后，与客栈主持人交流得知，客栈于 2013 年建成，是丽江籍纳西族女学生年慧云考入海南大学，毕业后在海南创业，经过 20 余年艰辛奋斗，事业有成，出巨资返回家乡创办具有文化特色的一杯茶客栈。客栈整个院落占地 10 亩，呈方形，完全采用仿古建筑，古色古香，庄重美观。屋内展示有书画、影照、雕塑等文化艺术品。院落内设中小型会议室、古城画院，艺术家画室、文化娱乐室、餐厅、销售部等多功能设施，院落周围种植奇花异草，极其优雅，且富于文化品位。有客宾留言道："丽江城郊独一苑，清净雅致怡君心。"以我之见，一杯茶客栈是丽江一道靓丽的风景线，是一处对外文旅窗口，是一处世外桃源。我身临其境地感受到，从喧嚣闹市来到这里小住憩息，别有一番情趣，令人心静神清，润灵乐镜。

晚餐后，我独自一人登上阁楼平台，遥望夜幕浩瀚的星际，凝察到苍穹空寂凉漠，俯首丽江大地，气象万千……正在沉思中，眼前展现客栈彩灯，和龙科长向我示意，观赏夜市时间到了。丽江作家、作者也加入采风团，一同沿着天然石块路来到束河古镇前，在红白灯炽照耀下，仿古牌楼高大壮观，牌楼上端横额：束河古镇；左下联：束河而居春风绿泛长江水，右下联：鼎业以国晴日红壮大雪山。行书笔体，浑然遒劲，端庄大气。进古镇路两侧皆为仿古建筑、造型各异，错落有致，粉墙配黛瓦，飞檐斜阁角，彩灯将建筑物照耀得明光、壮美，店铺作坊鳞次栉比，霓虹闪烁，店主将屋宇装饰得很华丽，雕梁画栋，风姿绰约。百货品种繁多，琳琅满目，各种当地特色食品，散发着诱人的香气。徜徉静观，欣赏到家家门前流溪水，户户墙围花木艳，小桥流水鱼虾游，街巷红旗迎风飘。

我因而游兴大发，欲细细欣赏风光。我来到雪水流入的九龙湖畔，满眼灯火阑珊，百花怒放，芳草茸茸，可见到兰花、桂花、山茶花、月季花、三角梅、芭蕉花、翠竹、樱桃树、枫叶树……五彩斑斓，芳香四溢。喷泉像晶莹水柱，洒落的水花溅起湖水微波涟漪。

湖畔左侧为体育活动广场，宽敞宏阔，也保留多项各民族的体育器具，右侧为文娱广场，建造新颖，民族风格，在这里可观赏到多民族戏曲、歌舞、杂技。河畔游客观鱼，在灿烂灯光映衬下，更显得楚楚动人。据说“九龙湖”在天然形成的基础上，由能工巧匠精心打造，创建束河“洞天府地”。在这里可以看到天人合一、人与自然的和谐。

步行到九龙路与民宅交界处，是一片茂盛的竹林，借助灯光，根根挺拔，枝繁叶茂，还透着一股清气。触景生情，这使我想起先贤雅士颂竹诗赋竹词的文心，郑板桥《竹石》曰，咬定青山不放松，立根原在破岩中。千磨万击还坚韧，任尔东西南北风。诗中凸显出古竹的高风亮节、坚忍不拔的性格。苏东坡感念竹情，其赋词《於潜僧绿筠轩》曰：可使食无肉，不可居无竹，无肉令人瘦，无竹令人俗。正在我观赏遐想之际，头顶上空礼花伴随轰鸣喷放，将夜空照耀得五彩缤纷，光芒耀眼。我循声走去，是一个企业公司成立六十周年庆贺典礼。这里作坊各有特色，店前张灯结彩，毗邻相处，和谐共营。在当地作家带领下，分别走访参观书画、石雕、木雕、骨雕、泥塑、竹编、剪纸等工艺品，看到这些非物质文化遗产，我喜出望外，心想，这次来丽江采风不虚此行，目睹多种非物质文化遗产，更加深了对束河古镇文化渊源的了解。

一位年过花甲老人走到我的面前，面带笑容，自我介绍姓李名友山，请我到他的竹编坊看看，走进大厅，四周摆满竹编工艺品，竹床、竹柜、竹椅、竹笼、竹筒、竹耙、竹篓、竹板……展示出各种样式生活、工作竹艺品。李老见我初来束河镇，便向我讲述古镇渊源，古镇原为“十和”，后改为“束河”，开通于唐代的茶马古道，从村落、集市逐步形成，经唐、宋、元、明、清千余年运营发展，促进了沿线各族人民的经济、文化交流。中华人民共和国成立后，束河镇古貌添新颜，尤其改革开放，各方面事业得到快速发展，古镇欣欣向荣。可以说，束河古镇是丽江坝子中保存完好的驿站。

当谈及竹编工艺时，李老更是侃侃而谈：我家祖辈以编竹为生，到我这里是第五代了，并指着旁边的儿子李新说，他在重操旧业。看来，我们与竹编有不解之缘。竹编工艺也为我们带来经济的变化和生活的乐趣。

李老满怀热情，带我上楼观赏用竹条、竹片绘制粘贴的字画，明亮光滑，造型生动。李新当场编竹，他操作熟练，竹条在他手上随心所欲，不超半个小时，一条竹龙跃然而脱，活灵活现。

时针指向午夜零点，我凭窗眺望，束河古镇像燃烧的灯海，红光染透全镇、呈现出热潮波涌，繁荣昌盛的景象。夜幕下的古镇灿烂迷人，令我神思飞扬。

采风中，我也观察到束河遗迹，“西风古石桥，遗物未尽消。村落集市槽，来往车马器。日月光盘碾，雪水跨绫绡。历尽沧桑故，幽幽载六朝。”我还看到“文润古镇千年华，赓续传薪映彩霞。束河重教崇文化，非遗沃土开新花”。

追寻往圣，仰慕先贤，将千年束河古镇建设得雄奇恢宏，闪耀着智慧的光辉。中华人民共和国成立，丽江各族英雄儿女在党旗召唤下，团结奋斗，开拓创新，束河古镇建设得更加美好。

束河古镇是丽江市繁荣发展的缩影，多次荣膺云南省，丽江市，古城区保护非物质文化遗产的先进单位。文化云南，文化丽江，文化束河——在束河，我又一次品味到文化的永恒魅力。

# 丽江秋韵夺天工

## ——中国纪实文学作家丽江采风写真

### 陈政举

秋山秋水秋气爽，秋分秋收秋满仓。
秋时秋光秋美景，秋红秋枫秋盛装。
秋枝秋叶秋草香，秋星秋月秋重阳。
秋韵秋味秋饱尝，秋诗秋词秋乐章。

——题记

春种秋收，春华秋实。

“一年一度秋风劲”，此刻的丽江，可谓“不似春光，胜似春光”。而其景其情其韵，不似人力，更似天工。

金秋时节，沐浴着建党百年的普惠之光，承接着国庆佳节的凝瑞吉祥，伴随着生物世会的隆重召开，中国纪实文学研究会与丽江市委宣传部联合主办“中国纪实文学作家写丽江”采风活动。

“中国作家网”对这次活动做了专题报道。报道称，中国作协副主席、中国纪实文学研究会会长白庚胜发来致辞。致辞中说，丽江是多民族聚居和融合的城市，拥有丰富的民族、民俗文化和大美的自然风光，在脱贫攻坚和乡村振兴中，也取得了重大的成就，希望作家们能走好丽江的山水与乡村，感受民族文化，用笔写好丽江故事。

中国纪实文学研究会名誉会长、党支部书记刘守家，中国纪实文学研究会副会长陈政举、朱金平，中国少数民族文学学会副会长赵晏彪，丽江市委宣传部部务委员陈国光，永胜县委宣传部常务副部长罗朝会，丽江市委宣传部舆情信息科科长和龙，永胜县文联主席张永康、副主席聂极鸿，以及作家王科、超侠、刘凤龙、杨易峰等参加活动。采风团团长刘守家表示，作家们将会从采访纪实的角度，真实描述和反映丽江的特色文化、历史故事，以及新时代以来人民群众的生活状态。

欣逢盛事，我作为中国纪实文学研究会分工协助会长、书记负责活动组织策划的副会长，受两位领导之托，有责任拿起笨拙的笔，跟随作家采风团从宏观上记录下整个活动的全过程。好在12年前我曾到丽江搞过调查研究，对这次活动安排的日程有些地方也曾去过，提前有了一定的了解和感受；特别是对丽江12年来的发展变化，也能有个鲜明的对比。





## 作家采风赴丽江

公元2021年10月11日10时左右，北京首都国际机场第三航站楼，8位纪实文学知名作家陆续聚齐，准备乘坐中国国航CA1483航班飞往丽江，执行纪实作家写丽江任务。

这8位作家，除前面提到的身份外，其业内基本情况分别是——

刘守家，著名作家，中国纪实文学艺术委员会主任，《中国纪实》杂志社主编，先后担任中国纪实文学研究会领导工作35年，具有丰富的纪实文学组织协调和创作经验；

朱金平，原解放军报社《军事记者》主编，曾获中国新闻工作者长江韬奋奖，著名军旅作家，近年来创作发表长篇报告文学《武汉保卫战》和散文《月亮的爸爸》等名篇佳作；

赵晏彪，著名作家，《民族文学》原副主编，中国少数民族电影工程领导小组成员兼剧本部主任，近年来策划并主编了《青山绿水·生态文学6人集》等多种优秀图书；

王科，著名作家，中国作家协会会员，原渤海大学中文系教授，中国纪实文学研究会高级调研员，现任中国社会出版社编审，曾在《人民日报》发表多篇散文和理论文章；

尹超，笔名超侠，中国作家协会《文艺报》高级记者，科幻作家、编剧、诗人，中国作家协会会员，中国科普作协理事，中国电影家协会会员，先后创作大量文学作品并获奖；

刘凤龙，中国纪实文学研究会办公室主任，《中国纪实》杂志总编室主任、记者；

杨易峰，《中国纪实》杂志编委，中国纪实文学研究会官方网站运营负责人，中国纪实文学研究会报告文学创作委员会主任，作家、资深记者；

至于我，没有他们那么多光环和头衔，只是一个长期从事新闻报道、宣传教育、政工研究、理论研究和党史军史编纂研究的机关工作人员，虽然发表过不少稿件，抓过一些典型，写过将领传记，出过系列丛书，充其量也只能算是普通的军旅作家。但从整体上看，这个作家采风团的阵容还是比较强的，是由白会长、刘书记精心挑选组成的。大家纷纷表态，一定不负重托，竭尽全力，用心、用情、用手中的笔，去走进丽江山水、感悟丽江大美、写好丽江故事。

## 客栈品味“一杯茶”

当晚，采风团入住束河古镇“一杯茶”客栈。

这是一座青砖灰瓦、古色古香的中式建筑。飞檐斜阁，雕梁画栋，照壁盈门，花草掩映，透露出一种古朴、典雅、庄严的气象。大门口的廊墙上，镶着一块引人注目的“一杯茶客栈”标牌，旁边“束河一号”四个字是由时任市委书记崔茂虎所题。门两旁挂着一副耐人寻味的木制对联：上联是“杯溢素香留客醉”，下联为“茶煎雅苑待君归”。

看着温馨雅致的客栈名字，品味寓意深刻的对联情韵，我不由为之一喜，心想，这里面一定有生动故事。进院浏览，更令人目不暇接。占地 10 亩的客栈里，亭台楼阁错落有致，品茶、喝酒、中西餐膳空间配置齐全；琴、棋、书、画、影视等艺术空间颇具规格。流水潺潺，花团锦簇，甬道拱桥，曲径通幽，37 间客房闹静相宜地分布在 6 处独立而又互通的院落中，供不同需求的客人选住。院中园林风格各异，均有赏心悦目之处。室内布置如同城市星级宾馆，家具饰物生活用品一应俱全。尤其是 20 余名员工，由纳西族、彝族、汉族，海内外等来自天南地北有梦想的小伙伴组成，心中有爱，服务热情。置身客栈让人如沐春风，舒适而放松。

我因近期工作和家事忙碌而身体不适，一入住就急着想找医生诊治或买点消炎药吃，客栈服务员端来一杯用各种中草药泡好的浓茶，告诉我当地村民就用这种药茶消炎，我按照嘱咐连喝几杯，果真见效。

问及客栈名字来历内涵和背后故事，才知道这座客栈建于 2013 年，是由海南西岸乡村庄园俱乐部有限公司按精品客栈的标准投资兴建的，公司股东之一年慧云担任客栈总经理。她出生在丽江，纳西族人，1986 年赴海南上大学，毕业后留在海南工作至今，一直致力于休闲地产及农业生态度假庄园的开发经营。离家 30 余载，年总一直关注着家乡经济的发展和文化的繁荣，割不断的乡情，促使她回家乡建成以文化为主题的丽江“一杯茶”客栈。现在客栈设有艺术画廊，在北京工作的壁画家张春和、古城画院与青年书画院吕印、摄影家协会副秘书长苏国胜等纳西族书画大师，都在“一杯茶”客栈设立了工作室，合力打造“一杯茶”艺术空间，使之成为文化人共同的精神家园。可以说，这里是纳西族独特文化的缩影，也是远方游客的故乡。这里的温度是家的温暖，这里也是爱的摇篮。

年慧云的妹妹叫年佳云，是丽江“一杯茶”客栈的代管者。她告诉我，在一步一客栈的丽江客栈市场中，每家客栈都有自己的亮点，有的是客栈环境，有的是客栈主人的故事，有的是客房优势……“一杯茶”客栈则选择了以东巴文化为灵魂。从东巴书法工作室，到丽江美景摄影展，再到东巴文化书画展，最后到东巴青花瓷器展，以多种不同的展现形式传递同一种东巴文化，一方面是因为客栈的主人是纳西族，与生俱来的文化气质一点一滴展示在客栈中，另一方面就是客栈身处丽江东巴文化的大环境中，传递文化是本能，也是一种幸福所在。

走访中，年佳云领着我实地参观，话语间不无得意地做起了广告：

——您看我们的艺术氛围。“一杯茶”客栈是中华文化和纳西文化的完美结合，是艺术家和文人墨客的文化交流平台。走进“一杯茶”客栈，让您走进独具特色的文化世界，感受特有的艺术情怀。

——您看我们的中国元素。静坐阳光房，聆听古琴的悠扬，描绘定格的美景；闲坐一杯茶，静心静情，怡心怡情，人生足矣。

——您看我们的居住环境。客房分为 7 种类型，精致典雅的房间内均配备茶具，品香道具供您焚香品茗。客房的色彩搭配协调舒心，棉织床品富有质感，天然洗浴用品让您安心。特色庭院房、蜜月房等套房设有温馨小客厅和书桌，为您营造舒心惬意的优雅氛围，令您仿佛回到家一般的贴心与舒适。

——您看我们的特色美食。带有民族特色的纳西美食，拥有海味特色的海南美食，尽在客栈的中餐厅享用；健康素食理念的俄罗斯美食，异域特色的东南亚美食，尽在牛油果餐吧静待美食享用者的到来。

谈到经营状况，她掰着指头给我数起了承接的大单——

2016 年 6 月 18 日“一杯茶”艺术空间成立；

当年 7 月世界瑜伽大师 Romapada Swami 丽江两日工作坊在“一杯茶”客栈落座；

8 月电影《迷失的彩虹》在“一杯茶”客栈举行杀青仪式；

9 月中道禅舞活动在“一杯茶”客栈举行，茶舞之韵的创始人付丽红老师以舞说茶，以舞助茶，诉说美丽的茶俗、茶礼，让你通过茶舞表演，了解云南人的品性，感受茶味的百转千回，在禅学意境中体验动人心弦的茶韵之美；

10 月“一杯茶”客栈举行了一场惊艳的纳西东巴婚礼；

11 月中瑞会议在“一杯茶”客栈召开；

2017 年 2 月《纳西讲聚营》世界母语日特别节目在“一杯茶”艺术空间录制；

3 月电影《云上石头城》在“一杯茶”客栈举行开机仪式：

6 月“一杯茶”客栈迎来了一场斯里兰卡文化与纳西文化交流会；

7 月柬埔寨工业部部长等人下榻“一杯茶”客栈；

8 月外国专家团在“一杯茶”艺术空间邂逅中国传统文化；

10 月绘就丽江美——中国美术名家丽江采风团队下榻“一杯茶”客栈；

11 月国家文化部副部长项兆龙在“一杯茶”客栈下榻；

2018 年 1 月举行《囧脱根尘》开年书画雅集菖蒲展；

同年 8 月“一杯茶”客栈举办东巴青花展；

…………

一杯茶，是一种境界。“闲观叶落地，静坐一杯茶。”闻香识人生，茶香沁心脾！

## 永胜揽胜觅根底

12 日，作家们驱车前往永胜县采风。

高速公路上，多是穿山隧道，一个接着一个，最长的有近十公里。疾驰在笔直的隧道里，风驰电掣，穿山而行，可比普通公路走盘山道快多了。这使我不由想起12年前来丽江的情景。那次我们是从大理到丽江，租了一辆从大理提车到丽江上牌的新车，加满油走了好几个小时，快到丽江还差十几里地却没油了，只好通知要去的单位派车带油来接。听了这个故事，陪同的陈委员感慨道：是啊，以前说“要想富，修公路”，现在是“要快富，修高速”。正因为如此，这些年丽江在国家支持下修了三条高速公路：一条是大理至丽江的；另一条是丽江至香格里拉的；第三条是丽江至攀枝花的，眼下还在建设中。有了这三条高速公路，丽江发展更有底了。正说着，车出隧道，驶上金安大桥。只见两山之间，一桥飞架，东起石格拉2号隧道，上跨金沙江流域，西接金安水道至金安互通，主桥长1681米，主跨长1386米，桥面为双向四车道高速公路，设计速度80千米/小时，大桥距离江面335米，相当于160层楼高，采用一跨过江方式建造，由于峡谷两岸沟壑纵横，大桥两边桥塔长短不一，其中一个建在半山腰上，另一个则从山体立起，犹如两根筷子竖插在地面上，当地人称这是两根筷子撑起来的大桥。陈委员自豪地宣称：“金安桥可是丽江的伟大工程，是连接永胜县与古城区的过江通道”，和科长紧接着说是“亚洲第二高桥”。激情澎湃的作家们更被这座双塔单跨板桁结合加劲梁的世界最大跨径峡谷悬索桥所吸引，年过古稀的刘团长控制不住内心激动，高喊一声：“美哉丽江，我拥抱你！”著名摄影家朱金平端着相机请求司机下车想把整个大桥照下来，可惜全程监控不许停车，直到返程走绕山老路才满足心愿。

永胜县地处云贵高原和青藏高原的衔接部，也是滇西高原与横断山脉的交接地带。这里沃土丰饶，资源丰富，素有“滇西北米粮仓”之称；历史悠久，人文丰厚，又有“文风之地”、“科甲之乡”美誉。早在先秦时期，永胜就开始与中原文化接触，历史上是南方古丝绸之路的交通要塞和茶马古道的重要驿站。在长期的历史进程中，中原汉文化与边疆少数民族文化相互影响，渗透融合，丰富了具有永胜特色的以中原文化为底蕴的深厚人文积淀。彝、傈僳、纳西、回、藏、白、普米、苗、壮、傣十种世居少数民族风情浓郁，在与汉文化长期的交流与促进中形成丰富多彩、独具特色的地方民族文化。以边屯文化、毛氏文化为代表的中原文化和以土司文化、他留文化为代表的少数民族文化交相辉映，形成内涵丰富、特色鲜明的灿烂文化品牌。





采风团一下车，永胜县委宣传部常务副部长罗朝会、文联主席张永康等人就迎上前来，在毛家湾村头的“中国永胜·云南边屯文化博物馆”广场上，简要介绍了毛氏文化和边屯文化的基本梗概及有机融合。罗副部长带着崇敬的语调说，这个村子叫毛家湾，既是边屯文化的产生地，也是毛泽东主席祖先的居住地。

讲到边屯文化，罗副部长说，边屯的本义是屯兵戍边。边屯文化不仅永胜有，也不仅云南有，内蒙古、新疆等全国边境地区都有，只不过永胜有其特殊性。追根溯源，永胜边屯文化虽然历史悠久，但最兴盛时期还是明朝初年，朱元璋派遣大军进攻云南获胜后，为巩固边疆稳定，留下数十万驻军屯守云南，承担起稳定边疆、建设边疆、繁荣边疆的责任与使命。随后，云南世守黔宁王沐英为巩固和发展军屯，在征得朝廷的同意和支持后，先后从江南地区迁移数百万汉族民众，远赴云南进行屯垦。三年后“再移南京人民三十余万”，逐步形成规模宏大的军屯、民屯和商屯。永胜是明军“控制要害”重地之一，洪武二十八年（1395 年）九月，明朝廷决定把屯住在昆明的云南中卫调驻北胜，次年修建滇西北军事重镇澜沧卫城，施行“寓兵于农，屯民实边”政策。经过洪武年间多次“调卫”，致使内地汉族大量涌入云南，成为当地人口最多、生产技术最先进、文化内涵最丰富的主体民族，并把文化教育、生产工具、粮蔬籽种、民居样式、节日习俗，甚至饮食习惯、宗教信仰等带进古镇，开创了边疆文明史的新纪元。正是从这个意义上说，永胜边屯文化，不光是永胜的，丽江的，云南的，而是整个中国的。所以，我们用“中国永胜·云南边屯文化博物馆”挂牌，目的就在于证明它是全国边屯文化的象征和缩影。

走进博物馆，随着负责人王建生的深情解说，一幅幅大明王朝“寓兵于农，屯民实边”的挂壁浮雕，一张张古代边民“耕读传家”的生活写照，一幕幕明朝大军进攻云南和留兵驻守的真实场景，一组组“洪武调卫”迁民入滇的数据列表，一个个建功云南献身永胜的历史名人，一枚枚见证“庄蹻入滇”和“滇王复汉”的滇王印章，一件件饱含“军屯”、“民屯”和“商屯”史实的文物实物，由不同角度映入眼帘，从不同侧面印证历史，作家们时而瞩目观看，时而侧耳细听，时而开口询问，时而奋笔疾书，时而举手拍照，纷纷被边屯文化的时代背景、重大事件、典型人物、情节细节所吸引，像蜜蜂采花一样各自搜寻着自己的创作素材。王老师讲完一帧帧精彩画面，对边屯文化做了理性概括：屯边是一种温暖，一种勤劳，一种善良，一种和睦，一种交融，到最后是一种团结，你中有我，我中有你，相互补充，各种优秀情怀都在里面。我听着深受启发，顺手按下了手机的录音键。

下午，采风团先后走访清水古镇、永胜瓷业有限公司等几个站点，给大家烙印最深的还是高原明珠程海湖。登上当地搭建的观景台居高鸟瞰，程海像一颗镶嵌在万绿丛中的蓝宝石，其状犹如一张飘落在群山之中的芭蕉叶，耀眼夺目，令人神往。罗副部长介绍，程海不仅是景色极佳的旅游胜地，而且具有丰富的水产资源，自然生长的鱼类达18种之多。1989年以来，饲养银鱼获得成功，年产达300吨以上。经省商检局鉴定，银鱼是抗衰延寿的人类最佳食品。目前已销往日本、新加坡、泰国、美国等国家和中国台湾地区。程海又是目前全世界仅发现的自然生长螺旋藻的三大湖泊之一，而且比墨西哥的特斯科科湖生长条件还要好。谈到对程海湖的发展规划，罗副部长不无担忧地说，现在的关键不是光考虑如何发展，而是要考虑如何保护，才能保证更好地发展、长远地发展。眼下螺旋藻已成为神奇的原生态食物，被称为人类健康长寿之钥。可自然生长螺旋藻的三大湖泊，非洲的乍得湖干涸了，美洲的科科湖污染了，我们程海湖的水位也在逐步下降，“保水质、保水位、保独特性”已成为当务之急。我们不能只求单纯的经济发展，而要着眼生态环境的健康发展。好在县里已决定全面开展“抢救性保护程海九大专项行动”，全力推进程海湖保护治理工作，确保永胜“母亲湖”的生机和活力。作家们纷纷伸出大拇指，为政府的远见卓识点赞。

临别，张永康主席给每位作家赠送一套永胜及所属各镇“风物志”系列丛书和当地文化名人简良开学者《激越沧阳》专著。我们相信，永胜人民包括丽江人民乃至云南人民，都会借助昆明会议东风，推动当地经济与环境协同共进全面发展。

## 《印象丽江》动心弦

13日午后，在久负盛名的玉龙雪山脚下，一场由张艺谋、王潮歌、樊跃三大导演联袂推出、360度全视角呈现、100匹悍马嘶腾、10个少数民族联手、365天与自然共同上演的印象大戏即将开始。

玉龙雪山我12年前上去过，至今留下了深刻印象。记得先在山下领了一件棉大衣，快走到缆车发车站时，一个同事说可能到海拔3000米了，因为他很敏感，一到海拔3000米以上准有反应。到缆车站一看，果然标着海拔3200米。缆车只能坐到半山腰，剩下的路需要自己往上爬。临下缆车，他又提醒我们下车后不要乱动，更不要急着照相，先找个地方坐下来静一静。下车一看，缆车站已有医护人员准备保障了。可我们另外几个似乎不良反应不大，径直跑到海拔4006米标识牌前照相留影。那位同事说再往上不去了，就地坐着等我们。往上一看，木板架起的盘山道曲里拐弯，路边堆着积雪。路上有些年轻人手里提着氧气筒，三五成群地往前走。我心想，“不到长城非好汉”，红军当年爬过了玉龙雪山，我也要体验一把过雪山的滋味。于是，不顾身患“三高”（血压、血糖、血脂）的危险，坚持要爬上去。快到冰川标志的高度时，山间云雾缭绕，像是人在云上走，云在脚下飘。陪同的队友后悔没给我准备氧气筒，见我热得冒汗就替我抱着脱掉的大衣，跟着我继续向上爬。拐弯处，见积雪挺厚，我蹲下身来抓了一把雪团，激动地拿出手机给远在几千里外的爱人打起了电话，诉说我在玉龙雪山手捧雪团的感慨。到了人行道最高处，标牌是海拔 4680 米，观景台上有供人们照相留念的国旗，还有一道绳索挂满了五颜六色的彩带和祈福包。那时真不知道玉龙雪山是纳西族的崇拜天神，说不定祈福包里就有供奉三朵神的祭品。再往上看，到主峰还有一段距离，但无路可走，据说也没人上去过。我们几个照了张印有“玉龙雪山留影纪念”字样的合影，就折身返下山去。

听我讲述 12 年前爬玉龙雪山的故事，陈委员感慨地说，那么多年了你连具体数字都还记得，说明你与玉龙雪山有缘分、印象深。我说是啊，哪想到 12 年后又来玉龙雪山，丽江恰巧有 12 个民族。景区导游和迎春也插话打趣：“玉龙雪山还是纳西人无限崇敬的 12 欢乐山哩！”向她打听玉龙雪山的神话故事，和导简单明了地告诉我们，玉龙雪山是天的象征，是神灵的统帅，又代表发育万物的母性。山顶终年积雪，山腰常有云雾，倾诉着久远的传说……

那是一个凄美的爱情故事。男的叫吉盘若，女的叫吉纳命，一对钟情笃爱的恋人，却遭到山神的拦婚，他俩悄悄逃出绿雪山的怀抱，相约到玉龙第三国殉情，半路上被追来的人冲散，分别流落到黑鹰山一南一北的险崖上，各自跳崖自尽。后来，男的眼泪幻化为白石变成了白水河，女的眼泪幻化为黑石变成了黑水河，从不同方向呼喊着去寻找对方。悲恸嘶哑的喊声震荡着山谷，感动了雪山爱神，为了让情人相会，苦苦向玉龙雪山的白石神求情，终于使阻隔在黑鹰山两侧的有情人灵魂团聚，黑水河与白水河交汇流成了一条黑白水河，快乐得欢跳起来，飞溅着激动的泪花，扬起了美丽的笑脸，滚滚流进了金沙江。因此，纳西民族对雪山以万年古雪孕育出的黑白水有着特殊情感，东巴经《鲁般鲁饶》卷中以黑白来解释世间万事万物，指出阴阳调和，黑白不分开，世间就和谐有序。所以，我们眼前的黑白水河，既是一条自然之河，也可以说是爱情之河。讲完故事，和导说，对我们来讲，黑白水寓意着行路无阻拦、过河无障碍、旅途保平安。至此，我再仰望玉龙雪山，回味民族风情，不由感叹：这里真是天人合一、人神共居的天堂。

说话间，掌声雷动，鼓乐四起，各族演员纷纷登场，在总导调的呼点下报告着各个民族的优势和特长。

这是一场用灵魂书写的演出!

这是一场用心灵解读的盛宴!

这是一场演员和观众白日里共同做的梦!

丽江，这个曾经被遗忘的纳西古王国；玉龙雪山，这座至今无人登顶的神秘之山，伴随这场视觉大餐，带领我们跨越古今，神游苍穹……

原生态大型实景演出《印象丽江·雪山篇》，以雪山为背景，汲天地之灵气，取自然之大成，用大手笔的写意，在这海拔 3100 米世界上最高的演出场地，让生命的真实与震撼，极致贴近每一个人。

舞台上，来自 10 个少数民族的铿锵汉子，出身 16 个乡下村庄的普通农民，就是这 500 多个有着黝黑皮肤的非专业演员，在这神奇广袤的丽江土地上，在这只可仰视的玉龙雪山下，没有华丽的背景，没有绚烂的灯光效果，只有扑面而来的泥土汗水的味道，只有像父辈祖先一样厚实的肩膀，他们用最原生的动作，最质朴的歌声，最滚烫的汗水，与天地共舞，与自然同声，带给受众心灵的绝对震撼。

第一场：古道马帮。演出场上，随着主播的解说，一队队马帮分别从前台、从侧翼、从后场缓缓走向不同的方向，茶马古道给人一种行走在天上的感觉。丽江古城成为滇西茶马古道上的重镇，都是因为马帮的起因。俄国作家顾彼得在他的《被遗忘的王国》一书中，把马帮当作可以和原子弹抗衡的"人类武器"，可见丽江的马帮是多么让世人震惊。马帮影响着纳西人的生活，他们以能参加马帮、当上马锅头为荣。我对马帮了解不多，只记得十几年前一个国庆节前后，有一队马帮从云南赶到北京，在我家旁边的八大处山林宝刹参加每年一度的重阳节庙会，带来了普洱等多种云南名茶，开办了茶社、茶庄、茶叶一条街等商铺，使我们对云南马帮和茶马古道有了初步的感性认识。这次现场看到的马鞍舞演出，展现了大马帮男人的英雄色彩，更使我们大开眼界。通过表演了解到，纳西民族的风俗认为，大丈夫不应为家务琐事所累，女人应当操持家务，田间劳作，生儿育女，以能吃苦为荣，她们甚至羞于让男人插手家务。在纳西族女人看来，自己的男人有学识，能交游，有成就，便是妻儿的荣耀。一长队女人表演的筐舞，展现了纳西妇女任劳任怨的伟大母性情怀。看了演出还知道，云南的马都是矮脚的马，这种马跑不太快，却很善于走山路，只有这种好脚力的马，才能驮着沉重的货物，走过漫长艰险的茶马古道，走过连折12层而上，仅一尺多宽的马帮路。因此纳西人十分推崇马，马是他们的崇拜物之一。演出场上马帮在红顶上奔跑，仿佛是600年前茶马古道上"山间铃响马帮来"的震撼再现。

第二场：对酒雪山。"朋友来了，喝酒；朋友走了，喝酒！"少数民族天生能喝酒，就如同他们天生都能歌善舞一样。所以他们的酒令同样载歌载舞，丰富多彩。高兴了喝酒，不高兴了喝酒，在雪山脚下的这群热血汉子，有着野性的豪情，也有着孩子般的快乐。各民族的不同酒令和纳西快板表演，展现了雪山下的少数民族对待朋友的热情和对待生命的豁达乐观。





第三场：天上人间。这一场与前面导游给我们讲的相类似，所不同的是，悲剧变喜剧，场面更逼真，故事更细腻，情景更感人。此处不再展开，只录原始道白："这里是情侣们的极乐世界，这里是玉龙雪山。你们面前的玉龙雪山，就是纳西人无限崇敬的十二欢乐山，是多少痴情男女选择在此殉情的山。在这里遍地开满鲜花，没有痛苦忧愁；在这里'红虎当坐骑，白鹿当犁牛，野鸡来报晓，狐狸做猎犬'；在这里有情人可以自由结合，青春的生命永不消逝，情侣们永无人世的悲伤……"

第四场：打跳组歌。打跳是丽江少数民族的大众娱乐活动，人们围成圆圈，手拉手欢乐共舞。纳西人喜欢跳"阿哩哩"、"打捞丽"；普米人爱跳"含摆舞"；藏族人爱跳"锅庄"……他们用舞蹈和歌唱来愉悦身心，也通过舞蹈令男女之间自由交往。这实际上是一场各民族的大联欢，有分有合，又唱又跳，充分体现了少数民族鲜明的个性和兼容的共性。其实，少数民族说话就是唱歌，走路就是跳舞。这原汁原味的载歌载舞是向远方的客人表示欢迎，表现出他们特有的热情奔放。

第五场：鼓舞祭天。这可以说是纳西人的专场，是纳西族特有习俗。正如解说词所言：纳西人是天的儿子，纳西人是自然的兄弟。对天的崇拜和对自然的亲和是纳西人从古至今所一直推崇的。这个人口不到 30 万的民族，在东巴经书中曾经这样记录："我是九天先祖的后代，我是七地先宗的后代，越过九十九座山不累者的后代，猛狮壮象的后代，力大无穷的巨人的后代，口含竹纳乱卵神山不嫌重者的后代，大江大河吸干后不解渴者的后代，三代炒面一口吞下不呛的后代，三根腿骨一口咬断牙不碎者、身经百战而不死者的后代……”在震撼人心的鼓声中，在老东巴振振有词的唱经声中，我们仿佛已经感受到了一个生生不息的纳西民族。

第六场：祈福仪式。“这是一个神奇的地方，叫天天答应，叫地地答应……”随着一声洪亮的画外音飘过，总协调向全场的演员和观众共同高喊：“请把您的双手交叉，放在额头，让您的目光瞭远，向着天的方向，双手合十，展开您的双臂，高举过头，许下您心中的愿望吧！”少顷，又响起总协调带领演员发出的同期声：“站在这神奇的玉龙雪山前的我们，虔诚地为从四面八方而来的客人祈愿，祈求天为您实现心愿，为您喜降福气！”

看完演出又到蓝月谷参观，这里同样游人如织，属于丽江开发“文化演出+旅游”的一个景点。蓝月谷地处玉龙雪山东麓，俗称“白水河”，以其巍峨壮美的雪山、湛蓝如玉的湖水与雄奇秀丽的峡谷风光享誉世界，因湖水湛蓝、山谷呈月牙状而得名。实地浏览，的确令人惊叹。说到“文化演出+旅游”项目，另一个陪同的市文联《壹读》杂志执行主编黄立康提供了一组可观数据。仅以《印象丽江》为例，开演 14 年来共接待游客 1961.6 万人次，实现门票收入 21.5 亿元，获得了“国家文化产业示范基地”称号。可见，丽江推动传统文化现代表达、民族文化世界表达，系统塑造了东巴文化、纳西古乐、摩梭风情等国际知名文化品牌，实践证明是成功的。





## 大研古城赏雄风

14 日，按照计划参观大研古城。

大研古城也叫大研古镇，又称丽江古镇，实际上就是丽江古城。这里依山傍水，风景秀美，至今已有 800 年历史，是一座没有城墙的古城。

我们首先来到狮子山，是大研古城的制高点。居高临下，放眼全城，整个丽江尽收眼底。这座古城拥有大片保持明清建筑特色的民居，多为土木结构的“三坊一照壁，四合五天井，走马转角楼”，既讲究结构布局，又追求雕绘装饰，被中外建筑专家誉为“民居博物馆”。有人形容这里“家家通流水，户户垂杨柳”；我又加了两句“俯视水清澈，抬头见白云”。

走进当年招待红军长征过丽江时贺龙、任弼时等领导人的“接风楼”，我们认识了全国书画名家、丽江少数民族文化艺术大师和文光。他是纳西族百年音乐世家第三代传人、民族音乐家、国家一级作曲家、东巴书法家、中国音乐家协会会员、中国民间文艺家协会会员、中国少数民族音乐学会理事、中国近代文学学会南社与柳亚子研究会艺术委员会副主任、东西方艺术家协会理事，现任丽江民间艺人协会会长，丽江民族文化传习院院长。和大师酷爱文化艺术，德艺双馨，笔耕不辍，可谓著作等身，成果惊人。环视“接风楼”这个四合院里，三面是他的展室，墙上挂满了各种作品和出版的书籍，柜里摆满了获奖证书和奖品。特别是他用东巴文创作的700米书画作品长卷《千禧天歌》，获得世界纪录，先后在北京钓鱼台国宾馆和万里长城展出；2008年为北京奥运会创作的“根深树不倒，林茂水长流”东巴书法作品，在民族文化宫展出后，被世界首富比尔·盖茨家族收藏；他创作的东巴书法作品《中国梦》《心经》《十二生肖》等，先后被收藏在美国、法国、德国、日本、韩国等国家和地区。更可贵的是他不仅自己创作出名，而且主动创办东巴书画高级研习班，申请建立丽江民族文化传习院，培养了一大批现代东巴书画人才，得到社会各界的广泛认可。

参观红军长征过丽江指挥部纪念馆，既使我们系统了解了红二、红六军团当年抢渡金沙江的传奇经历，又看到了丽江各族群众对人民子弟兵的大力支援，还领略了当地政府和宣传部门对传承红色基因的独具匠心。我作为一个长期从事党史军史工作的军旅作家，对红军长征的史料并不陌生，但对过丽江的记载权威典籍中还真少见，这次采风刘团长分工我写一篇红军长征过丽江的稿子，开始觉得有些为难，好在后来遇到赵晏彪老师的学生和松阳，送我一本书中头一篇就是写红军走过丽江的，宣传部提供的一摞资料里，也有一本红军长征过丽江的小册子，不过昨天我们还念叨，能到实地感受一下就好了，没想到今天就如愿以偿。这个指挥部旧址，原来是清朝进士和庚吉的故居，古朴典雅，底蕴丰厚，既是红军长征过丽江的重要纪念地，也体现了纳西族特色与外来文化融合的标志性风格。和庚吉是丽江历史上最后一个进士，先任兵部主政，后请改为外用，曾任四川乐至、石柱、秀山、温江、遂宁等县知县，1904 年辞官还乡。云南督军蔡锷十分器重他，特委以永昌府重任，但被他辞谢。川边镇守使殷叔恒邀他重新襄政，他也没去。回乡后，他与乡人和积贤等协助知府彭继志创办丽江府中学堂，1908 年继任学堂监督，1913 年被选为县参议长。晚年辞去一切公职，修建一园，名曰“退园”，自号“退仙”，以一尘不染之胸襟书写大自然之天籁。可红军长征过丽江时，古城民众在国民党恶意鼓动下人心惶惶，年逾古稀的“退仙”却走出家门稳定人心，带领纳西族人用最隆重的仪式欢迎红军，并把故居腾出送给贺龙作为指挥部。这个展览，是由世界文化遗产丽江古城保护管理局组织实施的，为了适应当代青少年的接受需求，他们把动漫、版画、电子沙盘等多种现代化科技手段融为一体，交互使用，有效增强了展陈的吸引力和感染力。

后来又看了滇西北革命根据地暨边纵七支队纪念馆，观摩了被徐霞客赞为“宫室之丽，拟于王者”的“大观园”木府，尔后在接待过胡耀邦总书记和十世班禅大师的阿妈意餐厅用饭，午后去纳西创世纪参观。

纳西创世纪是一个以科技为载体展现纳西族民俗文化的体验中心，随着场馆工作人员杨丽萍的生动解说和现代化手段的科学运用，把我们带入一个神奇而逼真的梦幻世界。

整个体验以“镜花水月”展开，围绕纳西族敬畏自然、崇尚自然，“以山为骨、以水为魄”的纳西文化背景，追求情韵意趣，小中寓大，情景交融的山、水、阳光和空气，体现无所不在的纳西精神。场馆共分六个部分：

第一部分：纳西史诗《创世纪》。在过道顶部设计了“开天辟地”的元素，既体现了《创世纪》中纳西族起源的传说，亦彰显了纳西族在唐朝、南诏、吐蕃三大势力的夹缝间苦苦周旋的民族特色。以玻璃装饰柜放置东巴经《创世纪》，通过顶部的射灯，渲染《创世纪》的神圣感、仪式感；体现其在纳西文化中不可动摇的地位。

《创世纪》是世代流传于纳西族不同支系中家喻户晓、脍炙人口的两千多行的民间史诗，是世界文化遗产中一颗璀璨夺目的明珠。《创世纪》分为《开天辟地》《洪水翻天》《天上烽火》《迁徙人间》四章，以新颖的思想、高超的意境、丰富的想象力、神奇的故事情节，对万物起始、开天辟地、人类起源和先祖创业等进行了精彩的描绘，是人类历史文化、社会生活的“活化石”“活标本”。

第二部分：百米纳西风情数字长卷。《纳西风情图》动态画卷全长100米，高3米；前后历时三年，共有百余位技术人员参与创作，是国内首个百米动态民俗风情长卷，也是纳西文化体验中心的镇馆之宝。画卷以“茶马古道”为线索，通过不同的人物之间的交互制造不同的事件，力求让观众走马观花时可直观感受丽江的繁华，细看一处时又可妙趣横生，真正做到“可观木氏治下之盛世，亦可察纳西民俗之意趣”，把当年纳西的风土民情、传统景致生动地描绘出来。画卷分为七大板块：雪山秘境、桃源白沙、茶马束河、署古黑龙潭、鼎盛大研、巍峨木府、大美拉市海。描绘人物近千个，人物形神毕备，栩栩如生；房屋鳞次栉比，鸡犬相闻，真实自然，令人有如临其境之感。民居的特色、茶马古道的风情、小桥流水的意境、东巴文化的艺术，都融入整体空间内。每一个设计细节，均洋溢着纳西文化的独有特色。

第三部分：纳西文化长廊。左侧展现的是以纳西族独有的民族文化——东巴文化长廊，结合丽江当地独有的纳西建筑风格，通过图片、影像和文字的生动结合，涵盖纳西节庆、纳西婚俗、纳西建筑、纳西服装、纳西祭祀等内容，还特意安排了生动有趣的民族服饰体验；右侧展现的是“唯一活着的象形文字”——东巴象形文字墙，长 33 米，高 2.5 米，东巴文单字 700 余个，分为植物、天文、地理、神类、兽类、鸟类、人文、饮食、用具 9 大类别。东巴文是纳西东巴所使用的一种民族古文字，是世界记忆遗产，被誉为世界上现存的“唯一活着的象形文字”，以生动直观、大胆夸张的原始图案，演绎着千年纳西的文化史诗。此处还有趣味横生的猜字游戏，并且有小礼品赠送。

第四部分：纳西奇幻之旅。作为国内大型的体感式轨道机车 VR 体验，“纳西奇幻之旅”通过神与神斗、人与神斗、人与自然斗，三大板块十二个场景片段，引入虚拟现实手法带人进入寒冷的雪山，穿越时空的大门，回归到上古时代，亲身体验《开天辟地》《鹏署争斗》《纳西今生》等瑰丽神奇的纳西故事。通过各种专业设备模拟风、雨、雷、电等自然现象，营造最真实的 5D 体验，给人一个神奇、惊艳的奇幻之旅。

第五部分：纳西文化互动体验区。离开奇幻神秘的空间，回到美好而浪漫的现实世界，步入和场馆遥相呼应的纳西文化互动体验区。

第六部分：纳西原创艺术品。都是经过专业设计团队依据纳西风格匠心打造，配以独特的东巴元素，呈现出纳西各族文化精髓的原创艺术品，无论是馈赠亲友还是私人收藏，都具有深远的意义。

纳西创世纪，带领我们一站式体验原生态的纳西文化，感受不一样的文化丽江。

“窥一斑而见全豹”，观一叶而知金秋。短促几天采风，虽属走马观花，也使我们感受到丽江之美，留下了深刻印象。走访归来，作家们将会整理笔记，书写感怀，以倾情之作为美丽之城增光添彩。我们衷心祝愿并坚定相信，“丽美千秋、江汇百川、披星戴月、奋勇争先”的丽江精神，必将不断发扬光大，助推这座世界文化遗产丽江古城实现跨越发展，争创一流！

（陈政举，著名军旅作家，中央军委党史军史专家。创作多部文学专著，其中多篇文章、作品荣获全国大奖，现任中国纪实文学研究会副会长）

# 民俗宝藏“创世纪”

陈政举

在世界文化遗产丽江古城，有一个格外吸引游客的参观场所，馆名叫作“纳西创世纪”。这是一个以科技为载体展现纳西族民俗文化的体验中心，随着声光电的遥控和场馆工作人员的解说，把观众带入一个古老而逼真的梦幻世界。

说到纳西族必然提到“东巴”。“东巴”译为智者，巫师和祭司，是纳西族知识储备最高的人。东巴文化当中有三大经典：《创世纪》《黑白战争》和《鲁般鲁饶》。《黑白战争》讲的是黑部落和白部落为了争夺光明引发的一系列争斗；《鲁般鲁饶》讲的是纳西族的殉情文化。这个场馆的名字和主题叫《纳西创世纪》，讲的则是纳西族开天辟地、迁徙人间、繁衍后代的一系列故事。

在这个纳西创世纪的体验过程中，又有一个令人流连忘返而又记忆犹新的“镇馆之宝”，就是百米数字动态画卷《纳西风情图》。

这幅画卷全长 100 米，高 3 米；前后历时 3 年，共有百余位技术人员参与创作，是国内首个百米动态民俗风情长卷。画卷以“茶马古道”为线索，通过不同的人物之间的交互制造不同的事件，力求让观众走马观花时可直观感受丽江的繁华，细看一处时又可妙趣横生，真正做到“可观木氏治下之盛世，亦可察纳西族民俗之意趣”，把当年纳西族的风土民情、传统景致生动地描绘出来。

画卷分为 7 大板块：雪山秘境、桃源白沙、茶马束河、署古黑龙潭、鼎盛大研、巍峨木府、大美拉市海。描绘人物近千个，人物形神毕备，栩栩如生；房屋鳞次栉比，鸡犬相闻，真实自然，令人有如临其境之感。民居的特色、茶马古道的风情、小桥流水的意境、东巴文化的艺术，都融入整体空间内。每一个设计细节，均洋溢着纳西文化的独有特色。

从雪山开始，到拉市海结束，它是以茶马古道为线索展开，依据丽江的实际地理分布设计的，但是它描绘的不是现在的样子，而是明王朝木氏土司管辖之下的丽江。

首先看到的是茶马古道。马帮走在这条路上，把这儿的茶叶药材等运送到西藏、印度、尼泊尔那些地方，再从异地换一些高头大马回来，这就是马帮最主要的作用：茶马互市，以茶换马，以马换茶。

茶马古道上面是纳西族的神山——玉龙雪山。它是北半球离赤道最近的雪山，是由 13 座雪峰依次弯列而成，远远望去就像一条银龙腾空而出，因此得名玉龙雪山。顶端是玉龙十三峰的主峰扇子陡，因为它外形像一把倒着放的扇子，所以叫扇子陡，也是玉龙雪山海拔最高处，据说有 5596 米，至今没人上去过。人能上得去的地方，大概就是海拔 4506 米或者 4680 米。

在雪山的东面有一块草甸，人们管它叫作云杉坪。云杉坪又叫舞鲁游翠阁，作为纳西族的殉情之地而出名。在改土归流之前，纳西人崇尚恋爱自由，但是婚姻却受到汉民族文化影响，不能自己做主，一再陷入父母之命媒妁之言的苦海当中，那两个相爱而不能在一起的年轻人就会相约着来到这里，在这儿互诉情话，共度三天，当第三天第一缕阳光倾斜而下的时候，双双跳下悬崖，去往他们所向往的玉龙第三国，传说那是纳西人理想中的国度，有吃不完的鲜果珍品，穿不完的绫罗绸缎等，恋人在那里可以得到永世的幸福。

雪山上的积雪融化，积水成湖，就形成了玉湖，底下这个村庄叫作玉湖村，又叫纳西第一村，因为这是纳西族的祖先来到丽江坝子之后最早居住的村庄之一。所以人们能看到这个院落里还圈养了一些羊，湖边还有滇马和牦牛，由此可见，这边的生产生活方式还是会跟游牧民族有点相似的，毕竟作为游牧民族的后代。它还被称呼为是养鹿村，因为以前是给王公贵族养鹿的地方。

玉湖村是属于白沙古镇的。白沙古镇在宋元明的时候是这儿的政治经济和文化的核心区域，所以留下了很多的建筑，也会有形形色色的人穿梭于此，像和尚、喇嘛，还有马队。而建筑呢就是这边的玉峰寺，里面有一株万朵山茶是在康熙年间就种下了，每年农历二月份就开得格外好看，吸引很多人来此观赏。

下面是福国寺。福国寺是土司家的家庙，土司老爷经常会请一些僧人和喇嘛来此讲经修行。当年徐霞客来到丽江，土司老爷就是在这儿接待的徐霞客。这一块儿是现在的白沙古镇所在地，这个老牌坊都还在，这里是白沙壁画所在地大宝积宫和琉璃殿。上面供奉的是纳西族最大的保护神阿普三朵，相传他是雪山的化身，是属羊的，农历二月初八所生，所以每年的农历二月初八是纳西族最为隆重的节日，都会举家到这儿去祭拜三朵战神。

顺着水流，来到束河古镇。束河古镇是茶马古道上重要的商品集散地。刚才看到的玉湖村有畜牧业，到束河就不一样了，束河就得提到农业，图上看到有很多的良田，还有一些耕牛，甚至于这里还有一些纳西族的阿妈在打谷子，她们使用的工具很简单，就是两根棍子，一根粗的，一根细的，拿一截绳子连起来，握着一根抡着打，把粒子打出来，人们管它叫作“够里”。除了农业之外，还要提到手工业。当时形容束河人是“一个锥子走天下”，都是一些手艺人，束河又被称作手工业之乡。举个例子，这里有个皮匠村。说到这个皮匠村，还有一个典故，叫“靴灯案”。说的是洪武年间元宵节举行灯会，有些皮匠做了个巨大的灯，做成了靴子的形状，朱元璋的原配夫人大脚马皇后知道了，说你是在讽刺我脚大，所以很多皮匠就获了罪，朱元璋把他们发配到了云南，土司老爷就给他们聚集在束河，让他们在这里洗皮揉皮制皮，将皮具文化发扬光大，就形成了皮匠村。中间这个广场就是四方听音广场，在这儿设置了一个小互动，就这样安静地看着他们，他们是在建房子，切菜，赶牛车，各自都在忙着各自的事情。现在请一位观众来这边重重地敲一下这个铃铛，然后请其他朋友注意观察这里会发生什么变化。没错，听到铃铛响了，他们就都跳动起来了，但是他们跳的并不是纳西族的传统舞蹈，更像是现代街舞或者广场舞的风格，想怎么跳就怎么跳，很随性的，所以在这儿主要体现了纳西族人劳逸结合、怡然自得的生活态度。

再往前看，上面这个烟雾缭绕的地方，是在举行祭风仪式。纳西族是一个兼具祖先崇拜和自然崇拜为一体的民族，有着 30 多种祭祀活动，最主要的就是祭天、祭署、祭风，此处举行的就是祭风仪式。顺着青龙河往下，经过青龙桥，这是马帮所经过的最大最古老的一座青石桥。

这个水流一直流向大研古镇，但是会先经过黑龙潭。黑龙潭是丽江古城的水源聚集地，这边的水顺着锁翠桥，一分为三,三分为九，进入大研古镇，形成了现在看到的小桥流水人家。回过头看到的这个楼阁叫作“得月楼”，就取自“近水楼台先得月”中的三个字。五孔桥将黑龙潭分为两个部分，中间这个亭子叫“一文亭”，相传有一个善女化缘，但是她有一个规矩，就是只要一文钱，多年之后就用化缘来的钱建造了这个亭子，所以管它叫作“一文亭”。水边在举行的祭祀活动是三大祭祀中的第二种——祭署仪式。祭署是在农历二月份在水源处举行的，是为了向署神忏悔人类的过错，因为人们为了生存不得已破坏了大自然，希望能求得署神的谅解，也希望它能继续保护人类。

顺着玉河一直走，就看到了熟悉的大水车。看见这个大水车就说明已经来到了世界文化遗产丽江古城，大水车就是一个代表性建筑。这里有纳西族的胖金妹，穿着盛装，跳着纳西打跳欢迎观众来到大研古镇了，咱们一起伴随着他们的欢声笑语去到古城逛一逛。

顺着玉河走，来到北门坡，这里是个很浪漫的地方，纳西族的青年男女就是在这儿谈恋爱约会的，在这儿相知相识相恋，就要步入婚姻的殿堂。这不，此地就有一户人家在举行纳西族的婚礼。纳西族的婚礼跟古装剧里演的有点像，会有拜火塘、跨火盆、洗头礼等习俗。除此之外还有一个很有意思的婚俗，新娘子被新郎官儿接回来，进到屋子里，婆婆就会给她送来三样小礼物，第一样是一碗糖水，里面会有红糖、枸杞、红枣等，表示希望两位新人以后日子过得甜甜蜜蜜；第二样是一个红包，汉民族也有，就是改口费，还有红红火火的意思；第三样就是纳西女子身上所戴的围裙，希望新妇能够勤劳、持家。当地有一个说法："娶个纳西婆，胜过十头骡。"纳西族的女性确实很勤劳能干，这里就是一个典型的例子。

这个地方是现在的七一街崇仁巷，现在完全看不出来当初的样子了。当时这里是一条杀猪巷，据说在这杀猪卖肉的都是胖金妹。由此可见，胖金妹确实很能干。那胖金妹杀猪卖猪肉，胖金哥在干吗呢？结合时代背景来看，胖金哥那个时候就去赶马帮，或者跟着土司老爷去出征打仗，一走就是好几年，好不容易回来一趟，胖金妹不舍得让他们太辛苦了，所以回到丽江，他们就三五成群地在这儿玩呢。这儿就是古城里的大石桥，也被调侃作男人桥，因为在这儿优哉悠哉闲着的是男性居多。仔细看，中间这位还在用他夸张的姿态向别人炫耀他训练出来的鹰，放鹰遛狗是纳西族男生很喜欢的娱乐项目啊！除了这些，纳西族的男人还要传承纳西文化，学习东巴文字，弹奏纳西古乐，一句话形容他们就是"琴棋书画烟酒茶，放鹰遛狗样样行"。

说回这个"大石桥"。古城里的桥很多，大大小小有三百六十多座，但是这个桥不只是供来往行人过路的，还有"桥市"这样一个说法。“桥市”就是在桥上买卖东西，一座桥就是一个市场，卖着特定的东西。像大石桥，以前是卖麻布的，所以又叫“麻布桥”。四方街旁这两座桥分别就是“鸡豆桥”和“鸭蛋桥”。所以，以前要买什么东西，就直奔那个桥而去就可以了。

四方街在当时是纳西族和其他民族进行经济文化交流的场所，所以能看到服饰各异的人聚集于此。四方街名字的由来是因为它外形四四方方的，就像一个知府大印，土司取自权镇四方之意，所以取名四方街。

四方街走过来，此处有个井，这样的井叫“三眼井”，在古城里很常见，它其实是一泉的水，只不过分为三潭，第一潭拿来饮用，第二潭用来洗瓜果蔬菜，第三潭水就是取来清洗衣物的，这就实现了一个水资源循环利用，也体现了纳西族先民的智慧。

因为水资源比较丰富，人流量也比较大，所以这儿有了很大柴米油盐酱醋茶坊，酱油坊里还有人在筛黄豆，此处有一个纳西族的阿妈在磨豆腐，他们家的男人把豆腐拿到街上去卖。现在仔细观看，在他旁边这座桥上有一个鬼鬼祟祟的人，他手上是拿着一个东西的样子，然后他把什么东西往河里一丢就走了。这个人到底是什么身份，这里先留个悬念，等到木府再揭谜底。

背后这个牌坊叫“天雨流芳”，汉语的意思是说皇家的恩惠像甘霖一样滋润着神州大地，而纳西语读出来是“吕番”，意思是说“读书去吧”，也是劝解后人要好好读书，现在也是用在很多校歌校训当中。

都说大理有名三塔寺，丽江有名石牌坊，说的就是木府门前这个“忠义”牌坊，上面的忠义两个字是朱元璋亲赐的，嘉奖土司多年来戍边有功。现在来到木府，图上的木府和现在的木府也是差不多的，分为家院和前院两个部分，这里就是木家苑，负责土司家里人寝居饮食的地方。木家苑门口拴了一只老虎，平常人家看家护院的是狗，他们家是只大老虎啊，而且听说以前他们家的家丁出来巡夜都是遛着个老虎的，可见何等的威风和霸气。

看到这儿，还记得刚才桥上那个鬼鬼祟祟的人吗？其实他并不是丢垃圾的，更不是投毒的，他的真实身份是个暗哨。土司老爷治理一方，要体察民情，又不可能每天都在街上溜达，所以就在大街小巷安插了很多这样的探子，他们白天的任务就是收集民间的一些信息，到了晚上就将收集到的信息放在一个竹筒里，让竹筒像漂流瓶一样流到木府家院，木老爷第二天早上就从水中把情报捞起来，就可以做到足不出户，尽知天下事。

再往前就是木府前院了。这里是个练兵场，挥动这个旗子，就可以指挥这些将士了。练兵场后面的建筑依次为议事厅、万卷楼、护法殿、光碧楼、玉音殿、三清殿，最后是万古楼。万古楼在丽江狮子山上，是大研古镇的一个制高点，从这儿往下看是可以俯瞰整个古镇的，所以这儿也是一个观看古城全景的好地方，以前是作为一个哨楼，因为丽江古城没有城墙，所以以前预察敌情就靠这里了。

对于丽江古城为什么没有城墙这个疑问，据说有两种解释：一是因为土司姓木，如果修建了城墙，就相当于在“木”子外加了一个框，就会变成“困”字，所以土司就一直没有修建城墙。除此之外还有一个原因，丽江是一个马帮所经过的地方，为了方便马帮通行，也不适合修建城墙。

逛过了木府，就从南门桥出古城了。南门桥以前是作为一个骡马交易市场的，马帮从远方来到这儿要换马，换成当地的滇马，换了马之后再接着赶路，所以这里拴着很多滇马。滇马除了个子矮、腿短之外，身上还有一些斑斑点点，所以，这些马匹以前又叫花马，就是因为这些马匹的存在，丽江以前还有一个称呼叫作花马古国，乃至现在的花马街，它的名字就是因为这些花马的存在。

换马后接着赶路，就出丽江城了，来到拉市海。拉市海因为地势好，气候适宜，马帮会在这儿休息调养，歇够了再去往中国西藏和印度、尼泊尔那些更远的地方。离开拉市海，百米长卷就看完了。这边就是原稿的展示品，它是委托广州美术学院的学生，实地考察了三个月，尔后用工笔画的形式绘制的，再由奥运会和世博会的设计团队，花了两年多的功夫，匠心独运、精心打造而成。因此，说它是“纳西创世纪”体验中心的“镇馆之宝”，一点也不过分。甚至还可以说是：百米长卷在手，纳西文化全有。目睹体验画卷，不必实地再看！

# 往事新话忆红军

陈政举

我作为长期从事党史军史编纂研究的工作人员，参加这次中国纪实文学研究会与丽江市委宣传部联合举办的“纪实文学作家写丽江”采风活动，一个重要收获就是发现了一组关于红军长征过丽江的往事新话。

对于红二、红六军团长征途中过丽江的记述，权威典籍涉及不多。

据《中国共产党历史》[①]记载：“红二、红六军团是在1935年11月开始长征的。这年9月，蒋介石调集130个团向湘鄂川黔根据地发动新的‘围剿’，形势非常严峻。11月19日，红二、红六军团为争取主动，在任弼时、贺龙、关向应、萧克、王震等领导下，从桑植的刘家坪地区出发，开始战略转移。1936年1月上中旬，进入黔东石阡、镇原、黄平地区。由于国民党军队四面紧逼，部队又向黔西、大定（今大方）、毕节转移，并在毕节城内成立临时政权机关。2月底，夏曦在毕节七星关渡河时牺牲。3月下旬，部队到达盘县、亦资孔地区。3月30日，红二、红六军团接到红军总司令朱德、总政治委员张国焘的电报，命令他们北渡金沙江同位于甘孜地区的红四方面军会师。红二、红六军团离开盘县地区向西急进，渡过金沙江，越过大雪山，历尽艰险，于7月2日同红四方面军会师于甘孜。”

《中国人民解放军军史》[②]记述：“3月31日，红二、红六军团离开盘县地区，分两路向云南中部急进，冲破国民党滇军防线后，于4月6日占领寻甸，准备经普渡河从元谋北渡金沙江。由于遭滇军主力拦阻，红二、红六军团决定放弃原定计划，改由滇西金沙江上游渡江。9日，部队在六甲地区经顽强激战打退了追击的国民党军。接着，迅速南下，于11日攻占了距昆明20公里的富民。国民党滇黔‘剿匪’总司令部总司令龙云急令滇军主力回救昆明。红二、红六军团突然转向滇西，于23日占领鹤庆，将国民党‘追剿’军远远甩在后面。4月25～28日，红二、红六军团从丽江的石鼓至巨甸之间顺利渡过金沙江，粉碎了国民党军将红军消灭于金沙江南岸的企图。”





从史书记载来看，对红军长征过丽江讲得都很笼统。党史中只写了“渡过金沙江”一句话，连“丽江”俩字都没提及。军史中写到了“从丽江的石鼓至巨甸之间顺利渡过金沙江”，但为什么能够顺利渡过、具体是怎么渡过的也没有详细记录。因此长期以来人们只知道红军渡过金沙江，而不清楚这金沙江是从丽江渡过的。记得12年前我来丽江时，还听军分区的一个同事说，第二天要接待一位从军委机关来的同志，专门考察当年红军过金沙江的情况，我因为当时有别的任务，对此也没有特别留意。而这次采风中，给我一个强烈印象，就是丽江党政机关和各族人民群众，对当年红军长征过丽江的情景记忆犹新，对当地群众特别是纳西族人全力护送的故事如数家珍，对共产党领导下的人民军队赞不绝口，对继承和发扬我党我军优良传统、传承红色基因付诸了实实在在的行动。

还在迎接我们从三义机场到束河古镇的路上，市委宣传部舆情信息科和龙科长就给作家采风团建了个群，并往群里推荐了好几篇丽江这座世界文化遗产古城以文兴市的电子版文章。

其中有篇时任市委书记崔茂虎为一本即将出版的新书而写的序言，题目就叫《传承红色基因 厚植家国情怀》，开篇写道：“中华人民共和国成立之日，时年85岁高龄的和庚吉老人挥笔写下一副对联，讴歌新中国的诞生：创前古未有之新中华，英雄时世；扩养生大同于遥远邑，衽席苍黎。”

接着就说：“1936年4月24日，贺龙率红二、六军团长征进入丽江，开明绅士和庚吉带领老百姓夹道迎接，红军将士经过东元桥时，纷纷下马向前来迎接的乡亲们亲切致意，并一路来到玉龙锁脉寺和四方街，受到热烈欢迎。在丽江人民的支持下，红军顺利渡过金沙江北上。东元桥至今仍横跨在漾弓江上，桥头静静地竖着一块纪念碑，上刻：‘蛇山白塔风尘古，漾江恩桥岁月深’，横批‘长征之路’。”

然后感慨：“共产党领导下的人民军队有着优良的作风和严明的纪律，这赢得了人民的信任，使红军得以不发一枪一弹过丽江，也奠定了日后丽江和平解放的基础。”

继而引出结论：“历史是最好的教科书。从古至今，丽江‘家国情怀’的先贤人物，充分表现了自觉的国家认同、中华民族认同、中华文化认同，以及社会主义道路认同的家国情怀。丽江深入挖掘和阐发丰富独特的家国情怀历史文化资源，是在全市大力弘扬家国情怀，培育和践行社会主义核心价值观的题中之义。《‘家国情怀’丽江先贤录》的出版，对于进一步涵养和培育深沉的家国情怀，传承弘扬丽江深厚的红色文化，践行‘丽美千秋、江汇百川、披星戴月、奋勇争先’的丽江精神，推进丽江跨越式发展具有深远的历史意义和现实意义。”

读了上述文字，使我的心灵受到了震撼：一副对联、一座桥头、一块丰碑、一条道路、一本新书、一种精神……话虽不多，但内涵非凡，这其中的奥秘值得我们去探寻、去挖掘、去感悟。晚上，采风团刘团长分配写作任务，我毛遂自荐承担写红军长征过丽江一文。

参观红军长征过丽江指挥部纪念馆，更使我坚定了写这篇随笔的决心。

一方面，是因为从这个指挥部纪念馆里，进一步了解了前面提到的那个丽江先贤和庚吉。原来，这个指挥部旧址，就是和老先生的故居，古朴典雅，底蕴丰厚，既是红军长征过丽江的重要纪念地，也体现了纳西族特色与外来文化融合的标志性建筑。和庚吉是丽江历史上最后一个清朝进士，先任兵部主政，后请改为外用，曾任四川乐至、石柱、秀山、温江、遂宁等县知县，1904 年辞官还乡。云南督军蔡锷十分器重他，特委以永昌府重任，但被他辞谢。川边镇守使殷叔恒邀他重新襄政，他也没去。回乡后，他与乡人和积贤等协助知府彭继志创办丽江府中学堂，1908 年继任学堂监督，1913 年被选为县参议长。晚年辞去一切公职，修建一园，名曰“退园”，自号“退仙”，以一尘不染之胸襟书写大自然之天籁。可当红军长征要过丽江时，面对古城民众在国民党恶意蛊惑下人心惶惶的实际，年逾古稀的“退仙”却走出家门，根据自己多年来对时局国事的了解，针对国民党污蔑红军“杀人放火”、共产党“共产共妻”的谣言，苦口婆心说服群众，竭尽全力稳定人心，反复告诉大家“共产党是一个正义的政党，有自己的纲领，红军是共产党的军队，关心劳苦群众的部队，不会乱杀人，我们应该欢迎才是。”红军进入丽江这天，和进士亲自出面带领纳西族人，按照少数民族传统习惯，用最隆重的礼节仪式，在玉龙锁脉和东元桥头摆着香案、献上猪头，手挥写着“欢迎义军”字样的彩旗迎接红军，并把自己的故居腾出来送给贺龙作为指挥部，使喜出望外的红军深受感动，怎么也没想到在边远的少数民族地区会受到如此热情欢迎，也以秋毫无犯的严明纪律和为民助民的实际行动赢得了群众信任，证实了红军是共产党领导下的人民子弟兵。和庚吉从一个旧政府的“退仙”到带头迎接并帮助红军顺利渡江，事实证明他不愧是崔书记称道的“开明绅士”，也理应成为具有“家国情怀”的“丽江先贤”，而之所以能够做到这一点，追根究源又取决于对我党我军的政治认同。从这个意义上说，和庚吉足可以同与刘伯承“彝海结盟”的彝族领袖小叶丹相提并论，有所不同的是行动更自觉、作为更主动、效果更明显。

另一方面，这个展览不仅形象生动地展示了红军过江的传奇经历，而且针对现实需要特别是青少年接受特点在展示手段上做了有益尝试。

2018 年 6 月 11 日，丽江市人民政府批准建设红二、六军团长征过丽江指挥部旧址纪念馆项目，具体由世界文化遗产丽江古城保护管理局组织实施。该项目在和庚吉故居的基础上，对原红二方面军过丽江指挥部旧址进行重新设计、装饰装修、筹备展品及布展，使用先进设备完善硬件设施配置，以切实提升丽江古城文化内涵、深入挖掘历史底蕴和红色文化、保护人文历史资源为主题，以“文化+历史+科技”的形式展现、弘扬和传承“红色文化”及“长征精神”。

纪念馆共设六个部分——

一是前言部分，以文字、电子地图和浮雕为基础的形式展示。用文字介绍了红军长征的背景，以电子地图的形式用不同颜色标识了长征的四支队伍，更加直观地了解到队伍的前进方向和到达地点；浮雕则形象生动地展示了红军长征过丽江时，丽江人民热情欢迎红军的场景。

二是“雄关漫道”部分，以文字、图片为主，影片、电子沙盘地图展示为辅的形式，介绍了红二、红六军团在1935年11月从湖南桑植出发至1936年4月到达丽江之前，整个战略转移的征程。

三是“金沙水暖”部分，以文字、图片等六种现代科技手段为主，油画、版画、实物为辅，系统地介绍了红军到达丽江后，在当地群众的热情帮助下，与丽江各族人民建立了深厚的军民鱼水情。

四是“北渡金沙江”部分，以文字、图片、实物加上大型的影院技术和油画，展示了北渡金沙江的这一段历史。

五是“战旗猎猎”部分，以文字加图片，直白地展示了红二、红六军团在不同的环境和时代背景下的不同使命。

六是“星火燎原”部分，以图片为主展示了在红军革命火种的影响下，丽江一大批革命的中坚力量迅速成长，创立了多个革命组织，开展了多次革命活动，有力地配合了丽江乃至整个滇西北地区的和平解放。

通过把动漫、版画、电子沙盘等多种现代化科技手段融为一体，交互使用，有效地增强了展陈的吸引力和感染力。这也印证了丽江这座世界文化遗产古城创新发展，对传统文化现代表达、民族文化世界表达、静态文化动态表达的成功实践。

还有一个促使我写成这篇随笔的重要人物，就是市纪委派驻宣传部纪检组的和松阳同志。她既是一名兢兢业业的机关干部，又是一位辛勤耕耘的业余作家，还是采风团赵晏彪老师的得意门生。听说我要写红军长征过丽江的稿子，她从随身背着的小包里掏出一本自己的作品集《啄木鸟手记》送给我，打开一看，头一篇就是《红军走过丽江——一段鲜为人知的红军往事》，我如获至宝，当夜就一字一句地读起来。松阳这篇文章写得很全面、很系统，既概要梳理了红军长征过丽江的来龙去脉，又细致描写了纳西人民迎接红军的感人场面；既具体讲述了“军民鱼水情谊深”的一连串生动故事，又形象表述了“石鼓准备渡江忙”的一个个紧张场景；既突出叙述了“红军抢渡金沙江”的激烈过程，又粗略点到了“红军精神代代传”的局部片段……这里不做全面展开，只是摘取部分“特写镜头”——

在“纳西人民喜迎红军来”的小标题下，她写道：这一天天气晴朗，红军部队历尽艰辛来到丽江坝子，先头红四师的骑兵连早了解到丽江纳西族逢年过节喜欢用红色表示喜庆，于是骑兵连每个战士斜跨一朵布做的大红花。这天敌军也循着红军进军线路侦察轰炸。为了防止敌人的飞机骚扰，每一个战士头上还戴着一个用柳条编的防空帽。几十匹乘骑披红戴绿，小跑步抵达丽江古城南郊东元桥和玉龙锁脉“接官亭”。看到丽江的群众手持彩旗夹道欢迎，这是红军自离开苏区长征以来所没有过的，红军战士异常高兴，一个个跳下马来，向欢迎的老百姓致意问候。战士们看到乡亲们手里的彩旗上写着“欢迎义军”，连忙解释说：“我们是工农红军，我们是工农红军。”

在讲述军爱民、民拥军的故事时，她写道：红军部队刚进城的时候，有一位纳西族大娘抬了一桶水在路边给红军战士喝水，战士们喝了水还给大娘留下几个毫子还有银圆。朴素的纳西族群众看到红军的举止一点都不像国民党所宣传那样可怕，于是很快就亲近起来……红军来到县衙门把监狱打开，释放了48名被关押的劳苦群众，请来铁匠，给7个戴着脚镣的难友打开了脚镣，带他们去街上理了发，又把从当地官僚和土豪劣绅家没收的衣服和银钱分发给了他们，让这些生活在社会最底层的劳苦群众感受到了胜似亲人般的感情，感恩戴德的难友们纷纷提出愿为红军渡江尽力。被释放的大研镇青年桑乐天，主动报名给红军带路，送红军过江。

在描述为保证红军顺利渡江紧张筹备时，她写道：丽江城里的35个裁缝师傅和17台缝纫机全部动员组织起来，夜以继日地为红军赶制军服和米袋子；经过宣传动员群众，共得到大小船只7艘，召集了28名船工，到石鼓又动员20多名木匠、铁匠赶造了几十只木筏以备渡江。

在叙述红军抢渡金沙江时，她写道：

自4月26日下午开始，红军分别从沿江五个渡口，由下而上陆续渡江。首先是前卫红四师从石鼓木瓜房和木取独渡口开始起渡，到天黑前全师渡过金沙江后，沿江北上。

27日，贺龙总指挥、任弼时政委率红二军团在格子和士可渡江，红五师、六师继红四师和军团部之后分别在石鼓木瓜房、木取独和格子、士可渡江。

4月27日是渡江最多的一天，五个渡口全部不间断地紧张摆渡，为了争取时间渡江，红军战士和船工轮流划船，夜以继日地组织渡江；为了加快渡江速度，减少渡船的载重量，重机枪、迫击炮和两门山炮及辎重等也用木筏摆渡，骡马则泅渡过江。

萧克军团长、王震政委率六军团部、教导团和红七师，继二军团后渡江……

红军在丽江抢渡金沙江自25日下午从石鼓渡口开始，到28日下午巨甸渡口胜利结束，经过四天三夜紧张的抢渡，红二、六军团18000人马从容渡过了天险金沙江。

其实，松阳的这篇文章是从和朋友一起带着孩子重走一段长征路起笔的，收笔又注意了前后照应。本文也就借花献佛，用她的尾声来作为这篇随笔的收尾：

每年，这里的人民都在用不同的方式纪念红军长征这一举世瞩目的壮举。近年来，丽江成立了红色文化研究会，组建了红色文化艺术团，开设了红色文化大讲台，用人民群众喜闻乐见的方式共同传承弘扬长征精神。



趁着假日，我们也带着孩子重走了一段当年红军长征的路，缅怀在长征途中英勇献身的千千万万个革命先烈，希望孩子们在幸福美好的生活环境里不忘党和国家的艰辛历程，让革命先辈的精神永远鼓舞着我们、照亮我们新的长征路，让红军长征的精神代代相传。



注：

①中共中央党史研究室：《中国共产党历史》第一卷，中共党史出版社，2011 年 1 月第二版，第 398 ~ 399 页

②《中国人民解放军军史》编写组：《中国人民解放军军史》第一卷，军事科学出版社，2011 年 6 月版，第 404 ~ 405 页

# 泸沽湖畔摩梭人

朱金平

早就盼望去泸沽湖采风了！这不仅是因为那里的风光非常迷人，更因为那里是神秘摩梭人的居住地，保留着迄今为止中国乃至世界上仅存的母系社会体系，尤其是其走婚的男男女女更是令人好奇。

时机终于来了！这是一个深秋时节，我与好友一道驱车从云南丽江出发，沿着高山峡谷曲曲弯弯的山道，在斑斓的秋色中向着200公里外的泸沽湖出发。到达目的地时，已是晚上7点多钟。夜色的帷幕已经合上，我们就在繁星满天的湖边宾馆住下了，急切地期待一睹泸沽湖的芳容，并走近摩梭人的生活。

## 美得让人沉醉的高原湖泊

次日早晨，拉开窗帘，一幕令人震撼的美景让我这个爱摄影的人一下子睁大了眼球。我甚至来不及套上件厚一点的外衣，掏出相机穿过宾馆的后门就冲上一高地。

此时，眼前呈现出一片浩渺无边的天蓝色湖水。几艘摩梭人驾驶的小木船，像一片片金色的秋叶飘落在湖面。远处，层峦起伏的绵绵青山，缠绕着一条条哈达般的白云。火红的霞光，又把云彩渲染得像漫天飞舞的红绸。在纤尘不染的蔚蓝色天空下，这里的山山水水和飘逸的云霞，就像为湖泊四周居住的摩梭人搭建了一个巨大无边、色彩绚丽的舞台，让他们在这里演绎生命的传奇。

我的眼睛似乎不够用了，手指不停地按动着相机的快门。我贪婪地想把这迷人的景色一网打尽，于是乎陶醉在这令人目瞪口呆的景色里。匆匆吃过早饭，我们就迫不及待地乘车沿着湖边开始了梦寐以求的漫游。





作为我国的第三大深水湖泊，泸沽湖位于云南省丽江市宁蒗县与四川省盐源县交界处，为川滇共辖。湖东为盐源县泸沽湖镇，湖西为宁蒗县永宁乡。云南占湖泊总面积的三分之二,四川约占湖泊总面积的三分之一，云南远比四川湖面面积大，而湖岸线四川要比云南长。湖泊略呈西北－东南走向，东西最大宽度 7.3 公里，南北最大长度 9.3 公里，湖岸线总长度约 48 公里。湖泊面积 50 多平方公里，湖水库容量超过 22 亿立方米。她宛如一颗晶莹剔透的巨大明珠，镶嵌在祖国的西南部。

泸沽湖的西北面，雄伟壮丽的格姆山巍然矗立。这座山，是摩梭人为之崇拜而人格化的格姆女神。湖泊东南面长满水草的大片湿地称为草海，广阔的水域称为亮海。此时的草海，牧草丰盛，牛壮羊肥。浅海处茂密的芦苇随风荡漾，簇簇花草迎风招展。一朵朵粉红色的格桑花，则镶嵌在碧蓝色的湖边，美不胜收。

在纳西族摩梭语里，“泸”为山沟，“沽”为里。所以，泸沽湖意即山沟里的湖。因湖的西岸盐源县在元、明、清三代设左所土司千户所，中华人民共和国成立初期设左所自治区，所以，泸沽湖又名左所海，史上亦称永宁海、勒得海。

湖面海拔 2690 米的泸沽湖，在大地构造上属于横断山块断带和康滇台北斜交界地带，形成时期较新，为第四纪中期新构造运动和外力溶蚀作用而形成，同新疆伊犁哈萨克自治州北面的赛里木湖类似。泸沽湖是一个高原断层溶蚀陷落湖泊，由一个西北东南向的断层和两个东西向的断层共同构成。泸沽湖流域属巴颜喀拉地槽区，金沙江褶皱系，湖区古生代及中生代地层发育，无典型的湖相沉淀。由于受构造运动的影响，湖盆四周群山环抱，湖岸多半岛、岬湾。

泸沽湖整个湖盆质地为岩石，内壁非常陡峭，但四川一侧因在地质史上有大量山脉泥沙冲积入湖，其内壁陡峭程度较云南一侧轻一些。云南一侧的山脉几乎是直插湖底。湖中有 5 个全岛、三个半岛和一个海堤连岛，形态各异，翠绿如玉。其中由东至西伸到湖中的长岛长达 4 公里，面积 6 平方公里，把湖面阻隔成马蹄形。

湖中的黑瓦吾岛、里务比岛和里格岛，被喻为“蓬莱三岛”，在宁蒗一侧，位于湖心，距离湖岸落水村 2500 米，是南来北往的候鸟、野鸭的栖息之处，是昔日永宁土司阿云山总管的水上行宫，美国学者洛克曾旅居于此。此外的媳娃娥岛，又称“土司岛”、“奈络普”，纳西语称“恒瓦古”，离湖岸 2000 多米，位于西北半湖的中央。博凹岛，末代左所土司在上面修建了一所别宫，来用安置来自雅安的汉族夫人肖淑明。还有安娜俄岛，坐落于达祖湖湾。

明朝的旅行家徐霞客在其著作《徐霞客游记》中对泸沽湖有文字记载，将泸沽湖及其附近的三个小湖描述为“四池”，并记载湖中有三岛。明代诗人胡墩赋赋诗泸沽湖：“泸湖秋水间，隐隐浸芙蓉。”清朝乾隆年间的《永北府志》将泸沽湖中的“泸沽三岛”列为胜景之一，清代诗人曹永贤赋诗：“祖龙求神仙，三山渺何处”，盛赞泸沽湖美如蓬莱仙境。

灿烂的阳光下，泸沽湖如明镜般镶嵌于高原群山之中。湖北面有狮子山，海拔 3754.7 米；东北面的肖家火山，海拔 3737 米；西南面的狗钻洞山地，海拔 3400 米。狮子山就是格姆女神山，是泸沽湖四周最高的山峰。在摩梭神话传说中，此山是格姆女神的化身。转山节期间，摩梭人都要上格姆女神山祭祀女神。后龙山，就是楔入泸沽湖心的一个长岛。后龙，是摩梭神话传说中的男山神。他与格姆女神是至爱情侣，彼此化为山岛，白天隔海相望，晚上“走婚”共度良宵。

泸沽湖是一个产流条件较好、湖水补给比较充沛，而水量损耗又相对较小的一个半封闭湖泊。该湖的入湖河流共 18 条，其中云南部分 11 条，四川部分 7 条。常流河共 9 条，其中云南部分 5 条，四川部分 4

条。这些河流分别为大渔坝河、乌马河、幽谷河、王家湾河、蒗放河、凹垮河、蒙垮河、大嘴河、八大队河。流入湖的山泉主要有三家村附近的山溪、小鱼坝山溪、洛水行政村附近大鱼坝山溪等。除泉水之外，泸沽湖的湖水主要靠雨水补给。泸沽湖流域的降水量略高于该湖流域的外围地区，多年平均降水量约为 1000 毫米。

由于地处西南季风气候区域，泸沽湖流域受大气环流的影响，属低纬高原季风气候区，具有暖温带山地季风气候的特点。因此，这里光照充足，冬暖夏凉，风光宜人。1988 年 8 月，泸沽湖就被国务院确定为国家重点风景名胜区。

泸沽湖之美，首先美在那茫茫无尽的一湖水。来到泸沽湖，必须乘船到水上饱览独特的风光。在这个旅游旺盛的时节，泸沽湖的四周，到处停泊着一艘艘涂成金黄色的“猪槽船”，船工一般由摩梭妇女担任。我们来到码头，很快就坐上一艘小船，向湖中驶去。

泸沽湖的平均水深 40.3 米，最深处达 93 米，透明度高达 11 米，最大能见度为 12 米，湖水清澈蔚蓝。湖边的水草，多姿多彩，仪态万方，也成了湖中的一景。

泸沽湖水生植物种类和数量之丰富，在全国高原湖泊中是少见的。据统计，其水生维管束植物有 42 种。其中，蕨类植物 3 种，双子叶植物 14 种，单子叶植物 25 种；挺水植物 12 种，浮叶和漂浮植物 10 种，沉水植物 20 种。泸沽湖大型水生植物沿湖岸带呈环带状分布，面积约为 824.47 公顷，占湖泊总面积的 14.7%。若去除草海部分，该湖大型水生植物分布面积约为 263.26 公顷，占湖泊总面积的 4.7%。从三大类植物群落类型来看，沉水植物分布面积占 96.1%，浮叶和漂浮植物分布面积占 2.7%，挺水植物分布面积占 1.2%。

船儿向湖心游去，一条条小鱼在我们的船边游来游去，似乎我们也变成了它们的同类。泸沽湖的鱼类非常丰富，厚唇裂腹鱼、宁蒗裂腹鱼、小口裂腹鱼，是泸沽湖的原生种鱼。还有鲤鱼、草鱼、麦穗鱼、银鱼、鲫鱼等。由于泸沽湖流域自然环境适宜，水量充沛、水质极好，发展渔业有一定的有利条件。但为了保护湖区生态环境，泸沽湖于21世纪初已实施封湖禁渔。

我们的游船继续向前行驶，一只只红嘴鸥尾随而来。当你拿出面包等食物与它们分享时，那些洁白的精灵会在你面前翩翩起舞，引吭高歌。人与鸟禽，在这里非常和谐地相处。据了解，泸沽湖内的主要禽类有：红嘴鸥、野鸭、黑颈鹤、天鹅、鸬鹚、斑头雁、鸳鸯、岩鸽、画眉等。它们从不同的地方飞来，在不同的季节展示不一样的风采，让泸沽湖有了一种灵动之美。

放眼望去，湖中的一座座小岛郁郁葱葱，浓荫蔽日。秋意正浓，岛上的树叶有金黄色的，有火红色的，也有碧绿色的，五彩斑斓。再往更远处看，湖水之上，群山逦迤，天水一色，白云悠悠，令人心旷神怡。你会感受到人在大自然的怀抱里，是多么的惬意。

由于环境保护工作得力，泸沽湖四周的群山林木葱茏。据有关方面的调查，泸沽湖流域有种子植物784种，隶属378属、114科。其中有11个亚种、34个变种、4个变型。由于自然条件优厚，人为影响相对较小，从湖滨向四周山地到最高点海拔地带，都分布有大片森林。其中云南松、丽江云杉、黄背高山栎数量最多，所占面积也最大。其次为红桦、苍山冷杉、大果红杉、华山松、山杨。另外分布有较小面积的原生小果垂枝柏。灌丛层中，以杜鹃、矮刺栎、榛子等为多，还有大片的箭竹。林下草类有龙胆、马先蒿、菊、玄参花、蝶形花等。在泸沽湖四周茂密的森林里，还有青羊、猕猴、赤鹿、林麝、穿山甲、红腹松鼠、灰腹松鼠、狐，以及水獭、虎纹蛙、棘腹蛙等动物。自然环境的有效保护，为泸沽湖拥有丰富、清澈的湖水提供了很好的保障。

1986年，云南省人民政府就批准建立泸沽湖省级自然保护区；1999年，四川省凉山州人民政府批准建立泸沽湖州级自然保护区。以泸沽湖及其周边山地第一层山脊范围的区域划为自然保护区域，其中云南泸沽湖湿地保护区面积 8133 公顷，四川泸沽湖湿地自然保护区保护面积 16867 公顷。自然环境，总是因人类的保护而变得更加美好。

我们在湖面上久久游荡，沉浸在一片湖光山色之中，真有些舍不得上岸。





## 俊美的摩梭人从哪里来

给我们掌舵的“船娘”，虽然 40 多岁了，但身材窈窕、面色娇美、聪明能干。交谈中得知，她是云南丽江这边的摩梭人。如今生活在泸沽湖畔的摩梭人，共有 2 万之多。他们的祖先是从哪里来的呢？

传说在遥远的年代，这里曾是一片山村。村里有个孤儿，每天到狮子山去放牧。人们只要把牛羊交给他，他总是把它们放养得肥肥壮壮的。有一天放牧，他在山上一棵树下睡着了。睡梦中，有条大鱼对他说：“善良的孩子，你好可怜。从今往后，你不必带午饭了，就割我身上的肉吃吧。”小孩醒来后，就在一个山洞里发现了那条大鱼，他就试着从鱼身上割下一块肉烧着吃，鱼肉香喷喷的。第二天，他又去了，发现那条大鱼昨天割过肉的地方又长满了肉。此事被村里一个恶霸知道了，他要把大鱼占为己有，就约了一些贪财之徒，用绳索拴住鱼，让九匹马九头牛一齐使劲拉。那条大鱼终于被拉出山洞，可灾难也降临了。一股洪水从那个山洞里喷涌而出，顷刻间淹没了村庄。此时，有一个摩梭女人正在喂猪，她的两个年幼的孩子就在身旁玩耍。见洪水冲来，这位母亲急中生智，把两个孩子抱进猪槽，自己却葬身水底。两个孩子坐在猪槽里随水漂流，后来便成了这个地方的祖先。人们为了纪念那个伟大的母亲，就拿整段木头凿成“猪槽船”。为此，泸沽湖也称为“母亲湖”。如今泸沽湖上的游船，大多也是独木做成的“猪槽船”。

传说只是传说。关于泸沽湖畔摩梭人的来历，可从一些史书上发现端倪。

在浩繁的史籍中，摩梭人的称谓有多种同音异字记载。《史记》和《汉书》将其称牦牛羌或牦牛夷。因为古代摩梭人为游牧民族，所以被称为放牦牛的人。摩梭一名，最早见于《后汉书》第二十三卷《郡国五》，里面记载："县在郡西，宾刚徼白摩沙夷有盐坑"。此后，唐朝称摩梭为么些或磨西，宋朝也称么些或摩西，元朝称摩沙或么些，明朝称磨西或么西，清朝称摩娑或摩挲。

早在战国时期，羌人部首领中有个叫邛的，为避秦国威胁，率领族人南迁，从甘肃到川西，再逐步迁徙移到泸沽湖一带。据《元史·地理志》记载，摩梭人在永宁定居已有1500多年的历史。又据《归宗引路经》记载：蒗渠地摩梭人是从四川瓦汝迁徙过来的，有62代祖谱为证。近代摩梭，大都居住在金沙江上游地带。四川的盐源、木里、盐边县以及云南的宁蒗，则是摩梭人聚居的地区。

元朝末年，蒙古族的一支部队在战争中败退泸沽湖，并定居于此，与当地的土著人走婚，繁衍后代。所以，今天的摩梭人中，几乎有一半归属于蒙古族。他们的长相、性格、服饰、用具和生活习惯，都与蒙古人相似。同时，也有很多摩梭人长得与纳西人很像，所以又有很大一部分摩梭人归属于纳西族。在我们国家目前的56个民族中，没有"摩梭族"之说。

1950年，云南省丽江专区第二次各族各界人民代表大会文件中记载："出席会议的代表有摩梭族13人"。1956年9月20日，宁蒗彝族自治县成立大会上郑重宣布全县有彝、摩梭等12个民族。1959年，中共宁蒗工委办公室编写的《宁蒗概况》中，多处提到"摩梭族"。

多年来，宁蒗县党政机关和摩梭群众通过多种形式、多种渠道向党和国家有关部门反映，迫切要求恢复"摩梭族"的称谓。宁蒗县的五届、六届、七届全国人大代表，曾在全国五届一次人大会议、全国六届一次人代会议、全国七届一次人代会议以及全国七届四次人代会议上，多次以关于建立一个"摩梭族"的建议向大会提交议案。特别是在全国七届一次人代会上关于建立“摩梭族”问题，被作为云南省人大代表团的几个重要提案之一提交全国人代会，引起了国家有关部门的重视。但调查后发现，由于许多摩梭人在语言、心理和宗教信仰上都和当地蒙古族人几乎相同，所以关于设立“摩梭族”的建议没有得到国家批准。

最终，国家民委等部门将云南泸沽湖畔的摩梭人识别为纳西族，而将四川泸沽湖畔的摩梭人定为蒙古族。摩梭人有自己的母语摩梭语，属于汉藏语系藏缅语族彝语支，与盐源县的其他地区的蒙古族语言相通，但是没有自己的文字。其文化为东巴文化，信奉藏传佛教。每年农历七月二十五日，摩梭人都要在山下举行盛大的祭祖和朝拜活动。

能够更多地结识和了解勤劳、善良、俊美的摩梭人，是我们此次泸沽湖之行的使命之一。当我们离开湖面沿着湖湾前行时，转过一座山，前面突然飘来美妙的歌声和乐器演奏声。此时，在开阔的湖滨广场上，几十名摩梭青年男女正翩翩起舞。经了解，他们是泸沽湖文工团的演员，正在拍摄文艺演出的视频。一个个俊男俏女，穿着具有民族特色的华丽服装，跟我们近距离接触交流，真是令人大饱眼福。

摩梭姑娘们，高挽发髻，配上一串串美丽的头饰，再斜插一朵鲜艳的红花。她们上身穿一袭红衣，下身是白色的百褶裙，腰围白色羊毛皮，脚上是红皮鞋，个个显得美丽动人。摩梭小伙子们，头戴一顶红箍装饰的白色毡帽，蓝色上衣，白色马裤，黑色马靴，身披带有红色条纹的白色围巾，个个显得潇洒英俊。

而在泸沽湖畔星罗棋布的村庄里居住的摩梭人，服装都具有民族特色。妇女平时一般蓄长发盘在头上，穿红、绿、黑色上衣，白色长裙，系艳丽腰带。男子的服装，也具有纳西族或蒙古族的特色。未行成人礼的儿童一律以麻布长衫遮身，成年后的男女衣饰就有所不同。摩梭人到了13岁就被视为成年，女性要行“穿裙礼”，男性要行“穿裤礼”，统称“成人礼”。

“成人礼”，是摩梭人一生当中的重要仪式之一。当少男少女长到13岁时，母系家庭就要为他们举行“成人礼”，给女孩子穿裙子，给男孩子穿裤子。“成人礼”一般在农历大年初一这天举行，等公鸡叫第一遍时，母亲要把孩子叫起来洗脸梳头，把木摞太平房火塘里的火烧得旺旺的，舅舅们搬来大猪膘肉和一袋粮食，祖母和母亲拿来新裤子、新裙子，在锅桩前祷告后给他（她）们穿上。

女孩在13岁前扎小辫，之后开始留长辫。过去是用黑牦牛尾毛，现改用黑毛线，用黑色丝线编成大辫子盘头，缠大包头，和成年妇女一样打扮。给女孩举行“穿裙礼”时，母亲让女孩子站在正房中心火塘右边一根叫“女神柱”的旁边，给她脱去昔日长衫，穿上金边交领右开口黑金绒或红金绒短上衣，白色或天蓝色白褶长裙，扎宽绣花红腰带，在大辫盘头上戴一朵红花。摩梭少女们穿的白褶长裙及服装、戴的头饰都非常好看。

年满13岁的男孩举行“穿裤礼”时，则由舅舅给他脱去昔日长布衫，穿上短衣、宽腿裤，扎上彩色腰带，同大人一样了。举行“成人礼”的孩子必须一脚踏在猪膘肉上，一脚踏在粮袋上（表示将来有吃有穿），接受母亲等长辈和哥哥、姐姐的祝福，并向长辈行礼，向“锅桩石”行礼。然后，他们由大人领着走访亲友，接受亲朋的祝贺和礼物，最后宴请亲朋好友。因地域关系，“成人礼”在有些地方也有不同之处，但大体上还是相同的。

这些古老礼仪，使摩梭的少男少女们接受了成年教育的第一课。从此他们迈开了人生新步伐，步入青春期，成为“母系”大家庭中的正式成员。女孩跟母亲们学习当家理财本领，男孩跟舅舅们学习男人应懂的知识、技能。这些都是直接经验的传授，可谓“言传身教”。

太阳已经西斜，远山近水与湛蓝的天空浑然一色，长空飘着朵朵白云。舞蹈表演开始了，16个青年摩梭男子和20个青年摩梭女子排起长队，后者用右手搭在前者的右肩上，踏着节奏明快的旋律跳起欢乐的舞蹈。走在队伍最前面的，是一个帅气十足的摩梭小伙，他吹着笛子，边跳边行进。

摩梭人能歌善舞，较为流行的是"甲蹉舞"，俗称打跳。"甲"为美好之意，"蹉"便是跳舞的意思，意为美好的时辰而跳美丽的舞蹈。摩梭人的民间音乐和舞蹈是传统文化的一部分。摩梭人的音乐，除了丧葬词，一般来说旋律都是比较高亢豪放的。其固定的音乐曲调，主要有《阿哈巴拉》《玛答打》《打麦调》《绩麻调》《丧葬调》《摇篮曲》《赞美格姆女神歌》和《打跳曲》等。摩梭人学习和吸收了藏、汉音乐，尤其是受藏传佛教音乐的影响，将本民族的一些音乐曲调有所改变后，变得更动听流畅。





摩梭人的乐器，主要有笛子、葫芦笙、唢呐、鼓、钹、拨浪鼓、手摇铜铃、口弦等。最为普遍使用的乐器，要数笛子。摩梭男子通常都会吹，七八岁的牧童也会吹。笛子还是永宁赶马人旅途中消解孤独寂寞的不离伙伴。葫芦笙是打跳时少数人会使用的乐器。其他乐器主要由祭师达巴、喇嘛在举行祭祀仪式中使用。

摩梭人的舞蹈，多姿多彩，具有鲜明的摩梭舞蹈色彩和浓郁的民族风情。有人甚至说，是个摩梭人就会跳七十二种舞，这说明摩梭人的舞蹈种类是很丰富的。乐观、坚强的摩梭人，用音乐与舞蹈抒发着对生活的赞美和对未来的向往。

## "阿注"与"阿夏"在"走婚"

太阳已经下山，微风习习，夜晚来临。根据白天的约定，我们前往泸沽湖边云南丽江一侧的摩梭人家吃晚饭。

摩梭人的民房大多为方木垛成的井干式木楞子房，以木板当瓦，每块长约 1 米，宽 0.17 至 0.26 米不等。内部结构为适应其母系原则而组成的家庭，有火塘所在的正室，为全家的中心；旁有老人及未成年孩子住的地方；另一幢二层楼房为“客房”，上为青壮年妇女与他们的“阿注”的居室，保留着母系氏族社会的一些特点。

一位中年男子出门将我们迎进院子，原来他是这个村的村主任。进得院子里，村主任将我们交给他的妹妹——一位年轻、热情、漂亮的摩梭姑娘。她领我们参观了家里的主要房屋，并重点介绍了其家庭的权威人物——祖母的卧房。为了显示对我们这些客人的尊重，吃饭的地方就设在带有火炉的祖母卧房里。离开我们时，那个摩梭姑娘站在门口回眸一笑，给人“百媚生”的感觉。摩梭人做的家常饭既有本地特色又很好吃，我们边吃边喝很尽兴，不知不觉就到了夜里 9 点来钟了。晚饭后，我们同行的一位朋友找到村主任，说想请他美丽的妹妹再出来一下，要给她拍张照片做纪念。可村主任微笑着说：“不行了，她已换了服装，在闺房等待来走婚的‘阿注’。”

这时，村主任也打扮得很利索，穿着一套时髦的西服。我打趣地问他：“莫不是你也要走婚去？”他大大方方地承认：“是的，这就准备走了。因为想送送你们，所以我就在家等了等。”原来是这样啊！我们有幸第一次碰到正在走婚的摩梭人了！

泸沽湖边摩梭人生活的群体，是中国至今唯一仍存在的母系氏族社会。摩梭人实行“男不娶、女不嫁”的走婚制度。走婚的男女分别叫“阿注”和“阿夏”，故称“阿夏婚”。

少女到了 13 岁“穿裙子”后，妈妈会对她说：“小鸟儿出窝了，该学会自家飞了，往后不要再同小娃娃们一起玩了。”姑娘长到十七八岁后，妈妈或祖母就不准她们再睡在木摞大平房的火塘边了，叫她们到门楼上专门为其准备的闺房里住。到那时就会有小伙子成天盯着她们，会托人或利用各种交往送来礼物。

摩梭青年女男日间多为集体活动，透过歌唱、舞蹈向心上人表达心意。具有感情基础后，二人就可以进行走婚。成年的摩梭人一般在 16 岁后才开始走婚，如今不少摩梭男女已推迟至 20 岁以后才首次走婚。

走婚起初，男方只能在入夜后偷偷地从窗户里潜入（“摩入”）女方“花楼”（即女方房间），与女方同床后，天亮之前再从窗户里离开（“梭出”）。当他们的关系公开化之后，就不再偷偷摸摸的“走”了。“阿注”来了，会请他到木摞房大平屋火塘边坐着，女方的母亲会给他杀鸡、宰羊、煮猪膘肉吃，舅舅们给他倒酒喝……

有些摩梭人会与伴侣以正式的婚礼结合，但与父系社会的一夫一妻（摩梭人称为“一妻一夫”）关系有所不同。正式结婚的妻夫大部分为招婿入赘，少数是女方外嫁。丈夫称为“汗处巴”，妻子称为“处咪”。婚后他们未必会同居，有不少正式结婚的摩梭人仍然居住在自己所属的母系家庭，财产亦分别属于各自的母系家庭，孩子亦由母系家族成员照顾。即使同住，母系家庭成员亦会帮忙照顾自己的孩子，自己亦会帮忙照顾自己或配偶的甥儿、侄儿，经济方面仍然以自己的母系家族为主。

走婚是摩梭人母系社会中的重要组成部分。成年男子走婚是一种传宗接代的途径，只是不同于其他民族的一夫一妻制。摩梭人走婚有两种方式：一种叫“阿注”定居婚；一种叫“阿夏”异居婚。不管哪种婚俗都得举行一个古老的仪式，叫“藏巴啦”，意思是：拜神和祭祖。在女方家举行这个仪式，时间一般在半夜，不请客、不送礼，朋友们也不参加。这个礼仪是由男方家请一证人把求婚者领到女方家，当然是男女青年早已有了感情了，不存在媒妁之言，母舅之命。她（他）们的母亲及舅舅默认后，就可举行婚礼仪式。男方会根据自己的经济状况把带来的礼品按规矩放在火塘上方锅桩的平台上及经堂里的神台上，向祖宗行礼，向锅灶行礼，再向长辈如舅舅、妈妈、姐姐行礼，然后接受长辈和姐妹们的祝福。送去的礼品按老幼、尊长各有一份。他的心上人“阿夏”必须按摩梭人装饰，从头到脚精心打扮。男方会得到女方精心用摩梭麻布亲手织成有摩梭特色的花腰带，女方家决不会向男方家摊派钱物。她们认为男女相爱是平等的，比什么都重要，感情是摩梭人“走婚”的重要因素。当证人向“阿夏”的母亲、舅舅们交待完事项后，从此男女双方关系就公开化了。“走婚”不请客，不操办，这种古老的风俗俭朴、省事，整个仪式一个小时即可完成。

在摩梭人家，每当夜幕降临，家中成年男人们就出去了。他们当中有各位舅舅、哥哥、弟弟，各奔东西南北，去自己的“阿夏”家过夜。对方的姐妹们在家中等候自己心中的“白马王子”到来。当家长的母亲们晚间特别忙，既要打点舅舅和兄弟出门，又要照料家中老母、姐妹与小孩，还要接待自己的“阿注”来幽会。

经过交谈得知，摩梭人的“母系”大家庭的夜间生活，还有一些不成文的规矩。对于那些外面敲门的男人或者客人，年老的舅舅们是决不会去开门的，也不问是谁，主妇也不予理睬。除非你在门外吆喝几声，说明你是外来的客人，家中老人或小孩才会给你开门。家中成年姐妹众多，来幽会的“阿注”也多，各有各的幽会暗号和传情方式，如果不是自己的“阿注”就不会让他进自己的闺房。姑娘的闺门一定要对好暗号她才会轻轻打开，大木摞平房母屋里住着年老妇女与儿童，她们一概不管院中之事。

母系家庭中母亲主宰一切，女性在家庭中有着崇高的地位。家庭里的成员都是一个母亲或祖母的后代，是母性血缘的亲人，没有父亲血缘的成员。财产按母性继承，家庭成员的血统完全以母系计算，家里没有翁婿、婆媳、妯娌、姑嫂、叔侄等关系。家庭里姐妹的孩子都是自己最亲的孩子，不分彼此。母亲的姐妹也称作妈妈，孩子对自己的生父则称为“舅舅”。

在摩梭人的母系家庭里，“舅掌礼仪母掌财”，这是母系家庭权力分工的规矩。家庭的喜庆祭典，较大的物品交换或买卖，除婚姻爱情以外的社会交往，都由舅舅或其他有本事的男性成员做主；家庭财产的保管使用、生产生活安排、一般家务及接待宾客，则由母亲或家庭中聪明能干有威望的妇女做主。摩梭人有句格言：“天上飞的鹰最大，地上走的舅舅最大。”由此可见，舅舅在家庭和社会的地位多么重要。摩梭母系大家庭的成员是平等的，而且体现了家庭成员的合理分工。他们认为，一个家庭的合理分工必然会促进这个家庭的经济发展和文明程度；整个社会的合理分工，必然会使社会安定发展。





由于家庭全部成员都是同一母系血缘，加之摩梭人显著的道德意识即崇母观念的流传弘扬，全部家庭成员亲切和睦，尊老爱幼、礼让为先，宽怀谦恭。从摩梭人的社会风尚和纵横关系来看，他们都讲文明礼貌。摩梭人从小就温柔热情，举止端庄规矩，女子豪爽而重义，男子多情而内向，社会团结和睦。

摩梭人的母系家庭，一般不分家或很少分家。母系家庭通常来说人口较多，少则十几人，多则几十人。人多了有利于家庭劳动的分工，可以从事各方面的工作，家庭容易富裕。在摩梭人的传统观念中，分家意味着对祖辈老人的不恭，意味着争财产，这是十分耻辱的事，会受到世人训斥。所以，即使是几十人的母系大家庭，也充满了欢乐祥和的气氛。孩子们有着欢乐的童年，得到众多母亲的爱；老人们安度晚年，无愧地享受天伦之乐。

当小孩降临到这个世界的第三天，便要给小孩洗身，叫“打三朝”。舅舅为之取名，抱出来晒太阳，在院里走一走。满月后孩子的“阿日”（意为奶奶）要背着猪肉、赶着羊、提着鸡，并带着小孩的生活日用品到女方家来看孩子，还要带给女方祖母、母亲、舅舅礼物。

摩梭的父亲生了孩子，要举行仪式：先敬祖宗，后请邻居老妈妈们吃饭，让乡亲们知道娃娃是谁家的宗族之后，以防乱伦之事发生。小孩是母系氏族家庭中一成员，男方家是绝对不能带走这孩子的。到这时，有的男人会在女方家住下来，但时间不会太长。如果在女方家上门，“丈夫”的地位非常低，只得小心翼翼、规规矩矩做人，处处检点自己的行为，完成主妇分给的任务。在木摞房客厅火塘边，这位“女婿”通常只能盘脚坐在下方的位置上，由当家主妇分给他一份食物。

摩梭人都知道自己的父亲是谁，孩子摆满月酒时，母亲需要邀请父亲出席并确认亲子关系。在过年、重大节日时，孩子必须去父亲家中拜见生父，父亲亦会送礼物给他们。孩子有重大仪式如“成人礼”等，父亲亦必须在场。但父亲并不负责管教和供养自己的孩子，他们只需要管教和供养姐妹的孩子，与甥女甥男的关系比亲孩子亲密。所以摩梭人是“知父不亲父”。

在摩梭人的母系社会家庭里，男性需要抚养自己的姐妹与其他男子走婚生下的孩子。因此，摩梭人最信任的人为自己的舅舅（称呼为“阿乌”），他们称呼自己的生父也为阿乌，以示尊敬。“阿乌”在后辈眼中地位崇高，亦形成独有的“舅权”，就连生父要打孩子，也要先得到孩子的舅舅同意。因此被称为“阿乌”是男性的荣誉，男性要通过“阿乌”身份来确认“男权”。此外亦避免让母亲、姐妹兄弟尴尬与不和。因为同一家族中的姐妹兄弟往往有不同生父，若对他们的称呼不同，会削弱姐妹兄弟间的凝聚力，统称“阿乌”即避免这样的情况发生，强化人们对母系家族的认同与感情。

由于摩梭人出生后由整个母系家庭的长辈共同抚养，其对生母和姨母只有称谓上的不同，而没有亲疏之别，也常常统称为“阿咪”。对家中不同“阿咪”所生的孩子，都视为亲兄弟姐妹，而不像汉人那样称为表兄弟姐妹。

摩梭人在婚姻上还有害羞禁忌，绝对不能在火塘前或有亲戚关系的人面前提及任何跟性有关的词汇，甚至连“阿夏”、“阿注”、“处咊”、“汗处巴”、“怀孕”、“遗传”、“走婚”等摩梭词也不能说。否则会令对方尴尬，也是对老人的不敬。而“阿达”一词也不能在其他母系亲属在场时提起，因为这暗示母亲与父亲的性关系，会令母亲尴尬。害羞文化是避免出现乱伦的一个方式，亦是为了维持母系家族稳定和谐。

走婚的男女，维系关系的要素是感情。彼此一旦感情转淡或性格不合，可以随时切断关系。摩梭人在性事方面，也是女方占主导地位，女方一旦不再为男方开门，走婚关系就宣告结束。

在摩梭人这里，不存在“第三者”，也不存在“父母之命，媒妁之言”的封建规矩，更不存在“嫁鸡随鸡、嫁狗随狗”的说法。男人、女人各住各的家，你不靠我养，我不靠你活。因此，摩梭人根本不存在离婚、寡妇、子女无人抚养、财产继承、流浪儿等等社会问题。在摩梭人走婚的家庭中，大多数“阿注”、“阿夏”们都是相敬如宾。一旦男方的女朋友关门拒绝，或者男人们喜新厌旧，彼此往日情意便烟消云散。他们的结合是自由的，两相情愿的，离异更是无瓜无葛，不会发生任何纠纷。男女双方都有主动权，社会、家庭不干预，即使发生纠纷，双方母亲、舅舅们也会妥善处理。结合并不是以谋生为目的，离异也不会危及谁的生存，经济再富裕也不会为彼此结合稳固构筑可靠的基础。

摩梭的少男、少女们在母系大家庭中，由祖母、母亲、舅舅、姐姐们精心照管渐渐拉扯长大，她（他）们具有集体主义思想和互敬互爱的美德。孩子从小就在这样的环境里接受大家庭的意识和尊老爱幼的教育，服从母亲和长辈，按先长后幼分配食物和其他东西，不干缺德事。这些风俗习惯和道德标准，给孩子们的思想和心灵打上了深深的印记。

进入21世纪，无论中国还是外国，不少家庭“舌战”不断，暴力不断，充满家庭“战争”，离婚率急剧攀升，以至出现老幼受虐待、一些人生活没有保障的现象。而摩梭人的社会，相对于外界是比较安定的。由于他们保留着古老的母系大家庭，所以这里的家庭和睦、社会和谐，更无情杀和母系家庭中的暴力，一片和谐祥和的气氛。

据统计，泸沽湖周围的摩梭人自然村，从中华人民共和国成立到如今，只有一个人被劳动教养过三年。全行政村近千人中，犯轻罪的只有一人，没有犯重罪的。这与摩梭人从小就受到长辈们良好教育是分不开的。因此，摩梭人的走婚被称为是“东方母系文化家园的最后一朵红玫瑰”。

但随着社会结构的改变，在国家行政机关工作或当工人、教师的摩梭人，基本都在外面实行了一夫一妻制。在农村也有部分的摩梭男女，同样实行了一夫一妻制。有统计认为，如今约有百分之三十的摩梭人不再走婚，他们把自己的婚姻和家庭已经融入了整个社会体系中。

告别摩梭人的家庭，已是繁星满天的深夜。归途中，我内心深处生发出这样的感慨：时代在变化，社会在变化，人类的繁衍和生存方式也总是在不断地优化。相信泸沽湖畔摩梭人的明天会更美好！

（朱金平，著名军旅作家，原解放军报《中国军事记者》主编，创作多部文学专著，其中多篇文章、作品荣获全国大奖，现任中国纪实文学研究会副会长）

# 秋风伴我丽江行

朱金平

我是路过丽江的一缕风，一缕轻风。

我不是玉龙雪山下冷暖空气交汇产生的，也不是金沙江畔空气流动形成的，而是那每年5000多万游客光顾丽江时的匆匆脚步搅起的，步步生风嘛！

我很纳闷：那么多人从祖国的四面八方乘飞机、赶高铁、坐公交，甚至开私家车，兴致勃勃地奔向云贵高原与青藏高原接壤的这一隅来干什么？！还有那些蓝眼睛、黄头发、黑皮肤的老外，为何千万里飞到中国云南的这个小城来做客？

别觉得我好奇，我也想看看，丽江到底是一座什么样的城市，它的魅力究竟在哪里？于是，在一个秋高气爽、五彩斑斓的时节，我跟随主人的脚步开始了丽江之行……

为了对丽江有个大概的了解，出发前我查询了有关资料。据史料介绍，十多万年前的旧石器晚期，这里就有智人“丽江人”的活动了。金沙江河谷洞穴岩画的发现和众多的新石器、青铜器、铁器的出土都证明，丽江是中国西南古人类活动的重要地区之一。

“丽江”的地名当初也不叫丽江，它最早起源于金沙江的别称“丽水”。根据《云南通志》记载：“江名丽水，源出吐蕃界，共龙川犁牛石下，本名犁水，讹犁为丽。”金沙江源于青藏高原犁牛石，而称犁水，后因犁、丽声音相近而异写为丽水。“丽江”一名，真正始于元朝至元十三年（1276年），至今已有700多年历史了。

作为古代“南方丝绸之路”和“茶马古道”的重要通道，丽江让人更惊讶的是，她拥有世界文化遗产——丽江古城、世界自然遗产——三江并流、世界记忆遗产——纳西族东巴古籍文献三大世界遗产。在我们的“地球村”里，一个地方能够拥有一种世界遗产就不错了，没想到丽江这座小城竟拥有那么多的世界文化与自然遗产。所以，无论从历史上、文化上，还是从自然环境上说——

## 丽江，是世界遗产之城

不过，笼罩在丽江头上的光环也太多了。什么国家历史文化名城、国家园林城市、中国优秀旅游城市、中国十佳宜游城市、中国特色魅力城市、中国十大休闲城市，还有世界最新锐城市、威尼斯电影节“中国最美外景地”、国际著名旅游城市……我数都数不过来。这些，对我来说不可不信也不可全信，我要用自己的眼睛去看看，丽江到底有什么值得人们向往的地方。走啰!

丽江古城大研镇到了，怎么不见城墙？在中国，任何一座古城似乎都有高高的城墙，唯独丽江没有，这是为何？有游客说，你不懂了吧？因为丽江过去的世袭统治者姓木，如果筑了城墙，就像木字加框成了“困”字，不吉利，所以丽江古城就没有加筑城墙。

其实不然！以我看，丽江四周环抱的座座高山，不就是她天然的城墙吗？丽江只不过是个面积只有约 200 平方公里的坝子，西边的老君山、东面的绵绵山、北面的玉龙雪山，最高海拔都超过了 4000 米，这不就是丽江独一无二的城墙吗？

而且，那些山上植被丰厚。全市 68.48% 的森林覆盖率，给这块丰腴的土地带来充沛的水源。于是，奔腾的金沙江穿城而过，一条条清澈的河流遍布全城。玉河水在城中一分为三,三分成九，再分成无数条水渠。那些在房前屋后沟渠里奔涌的水流，透明见底。一丛丛碧绿的水草在清流的冲刷下纤尘不染，像纳西姑娘飘逸的长发。

水多了，桥就多。仅古城区内的玉河水系上就修建有桥梁354座，平均每平方公里93座。桥梁的形制多种多样，有风雨桥、石拱桥、石板桥、木板桥等，较著名的桥有锁翠桥、万子桥、南门桥、马鞍桥、仁寿桥等。其中，大石桥为古城众桥之首。它系双孔石拱桥，便于两岸往来。水桥相辅，不是江南的周庄胜似周庄，不是意大利的威尼斯美过威尼斯。因此，那吱吱嘎嘎转动的大水车，就成了丽江的一张亮丽名片。

丽江既具有山城风貌，又富于水乡韵味。山给了她骨气，水给了她灵气。高耸的群山相拥奔涌的水流，给了她无限的生气。所以我说——

## 丽江，是山抱水拥之城

登高远望，丽江城里没有高楼林立，而是一抹白花花的平房屋顶，似乎没有什么神奇。但是，当你走进城里，你不得不为那些保存完好的具有西南少数民族特色的民居而赞叹。

流动的城市空间、充满生命力的水系、风格统一的建筑群体、亲切宜人的空间环境，使其有别于中国其他历史文化名城。丽江古城未受“方九里，旁三门，国中九经九纬，经途九轨”的中原建城规制影响。街道布局中的“经络”设置呈“曲、幽、窄、达”的风格。建筑物依山就水、错落有致的设计艺术，在中国现存古城中极为罕见，是纳西族先民根据民族传统和环境再创造的结果。

来到丽江，不能不去那个闻名遐迩的四方街。它是这座古城的中心，是丽江古街的代表。四方街是一个大约100平方米的梯形小广场，五花石铺地，街道两旁的店铺鳞次栉比。其西侧的制高点是科贡坊，为风格独特的三层门楼。从四方街四角延伸出光义街、七一街、五一街四大主街，又从这些主街分岔出众多街巷，如蛛网交错，四通八达。

站在高处放眼望去，不远处的木府巍然耸立。木府，是丽江建筑的杰出代表。看过电视连续剧《木府风云》的人，没有不为它的壮观而赞叹。木府原为丽江世袭土司木氏的衙署，始建于元代（公元 1271 ~ 1368 年），1998 年重建后改为古城博物院，占地 46 亩。府内还悬挂有历代皇帝钦赐的许多匾额，反映了木氏家族的盛衰历史。它坐西向东，沿中轴线依地势建有忠义坊、义门、前议事厅、万卷楼、光碧楼、玉音楼、三清殿、配殿、戏台、过街楼、家院、走廊、宫驿等，从山下建到山上，巍峨雄伟。这些精美的具有民族特色的建筑物，在蓝天白云下的衬托下，是那么气势不凡，美不胜收，并与整个城市环境相得益彰。

而位于丽江古城以北 8 公里处的白沙民居建筑群，以及古城西北 4 公里处的束河民居建筑，布局形制也与四方街相似。建筑群内民居房舍错落有致，极具民族特色。

走在古城的街巷里，似乎难以使人放开脚步，因为路面总是“坑坑洼洼”的。据说，这些路面都由红色角砾岩铺就，雨季不会泥泞、旱季也不会飞灰，石上还有花纹图案。你要是愿意低头慢慢细看，还能给人各种遐思。

无论是古城的街道、广场牌坊、水系、桥梁还是民居装饰、庭院小品、楹联匾额、碑刻条石，无不渗透纳西人的文化修养和审美情趣，无不充分体现地方民族宗教、美学、文学等多方面的文化内涵、意境和神韵，展现历史文化的深厚和丰富内容。所以说——





## 丽江，是建筑独特之城

走出木府时，有个疑问始终在我脑海里萦绕：历史上我们国家有许多城市都在战火中毁灭，而对于一个没有围城的少数民族集聚的小城丽江，为什么能够避免战祸？

在木府的大门口，有个漂亮的讲解员告诉我们：这主要是因为以纳西人为主的少数民族，没有成为“蛮夷”。历代木府当家人，不搞民族分裂，以国家和民族大义为重，在大是大非面前一直站在国家统一的立场上，所以使得该城一直未受到过王朝大兵的讨伐。这既忠诚了国家，又有效地保护了城池和百姓，体现当地统治者的大智慧。所以，木府里就有明清几代皇帝钦赐的“诚心报国”、“忠义”、“辑宁边境”等 11 块匾额。

也许，“诚心报国”的情怀，显示了这里少数民族同胞的遗传基因。

紧靠木府的一侧，就是红旗飘飘的滇西北革命根据地暨边纵七支队纪念馆。里面通过声光电画等多媒体手法，详细介绍了丽江这块土地上的人民矢志跟着共产党闹革命，前赴后继、英勇不屈的奋斗历程。而当年红军长征路过丽江时，就给丽江的各族人民播下了革命的种子。

1936 年 4 月 24 日，红二、六军团在贺龙、任弼时等红军将领率领下路过丽江。由于当地的老百姓事先被国民党的反动宣传洗过脑，有些害怕红军路过。但丽江的开明绅士、清末最后一个纳西族进士和庚吉主动站出来解释说：“共产党是一个政党，是有政治纲领和目的的，不会随便杀人放火。”他还把自己的住所腾出来作为红军抢渡金沙江的作战指挥部，并动员老百姓去迎接红军进城。具有民族大义和家国情怀的木府当家人，还在城里制高点狮子山的接风楼里，宴请了红军指挥将领。时任丽江县长的王凤瑞也到四方街召集民众，安抚人心，鼓励大家欢迎红军。而路过丽江的红军，纪律严明，秋毫无犯，给当地少数民族群众留下美好印象。因此，他们主动帮助红军做衣服、备军粮、运食盐、制船筏，使 1.8 万余红军战士在 4 天 3 夜全部顺利渡过了金沙江，摆脱了敌人的围追堵截，为红军长征取得胜利打下了坚实的基础。这些情况，在古城的红军长征过丽江指挥部纪念馆里，都有详细的介绍。我对这段历史特别感兴趣，在做了一番研究后觉得——

# 丽江，是忠心报国之城

提起那座“接风楼”，当年不但接待过贺龙元帅，明朝的时候还接待过徐霞客。这么有意义的地方，我怎么能轻易放过呢？

沿着碎石路，我轻轻一跃，就来到那个久负盛名的“接风楼”了。同现代大都市的那些宾馆、会馆相比，这里可谓寒酸多了。但它已经有几百年的历史了，至今还完好地保存着。这个所谓的楼，其实是个小小的院子，里面被一棵大树的枝叶所覆盖，好像是告诉人们这里文化的博大精深。

站在门口迎接我的，是个穿着纳西族服装的汉子。他个头不高，皮肤微黑、头发稍卷，一脸和善。交谈中得知，他叫和文光。这个名字好熟，原来他是纳西族的著名歌王，曾带着一家人在中央电视台参加过唱歌比赛。他的妻子、儿子、女儿，都是歌唱家，连他的母亲都是纳西族的音乐传承人。如果你认为和文光只会唱唱歌那就错了，他还是国家一级作曲家，目前在丽江传唱的几十首纳西族歌曲，都是他谱的曲。

其实，和文光的才华决不仅如此。他还是全国书画名家、东巴文化大师。他用东巴文创作的 700 米书画作品长卷《千禧天歌》，上了吉尼斯纪录，先后在北京钓鱼台国宾馆和万里长城上展出。2008 年他为北京奥运会创作的“根深树不倒，林茂水长流”东巴书法作品，在民族文化宫展出后，被当时的世界首富比尔·盖茨家族收藏。另外，他的东巴文书法作品《中国梦》《心经》《十二生肖》等，先后被收藏在美国、法国、德国、日本、韩国等国家和地区。他的各种获奖证书和奖杯，快撑破了那间展览室。

这个纳西族的男人，就是这么有文化。丽江市把“接风楼”交给他管理，目的是要他担任纳西文化的传承人。他创办东巴书画高级研习班，建立丽江民族文化传习院，已培养了一大批现代东巴音乐人才和书画人才……

丽江的纳西族人非常重视文化，和文光只是纳西族人的一个缩影。有人做过统计，纳西族是全国少数民族中文化层次最高的民族之一，硕士、博士比比皆是。纳西族的文化名人，在全国也有很多，像如今的政协全国常委、中国作协副主席、中国纪实文学研究会会长白庚胜，曾留学日本，拥有双博士学位，是中国著名的少数民族文化学者，著作等身，文化成果丰硕，名扬海内外。



站在“接风楼”的门口，我似乎听到城里四面八方传来的学生们朗朗的读书声，闻到了一座座学校里散发的阵阵书香。丽江很重视文化教育，连残疾儿童的入学率都达到99.88%。难怪，丽江市会成为云南省的人才特区。也许正因为深厚的文化底蕴，涵养了这座城市的人文气息和文化品位。所以说——

## 丽江，是文化发达之城

正在古城里转悠，走过一条小街，拐角处突然传来一阵阵歌声和笑声。一群穿着各种民族服饰的妇女，正围着一个圈在跳舞。她们的服装虽各具特色、鲜艳夺目，但我辨别不出哪是哪个民族的，好像就是一家人团结在一起。

丽江自古就是一个多民族聚居的地方，除汉族外，共有 22 个少数民族。其中纳西族 23.37 万人，彝族 20.14 万人，傈僳族 10.62 万人。

而在海拔 2400 余米，面积只有 3.8 平方公里的丽江古城里，现有居民 6200 多户，25000 余人。其中，纳西族占总人口绝大多数。许多居民从事以铜银器制作、皮毛皮革、纺织、酿造业为主的传统手工业和商业活动。

各民族同胞在这里共同生活，关系融洽。在城里走了那么久，也没听到一个吵架的——

## 丽江，是民族和谐之城

在丽江古城，我见得最多的，就是鲜花。

正是秋风劲吹的时节，丽江的大街小巷里，满眼都是绽放的菊花，到处都像公园。路边上摆着一盆盆菊花，溪流旁挂着一排排菊花，连桥墩上、河水中间都是盛开的菊花。

这些菊花，有金黄色的、粉红色的、火红色的、乳白色的，也有紫黑色的，真实五彩缤纷、万紫千红。菊花的品种也是多种多样，各种名贵的花种随处可见，如凤凰振羽、红衣绿裳、十丈垂帘、雪珠红梅、鬏掸拂尘、西湖柳月、白鹤逐波等等，应有尽有。正如东晋诗人陶渊明在《咏菊》种所言："云霞万朵竞奔放，金波银浪涌园中。"

听游客议论，丽江人最爱两种花：一种是菊花，放在室外；另一种是兰花，放在室内。这是真的吗？菊花我看到了，兰花呢？于是，作为一阵风，我迅速穿过一户户人家的门窗进屋了，果不其然！

许多人家的客厅里、卧房里，甚至厨房里都养有各种各样的兰花，如蕙兰、建兰、春兰、寒兰、墨兰、多花兰、龙舌兰、豆瓣兰、蝴蝶兰、果香兰，还有一盆盆君子兰。有的兰花芳香四溢，沁人心脾；有的雅致文静，赏心悦目。恰如元朝诗人余同麓诗中所云："坐久不知香在屋，推窗时有蝶飞来。"

养花人与花卉之间，总有某种感情的联系。爱菊花的人，喜爱菊花的质朴耐寒不争春；爱兰花的人，喜欢的是兰花默默无闻发幽香。花卉装点着丽江人的生活，也折射了他们美好的品性。

灿烂的阳光、清新的空气、和畅的微风，加上雨水的滋润，使得这里的花朵即使在深秋也依然开得那么绚丽、那么清纯、那么蓬勃，不是花城胜似花城——

## 丽江，是鲜花遍地之城

跑了大半天，肚子饿了。丽江，有什么好吃的吗？走，上街看看去！

丽江古城的餐饮店沿街铺开，名目繁多，各具特色。有人热情给我推荐了丽江著名的餐厅，有云雪丽餐厅、滇西王子·云南26民族美食文化餐厅、石锅渔山珍馆、88号小吃店、阿一旦黑山羊、钰洁腊排骨、滇厨餐厅·小锅巴纳西美食、小厨子私房菜、梦想家三文鱼、丽江饵块食光、雪山云朵野生菌餐厅、樱花餐厅、文氏奶奶小厨，等等。

也有人给我推荐了丽江的各种特色小吃，如丽江粑粑、鸡豆凉粉、鸡炖豆腐、纳西火锅、纳西烤肉、永胜油茶、土鸡米线，纳西烧豆腐、炸竹虫，炸水蜻蜓、野山药火腿鸡、东巴烤鱼、腊排骨火锅、腌酸鱼、熏鱼、烤全羊，数不胜数，听得我耳朵都痒痒了。

那么多好吃的谁顾得了，先填饱肚子再说。于是，我就在跟前的路边"家常饭"餐厅，点了一份"丽江豆焖饭"，吃得津津有味。此外，还要了一份纳西米灌肠，和一杯酥油茶。那把大米或糯米蒸熟后，拌在新鲜猪血、蛋清及各种香料里，然后灌到洗净的猪大肠内，封好蒸熟而成的纳西米灌肠，以及由酥油、砖茶、核桃仁、芝麻、麻籽、鸡蛋、精盐调制而成的酥油茶，香味浓浓地飘着。这些特色饮食不仅好吃好看有营养，还具有当地少数民族特色，令饥饿的我垂涎欲滴。

在这个世界上，都说"吃在中国"，云南人说"吃在云南"，丽江人则认为"吃在丽江"。可见，丽江人还是很喜欢本地美食的——

## 丽江，是美食飘香之城

不知不觉，夜晚就降临了。丽江的夜，瞬间变得五彩斑斓，风情万种。

上千家的客栈，霓虹闪烁，与暗蓝的天空上颗颗闪烁的星星交相辉映。穿西服的，穿旗袍的，穿一个破洞连着一个破洞时尚牛仔裤的，男的女的老的少的，操着各种方言包括讲着各种外语的游客，穿街走巷，一家一家店铺游逛，然后拎着一包包纪念品返回旅馆，把欢笑声洒在身后，把欢乐的身影留在流动的水波里。

那些装饰非常前卫的歌厅唱吧，这个时候变得尤其热闹。有钢琴的轰鸣，有萨克斯的悠扬，也有琵琶的呢喃；能听到柴可夫斯基、贝多芬、肖邦的旋律，也能听到中国古典音乐美妙；有人在唱《莫斯科郊外的晚上》，有人在唱《一条大河波浪宽》，还有的在唱《可可托海的牧羊人》。尤其是那节奏欢快、震耳欲聋的现代音乐，把丽江之夜喧嚣得激情澎湃。

此时的“网红街”上，歌入海，人如潮。人们在这个不到两百米长的窄窄巷子里，踏着同一节拍，载歌载舞，在闪闪烁烁的灯光里，挥洒着人生的激情。

有人说，来到丽江如果不进古城的酒吧里泡泡，就很难说真正领略了丽江的风情。而在丽江，别具一格的酒吧比比皆是。最有名的酒吧当属小巴黎酒吧、樱花屋、自由公社、骆驼酒吧、左岸咖啡吧、伦勃朗、蓝页吧、布拉格、王公公摄朗酒馆、风的颜色木屋故事、丽江驴窝、摩梭吧、三里屯、布拉格酒吧、蓝鸟、Cafe Buena Vista、浮图咖啡、蓝木瓜古董店，等等。这里不多说了，避免有做嵌入式广告之嫌。在夜晚的柔风中，许多人坐在酒吧里，看着清清的河水静静地在脚下流淌，品着各色菜肴，饮着红酒、啤酒或白酒，与朋友聊聊天，抒发着心中的惬意。也有人独自喝着咖啡发呆，尽情享受在古城的闲静中。

从这些酒吧就可以看出，丽江是一个开放性的现代古都。中国大都市有的、世界名城里有的时尚，在这个小城里都可以找到。事实上，丽江不仅与国内多个城市结为姐妹城市，而且在国际上与美国、法国、德国、俄罗斯、意大利、加拿大、日本、韩国等几十个国家的城市结为友好城市，彼此进行着友好的往来。丽江不仅是云南的丽江、中国的丽江，而且是世界的丽江——





## 丽江，是时尚生活之城

从丽江一夜的温柔中醒来，太阳已经吻暖了窗帘。在小巷里拾级而上，沿着一家家店铺寻找可以带走的纪念品，与一个个行人擦肩而过。

眼前的这个中年男子，显然不是外地的游客。他背着一个很沉的箩筐，低着头在一步步向上攀登。说他是背山的“棒棒”吧，他穿的衣服又是那样整洁，面色红润、精神饱满，一副生活无忧的样子；说他不是“棒棒”吧，他的箩筐明显背着的是建筑用的沙石。趁他靠在路边休息的机会，与他攀谈了一番。原来，他就是“棒棒”。他告诉我，这个古城依山傍水而建，巷子很窄，而且有一个又一个台阶，所有带轮子的运输工具都进不来。斜坡上面的人家修建房子、改造店铺或运输货物，都得靠背上去。他就是“背运工”。他在这里干了很多年了，妻子也和他一样在干这样的活。他已在城里租了房子，带着在这里上学的一儿一女生活。凭着这样的吃苦耐劳，他和妻子的收入可以养家了。说着，他露出幸福的笑容。他还大大方方让我给他拍照，不像我过去在外地遇到的一些“棒棒”，脸上总是挂着卑微、自怨的神色，拒绝路人给他们摄影。他是那样坦然、那样自信，为自己靠自己的劳动在城里生存感到自豪。不一会，他的妻子也跟上来了。两人背着沉重的箩筐，有说有笑地继续往上攀登。

来到一家出售鲜花饼的小店，见招牌上写着“1 元 1 个”的字样，店主是个打扮新潮的男青年。问他怎么一个人在忙，他说他的妻子送孩子上学去了，家里还有父母要照顾，就他一个人在店铺打拼。他既做饼又卖饼，一边笑容满面地热情地招呼着客人，一边手脚麻利地干着手里的活，给人快乐无比的感觉。

问这种饼子好不好吃，他爽朗地一笑："这是我们丽江的特产，当然很好吃。"说着，他掰开一个饼子，往我嘴里塞了半个，并指着饼子里紫色的馅儿告诉我："这些都是玫瑰花做的，你尝尝。"哦！丽江人把玫瑰花酿成了香甜的生活。

顿时，我对丽江人产生了很好的感觉。他们靠自己的劳动养活自己，坚强、乐观、真实，既不自卑也不自恋，坦然地活出自己。他们把生活酿成蜜，任何时候都不怕困难，给人一股向上的力量和精神上的鼓舞——

## 丽江，是乐观向上之城

快要离开丽江了，我突然想到还有一个地方没有去。多少年前，我在长江下游的家乡读中学时语文课本的封面上，印着一幅风景图片，画面上是一座是石拱桥，桥的旁边挨着一座画梁雕栋的亭子，背景是一座白雪皑皑的雪山，美丽极了！虽然一直没见过这个真实的画面，但至今念念不忘。听人说，这个风景图，就拍自丽江的黑龙潭。

于是，我马上出发。不就是一阵风呗，我迅速来到黑龙潭，终于见到那梦寐已久的风景。此时，那坐石拱桥静卧在一湖碧水之上，白石雕砌的拱桥栏杆上，悬挂着一丛丛五彩斑斓的鲜花正在怒放。桥旁那座颇具民族特色的亭子后面，正是玉龙雪山。其巍峨的身躯倒影在平静的湖水之中，山水融为一体。这幅美景，真的是令人流连忘返。

就在此时，我突然发现那碧波荡漾的湖面上，有个熟悉的身影，那不是作家阿来笔下流经丽江的一滴水吗？它不是早已离开丽江，经金沙江奔流去东海了，怎么还在这儿呢？

那滴水张开星光闪闪的眼睛，不屑地对我说："年纪大了不是，看花眼了吧？那是我兄弟！他可真傻，这么美的地方不待，非要跳到那么远的地方干啥去？要是我，即使流到东海的波浪里，还是要回来的。

你看看，那么多的游客，甚至是那些远道而来的外国人都不想离开这么美的地方了，我们为什么还要离开这里呢？”

但是，再美的景色、再好的地方我也不能久留。因为我毕竟是一缕风，必须跟随主人的脚步再去别的地方旅行。于是，我只好恋恋不舍地对那滴水说“再见”了。

然而我想，今后我还会跟随更多的游客再来丽江的。

# 寻幽探胜访滇西

王 科

暮秋的滇西——丽江大地，依然是五彩缤纷的花季。大研城中的红花绿树挤满街巷，三川坝里的稻谷一片金黄。田埂边，大路旁，簇簇团团的花朵在骄阳下纵情绽放。金沙江，是满目醉人的绿波荡漾，蓝月谷，蓝的像是蓝天铺展在雪峰旁。远远近近的枫叶初呈橘色，高高低低的柞树微见嫩黄。迎风摇曳的三角梅和杜鹃花，在广袤的天宇下低吟着送别秋天的绝唱。只有那银装素裹的玉龙雪山，似乎不为季节的轮回心动，照旧是冷峻地眺望着人世的风雨沧桑。面对这绝佳的美景，来丽江的五天，我每天都穿行在感情潮水的奔涌之中。从大研到永胜，从束河到玉龙，雄奇壮观的丽江区县，五彩斑斓的文化遗产，令我震撼，让我激动。如何描绘这大美丽江的独好风貌，怎样写真纳西故土的世遗辉光？我深感力难从心，文思不继，焦思苦虑难觅佳句。因之，只能以自己的浅薄书写、浓烈心绪，回馈这三江汇流、玉龙腾飞的丰饶边地……

## 东巴书画，世遗的绚丽奇葩

知道丽江纳西歌王和文光，是在《梦中的香格里拉》，是在中央电视台的屏幕上，是在他粗犷苍凉的歌声中。他那飘逸的长发美髯，华美的纳西服饰，宽厚的谦逊笑容，透发着艺术家的独特气质，给我留下了深刻的印象。我当时常常怀想：这不就是第二个西部歌王吗？这不就是活脱脱的纳西王洛宾吗？然而，当我有幸邂逅这位当红歌者时，短暂的丽江郊外晚上却迅速颠覆了我对他的定位。这并不是说，他的歌声不再震撼，他《梦中的香格里拉》依然让我热泪涔涔；也不是说，他的歌王风光不再，他对纳西民族音乐的创作仍然无人比肩。我是说，他对东巴文化的深度研究，对东巴文字的书写艺术，对纳西民族的刻骨挚爱，对世界文化遗产的倾情奉献，已经使其升华到一个东巴文化专家高度了。因此我以为，是不是应该在他纳西歌王的称谓上，再加一个分量更重的头衔——东巴书家？



真没想到，这次飞临丽江，还是没有偿还我攀登玉龙雪山的夙愿。望着遥不可及的神山雪峰，想着它的博大神秘与高崇，我抱怨着自己的超限年龄，一整天都是难言的失落和绝望。然而，没有想到，沮丧竟然被当晚接风楼暮秋的清风一扫而光。因为，我感悟了玉龙雪山那般博大精深的东巴文化，结识了当代的东巴文书法的开山大家。那晚，丽江城华灯璀璨，霓虹闪闪，滇西北的夜空，被映照得格外光明。狮子山上，树木萧森，一片宁静。当汽车将我们送到山顶接风楼时，橘黄色的灯光下，市委的美女作家和松阳主任早就等在门前了。松阳，秀丽的纳西族姑娘，虽然没有纳西女子那种披星戴月的新装，但仍掩饰不住那种特有的文静和漂亮。她指着身穿月白色镶着金边民族服饰的男士，向大家介绍，这就是和文光老师。和文光？云南的纳西歌王？纳西民歌的开拓者？还是涛声依旧啊。他稳稳健健、和和善善、乐乐呵呵，与大家一一握手，将我们迎到古色古香的客厅。一进门，浓郁的纳西文化气息扑面而来，墙上张挂着五彩斑斓的东巴文字书画，橱柜里陈列着锈迹斑斑的纳西出土文物，尤其是纳西文的十二生肖书法，形神兼备，栩栩如生，腾挪跳跃，分外引人眼球。在这从未瞻仰过的艺术珍品前，我一下子呆住了，仿佛穿越了浩瀚的历史时空，来到了日月悠悠、云烟氤氲的古代，在勤劳勇敢的纳西先民中间，观瞻他们睿智聪慧的造字艺术。这个从祁连山巅、河湟大野南下云岭的英雄民族，在艰苦跋涉中创造的象形文字，对世界文化的不凡贡献，远非许多大民族可比啊。作为主人，松阳主任向我们介绍：接风楼是木府王爷木增接待徐霞客的酒楼，1639 年那个秋天夜晚，就是在这里，徐霞客连连发出对东巴文化的由衷赞叹。如今，翻修后的接风楼由和文光老师管理。他千方百计、尽心尽力、惨淡经营、不眠不休，使这里成为东巴文字的讲堂和纳西文化的窗口……

听完松阳主任的讲话，热情谦逊的和老师给我们递上了纳西茶点，慢声慢语地开始了东巴文的讲解。他告诉我们：东巴文是我们纳西族古老的象形文字，纳西语称其为“司究鲁究”，就是木迹石迹的意思，留在木头石头上的印迹。可以引申理解为是见到木头就画木头，见到石头就画石头，像先民的岩画那样，追求高度的仿真象形。因为这种文字多由祭祀的东巴掌握，所以俗称东巴文。它创制于唐代，已经有了一千多年的历史了。1800 多个单字，记录了数以万卷的经典文献，至今仍然为东巴和研究者使用。在全球范围内，它是比巴比伦楔形文字、古埃及圣书文字、美洲玛雅文字和我国中原甲骨文字更为原始古朴的文字，是人类文字的“大熊猫”。这种古文字对于研究比较文字学和人类文化史具有不可估量的价值，被称为人类社会起源和发展历程的活化石。它是世界文化遗产，是最最宝贵的国宝啊！然而，它正面临着消失的窘境，我们再不抢救保护，就危险了。说到这里，和老师扼腕长叹，眼里似乎噙着泪花。见此情景，松阳主任连忙接过话题，告诉我们：和老师虽然是我们名副其实的纳西歌王，但是近年来为抢救保护世界遗产，他的艺术研究急剧转型，将绝大部分精力，都放在东巴文字的研究上了。和老师宵衣旰食、呕心沥血，在东巴文字源流的研究上、东巴文字涵蕴的诠释上、东巴文字书法的创新上、东巴文化发展的宣传上，做出了巨大的贡献。你们知道吗？2008 北京奥运，和老师用了几个月时间，用东巴文书写了 700 多米长的书法长卷，热情地歌颂祖国大好河山，欢庆奥运圣火在华夏大地点燃。长卷在北京八达岭长城上展出，参观者无不礼赞惊叹！这部东巴书法长卷已经被列为吉尼斯世界纪录，并被国家博物馆收藏。前年，和老师还带着大批东巴文书法的珍品，赴韩国首尔举办展览，震撼了韩国书法界和汉江两岸。东巴文国宝，在和老师笔下得到了深度的开掘；东巴文书法，为中华民族光辉灿烂的文化增添了奇光异彩。听了松阳主任的述说，我们对这位怀着强烈忧患意识、家国情怀，倾力保护、光大世界遗产，为中华民族文化默默奉献的音乐大师肃然起敬。一展歌喉唱丽江，妙笔生花颂纳西，他把原始古老的文字，演绎升华为当代艺术，推广到全世界，该倾注了多少心血，付出了多大精力啊。破译着和老师浓墨重彩、淋漓酣畅的书法艺术，欣赏着他东巴文书法的惟妙惟肖、美不胜收，解读着那形神兼备、亦文亦图的十二生肖，大家赞不绝口。采风团的刘书记激动地说：和老师，保护民族文字瑰宝，增强中华民族文化自信，你是保护世界非遗的大功臣啊。书记话音刚落，场上响起了热烈的掌声。此时，我看到，和老师欲言欲止，似有难言之隐。好半天，他才嗫嚅着说：可是——中国书协现在还不接纳我们啊……对此，我们大惑不解：中华民族是由 56 个民族组成的共同体，中华民族文化是多元多维发展的结晶，难道中华民族的书法只有汉字书法吗？世界文化遗产东巴文的书法还不能登大雅之堂吗？问题一定会解决的！和老师，你大胆朝前走！听到大家的安慰，和老师微微颔首：对，我期待！我给大家唱一首我的《梦中的香格里拉》吧！在大家的欢呼声中，和老师响遏行云的歌声在接风楼响起："在那美丽的地方，相传是神仙的家，奇异的乐园里，饮水用乳汁，云雾当罗帕。啊，那就是我梦中的香格里拉……"和老师有声有色的演唱，松阳主任的精彩伴唱，让大家进入了感情的微醺中。香格里拉！香格里拉！那阳光明媚的世外桃源，他是和老师的憧憬，也是纳西族的梦幻，更是中华民族伟大复兴的初心和梦想啊。在这位纳西歌王、东巴书家歌声里，我看到了香格里拉正在向我们走来……临别，我们每个人都收到了和老师一帧珍贵的纳西书画。大家都郑重地接过来，要将这份沉甸甸的礼品带回北京。因为，这东巴大家的书画，是纳西文化的绝版，是中华民族文化的珍品，是世界遗产的奇葩啊。捧着它，我觉得，它就是纳西族多彩的文化地标，就是我们中华民族的玉龙雪山！

此时，接风楼上清风徐徐。我驻足在百年古树下，凝望着丽江城里的火树银花，感悟着东巴文化的精深博大，领略着纳西历史的日月风华。在那氤氲的天籁声中，我仿佛看到了我们伟大民族的金戈铁马，听到了历史的潮音和大浪的淘沙声。香格里拉，香格里拉，歌声中，我与玉龙雪山失之交臂的遗憾立刻冰消雪化……

## 边屯文化，永胜的历史精华

或许是血管里流淌着马背民族的血液，或许是前世前生曾经在高天大漠雪山峻岭中驰骋，我为什么对西部那么一往情深、情有独钟？

1966年深秋，成昆线的列车上。西下的残阳将金沙江水皴染得一片血红，秋风萧瑟，天地悠悠，浪涛滚滚……不知为什么，面对这西部苍凉粗犷的风景，20岁的我仿佛受到了电掣雷击，竟然思涛滚滚，热泪涔涔。就从此刻，那似曾相识的寥廓凄怆、壮美险峻的西部宏观画面，牢牢地定格在了我的心田，并且成为我生命体验的情感曲线。并且，不论是在柴达木祁连山，还是在黄果树赤水河畔，不论是在古尔班通古特，还是在塔里木塔克拉玛干，不论是在唐古拉天山昆仑，还是在横断山和三江之源，我总是心潮澎湃、泪洒青衫。这究竟是为什么呢？是对天地玄黄宇宙洪荒的自然崇拜，还是对神秘世界造化之功的惊恐敬畏？冥冥之中，这到底是一种什么复杂情愫？

顿悟发生在西子湖畔的灵隐。当我来到莺飞草长、杏花春雨的江南，看到三秋桂子、十里荷花的南国美景时，才大彻大悟：原来，除了西部的苍凉广袤、宏大壮丽等独有的审美特色之外，我是为自然生态的强烈反差而震撼，我是为不毛边地的贫瘠而哀叹，我是为民族同胞生存环境的恶劣而伤感。据此，我理解了游牧民族和农耕民族为争夺生存空间无休止的血战，理解了冒顿、完颜亮、忽必烈、努尔哈赤铁骑的一往无前，理解了张骞、霍去病、岳飞、文天祥的赤胆忠心，更理解了左宗棠、王震、张国华十八军的功高过天。同时，也由此钦佩毛泽东同志“环球同此凉热”、“六亿神州尽舜尧”的伟大理想和民族国策。啊，倘若两种文明渗透融合，倘若两个地域富美同一，倘若边疆处处赛江南，倘若西部山河换新天，那么，我还会在边关塞外扼腕长叹，还会在大西南悲歌长叹吗？当然不会。也就是从那时起，我对于西出阳关、心在天山、扎根雪域、献身西南的各族同胞无比钦佩。我觉得，西部的水西部的山，那是我难以忘怀的眷恋，西部的山西部的水，它使我魂牵梦绕永相随。

然而，让我进一步的彻悟和震撼，竟然是在中国永胜云南边屯文化博物馆。

时间：2021 年 10 月中旬。地点：云南丽江永胜县毛家湾，毛泽东祖先纪念园。

那天中午，沿着程海湖边竹树掩映的乡村公路，沐浴着滇西北暮秋依然燥热的骄阳，谛听着高原湖水惊涛拍岸的涛声，我随着中国作协纪实文学采风团走进了中国永胜边屯文化博物馆。蔚蓝的天宇之下，高大宏伟的西南特色建筑分外壮观。不过，如果不是永胜县委宣传部罗部长和文联张主席的讲解，我对边屯文化一词还是难明就里。两位领导告诉我们：边，边疆，屯，屯垦。这里是明代内地军民的移居地，明朝初年，他们辞别了中原故土，告别了亲人朋友，来到这里与当代各族同胞开垦荒地，发展生产，保卫边疆。这个博物馆，就是对他们历史功勋的复原梳理和怀想纪念。我们所说的边屯文化，就是指“洪武调卫”六百年以来，在云南特别是我们永胜形成的，以中原传统汉文化为核心，融合本地少数民族文化，同时具有典型的军事屯驻特点的新质文化。永胜有着数百年丰富的边屯文化，为了开掘这深厚丰富的文化底蕴，将这里建成全国第一个边屯文化研究展示基地，民族团结交流基地，特色旅游文化发展基地，在各级领导的支持下，占地3500亩、投资七个亿的中国永胜边屯文化博览园，即最具特色的非物质文化遗产产业园前几年终于竣工了。它包括中国永胜云南边屯文化博物馆、中国边屯文化研究院、毛泽东祖先纪念园、毛家湾边屯文化生态示范村等几个单元，这儿，也是丽江地区传统文化教育基地。听两位领导一说，我豁然开朗。原来，这里六百年前就有屯垦驻边的军垦将士啊！

怀着深深的崇敬之心，我们走进博物馆，认真地观看历史文物和图片说明。在馆长生动的讲解中，透过烟锁尘封的历史，我仿佛走进了那段风云变幻的历史中，来到那当年苍凉蛮荒的红土地上，在旌旗猎猎的卫所堡垒里，会见了那些驻守边疆、传播文化、团结各族同胞的中原士兵和百姓。两位领导告诉我们：明代以前，云南境内的汉族大都融合于少数民族之中。洪武十四年（1381），云南结束了分裂割据的局面，实现了祖国版图的统一。朱元璋总结了历代屯田的经验，建立了一套“兵自为食”的卫所屯田制度，以实现“足兵食、固边陲，扩耕地，兴水利，发兵源，广教化”施政目标。从洪武到永乐年间，明政府征调了大批军民到云南驻守。几十万军民背井离乡、辞别故土，奔赴边疆，开始了旷古未有的民族大迁徙。为了国家的统一和经济的发展，为了民族的团结和共同进步，他们义无反顾，立定了“青山处处埋忠骨，何必马革裹尸还”的志愿和决心，在这所谓的不毛之地、瘴疠之乡，移民而来的汉族军民与当地少数民族和睦相处，教授中华传统文化，传播先进生产技术，大力发展经济，促进边疆的文明进步。在云南的长期生活和奋斗中，中原军民用他们自己的勤劳智慧，与当地各族人民开拓了西南边疆，同时结合云南当地土著民族文化和中原文化，创立和繁荣了光辉灿烂的边屯文化。讲到这里，馆长动情地说：迢迢万里，漫漫关山，这些当年的边屯军民，再也没有回到自己的故乡，再也没有见到自己的爹娘。最后，都将自己的一腔热血，抛洒在这块红土地上，都将自己的骸骨，埋葬在这遥远的地方。没有他们，云南就不会有同内地一样的发展；没有他们，西南就不会有如此繁荣的今天。七彩云南，永远感念他们，中国历史，不会忘记他们！他们是民族团结的楷模，他们是中华民族的脊梁……

馆长激动的演讲，一下子让我想到那年在新疆奎屯、阿勒泰见到兵团墓地的那天。兵团墓地，那是兵团人的最后归宿，他们称那里为十三连。一排排的坟墓，整整齐齐，埋葬着一个个忠贞的英魂，犹如庄严肃穆的战阵，通向遥远的天边，仿佛还在为祖国前仆后继、冲锋向前！一个鬓发斑白的老同志告诉我：我们每个团十二个连，说去十三连，就是革命到底了。这里，有359旅的、1军的老兵，有湖南的、山东的、上海的支边青年，大家活着战斗在一起，死了也都长眠在这里。我，将来也是在这里。我十六岁来新疆，六十年了。住地窝子喝咸盐水，吃的苦多了去了。但我们无愧无悔。边疆稳定，民族团结，荒滩变成米粮川，天山南北换新颜，为国为民，我们值得。我们来西部，就是为了国家献青春，献了青春献子孙，献了子孙献终身。唉，一个国家，百姓贪财恋家，官员吃喝玩乐，士兵畏死避战，那就完了。我们这辈子，还算对得起国家。是七尺男儿生能舍己，作千秋雄鬼死不还家，最后就去十三连会战友啊。老人激动了，我也不禁热泪滂沱。他是湖南临澧人，几十年间只回过一次老家。战罢昆仑未解鞍，湖湘弟子满天山，可敬啊，新老几代的湘军、伟大的兵团人！当然，我知道，可敬可佩的不光是他们，还有那些老西藏、老军垦、老知青、在基地搞“两试”的同志们，他们都是我们民族的精英！他们没有洋房别墅，没有国外资产，没有灯红酒绿，没有亿万收入。他们，只有清贫和奉献。他们用青春和生命，诠释了什么是中华子孙，什么叫中国精神。无疑，他们的功勋将彪炳千秋，永世流传。这些批鞠躬尽瘁死而后已的人，他们的精神特色是：英雄情结；他们的精神支柱是：民族复兴！我觉得，这才是新时代青年应该有的壮志雄心。而那些誓死不去“新西兰”（新疆、西藏、兰州以西）的人，那些一离别家乡就哭哭啼啼的人，是否缺乏了中华民族应有的骨气？这，显然同西部人的精气神不是一个量级！甚至，与几百年前构建边屯文化的西南先辈也不可同日而语。

因此，我建议，如果有时机，请你到西部去看看吧，请你到云南永胜中国云南边屯文化博物馆看一看吧。在这里，你一定会得到醍醐灌顶的教育和道德救赎，你一定会受到精神的洗礼和灵魂震撼！想一想我们的前辈怎样在红土地上筚路蓝缕、排除万难，想一想各民族的同胞如何在大家庭中荣辱与共、砥砺奋进，你一定会牢记使命、不忘初心，你一定会自信满满、一往直前！西部，中华民族的希望所在；西部，中国现代化的动力之源！西出阳关辞故人，跃马扬鞭大西南，天风海山，气象万千，新时代已经发出了急切的召唤。

走出中国永胜云南边屯文化博物馆，一团一团的彩云在程海湖上翻卷，高原的天像大海一样深邃蔚蓝。刘书记喊住大家：且慢。为博物馆留言！大家连忙驻足转身。

让我们发扬历代先辈的边屯文化精神，学习当代兵团战士的英雄气概，为中华民族伟大复兴，撸起袖子加油干！——这，就是我写在中国永胜云南边屯文化博物馆留言簿上的感言。

（王科，著名教授、作家，原渤海大学中文系主任，创作多部文学专著，其中多篇文章、作品荣获全国大奖，现任中国社会出版社编审，中国纪实文学研究会高级调研员）

# 登楼远眺思悠悠

王 科





丽江狮子山上的接风楼，古朴秀丽，是纳西族土司王爷木增接待远方友朋徐霞客的酒楼。公元 1639 年，徐霞客曾在这里把酒临风，俯瞰丽江古城，发出了“江山壮美、人杰地灵”的千古一叹。白驹过隙，弹指一挥，逝者如斯。倏忽之间，滚滚玉河就流过了几百年，冲走了大西南的闭塞旧貌，带来了丽江城的俏丽新颜。如今来到丽江城，谁不想在这氤氲着厚重历史的接风楼里发怀古幽思、抒盛世豪情呢。昨天刚从雪山返回，市委的美女作家和松阳就把我们拉到这里来了。在这古香古色的楼阁里，我们览东巴文化，喝玉龙美酒，吃纳西大餐，唱民族山歌，观不夜古城，叙团结心曲，好不快哉！那晚，谛听着纳西民居外的流水潺潺，梦中的香格里拉一直让我难以入眠。游兴未尽，明晨，我还要登狮子山，上接风楼，眺望丽江城的无限风光！东方欲晓，晨曦微露，我就踏着沾满晨露的五花石阶，披着大西南的暮秋落叶，一鼓作气地登上了狮子山的接风楼。

啊，这是多么壮美的纳西古城啊！放眼四望，曦光照亮了周围的群山，丽江城笼罩在轻纱般的粉色薄雾之中，犹如披上了一层淡红色的新装。峰峦迤逦、草深林茂的狮子山上，缭绕飘逸着深秋的霜岚雾气。朝霞投射着时隐时现的七彩光斑，给接风楼皴染了深邃迷离而斑斓多姿的气息。红中透紫的野葡萄，鲜艳欲滴的三角梅，随风摇曳的野菊花，让这丽江的城中山更平添一种雍容华贵。在山间叽叽喳喳的鸟鸣声里，我看到一轴国画长卷正徐徐铺开，高楼林立的新厦拥抱着的大研、束河、白沙三座明珠般的世遗古城，逐渐展露出了它的绝美真容。山下山下，秋光秋色如画。一座座黛瓦白墙的小楼，在红花绿树的掩映之中，层层叠叠、若隐若现，宛若一幅幅米家山水的水墨丹青，又似那大漠中时隐时现的海市蜃楼。虽不见了昨夜的万家灯火、多彩霓虹，虽消失了那动人的箫鼓声声、摩肩接踵，我知道，云里雾里依旧是家家流水，户户垂杨，千街绿树，百巷红妆。那庭前天井里的紫穗藤萝，与北京四合院里的杜鹃一样飘香，那门前的小桥流水，亚赛乌镇同里周庄；那清清流水中飘摇的青荇，岂是徐志摩的英伦康河能够赶得上？四方街，一会儿就该敲起了咚咚作响的东巴鼙鼓；大水车，一夜都没有停止它咿咿呀呀的深情吟唱。鲜花饼的作坊正在采集带露玫瑰，银匠铺的师傅又开始了叮叮当当。丽江古城，江南一般的俊美灵秀；滇西山水，皴染着多彩的动人芬芳。即使没有海南的蕉林椰雨，却也是满城的玉树临风；即使不同版纳的热带风光，却也是满眼的郁郁苍苍。我望着这如诗如画的丽江晨景，想着它多年来养在深闺人未识的国色天香，我望着旭日刚刚染红的人间烟火，想着它栖藏在大西南三江环抱之中的历史沧桑，不禁心潮涌动。这就是我们大美的中国啊！我曾经在苍凉广袤的罗布泊里，寻觅那消失了的楼兰古国，拜谒那千年不倒的胡杨；我曾经在烟波浩渺的南中国海边，遥望那目难所及的曾母暗沙，祭奠那献身沧海的民族精英。我觉得，那就是我们中华民族的精神魂魄，是华夏大地永不褪色的精神图腾……和而不同，今天，在这里瞻望了另一种动人景观，对这种不同于塞北秋风沙场点兵悲凉豪放的风光，我同样是血脉偾张、情有独钟，依旧是迸发了大浪滔天般的情感认同。这是一个多么睿智的民族，把祖国大西南的边城，建设得这般奇丽？惊叹这个民族的风采，而丽江古城，我又该怎样赞美你？

瞧，那不是巍峨壮丽的玉龙雪山吗？朝霞满天，红日东升，举目遥望，蔚蓝的天宇下，银色的玉龙雪山在向我招手。又见玉龙，又见雪峰！今晨在狮子山上与其邂逅重逢，我还是按捺不住狂喜和激动，犹如在乌鲁木齐初见博格达、在西藏幸遇南迦巴瓦一样。前天，伴着如期莅临的猎猎金风，在刘书记的带领下，我们作协采风团的八位同志一起奔向丽江。四个小时的云里雾里飞行，虽然有些疲劳倦怠，然而，当客机穿云破雾缓慢下降，窗口旁响起一片“玉龙、玉龙”的惊呼时，我一下子惊醒了。我连忙挤到窗口前骋目下望，只见飞机西侧广袤的大地上，波涛起伏般的翠绿丘陵中，一座银装素裹的山峰卓然耸立，在金灿灿的阳光下，闪烁着耀眼的银光，一缕缕白云缠绕在峰顶，若隐若现，如同蓬莱仙境。沉浸在美丽遐想中的我，对这难得一见的玉龙雪山尽情地驰骋着艺术想象：它是像一位伟岸英武的白袍骁将，守卫着祖国的西南边疆？还是像一位素面朝天的亭亭少女，在天宇中长袖善舞纵情歌唱……同座的丽江小伙高呼：瞧，玉带飘飘，这是玉龙献哈达！玉龙雪山在欢迎你们呢！直到飞机安然降落在三义机场，直到丽江市委宣传部领导将我们迎上汽车，我仍然没有回过神来，眼前还飞舞着那银光闪闪的玉龙，止不住向和科长求教玉龙雪山的前世今生。和科长，一个俊秀的纳西族青年，他娓娓的讲述，一下子给我带到了神秘的上古：玉龙雪山是纳西族的神山，也是纳西族的战神、保护神的化身。他骑白马，披银甲，戴白盔，执白戈，世世代代保护者纳西人的安全。纳西族的始祖崇忍利恩历经洪荒劫后余生，与天神的女儿村红褒白真诚相爱，两人相濡以沫心心相印。然而，两人的婚事遭到天神的强烈反对，并设下许多陷阱阴谋害死利恩。智勇双全的利恩毫无所惧，赤脚踏过刀梯，日夜开荒种地，经历了千难万险，终于战胜了天神，和村红带着谷种畜种来到玉龙雪山下，建设家园，繁衍人类，他们生下了三个孩子，相亲相爱，后来发展成今天的纳西族、藏族和白族。听了讲述，大家十分激动。采风团团长、著名作家，当年的铁血军人、战斗英雄刘守家激动不已：迷人的神话，美丽的传说，我们中华民族都是一奶同胞的亲兄弟啊！著名作家、原北京军区的陈部长立马接上：纳西族以和为贵、精诚团结，民族传统，源远流长啊！怪不得你们多数人都姓和啊。和科长笑了，是啊，我夫人是白族。在丽江，我们从来不分什么民族，中华民族是一家嘛！此时，著名作家、摄影家、解放军报朱总编一声不吭，只是对着玉龙雪山咔咔咔地摁动着快门。听着大家的畅谈，望着纳西族崇高博大的民族图腾、这20 万年前喜马拉雅造山运动形塑的玉龙雪山，我当时的激动难以言表。

特别是昨天与雪山的零距离接触，在山下蓝月谷、丽江印象的一游，我奔腾不息的思绪，又一次次被碧绿的河水濡湿了。如今在接风楼晨眺，望着那五千多米、至今无人登上的皑皑峰巅，望着那屹立千载万古不化的冰川，想着那翻滚呼啸的玉河以甘甜的乳汁滋润着这神奇的丽江坝子，想着它世世代代哺育着这里的纳西和其他各族儿女，更使我对这座雪山和这个民族的认知升华到新的层面，乃至产生了些许哲理的感悟。我明白，这个民族的博大、开放、宽厚、坚忍、睿智的性格，无疑是来自那巍巍玉龙雪山的禀赋。彰显对这座大山的虔敬，玉龙雪山，我该怎样书写你？

看，那不是木府的宏大建筑群吗？我的视线发现了阳光下金碧辉煌的木府。我知道，那年徐霞客就是从这里眺望木府，写出了“宫室之丽拟于王者”的赞语的。但实际上，徐霞客并没有畅游王府，而我，却登堂入室与其有两次交集了。钦佩这个民族的个性，我是从这座宏伟壮丽的建筑开始的。踏进木府，犹如徜徉在中华民族文化的讲堂。这里的每一座宏伟宫室，每一个壮丽楼阁，都散发着浓郁的中华文化气息。徜徉其中，你根本想不到，这里是天高皇帝远的西南边疆。拜读这个民族的历史，瞻仰历代土司的画像，谁都会生发出无限的景仰之情。万载功名尘与土，八千里路云和月，这个在大西北吹着羌笛唱着花儿，畅饮美酒，不怨杨柳，沿着三江源南下云岭的民族，跋涉过一条怎样的艰险坎坷征程啊。他们坚忍的文化基因与开放的民族根性是如何形成的？从人类地理学的视角观照，无疑，是作为客体的自然环境，铸就了作为主体的民族元素。是西部艰苦的自然环境锻造了这个民族，是三江流域的恶劣生态磨砺了这个民族。自远古以来，他们的先民就劳作繁衍在西部大地，生活环境和生产要素自然难以尽如人意，尤其是与气候温和、青山绿水的中原大地，与千里莺啼、帆樯如林的江南水乡相较，不啻是自然环境严酷、生存艰难的荒蛮之地。冬季，这里白雪皑皑，北风呼啸，严寒封锁着大地，万物一片萧索；夏天，这里暴雨倾盆，江河横溢，酷热笼罩着山林，阳光暴晒如火……山峰的高峻苍莽和江河的洪波巨流，生存氛围的逼仄恶劣，养成了他们同心同德、众志成城、和谐共处、勤劳勇敢、善于学习、顾全大局的优秀品格。就在这灾难频仍的茶马古道上，就在这荒凉苦寒的生命炼狱里，纳西族，这个在大西南山林中、三江绝壁上冲出来的勇敢族群，以坚强勇敢宽厚包容的民族品性，虚心学习主体民族的先进文化，大胆实现自己从渔猎游牧到农耕文明的华丽转型。他们维护中央的权威和祖国的统一，对周边同胞亲如兄弟，毫不犹豫地拥抱着中华民族共同体。漫步在木府中，仰望着中央皇朝赐予的一块块牌匾，特别是杨升庵书写的“为国干城”，谁能不感喟激动？人口不多的纳西族，在维护祖国统一、保卫西南边疆上，那确实是矗起了一座坚不可摧的长城啊。元明清三代，纳西族与藏族、白族、傈僳族、彝族一起，支持中央政府的政策，保卫了西南边疆的安全和稳定，许多英雄血染疆场、为国尽忠，名垂千古。就是近现代，纳西族也涌现了无数可歌可泣的英雄。台儿庄战役，缅甸远征军，1700 多纳西族儿女献出了宝贵生命。更值得敬佩的是，在早期的共产党人里，在红军、解放军、志愿军的队伍中，在当下各级领导机关中，也有许多纳西族的英模、高级将领和高级干部。可以说，在中华民族共同体中，人口仅仅几十万的纳西族，为中国革命和建设做出重大贡献。在木府宫殿群落中，最抢眼最靓丽的是万卷楼，那是全国绝无仅有的建在官府中的藏书楼。规模之宏大，设备之齐全，藏书之丰富，令人惊叹。看到这高耸的万卷楼，你能不对纳西族崇尚中华文化心生崇敬吗！纳西，纳西，智慧的意思。这个充满大聪慧的民族，在自己大力发展东巴文化的同时，义无反顾投身到中华文化共同体的浩浩巨流中，主动接受先进的、主流文化的洗礼，敢于凤凰涅槃，浴火重生。早在明代，纳西族就涌现了影响颇大的作家群，他们创作的汉文作品，在中华文学的百花园中绽放着奇光异彩。请看，这是一个胸怀多么宽广的民族，告别本民族的文化夕阳，他们没有任何的怀旧苍凉悲戚哀伤，有的是与时俱进砥砺前行的豪迈和激扬！他们的文化胸怀襟抱，就像我面前的接风楼，恭请四方来客，笑迎八面来风。望着木府苍茫的建筑群落背影，我想起了我们刘书记钦佩的一位纳西学者。他说，他认识这个民族的非凡，就是从这位国内外著名学者开始的。这位通晓多国语言，多种民族语言，在国外获得多个博士学位的学者作家，归国后在文学研究、文学创作、民俗学、文化学、民族学等领域都做出了举世公认的贡献，发表了数百万字作品，编著了几十部学术著作。为搞好田野调查，他用脚步丈量祖国大地，走遍了全国几乎所有县市……那是一个金风飒飒的秋日，在燕山山脉的深沟大壑中，在一辆驶向坝上草原的中巴上，我遇到了这位著名的学者。他只是说：我是来自大西南深山中的纳西族，是个草根农家的放牛孩子。我在国外留学多年，国家每月给我的助学金，是当时 70 个工人血汗工资的总和，我是国家人民培养的啊。纳西族，永远不忘中华民族的大团结啊。他还说：纳西族的学者、作家、高级人才多着呢，按总人口比例在全国领先。我，不足道也。记得当时，望着他棱角分明的脸庞和清纯执着的目光，听着他丰富风趣的不俗谈吐，我一下子震撼了。心中喃喃念叨着，纳西，纳西，这个创造了瑰丽东巴文化的睿智民族，我该怎么样来赞美你呢？

滇西北的太阳升起来了，又大又红；丽江城云蒸霞蔚，祥云飞腾。这是一个多么美好的早晨啊，让我饱览了古城丽江的无限风光。走下接风楼，回首向城中眺望，我再一次寻觅那雪山、蓝天、青峰、古城的身影，心中依依难舍，充满怅惘的别绪离情。此刻，狮子山接风楼是这样宁静，什么年月，还能够让我重拾旧梦？下山前，我将祝福祈愿的红丝带系上楼前那棵千年古松：祝福英雄的纳西族像玉龙雪峰，万古长青；祝福伟大的中华民族如喷薄朝阳，无限风光！

# 即景抒怀四方街

王 科





丽江四方街，依山靠河，坐落于大研古城的中心，在黛瓦白墙楼群的簇拥中，在滇西秀山丽水的怀抱里，卓然耸立，自成格局，天雨流芳，意蕴隽永。于游人而言，那绝对是一方胜地。

没来丽江前，朋友就说，来丽江不游四方街，犹如在北京不去王府井、到上海不走南京路、赴沈阳不访太原街、逛南京不拜夫子庙一样，绝对是虚于此行。基于此，寻觅梦中的香格里拉、眺望消失的地平线，那些千万游客莅临丽江，没有不到四方街驻足徜徉、流连观光的，没有缺席四方街发怀古幽思、观现代风情的。朋友诚恳相劝，你可千万不能与其失之交臂啊。朋友的叮嘱我记下了，但还是疑虑重重，天下美景我看得多了，这西南边城的四方街，真的就有这样艺压群芳的独特魅力吗？于是，来到丽江后，我稍稍做了点功课，就跑到四方街来观光了。真没想到，刚踏上丽江这块热土，我就为四方街的大美所震撼，并在由衷的感慨和联翩的点赞中，沉浸在它前世今生的怀想里了……

四方街不是四方形的街市，它是六亩左右略呈四方形的街心广场。它虽然始建于宋末元初，有 800 多年的漫长历史，但是，却是明代纳西土司木天王的收官之作。他按皇帝颁发的印玺形状改建了这个街道，为其画上了圆满的句号。之所以命名为四方街，是因为欲让其展示纳西木府和顺八面、权镇四方之意。几百年来，历史的脚步急急匆匆，木府的风云翻卷飞腾，丽江城的树叶黄了又绿，绿了又黄。滔滔的玉河水为它吟唱着苍凉的纳西古歌，斑斓的五彩石给它留下了浩瀚的生命之章，玉龙雪山下的四方街，阅尽了无数人间沧桑。终于，在20世纪改革开放之后，虽在深闺为人识，它才获得了悄然崛起和走向世界的契机。当下，真个是——四方街巷天下闻，环球谁人不知君！作为世界文化遗产的点睛之笔，这里，街道虽不宽而通达，楼宇虽不高而俊秀，树木虽不多而蓊郁，商埠虽不大而繁华，一屋一瓦、一砖一石、一草一木、一街一巷，荟萃了人文自然、现代未来之神韵。说它是这座大西南古城的微缩，称它是世界文化遗产的展板，赞它是丽江古城最亮丽的风景线，绝非过誉之语。当然，同那些大都会的宏大建筑、现代广场比起来，四方街无疑不是大家闺秀国色天香，而只是小家碧玉秀内慧中。因此我揣想，是不是可以说，它是彰显、宣示纳西民族权利的大印章？是不是还可以说，它是为民造福、与民同乐的新图腾？据历史记载，木氏家族治理滇西数百年，与中原内地的某些昏庸暴虐的统治者不同，一直非常低调内敛，关心民瘼，造福民生，内外协调，开放包容，韬光养晦，从不树敌，维护老百姓的切身利益，深得纳西族百姓的拥戴和热评，从而确立了木府不可动摇的核心地位，致使这里几百年间一直十分稳定，从没有发生大的颠覆性骚动。因之，我看这四方街啊，虽是小广场，却有大格局；虽为小街巷，实乃大胸襟。也许，这就是木府土司服务乡梓、振兴民族、融入中华民族共同体的初心表露吧。不然，大研古城为什么全面开放，不设城墙？四方街巷为什么四通八达、路路畅通？因为他明白，域民不以封疆之界，固国不以山溪之险，人民就是山溪，人心就是城墙啊。当然，我知道，历史的砥砺前行和政局嬗变，不是轻飘飘的几个字就能够概括的，时代车轮的飞速前行常常带来血腥的辗轧和转型的阵痛，即便是在中华民族内部手足之间的融合中，民族记忆里也有难以消弭的尴尬过程。难能得贵的是，高瞻远瞩的民族首领、开明睿智的执政者总能顺应历史发展的潮流，为本民族的最大利益着想，从中华民族共同体的大局出发，对复杂形势做出前瞻的研判和正确的决断，从而导引民族之舟驶向平安的彼岸。无疑，纳西族的几代土司就是这样的人。这个英雄的民族，为了寻觅广阔的生存空间，在土司的带领下，继承了先民古羌人的英武顽强，从遥远的大西北河湟地区南下七彩云南，该遭受了多少林林总总的苦难啊。高山峡谷的险阻，周边异族的冷眼，生存环境的艰困，等等，数不胜数，他们都用自己的善良、勇敢与聪慧、和谐一一克服了。明智的文化选择与高尚的包容亲和，使他们世世代代一直走在中华民族大家庭的前列。对四方街的开创者、这些为中华民族做出贡献的历史人物，对他们在民族生死存亡抉择面前的痛苦反思和复杂心路，纳西族青年作家黄立康在《抄木氏土司诗》（作家出版社 2021 年版）的著作中有一段精彩到位、深入骨髓的描写：

清顺治十六年（1659 年），大军入滇，木懿争先投诚。

我们可以猜想木氏土司失眠的迎降前夜，他明烛正襟危坐在木椅上，高堂内无其他人。前朝的官帽朝服被木架撑开，稻草人般随夜风摇摆。他就这样静坐着，不觉月出东山，不觉东方既白。身形维持着一个姿势一动不动，然而他的心已在动荡的天下间奔走了无数遍。微光照着的脸上，许多张面孔如川剧的变脸，突现、变幻。我们可能会看到那张脸上闪现旧臣抚心蹙眉的神情，看到谋士掐指沉吟或是平静不惊，看到一张狡黠的面孔闪过——赌徒的脸，看到怒发冲冠的勇士、悲壮高歌的冲动匹夫、咬肌跳动目光坚毅的军人……没有人能体会，他或者是其他四百二十位士官在迎降前夜的表情复杂、心绪纵横的煎熬。两鬓是否添了新霜？那些戴着土司冠冕的凡人站在朝代轮回的垭口上观望，似曾相识，却也无力无奈。

为了中华民族的大义，木府忍辱负重、顺应潮流；为了纳西民族的发展，木府大义凛然、凤凰涅槃。站在朝代轮回的垭口上，四方开放，八面来风，告别旧我，浴火重生，木府积极主动参与构建中华民族共同体的大厦，功不可没，高标青史！四方街，历史不会忘记你！

这是暮秋的傍晚，四方街华灯初上。身着纳西女子披星戴月美丽服装的导游美女指点着彩石铺地、清水洗街的广场，介绍着飞檐斗拱、雕栏画栋的民居，夸耀着花鸟虫鱼、飞禽走兽的门窗，解读着辐射四方、曲径通幽的小巷，告诉我们，“日登万古楼，夜逛四方街”，你们来的可正是时候啊。导游话音刚落，街上的彩灯，楼宇的霓虹，门市的招牌，商品的造型，一下子铺天盖地地亮了起来，赤橙黄绿，辉映云天，火树银花，照彻碧空，把一座四方街装扮得像玲珑剔透的龙宫、像美轮美奂的天堂、像光辉灿烂的不夜之城。观赏着这广场上摩肩接踵、万头攒动的热闹场景，寻觅着这依山随势放射形状的街巷，谛听着这玉笛铜箫鼙鼓唢呐的音响，赞美着这十里花城万家灯火的繁荣，在氤氲着淡淡花香的夜风吹拂中，我仿佛走进了锈迹斑斑的滇西历史中。遥想着玉龙雪山的清水依恋丽江，云贵高原的金风青睐丽江，万种沧桑入怀，我不禁心潮涌动。此时，明灭不定、霓虹闪烁的街市飘来一阵阵鲜花饼香，更让我邈远的思绪掀起了波澜万丈。丽江四方街，你真是我们梦中的香格里拉。该用什么样的话语，书写出你的秀美和辉煌？该用什么样的色彩，皴染出你的魂魄和精灵？我突然想到毛泽东、柳亚子两位浪漫诗人的诗歌唱和交集，倘若今天他们还在世，面对大西南欣欣向荣的四方街，这世界文化遗产的瑰丽新城，他们一定是“诗人兴会更无前”，一定会写出“万方乐奏有丽江”的！

四方街不是平凡的街市，它是历代茶马古道的枢纽民族团结的平台。自古以来，这里就是茶马古道的最重要的交通中转站，是大西南各民族交往的唯一通道，也是南方丝绸之路的重要分支。在时代历史的坐标上，它以漂亮的点、线、面、体为纳西族赢得了荣光。明清以来，由于社会形势的稳定，这里的经济更加繁荣兴旺，商界精英云集，商号客栈林立，商品川流不息。时代选择了丽江，丽江实现了华丽转型，成为滇西北地区当之无愧的政治、经济、文化中心，一个不可或缺的点，重量级的经济文化交流节点，并串联起茶马古道这历史长河中的线，南方丝绸之路的支线。繁荣的四方街吸引着无数域外大贾、海内客商来这里经商发展。当然，它巨大的吸摄力，不单是这里初春细雨簌簌，盛夏凉爽宜人，晚秋季天高气爽，深冬阳光灿烂，一年四季皆宜居，不只是这里小桥流水，户户垂杨，街巷通幽，彩石铺地，山城无处不飞花，不只是这里三坊一照壁，四合五天井，转角楼鳞次栉比，门市房色彩绚丽，街市尽在图画中，而是因为，这里是其乐融融的民族团结乐园，是民风淳朴的滇西世外桃源。各民族文化在这里交汇生息，使其成为滇西北大地上的一颗耀眼的明珠，营造了光芒四射的面，即鲜明特色的街面，并发展为不可小觑的体，即贯穿滇藏地区的商贸经济体。虽然如此，丽江毫不张扬，依然谦逊，静静地伫立在玉龙雪山下，默默地静卧在滇西的红壤中。山间铃响马帮来，一条漫长坎坷的茶马古道由内地蜿蜒向北，经由丽江四方街，穿过玉龙雪山和大峡谷，沿着三江并流的山崖间，伸向神秘的雪域高原。四方街，就是绸缎茶叶等货物的集散地，就是那山间马帮的加油站。那些马帮的赶马人，那些康巴汉子、白族小伙、彝族青年、汉族老客、苗族兄弟、壮族驴友，以及傈僳、阿佤、景颇、傣族等民族的同胞，都在纳西大研的四方街吃纳西美餐，喝玉河清泉，唱东巴古歌，跳纳西舞蹈。他们互相学习，互相帮助，在险象环生的茶马古道上，在危机四伏的人生炼狱里共同拼搏，为构建中华民族共同体，为繁荣发展民族经济，抛洒自己的青春热血，做出自己可贵的贡献。我想，站在时代历史高端的、这古香古色的四方街，不就是各族兄弟姐妹团结的见证，不就是中华民族繁荣发展的丰碑吗！

正在我思涛滚滚之时，一声哨响，纳西族的打跳歌舞开始了。身穿五彩斑斓民族服装的各族男女老少，在璀璨的灯光下，在朦胧的夜色中，手拉着手，围着圆圈，跳起了民族歌舞。洪亮的歌声、优美的舞姿，展示着新时代各族同胞的精神风采，令人赞叹。几分钟过后，围观的大批游客，有男有女有老有少，甚至还有牙牙学语的孩童，也加入了欢乐的舞蹈队伍，学着纳西同胞的动作，有模有样地跳了起来。

四方街，简直成了民族团结、民族联欢的大舞台啊。看着大家的欢歌笑语，我也怦然心动，不禁跃跃欲试想参与其中。虽然，我自幼就缺少艺术细胞，且从来不会三步四步跳舞，只是在那动乱年代随大流瞎比画过几回，算是有过跳“忠字舞”的经历，但是，在西藏拉萨布达拉宫广场，在新疆乌鲁木齐红山公园，我却热血沸腾、义无反顾地当过半拉子舞蹈家。当时，在民族大欢聚的氛围中，我现学现卖的藏族锅庄舞、维吾尔族亚克西，自觉跳得还蛮不错呢。今天，我能错过这个展示自己“非凡”才艺、歌颂民族大团结的机会吗？四方街，我来了！于是，我大步走向了四方街广场，走向了纳西打跳歌舞的队伍里，投入了各民族兄弟高歌幸福的旋涡中。

夜幕下的丽江四方街，那就是民族团结的欢乐海洋啊……

# 丽江光影入梦来

刘凤龙

云南丽江，一个恍若仙境的地方。人们都说“桂林山水甲天下”，而我要说，丽江山水姿影妩媚，亦可媲美桂林，美冠天下，因而也时时撩我心神，来我梦中。

云南有句广告语叫“彩云之南”，不仅琅琅上口、便于传颂，且很传神地浓缩概括了云南的美丽风韵，让人的空洞想象具体化为对“人间仙境”的期待与向往。

云南很大，游之不易，我以为最能浓缩体现云南之美的地方是丽江。在丽江这块土地上，集山河壮美、大江奔流、民族风情、古城风貌于一体，融文化于诗意，寓无形于有形，不愧是一方名闻全国的旅游胜地。

丽江古城又名大研镇，坐落在云南丽江市古城区，与同为第二批国家历史文化名城的四川阆中、山西平遥、安徽歙县并称为“保存最为完好的四大古城”。她不仅是国家5A级旅游景区，还是一个以整座古城为世界文化遗产的古城，充分体现了我国古代城市建设的成就，深受国内外游客的青睐。

## 丽江丽影

丽江作为全国“四大古城”之一，城市中的建筑全为古朴的院落民居，房屋构造简单、粗犷，但庭院布置和房屋细部装饰却丰富而细腻，城市中常绿常新的花木，形成人与自然的美好和谐。古城布局自由灵活，不拘一格，民居、集市、道路、水系组织聚散合理，配置得当，再加上石、石桥、木桥、花鸟虫鱼、琴棋书画、民风民俗，生发出无穷意趣，使古城独具魅力。

四方街是丽江古城的核心景点，地处古城的中心位置，历史上的四方街是茶马古道的重要中转枢纽，尤其是明清时期，四方街上汇聚有来自天南海北的商人，可谓商贾云集、人文荟萃，不仅商业发达繁荣，生活气息也是格外的浓郁，是当时丽江的经济文化交流中心、古城的心脏。

如今的四方街，依然是古城内热闹繁华的小吃街、游客最为聚集的地方，在街巷两侧汇聚有数十家各色的商铺，所出售的商品琳琅满目且类型多样，让人眼花缭乱。

作为一个拥有小桥流水、时尚酒吧的旅游城市，丽江汇集了来自各地的年轻人。色彩斑斓的各种民族服饰也成了靓丽女孩们的最爱，在古城石桥上、小河边，经常看到穿着造型各异、五彩缤纷民族服饰的女孩在拍写真。

这些来自平原地区的女孩，没有经历过高原日光的曝晒，皮肤细腻白皙，远没有当地人那种略带苦涩的“高原红”，她们穿上绚丽飘逸的民族服饰，更显得青春妩媚，丽影婀娜，成为丽江古城一抹流动的风景线。

丽江丽影，在水一方，此情此景，稍纵即逝。刹那间，一些游客按下相机的快门，不知道她从哪里来，也不寻问她姓甚名谁，只为留住那不经意间偶遇的美丽！




## 任性高歌

丽江作为一个依山傍水的古城，东河、西河穿城而过，于是便有了许多各式各样的桥。在这里，你可以尽情享受小桥流水的好意境。在丽江古城区内的玉河水系上，飞架有 354 座桥梁，其密度为平均每平方公里 93 座。形式有廊桥（风雨桥）、石拱桥、石板桥、木板桥等。较著名的有锁翠桥、大石桥、万千桥、南门桥、马鞍桥、仁寿桥，均建于明清时期。

大石桥为古城众桥之首，位于四方街东向 100 米，由明代木氏土司所建，因从桥下中河水可看到玉龙雪山倒影，又名映雪桥。该桥系双孔石拱桥，拱圈用板岩石支砌，桥长 10 余米，桥宽近 4 米，桥面用传统的五花石铺砌，坡度平缓，便于两岸往来，如今已成为众多游客来丽江的打卡地。





丽江不仅桥多，作为一个游客众多的旅游城市，还有着很多的商铺酒吧。在这里，每个慕名而来的旅行者则是快乐的。在夜色酒吧，只要你足够任性，足够胆大，你都可以上台，站在聚光灯下，面对各色男女高歌一曲。在这里，有更多的老歌金曲在传唱。慷慨激昂的《海阔天空》、孤独无奈的《外面的世界》、缠绵悱恻的《女人花》、忧郁空旷的《春天里》……都在这里不时地传唱开来。

如果你是个初来乍到的游客，如果不好意思登台演唱，外面还有诸多流浪歌手满足你高歌。经常可以看到这样的画面：一个不修边幅的吉他手，一个不拘小节的领唱者，一群不断鼓掌的伴唱者，再加一个不甘寂寞的拍客，就能燃起不同音调的呐喊，在一群陌生人面前尽情丢弃城市里平时所穿戴的“面具”与“马甲”，放飞自我，达到忘我的境界。

在丽江这个流动的城市，只要你足够任性与开放，总能找到适合自己的定位与欢乐，而不必在乎什么害羞与不好意思，因为——我们只是这里的匆匆过客！

## 一米阳光

与周庄、同里等江南水乡古城相比，丽江古城同样也是曲径通幽、小桥流水、古铺林立的空间布局，但丽江古城中有更多毫无规矩的道路网，漫步蜿蜒曲折且幽深的青石板路，给人感觉这里的道路似乎没有尽头，曲曲折折、往往复复。正是这种格局，置身丽江古城，让人有一种恍若走入了一座大型的迷宫之中，尽显古城的神秘，好像总有说不完的往事。

丽江古城是个灯红酒绿的不夜城，在灯火迷蒙的众多酒吧里，最知名的恐怕是“一米阳光”。其很有名的广告词是“一米阳光，艳遇丽江”，这个温暖的口号。其店面不仅遍布城中，也让古城的夜晚在灯火的流光溢彩中，弥漫着一种温情与诱惑。

酒吧里的歌手、舞者大多是来自全国各地的年轻人，体态不同，方言迥异，却都有颗驿动的心。让人感觉来到丽江这个高海拔的城市，就能收获心灵的一方净土与梦想中的自由。

听着酒吧里余音绕梁的歌声，看着门外热情好客的侍者，川流不息的人们更多的是好奇与聆听。灯光璀璨，夜色阑珊，让在丽江古城居住的人们过得自由惬意。“一米阳光”通过“艳遇丽江”这种温情的语言，意在让各地素不相识的来者在这里相遇相识，结交朋友，体现了小城的包容与友爱。

正是因为有着得天独厚的古城风情与多姿多彩的夜生活，丽江成为诸多网红心中的打卡地，极适于发展夜间经济。2001 年 10 月 19 日，文旅部最新公示的《第一批国家级夜间文化和旅游消费集聚区名单》中，拟确定在 120 个项目内着力发展夜间经济，丽江古城当仁不让地位列其中，这将为丽江未来经济发展增设新的增长点。

## 玉龙雪山

纳西族心目中的“神山”玉龙雪山矗立在丽江城北，是北半球最近赤道终年积雪的山脉，隔江西与中甸雪山、东与绵绵山相并列，如扇面一般向古城展开。在古城北望，任何角度都可以看得到。早上初升太阳照得雪山顶部红彤彤一片，颇有“日照金山、祥云一片”的恢宏气象。中午在湛蓝天空的映衬下，更显得雪山洁白神圣、宁静致远。

玉龙雪山是来丽江的旅客必须去的一个地方，就像来北京得去天安门、来上海得去外滩、来杭州得去西湖一样，玉龙雪山是丽江的城市名片。这里有着蓝月谷、白水河、云杉坪等有名的自然景观，并且风光各异，各有特色，令人流连忘返。

蓝月谷因月亮在蓝天的映衬下倒影在蓝色的湖水中，又因英国作家希尔顿笔下《消失的地平线》中的蓝月亮山谷近似于此，而得名“蓝月谷”。白水河因河床、台地都由白色大理石、石炭石碎块组成，呈一片灰白色；清泉从石上流过，亦呈白色，因色得名“白水河”。海拔3240米的云杉坪是玉龙雪山东面的一块林间草地，纳西语称其为“吾鲁游翠阁”，意为殉情之地，在纳西东巴经典《鲁般鲁饶》中，曾把云杉坪描绘成白鹿当耕牛、赤虎当坐骑、雉鸟来报晓、白雪酿美酒、树上结金果、洁净无苍蝇的理想乐园，是纳西族传说中的“玉龙第三国”。

在藏传佛教中，雪山是很神圣的，信奉该教的纳西族人自然把玉龙雪山顶礼膜拜。如今其山顶的牦牛坪早已被开辟为观光地，任游人敬仰观赏。而与其隔金沙江而立的哈巴雪山则没有那么幸运，因为周边没有较大规模的人口集聚，知名度与美誉度显然没有玉龙雪山那么高，其山顶仍是人迹未至的处女地，依然蒙着神秘的面纱。

由此可见，美是用来欣赏的，如果只是“独在深山人不识”，无人知晓、无人赏识，那就只能孤芳自赏了，这是一种境界与定力。在现在纷纷扰扰的社会中，如果达不到这种境界，就应敞开心扉去与他人互动沟通，要么像玉龙雪山那样亲和，要么像哈巴雪山那样孤傲，切忌左右摇摆，非驴非马！

## 纳西往事

在丽江，古城的魅力不只有玉龙雪山、流水人家，还有那颇具神秘色彩的东巴文字和民族文化。在高原暖洋洋的阳光照耀下，走进博物馆，感受纳西族的历史往事，是个很有沧桑感的时光之旅。

丽江是纳西族的聚居地，如今人口只有30万人。但是追溯历史，其先祖则是赫赫有名的氐羌人。南北朝时期，这些游牧的羌人先是向南迁徙到岷江上游，又逐渐向西南迁徙至四川省西部的雅砻江流域，再继续西迁至云南境内的金沙江上游沿岸一带及丽江等地，最后便在这一带地区定居了下来，形成了纳西族。

元朝时期，丽江第一次纳入中央王朝的版图，极大地提高了纳西族在周边民族中的政治地位。同时，元军翦除了吐蕃、大理两大势力对丽江的威慑，使纳西族有了一个从容不迫、独立自主的发展空间。纳西先民各部落也在这一时期走向了统一，形成了独立的民族，从而开始了一场宏大的民族文化体系的构建。

明朝时期，明王朝大力扶持木氏土司进行地方治理，木氏土司成为“辑宁边境”的重要力量。纳西族在吸收白、藏民族的文化精华时，也接受了中原汉文化的润泽。这一方面促进了纳西族地区的历史进程，一方面使自己的民族文化特质得到彰显。使得纳西族从历史上处于被动地位成为主动进取的角色，在历史进程中产生了应有的影响。

清朝时期，丽江实行“改土归流”，木氏土司一蹶不振。原封建领主制废除后，丽江的地主经济得到迅速发展，手工业也渐趋繁盛，丽江古城的格局最终形成，成为纳西族地区政治、经济、文化中心。1949年中华人民共和国成立后，丽江的纳西族地区历史性地跨越进了社会主义，纳西族的历史由此进入一个新的历史纪元。

纳西族的往事告诉我们，民族的兴衰与国家的兴衰密切相关。作为中华民族的一员，任何国人都应为强国梦的实现添加正能量，为国家强大做自己力所能及的贡献，这不仅是为自己，更是为子孙！

纳西族所使用的东巴文，是目前世界上罕见的、仍在使用着的原始象形文字，它比图画进步，但又比已属于表意文字发展阶段的甲骨文原始，是属于图画记事和表意文字中间发展阶段的原始象形文字，因此，东巴文字已成为目前最神秘的民族文字。另外，纳西族是个信仰多种宗教的民族，既信仰本民族的本土宗教——东巴教，也信仰藏传佛教、汉传佛教和道教，信众最多的是东巴教。

东巴教对纳西族的社会生活、民族精神、文化习俗有重大影响，是纳西族多元宗教信仰中的主干，是在纳西族处于氏族和部落联盟时期的原始信仰基础上发展起来的，其后，在各个不同的历史时期逐渐吸收了藏族的本教、藏传佛教等的一些内容，形成了一种独具特色的民族宗教形态。它有自己的仪式系统，庞大的鬼神体系，与各种仪式相配套的经典。泛灵信仰，大自然崇拜，祖先崇拜，重卜，以及“大自然和人是兄弟”这一基本理念，是东巴教的主要特征。





## 印象丽江

《印象·丽江》是张艺谋、王潮歌共同导演，在玉龙雪山顶上演的大型群体性民族歌舞剧，200多元的门票，价格不菲，值得一看。但对于来不及上雪山的游客来说，既使不去看该剧，对丽江的印象也是很深刻的。

首先是美丽。丽江古城内的街道依山傍水修建，铺的大多都是红色角砾岩，雨季不会泥泞、旱季也不会飞灰，石上花纹图案自然雅致，与整个古城环境相得益彰。作为一个高原小城，丽江巧妙地利用雪山融水与黑龙潭水，使得水资源并不丰富的古城变得溪水潺潺，再加以纯净的蓝天白云、新鲜的阳光空气，因地制宜，巧夺天工，很有一种别致且难以复制的美丽。

其次是宜居。古城巧妙地利用了地形，西有狮子山，北有象山、金虹山，背西北而向东南，避开了雪山寒气，接引东南暖风，藏风聚气，占尽地利之便。以城中心的四方街为例，这是一个大约4000平方米的梯形小广场，五花石铺地，街道两旁的店铺鳞次栉比。西有西河，东为中河。西河上设有活动闸门，可利用西河与中河的高差冲洗街面。从四方街四角延伸出四大主街，又从四大主街岔出众多街巷，如蛛网交错，四通八达，从而形成以四方街为中心、沿街逐层外延的开放格局。

最后是人文气息。丽江古城是一座具有浓烈人文气息的小城，明亮的阳光下，总会有步履缓慢的上了年纪的纳西老人悠闲地踱步，他们身着本民族的靛蓝色衣帽，悠闲地看来来往往的游客。古城与新城交界处的大水车是丽江古城的标志，古城大水车旁有一块大屏幕，每日播放的歌曲即是古城最受欢迎最有特色的歌曲，其中《纳西净地》是最受欢迎的歌曲之一。这里的小巷子两侧商铺林立，游人络绎不绝，这或许就是我们平时所说的人间烟火气息吧——这是一幅多么美好而祥和的画面！

（刘凤龙，记者，编辑，创作文学作品多篇，现任中国纪实文学研究会理事）

# 仙姿神韵话玉龙

## 刘凤龙

我的想象中，玉龙雪山不过是一座普普通通的雪山而已，哪曾想当我真真正正地来在雪山脚下的时候，便惊叹于她欲飞入海的神韵、圣洁婀娜的丰姿了。

“丽江雪山天下绝，堆琼积玉几千叠。足盘厚地背擎天，衡华真成两丘垤。”当年元朝宣慰司、诗人李京赋诗赞咏玉龙雪山的雄伟奇丽，而将名闻遐迩的衡山、华山看作为小丘矮垤。

远远望着雪山，云的深处她比云朵飘逸妩媚，天的尽头她比天宇博大精深，日月的光芒在她晶莹剔透的灵魂里辉映成一道永恒的美丽，历史的厚重在她蜿蜒高峻的命脉里伫立成一座处女神峰。她的纯白贞洁让人联想到三月的梨花、十月的木槿；她绵延的雪线、俊逸的山峰更像柔曼飞舞的哈达。这就是——玉龙雪山。

作为游客的我去过两次玉龙雪山。第一次是 1997 年 7 月，正值香港回归举国上下热烈庆祝盛典假期之时，导游把我带到雪山半山腰，在那芳草萋萋的开阔草甸，眺望前方银雕玉塑般的连绵雪峰，兀立挺拔，宛如玉龙飞舞，虽然仅仅是隔远相望，那种雄伟彪悍、那种磅礴气势亦足以令人震撼。当时在南方的炎炎夏日，有缘遇见中国最南的雪山，无疑是那次云南之行留给我最美丽而深刻的记忆，同时也埋下了一个近距离目睹雪山真容的心愿。

始终相信沿着梦想的河流，就能走到梦想的家园。

你勾人梦魂的召唤，总在夜深人静，自心深深处响起。听到召唤，灵魂安谧且疼痛起来。被尘世刺破的心殇是最重的行囊。掠过芸芸阡陌，沿河而上，风尘仆仆，两袖清风，来到你的面前。

踏着积雪的栈道，雪的芬芳临风而来。

千山暮雪皑皑。冥冥苍穹下，你静静地卧成一条玉龙，静得让人惊心动魄。你有着上帝般一样的容颜站在我心灵的尽头，只让乡愁就着雪峰淡淡地潜进我的心里来。

是你轻轻触动旅人心底最温软的一隅，御下旅人的繁琐和倾轧，疲惫和仆仆风尘。你容纳了尘世所有的哀伤，神圣了凡间痴情的目光，静美而空灵。抓一把雪冻彻伤感，披一身暮岚裹住凛冽。在这梦与醒的边界，心情悄悄地没了温度。这是梦境还是在清醒且灼痛的尘世?

隔着乡愁，我的语言是如此贫乏，落笔描述你变得如此艰难，深恐粗糙的笔尖剔破了你经久的古典与冰清，只写得满目濡湿，一纸凄怆。

我是你的，我会回来的，但每一次回来，都是为了诀别。只有你，永远以冰雪的颜色等我。

戊子年腊月，时隔 11 年 6 个月之后，玉龙雪山再次成为我的旅行目的地。从昆明古城到楚雄石林，从大理洱海到丽江古城，一路走来，风光无限。

其间，滇南下了一场多年不遇的大雪，厚厚积雪也迫使玉龙雪山封山禁游。导游担心我们下个行程的雪山景区，很有可能因封山而取消，闻此消息我颇感失望和遗憾。这次下决心重游云南，可以说最想去的就属玉龙雪山。

天公作美，雪后放晴，雪山得以重新开放。我从丽江至雪山的途中，聆听了玉龙雪山的一些凄美动人爱情传说，内心既欣喜又忐忑，庆幸在玉龙雪山最佳观景期，又是一场大雪后，能遂愿走进颇具传奇色彩的圣洁神山。

是玉龙雪山，咫尺之遥但却看不见山，见到的是一大团云雾缭绕，云雾缭绕从地面上燃烧而起，从天上洒脱而成，担心成一层很厚棉花，将玉龙雪山盖的严实。

玉龙雪山静静呆在横断山脉最东边，常年一头埋在云雾缭绕之中，令人难见芳容。只要碧空稍稍洗开，她就会骄傲地向世人一展风采，但见群峰直贯苍穹，云带束腰，红纱披肩，万千皑皑白雪晶莹皎洁，乾坤朗朗，高山极静。遥望玉龙，原来她静得如此华贵如此绮丽，静得如此神秘威严，让人生敬生畏。

气温时阴时晴，太阳隐隐约约，云层持续集聚着，游弋着，浓如翻墨，淡如晶雪，但自始至终杂乱一片，像冬季夹层玻璃上的雾水，模模糊糊。我发力睁大眼睛，牢牢地盯住正前方，希望着玉龙雪山真面目的呈现。忽然漫长的天上闪露一条缝隙，露出了黛青色的公路边坡，间隙慢慢扩张，渐渐地，峰顶也一点一点地从云朵中闪过出去，一座正气凛然的高山就是这样不期然地展现在眼下，顿觉崇高无比，如同造物主君临世间，“水上有仙景，它在可望而不可即间”。

“连峰去天不盈尺，枯松下跌倚峭壁”，那一刻我能想起的，仅有诗仙李白的这句诗。我也曾登过山东泰山、安徽黄山，近距观察过陕西华山，但给我的觉得都没那么震撼人心。近距离的展现，给视觉效果以巨大冲击性，超过了我对山的想象。雄壮、险峻、巍峨等全部对山的形容词加在一起，也不能叙述我那一刻的体会，我倏然想起了纳西族人对玉龙雪山脚的敬畏之心，他们是把它当神来毕恭毕敬地膜拜。

是的，当玉龙雪山从烟雾缭绕中逐渐闪现出它的真面目，当阳光照射在公路边坡上，反射面出灿烂的光辉时，应对它，全部的语言全是苍白无力的，人到最美丽的景色眼前是会产生认知功能障碍的，过多的语言都是嚼舌，都显得不着边际，都是对美的亵渎。你默默地看见它，只为把两手举过头上，慢慢下跪，对它五体投地。

玉龙雪山在这里守望了一亿年了，主峰像扇面一样敞开她丰润的胸怀，拥抱着群山、拥抱着天地，犹如一尊圣洁的女神亭亭玉立，她凝聚了天地间的精华，用宽广、博爱的神灵护佑着她的子子孙孙。

几千年来，她悄无声息地蕴蓄，点点滴滴地溶化，像母亲的乳汁一样哺育着万物生灵。倘若没有玉龙雪山的存在，地处高原的西南边陲恐怕只有炎热的夏季和肆虐的风沙了。

静者美，动者灵。山间沟壑里的飞瀑直下千尺，那是玉龙雪山冰雪聪明活的灵魂。是因为玉龙雪山静得壮美，从而招得奔腾的金沙江在此流连。这不，金沙江环绕玉龙雪山转了老大一遭，迎头扎进谷底脏腑——虎跳峡。

走近虎跳峡江宽仅 20 米最窄处，你会痴痴地凝望那澎湃狂泻的激流，静听江水的声声呐喊，你定会情不自禁地发出啧啧赞叹。金沙江流在峡谷里连续下跌 7 个陡坎，一泻千尺，一派浩荡奔腾气势，水势在虎跳石前翻后滚，左冲右突，汹涌澎湃，声若擂鼓。

刚才在上游，金沙江水还是温柔乖巧缓步慢行的，不想这会儿，漫漫江水激情迸发刚烈不羁，蹦跳撒欢得如此地震撼人心，直撩得你内心难以平静，陡然引出我一串急速的思考：水儿历经亿万年的轮番辗转，切割出一个又一个大峡谷，也许今天她是借我到此观光的机会，要用她普爱的仁心，冲刷抑或切割都市万千浮躁的心灵，还要让静静的玉龙山峰感受激越跃动的撞击么？不过呢，凭着金沙江的一番亲密吻别，玉龙乖巧地让金沙江向东向大海捎去了雪山的一份深情问候。

刚才我还在温暖如春的丽江古城徜徉，一时间又来到了寒气袭人的玉龙雪山脚下，如果你想看到季节在瞬间更替的话，那么在玉龙雪山就可以看到四季交替的神奇。

山脚是狭长而开阔的草甸，芳草萋萋，百花斗艳，把草甸装扮成多姿多彩的牧场风光；浩瀚的森林，飘浮的云团，似一条白绿相间的裙带环系在山腰，林木蓊蓊郁郁，云雾袅袅；峰顶惟余莽莽，冰凝雪积，像千年的史书记载着多民族的风情和威严。

静者仁，动者智。静，是玉龙雪山永恒的仁者胸怀；动，则是玉龙雪山流淌着的不朽温情。玉龙群峰静静，但她的肺腑是炽热的。玉龙雪山以她冰晶雪水滋养了东巴文化纳西情感。

仁者为怀是纳西宽广博大的胸襟，纳西人用智慧获取了休养生息的和平空间。纳西人待客总是重礼温厚，而纳西人对爱情则是忠贞不渝，以至多有壮怀激烈殉情至死的故事流传。玉龙雪山以她的温和沉稳，见证着华夏文化传承和融合的脉动。文成公主赴吐蕃和亲，将中原文化带向西域，从而延伸出茶马古道上诸多或悲或欢的故事，也正是有玉龙雪山炽热的温情，才使万千故事有了鲜活灵动的色彩。

玉龙雪山是人与自然完美的和谐、纯净与原生态的交融，我惊叹她的神奇，感悟她的深邃，假如没有玉龙雪山的慷慨馈赠，还会有草肥水美的人间天堂吗？还会有茶马古道的传奇吗？

我怀着敬仰，朝拜你——神圣的玉龙雪山，我虔诚地守望着你——梦中的玉龙雪山！伫立冰魂雪魄的旷古秘境，内心不由泛起一波冲动，真想率性而为，冲着魂牵梦萦的雪峰吼上两声：玉龙雪山，我来了！我又来了！！

2021年10月我再次来到丽江，又相隔了十几年，前两次以一个旅游者对丽江古城的游览及美轮美奂玉龙雪山的美景感叹与抒怀。但这次与上两次大有不同，这次是跟随中国纪实文学研究会名誉会长、党支部书记、著名作家刘守家为团长带领的中国纪实文学作家赴丽江采风团，对丽江文旅产业发展情况和非物质文化遗产传承保护情况进行实地调研。前两次是对丽江古城美丽的景色赞不绝口，而这次通过实地调研对丽江文旅产业高度融合，特别是玉龙雪山景区的生态保护和产业创新发展让我叹为观止！

在国人心中，云南省丽江市无疑是知名度极高的热点旅游城市，这里的古镇是众多游客心心向往的地方。但是在丽江，不仅有历史悠久的大研古镇，更有神圣洁白的玉龙雪山，两者相得益彰，自然与人居和谐共生，共同构成了大美丽江的主体格局。

丽江当地居民以纳西族为主，玉龙雪山在纳西语中被称为“欧鲁”，这座集亚热带、温带及寒带的各种自然景观于一身的雪山，是北半球最接近赤道、终年积雪的山脉，传说是纳西族保护神“三多”的化身，所以一直被纳西人民当作心中的“神山”，而被人们世世代代顶礼膜拜。

玉龙雪山矗立在丽江城北，隔江西与中甸雪山、东与绵绵山相并列，如扇面一般向古城展开。在古城北望，任何角度都可以看得到山景。每天早上，初升的太阳照得雪山顶部红彤彤一片，颇有“日照金山、祥云一片”的恢宏气象。中午在湛蓝天空的映衬下，更显得雪山洁白神圣、宁静致远。

玉龙雪山是来丽江的旅客必须去的一个地方，就像来北京得去天安门、来上海得去外滩、来杭州得去西湖一样，玉龙雪山是丽江的城市名片。这里有着蓝月谷、白水河、云杉坪等有名的自然景观，并且风光各异，各有特色，令人流连忘返。

蓝月谷因月亮在蓝天的映衬下倒影在蓝色的湖水中，又因英国作家希尔顿笔下的《消失的地平线》中的蓝月亮山谷近似于此，而得名“蓝月谷”。白水河因河床、台地都由白色大理石、石炭石碎块组成，呈一片灰白色；清泉从石上流过，亦呈白色，因色得名“白水河”。海拔3240米的云杉坪是玉龙雪山东面的一块林间草地，纳西语称其为“吾鲁游翠阁”，意为殉情之地，在纳西东巴经典《鲁般鲁饶》中，曾把云杉坪描绘成白鹿当耕牛、赤虎当坐骑、雉鸟来报晓、白雪酿美酒、树上结金果、洁净无苍蝇的理想乐园，是纳西族传说中的“玉龙第三国”。

玉龙雪山不仅拥有丰富的旅游资源，而且在旅游开发上也有着先进的管理经验。近年来，国内旅游市场竞争激烈，单纯靠门票、索道、交通等资源型收入为支撑的经济结构已逐渐走到了瓶颈口，制约了一些景区的高质量和可持续发展。面对这种情况，玉龙雪山管理部门坚持“绿水青山就是金山银山”的发展理念，统筹生态、经济、社会三大效益，严格执行《风景名胜区条例》《自然保护区条例》等相关法律法规，编制出台了《玉龙雪山风景名胜区总体规划》《丽江玉龙雪山及古城旅游区环境保护规划》等一系列规划，切实做到景区发展，规划先行，坚决做到有法可依，有规必行，促进景区的长远可持续发展。

在具体的运营方面，玉龙雪山管理部门面对不同层次的市场需求，严格按照“国际化、高端化、特色化、智慧化”标准要求，坚持“以文塑旅、以旅彰文”，积极促进景区创新与转型。近年来，玉龙雪山培育发展了影视文化、康养旅游、婚纱摄影、民宿民居等新型业态和消费模式，建设了甘海子、冰川公园、蓝月谷、云杉坪、牦牛坪以及雪山高尔夫球场、《印象丽江》和《丽江千古情》等一批精品景点和旅游文化品牌，摆脱了单一门票经济的困扰，延伸拓展了玉龙雪山景区文旅产业链，为景区旅游注入了新的活力。

以张艺谋为总导演的《印象·丽江》为例，这部大型的实景舞台剧融入大量纳西族的民族元素，服装和音乐都以民族为主，让来丽江寻幽探胜的游客在较短的时间里，不仅欣赏到最美的风光景致，还了解到丰富迷人的民俗风情。正是因为这些文旅融合的新业态的落地开花，让诗和远方走到一起，促进文化与旅游融合发展，引领当地旅游产业再升级，玉龙雪山旅游业也实现了由观景旅游向度假旅游、门票经济向服务经济、外延式发展向内涵式发展的“三大”转变，为长远可持续发展打下了坚实基础。

如今，玉龙雪山景区已发展成为国内外集生态文明建设、传统文化保护、自然文化资源展示、社区参与受益、民族团结示范、爱国主义和环境教育等多功能为一体的生态旅游景区，打造出了具备示范性和效益综合性的旅游文化品牌。相继获得了国家首批 5A 级旅游景区、全国首批旅游标准化示范单位、全国文明单位（景区）、全国知名品牌示范区、旅游行业全国文明旅游先进单位、国家“景区带村”旅游扶贫示范项目和国家级服务业标准化示范单位等近百项荣誉。2021 年 9 月，玉龙雪山景区又在“第八届文化和旅游融合创新论坛”上被评选为“2021 年文旅高质量发展景区”。

荣誉代表过去，未来仍需努力。今后，在丽江市大力实施空间竞争、创新发展、文旅融合、变革优化等四大战略的引领下，玉龙雪山景区将继续坚持文化旅游产业融合与生态文明保护建设相结合的发展模式，进一步加强创新发展与高质量发展相互结合，加快文化和旅游双向深度融合，雪山的文旅产业有望迎来又一轮新的高质量发展。

神奇的玉龙雪山，我期待与你再一次在美丽的云南相见。

# 趣话纳西“新民歌”

## ——一代“歌王”与“纳西”的传奇

杨易峰

远方来的朋友啊
来到了纳西家，纳西家
坐一坐，坐一坐
山也欢，水也笑
纳西人家多欢喜，多欢喜
祝愿大家心情舒畅，舒畅
……

纳西族是个能歌善舞的民族，在丽江，山山水水、村村寨寨到处飘荡着悠扬古朴的歌声，将那片热土比拟为歌的海洋，一点也不为过。而且，那里孕育了一代又一代优秀的歌手，其中还诞生了被誉为“纳西歌王”的和文光老先生。据说，这位老“歌王”堪比曾经风靡海内外的“西部歌王”王洛宾。

刚刚过去的这个秋天，趁着前往丽江调研采风的机缘，我深深地领略了纳西民歌的魅力，见识了“纳西歌王”的不凡风采。

还记得那一天，离开下榻的束河古镇“一杯茶客栈”，乘上中巴车一直往东南，我们中国纪实文学作家采风团一行 8 人与丽江市委宣传部的几位接待领导，一同前往下一站采风点——明光秀丽的狮子山上的“接风楼”。温馨的车厢内循环播放着萦怀热烈的纳、汉双语的《纳西迎宾曲》民歌。

## 艺典悠长，盈盈古朴纳西情

深秋的丽江，天宇依然是洁云朵朵蔚蓝高碧，似一颗璀璨明珠金镶玉嵌在滇西北这一经济繁华、非遗文化丰饶的古城腹地上。

据市委宣传部、才女作家和松阳介绍，丽江狮子山上的接风楼，曾是纳西族土司王爷木增于公元1639年接待挚友徐霞客的名胜酒楼，徐霞客曾在这里把酒临风，俯瞰丽江古城，不禁发出啧啧赞叹。现如今，接风楼在丽江市委市政府和古城保护部门的高度关注与重视下，进行了重装开馆，更具文化发掘推陈的特色风韵，充满着新一代纳西族人的励志图强传奇……

一路上，车拐几道弯，便款款驶过山腰间一片花树丛，停泊在了“柳暗花明又一村”的接风楼平台前。

抬头举目处，接风楼飞檐玲珑，古色古香，居山翘楚。“接风楼”三字匾额悬户高拱，门户两侧绘制着一副趋于扁形的大幅碑字对联：“鉴古而彰史道明珠振艺昌文辉广宇，凌高以接天风紫气雕功筑梦壮名邦”。此时的门庭上，还张挂着“丽江民族民间歌舞乐展演”红色横幅和“丽江民族文化传习院”木匾牌。走近楼庭，一道屏风映入眼帘，在庄重而飘逸的“中国最美家庭·百年音乐世家欢迎您”的召唤语下，背衬着丽江古城山水、穿戴着鲜艳纳西族服饰的三女两男的五口之家合照，向宾客送来扑面的其乐融融的诚笃与充盈的情意。步入庭院，让人依旧感觉到装饰一新的四方式大合院，古朴典雅，匠心独运，艺魂丰沛。演艺台、藏展厅、研习房、荣誉室、古籍柜、艺馨窗等，令人目不暇接。一棵生枝茁壮、树系发达、躬身探升，让人一时叫不上名来的大古树，其茂密的树荫几乎遮盖住了半边庭空，给整个古朴金色的四合院殿，增添了蓬勃的生机与活力。大古树下洁净的地面，一方藤椅环围的桌台上点缀着盘盘果品与本本书典。更有拎拉着行囊的攘攘游客徜徉于此，流连其间……

这就是接风楼，这就是彰显和洋溢着古今纳西族文化之光的尊尚宝地！

“据乾隆年间的《丽江府志》记载，原名谓祭殿的‘普得坛’，始建于唐昭宗时期，是当时丽江坝百姓祭神祈福的地方。至明代，丽江土司在此为朝廷命官和社会名流接风洗尘，故而改名‘接风楼’。2019年8月，在世界文化遗产丽江古城管理局的支持下，为了保护传承和弘扬纳西族优秀灿烂的文化遗产，对接风楼进行了整体修复。”随着一声洪钟般磁性男声的解释，一位厚实笃定、脸膛棕红色，且满脸络腮胡子、身穿纳西族服饰的花甲男子，亮相在大家的面前。

他，就是和文光！他，就是我们众里寻他千百度的“纳西歌王”主人！

《中国统计年鉴2021》：中国境内纳西族的人口数约为32.4万余人，以云南省为纳西族主要聚居地。而丽江纳西族自治县（现包括丽江市古城区和玉龙县）就有20多万人。

水有源，树有根。纳西族的族源，学界认为源于远古时期居住在中国西北河（黄河）湟（湟河）地带的古羌人，向南迁徙至岷江上游，又向西南方向迁徙至雅砻江流域，再西迁至金沙江上游东西地带。《后汉书》西羌传载：古羌人“子孙分别，各自为种，任随所之，或为牦牛种，越嶲羌是也”。又说：“牦牛羌在蜀汉，其种别名号皆不可纪知也。”

随着纳西族分布地区考古实物不断发现，一些学者提出了纳西族是南迁的古羌人与现居住地土著融合而形成的观点。考古工作者首先在丽江坝东南的木家桥，发现了古生物化石和人类股骨化石、头盖骨化石和旧石器，经鉴定，木家桥所发现的古人类化石距今10万年左右，考古学上称之为“丽江人”。

纳西族是个信仰多种宗教的民族，既信仰本民族的本土宗教东巴教，也信仰藏传佛教、汉传佛教和道教，信众最多的是东巴教。东巴教对纳西族的社会生活、民族精神、文化习俗有重大影响，是纳西族多元宗教信仰中的主干。其主要语系与文字是纳西语和东巴文。无论在“反袁护国运动”、抗日战争和解放战争，纳西族儿女都积极参加，奔赴前线，血战疆场；纳西民众捐粮捐物并组成运粮总队支援前线，为新中国的解放事业做出了不朽的贡献。1954 年经国务院批准，定族称为纳西族，1961 年云南省成立丽江纳西族自治县。

丽江是一片神奇的土地，不光人杰地灵，而且文化底蕴深厚。中华人民共和国成立以来，丽江政府就开始对纳西文化的保护，做了大量扎实有效的工作，并出台了多部文化保护、传承与普及教育的条例，一些有识之士为此躬身力行。1997 年丽江古城被联合国教科文组织评为“世界文化遗产”，2003 年三江并流被评为“世界自然遗产”、纳西族东巴古籍被入选“世界记忆遗产名录”；同年 7 月，丽江市民间艺人协会成立。

“现在的接风楼，不仅仅是古文化遗址、纳西文化窗口，更是集合了一批民间艺术家，系统整理、立体展示纳西文化精粹，致力于纳西文化传承与推广的孵化基地。常年开办民族文化研习班，讲授东巴象形文字、东巴书法绘画、纳西民歌古乐、勒巴舞等，还不定期举办中国最美家庭·百年音乐世家艺术展、纳西民俗文化展、纳西民俗歌舞展演、名家讲坛及东巴书画展、名人艺术展、纳西歌谣演唱会等活动。”身为丽江文化名人、民族音乐家、国家一级作曲家和中国丽江民间艺人协会会长的和文光先生，自接风楼 2020 年 6 月 8 日重装开馆，创建了纳西文化精粹长廊后，其肩上的责任与使命更重了。

历经数百年风尘变迁的接风楼幸得整修，和对纳西古老文化的竭心全力的尊崇与研习传承的弘扬，形成丽江乃至全国、世界的独特文化瑰宝胜地，这是一件功德无量的大喜事。情感沉浸在纳西文化律动的接风楼，如同徜徉在历史时光的长河中，令人感念于她的久远悠深与伟大卓越！一方四合院，蕴显纳西艺典大舞台！

## 接风楼里，领略梦中的香格里拉





若说开掘纳西音乐，传扬纳西文化，和文光功不可没。

在接风楼，和文光先生以精心绘就的用东巴象形文、纳西拼音和现代汉语三种文字创作的10余万字、700米长的《千禧天歌》书法长卷，向我们证示着这一点；以为北京奥运会创作的“根深树不倒，林茂水长流”，后在北京民族文化宫展出的东巴象形文书法作品，向我们证示着这一点；以东巴象形文书法作品长卷《千禧天歌》获世界纪录协会认定的世界最长纪录，并在万里长城展出，向我们证示着这一点；以古老纳西东巴象形文字创作的形神兼备、栩栩如生的十二生肖书法作品，向我们证示着这一点；以陈列柜中的一件件收藏的锈迹斑斑的纳西出土文物，向我们证示着这一点；以常年开办民族文化研习班，传授东巴象形文字、东巴书法绘画、纳西民歌古乐、勒巴舞等技艺，向人们证示着这一点；以定期或不定期累计举办60余场次的纳西民俗文化展、纳西民族民间歌舞乐展演、名家讲坛、纳西歌谣演唱会，尤其是以其自身家庭为纳西成就代表的中国最美家庭·百年音乐世家艺术展等等活动，向人们证示着这一点！

和文光先生对纳西文化的发掘与传承的贡献不仅仅在于此，其更有深远造诣的是纳西族民歌。

纳西族人民历来是勤劳坚忍，充满着无尽智慧，所积淀的纳西文化古老而悠久。都说纳西族人会说话就会能歌善舞。和文光在五年级时就因其秉承前辈的文化底蕴和特质，被破格保送到了师范院校学习，毕业后当了老师的他开始广泛地接触纳西文化并予传承施教，他将自己编写的纳西歌词谱成曲，不仅在学校与民间传唱，而且还成了纳西小学生们多年的“土音乐”教材。20年的教职生涯，也培养出一批纳西族知名歌手。自调入文化馆担职工作后，和文光更是如鱼得水，博采众长，既跋山涉水走乡入户，搜集整理了大量的纳西民歌资料，也不断地研求和增强自己的学识。他一直从事挖掘、整理、抢救、保护、传承、创作、研究、弘扬以纳西族为主的民族民间文化艺术工作。

“积土成山，风雨兴焉；积水成渊，蛟龙生焉。”任何一项事业的成功并不是一蹴而就的。当初，成立塔城勒巴艺术团时，和文光先生就被人不解地嘲讽为“勒巴舞校长”、“不务正业的校长”。比如，在拜访当地纳西族传统家庭和人士时，被赶出家门的事也是常有的……甚至还碰到更难堪的挖苦、冷漠与排斥。“不气馁，一次不行，那就再去一次，再去一次。纳西人的韧劲与虔诚，让我一步一步地挺着走了下来。”和文光先生说着这话的时候，抬头深邃地望着那棵蓬勃的大树，两眼中闪烁着湿润而晶透的泪光。是欣喜庆幸，还是苦尽甘来？或许兼而有之。

“我之所以这样坚持是有原因的。”和文光先生介绍说，“民族传统文化是一个民族最宝贵的资源。文化也是一个国家、一个民族的灵魂。我国是一个多民族的国家，云南地区纳西族人所创造的东巴文化就是历史的结晶，纳西族在历史的长河中创造出了绚丽多彩、独具特色的民间音乐。但是时光荏苒，在当今经济现代化的背景下，纳西族传统文化面临着一个老艺人年龄老化、部分村落后继无人，特别是口传心授的民间音乐而失传的前所未有的挑战与困境，抢救性地予以搜集整理并予传承推广，责任重大，任务紧迫。我是纳西民歌世家第三代传人，在我这一辈和其他纳西文化传承人一样，更是责无旁贷。”丽江市政府从政策上和资金方面采取一系列积极措施，加强对纳西族民间音乐的研究和保护，成效及时而卓著。

“……我去民间搜集素材的时候，常常有老纳西拉着我的手就哭，他们把传承纳西民歌的希望寄托在我们这一辈身上。纵使再辛苦，我也觉得值得了。”是的，纳西文化的神韵与天籁，其根与魂，在他的心中似亲人一般，爱得是那么的执着与强烈。

和文光是跟着外婆长大的，其外婆是当地有名的女歌王，和文光受之教育和影响甚深。“外婆声音嘹亮，歌声能传过好几道山岭，没一个纳西歌手能唱得过她的。无论是喜还是忧，外婆都会用歌声来表达。一棵树一根草，或者是一块石头，到她嘴里都能编唱出一个故事来。谁家有事，若能请到外婆去，是这家最满足的事……”围聚在庭院的大荫树下，听着和文光先生的叙说，作家们的思绪仿佛也随之飞越到了那百灵悠扬的纳西歌乡。

“外婆把她会唱的歌，都教给了我。”和文光的魂魄里深植着纳西民族的种子，骨子里流淌着纳西族的奔放与爽直。传承与推广，在和文光生命隧道的乐章里，似乎是该有的水到渠成。

和文光的母亲是第二代女歌王，她是濒临失传的纳西族古歌《嫁女调》《栽秧歌》等的唯一传承人，被称“纳西刘三姐”、“云南十八奇之一”。她也多次担任了崔健音乐会的嘉宾。是她们，给了和文光源源不断的艺术陶冶和工作上的倾力支持。俗话真是说得好：不是一家人不进一个门。和文光的妻子与和文光在工作中意合情投，被冠以“纳西百灵鸟”、“纳西才旦卓玛”美称的，就是她。崇德敬善的纳西人的姻缘，似有上苍命定恩赐般的报答！

行路难——“欲渡黄河冰塞川，将登太行雪满山”；莫道难——“长风破浪会有时，直挂云帆济沧海”。前贤的诗句正是和文光人生奋进的写照。

在那遥远的地方，
有一个古老的神话。
居住在这里的人们，
腰带是江河，
头枕雪山崖。
啊！那就是我梦中的香格里拉。

在那古老的地方，

有一片五彩云霞。

生活在这里的人们，

耕地用花鹿，

红虎当骏马。

啊！那就是我梦中的香格里拉。

在那美丽的地方，

相传是神仙的家。

奇异的乐园里，

饮水用乳汁，

云雾当罗帕。

啊！那就是我梦中的香格里拉。

一轮优美钩月，高挂在天空，清澈的银辉洒满庭院，同时也落在纳西第三代歌王和文光的身上。《梦中的香格里拉》这首传唱甚广、赞美人与自然和谐的原创歌曲，是和文光先生于1998年作词作曲创作的。怀着对纳西这片土地的热爱，怀着对美好生活的追求与向往，也感怀于大自然对人类的恩煦，和文光先生情不自禁地唱起了这一首自己作词谱曲的歌。歌声穿过庭院，飞出接风楼，在无际的星空下轻快回荡。

是的，纳西传统文化的搜集、传承、推广充满艰辛。但我们也看到并相信，和文光先生的心血不会白付，用他们的合力与智慧，正铸造起一座属于他们、属于纳西、更属于世界的梦中新“香格里拉”！





## 绽放异彩，卓越的纳西歌王

铢积寸累，铁杵磨针，锲而不舍，砥砺前行，其结果必有大成。

和文光先生和他的妻子同属于纳西民歌世家第三代传人，又被称之为新一代“纳西歌王”。数十年以来，其搜集、研习与推广而辛勤付出的努力和成果，取得了丰硕收获，更获得了同行与专家们的赞许认可。

丽江市委宣传部部务委员陈国光介绍说：“‘纳西歌王’和文光的名字可以说在丽江无人不晓，现在丽江流行传唱的纳西族歌曲，有七八成是和文光先生创作的。他和他们全家五口人，上央视，上北京台，还有全国许多家卫视电台广播报刊新闻媒体，以纳西文化传承背景，特邀访谈了和文光及其全家。和文光家庭参加央视全国民歌大赛，分别都获得了金、银奖，他们还多次被邀请出访国外演出，弘扬与传播着纳西民族的璀璨文化。”

纳西文化的熏染，造就了和文光的才情。他一直致力于纳西民歌的创作，而民歌的创作发展与民歌的传承推广一样重要，不可偏废。

1995 年 5 月 18 日，丽江飞机通航庆典活动顺利举行。公开演出中，400 多名学生表演的壮观而又热烈的“勒巴舞”大型舞蹈，震撼了前来参加庆典活动的来宾和观众，获得巨大成功。负责编排指导这场“勒巴舞”的和文光先生心潮澎湃，彻夜难眠。“飞机通航了，将来会有成千上万的中外游客云集丽江观光旅游，那么作为崇尚文明礼仪的纳西族，至今还没有一首比较欢快的、又有纳西族风格的礼仪歌曲，仅有的纳西民歌如《谷气》《娥姆达》等，都是低沉舒缓的，不适宜做迎宾等礼仪歌曲。虽然中华人民共和国成立初期，纳西人曾把外来民歌翻译成纳西语演唱的‘欢迎曲’，但它毕竟不是纳西族原生态民歌而未被纳西族人民所接受。于是我就有了创作一首既欢快又有纳西族音乐风格的礼仪歌曲的想法。”和文光先生马上付之行动。他用纳西语写道：“肯夸勾巴布劳（即：远方来的朋友啊），纳西雅阁此又有、此又有（即：来到了纳西家、纳西家），休高莫、休高莫（即：坐一坐、坐一坐），菊劳飘，洛劳飘（即：山也欢，水也笑），纳西若命仁为飘、仁为飘（即：纳西人家多欢喜、多欢喜），务喝底划本努美碧又伙、碧又伙（即：祝愿大家心情舒畅、舒畅）。”纳西语与汉语是对应直译的。简单明朗而通俗易懂的歌词写出来了，其曲调和旋律抓住了客人，他们来到纳西，人人都高兴，这歌声蕴含着祝福朋友们心情都舒畅的主题。

有一天，和文光先生带着这首作品，来到了读丽江师范学校时音乐老师禾雨（藏族歌曲《北京有个金太阳》的作者）的家里请教。“禾雨老师先让我放声唱一遍，我就毫无拘束地在他面前唱了起来，他听完后非常高兴和激动地对我说，这就是纳西族风格的歌曲了。很好！多让老百姓去唱，老百姓喜欢唱就是好作品。”恩师一句鼓励话，和文光心里热乎乎的。“这首《纳西迎宾曲》通过我和和金花（女儿达坡玛吉）、彭建鑫等人的演唱后，很快在丽江、迪庆等纳西族村寨流传，甚至沿海地区的‘民族文化村’也都在演唱这首《纳西迎宾曲》。且先后又经在央视‘民歌中国’、‘中国文艺’、中央人民广播电台、中国国际广播电台、北京音乐台、北京文艺台、上海东方电视台以及湖南、贵州、广东等数十家电台卫视播出，这首独具代表性的纳西族歌曲真正走向了全国。在我国凡是有纳西族村寨的地方都在用这首歌曲。甚至美国、德国、英国等电视台在对纳西文化做专题报道时，也重点介绍了这首歌。”

丽江纳西礼仪多，各种场合都要唱迎宾歌曲以助酒兴。“创作了一首《纳西迎宾曲》，是不是就够了呢？”有心人总会给人以惊喜，会比别人多想早一步——和文光先生又在想下一个问题了。他说：“其实，纳西族在过去是没有什么酒歌的。所谓‘酒歌’，就是酒桌上唱的歌。那么‘酒歌’，就应该是既要有民族音乐的风格，又要符合短小精悍、通俗易懂和易学易唱的特点，这样才会成为大众喜爱的好作品。”

2002 年，和文光先生应邀出席一个盛典活动，他发现，这次只唱了一首《纳西迎宾曲》。他想，在接待贵宾时还唱一首祝酒的歌那该有多好啊！于是，回家后不多日，一首旋律优美、歌词动听的《纳西祝酒歌》又由此诞生了……

和文光先生的创作热情高涨，作品颇丰。他通达纳西语和汉语，自己会作词、作曲和演唱。其创作的歌曲作品被誉为“灵魂音乐”、“神仙音乐”、中国“当代乐府新民歌”，深受海内外音乐爱好者的青睐。目前，已结集公开出版了《纳西恋歌》《梦中的香格里拉》。在其创作的纳西族歌曲中，已经变成“民歌”的就有 10 多首，除《栽秧调》《嫁女调》等是搜集整理的纳西民歌外，其他如《纳西迎宾曲》《阿普三朵请您来》《梦中的香格里拉》《纳西祝酒歌》《请到纳西村寨来》《醉在女儿国》《傈僳儿女》《火恋》《阿妹的情歌》等。

更令人惊奇的是，他的两个孩子——女儿达坡玛吉、儿子达坡阿玻，也都被和文光先生培养成了实力不俗的“歌者”，成为纳西民歌世家第四代传人。而且让人难以置信的是，孩子是唱着父亲写的歌考进了中央民族大学音乐学院的！ 2006 年，女儿达坡玛吉斩获中国十大金牌歌手奖，2008 年参加中央电视台第十三届全国青年歌手电视大奖赛荣获原生态唱法银奖，被誉为“纳西珍珠”、“歌舞精灵”。儿子达坡阿玻也多次参赛获奖，被誉为“情歌王子”，随中央电视台“激情广场”等放歌全国，他是中央民族歌舞团中唯一的纳西族歌手。现在，一家三代五口人都成为倾心致力于纳西族音乐文化的热心“工作者”。“在这里，有一个趣闻。”和文光先生憨厚地说。

他介绍说，有一次，有一位中央民族大学的声乐教授来丽江采风，他陪同前往玉龙雪山景区。一走近云杉坪，就听到一首女声演唱的迎宾曲从远处飘来，旋律悠扬、欢快。老教授兴之所至，驻足聆听。他在旁边轻声说：“老师，这一首纳西族歌曲《纳西迎宾曲》是我创作的。”老教授却一本正经地说：“你不要给我开玩笑了，这是纳西族民歌。”老教授不相信，他也没办法解释。后来到了另一个景点，只见台上的演员也在唱这首歌。此时，主持人在人群中突然发现了和文光，便马上向观众们介绍道：“欢迎和文光老师！他现在就在这儿！我们刚才演唱的这首《纳西迎宾曲》，就是纳西著名音乐家和文光老师创作的。”老教授闻听，顿时回眸凝视着和文光，无话可说了。

学者李莘在《评和文光音乐作品》文章中有这么一段中肯评介："和文光作品的风格介于真正的民间歌曲与民族化创作歌曲之间。""从学术角度来看，和文光的音乐作品是经过创作或改编加工过的变异品种。它虽然在旋律、风格等方面吸收和继承了纳西族原生民歌中的许多因素，但在创作思维、演唱语言、传播方式和表演环境上，与纳西族所有的传统音乐形式有着很大的差别，不属于严格意义上的纳西族音乐，而是一种传统与现代流行模式相结合的新音乐品种。"

和文光自己说，所谓的"民歌"，其实是劳动人民在几千年来的历史长河中创造出来的音乐形式才能叫"民歌"，即"民间歌曲"。从学术的角度讲，把个人创作的作品说成"民歌"是不对的，因为它不是祖先留下来的音乐，而是现代人的人为创作的音乐，最多也只能说是"新民歌"。"好多人会唱这些歌曲，却不知道创作这些歌曲的人。更为有趣而凑巧的是，好多前来丽江等地采风的音乐家采到的竟是我的作品啊！"

和文光先生对纳西民歌的认识，是有其深刻理解与体会的。他说，我在创作思路上，强调民歌要有"三民"和"五性"因素。"三民因素"，即民族认可、民众喜欢和民间流传。"五性因素"，即地域性、民族性、思想性、艺术性和可唱性。只有具备了这些因素，作品才有"根"和"魂"，歌曲才有深度。就民族团结而言，这样的作品才更容易使人产生共鸣，在不同民族、不同地域间更广泛地流传，大家从中汲取精神的养分，增进心理认同、民族认同、情感认同，从而起到共同筑牢中华民族共同体意识。

"如果说作为一个少数民族，能以自己民族的文化、历史、艺术而自得是一种幸运，那么我很庆幸，庆幸自己生于一个足以自豪的民族中，庆幸能一直分享到这个民族厚重的文化、艺术积淀，饮之若饴。"在回顾挖掘、整理、保护、传承、弘扬纳西族音乐文化40多年来的历程，和文光先生对采风的作家们说。

“阿勒勒勒勒喂喂哎——，客巴喂客巴，从本礼又难，日今觉本啦，古母拔巴哇。阿瓦勒、阿瓦勒，依古纳西堆，亨久伙尼礼又难。”（译成汉语就是“朋友喂朋友，请您快快来，千里来相会，情意深如海。阿瓦勒、阿瓦勒，古老的丽江城，阿普三朵请您来”。）

“阿普三朵”就是丽江玉龙雪山的化身，它终年积雪不化，在这里，孕育着多少美妙动人的故事和古朴蕴奥的民族文化。生长在丽江，浸润在歌乡的海洋，心灵织出祥云的洁白。高山碧天伴着古村寨，田野安宁，百灵飞翔，天生的一幅大写意画，铸就伟大纳西族天人合一、人神共居的天堂！

和文光先生以才情与艺心捧出的“纳西民歌世家”品牌，持续提升了古城文化内涵，加快了文化旅游产业融合发展。

怀着一份钦敬，一份礼赞，我对纳西这方土地，以及生活在那里的人们，产生了浓厚的兴趣和深深的眷恋。我衷心祝愿世界文化遗产、美丽灿烂的中国历史文化名城丽江，以其蓬勃独特的山城之容和水城之貌，以其浓郁醇香的纳西族“和而不同”的文化特质韵味，山美水美歌声美，乘时代东风，再续辉煌！

（杨易峰，资深记者、作家，创作文学作品多篇，现任中国纪实文学研究会理事，《中国纪实》编辑部编委，报告文学专业委员会主任）

# 高山仰止木府魂

## 杨易峰

高山仰止，景行行止；木府魂魄，悠悠长存。边城的这么一座古建筑，她已超越建筑学意义，而浸染了历史的、文化的甚至哲学的意味，令人景仰。

在世界文化遗产——云南丽江古城，有一处以其历史源远、建筑宏伟、文化精深，享有“丽江紫金城”盛誉的木府，早已闻名遐迩。笔者虽然因工作上的缘故曾多次到过丽江，但是行色匆匆，均与木府擦肩而过，无暇一睹她那丰实雄姿。今次有缘随中国纪实文学作家 8 人采风团专赴丽江采风，才幸得一访。

说起木府，首先是要说它的仿“紫禁城”而建的明、清古建筑。据史料记载，木府殿堂巍峨、气象万千，布局严谨，仅中轴线就有 369 米长。在中轴线上，分别建有议事厅、万卷楼、护法殿、光碧楼、玉音楼、三清殿、逸仙阁等大殿，还有官驿、木家院、皈依堂、家庙等等，计 160 余座建筑。府内玉沟纵横，活水环绕（玉沟即绕居而穿行的水渠沟。当年的这水渠沟，还是木氏土司收集民情和军情的通信暗道），楼台亭阁，花园回廊，楚楚有致，原占地 100 余亩。明代旅行家、地理学家徐霞客在《滇游日记》中曾为之惊叹：“宫室之丽，拟于王者！”

木府，是世袭纳西族木氏土司衙门的俗称。木氏先祖最早成为土司官始于元朝，忽必烈征战消灭大理国、议和南宋途经云南时，当时的纳西族首领就为元朝效力。在明太祖朱元璋崛起建立了大明后，远在滇西北丽江的纳西族土司阿甲阿得，率众又归顺明朝，此举大获朱元璋赏识。纳西族人原来没有汉族的姓氏，木府之所以叫“木”，是当时的朱元璋将自己的姓字去掉一撇和一横，钦赐其“木”姓。另外，东方属木，太阳和木均为纳西东巴教中的崇拜物，寓意深刻。从此，木氏土司在其治辖的社会阶层推行了官姓“木”、民姓“和”之制度。民姓“和”，这本意，则也从一个侧面充分体现了一方土司的仁爱与广博之心。到清朝时，木氏土司依然延续着对丽江及周边地区的统治。后至清朝雍正元年，清政府对西南土司开始了改土归流，木氏土司失去了对丽江地区的世袭统治，但木氏家族对于当地仍有巨大的影响力。

事实也证明，在明末清初时期，木府鼎盛，丽江富庶，而这些象征着木氏家族自豪与纳西民族丰富智慧的恢宏古建筑，也成了留给世人的一方魅力瑰宝。

其次要说的，是木府万卷楼珍藏着汇集了两千年文化遗产之民族精粹。千卷东巴经、百卷大藏经、六公土司诗集及众多名士书画等，尽收眼底。尤其是室内刻经印图，满壁生辉。此处被誉为翰林珍奇、学苑瑰宝。可见木氏土司开明、重贤，以慧治天下的恩煦之怀。

自元代开始，为了便于对西南少数民族的统治，中央王朝实行了土司制度，将各个少数民族的部族首领封为土司，土司的职位世代传承，父子相传，似皇帝一样。日长年久，有的富可敌国的土司逐渐滋生了掠夺和叛乱的野心，造成战乱纷飞，当然这些土司自然得到遭诛灭亡的结果。而滇西北地区的纳西民族，由于偏僻和制度、文化的落后，木氏家族的先祖开矿置业（金矿、盐井、马场），一直躬身谋求经贸发展。虽然至明朝木府呈现盛景，但徐霞客在与木府的结识中，发出了金矿总有挖尽时，到时丽江怎么办的振聋发聩之问，并提出了只有文化的昌盛才能真正使丽江传承源远流长，海纳百川的文化才是真正的兴盛根基之宏愿。自幼弃武从文的木氏土司木增，心胸豁然开朗：一个没有文化底蕴的民族，如果也像那些野心掠夺的土司那样靠争战，前路注定是走不长的。木氏土司为了消泯争战与恩怨，让各民族兄弟团结，相互尊重、往来与学习，决定广集各少数民族及汉族文化，引进中原的儒教、道教、禅宗、医药、教育、律法、建筑、工艺制作等学术典籍，还拜托多吉大师寻找大藏金底本，要在万卷楼中为大藏金雕版刻印以作流传……木氏土司时时化干戈为玉帛，不发生战争，以丽江民众安居利益为重，广交中原名士，引进人才和技术，不闭关自守，文化兴邦，使明代成为纳西族历史上一个重要发展时期，而且也造就了木氏家族的土司作家群。有一个细节，木氏土司木增组织马队沿茶马古道历尽 90 天，还将自己亲自动刀、历经多年终于完成的雕版刻印大藏经，送到了西藏布达拉宫。在这里，我们除了看到了渗透着浓郁醇厚的民族文化典藏外，还看到了一个繁荣昌盛、充满生机、生生不息之精魂大字——和！木府在西南诸土司中以“知诗书好礼守义”而著称于世，体现了纳西人推崇知识的灵心惠性和纳西人广采博纳多元文化的开放精神。

议事厅是木氏土司议政施政之殿，护法殿（又称后议事厅）是木氏土司议定家事之堂。木府以纳西族土司为背景，历经元、明、清三朝，世袭土司面对复杂形势，高瞻远瞩，顺应历史发展，守土戍边，功绩不朽。我们从木氏土司的风云历史中清楚地看到，他们为了丽江百姓的安宁，平叛匪，抵外侵，多少儿女血战疆场。他们有一条坚信的“法条”，那就是为了丽江百姓的安宁，可以牺牲自己的一切感情包括自己的生命。真正的勇士就应该有一颗强大的心！以木府世袭土司中的木增为代表，他一继位就抱着我要做最好的土司，统治这片大地，让所有人安居乐业的宗旨信念，实现着一代代前辈土司的遗训期望。木府的这一“规矩”，几百年不破不倒，它比雪山更高，比钢铁更强。面对难民，他们又不惜开取储备矿金，发衣发粮，急济于患众……“对百姓用心，才是对国家尽责！”这是一位多么慈仁而又胸襟宽广的土司，这是一个多么英勇而又顽强的纳西民族！木府的议事厅和护法殿，乃大义之厅、高风之殿。我们在这里，除了观赏到了巧夺天工的古建筑艺术和促进民族团结的大义之举外，又看到了一个大写的魂字、一纳西族木氏家族的家国情怀——忠！此乃是要说的木府魂系之三。木府里那高悬着的明、清几代皇帝钦赐的“忠义”、“辑宁边境”和“诚心报国”等匾额，其当属无愧。

走进木府，还有一张张久远但却明澈的画卷向我们展开，在感怀于古建筑艺术瑰宝的辉煌雄伟、精粹文化的恢宏博大、民族团结和守土戍边的忠义大举之际，笔者在想，也许木府——世袭木氏土司的这些“忠”“和”“筑”，就是留给现世的最好最丰富的魂宝——难道这些还不够、还不让人肃然起敬吗？！





木府是镜子，是精神，是传承。但木府大部分建筑曾毁于清末战火，幸存的“忠义”石牌坊等在“文革”期间也被毁坏。1996 年丽江遭遇一场大地震，木府也难免之损。丽江党委政府高度重视，在世界银行巨资的支持下，将受损的木府等遗址和古建筑民居列入了震后恢复重建的特大重点工程，为民族文化遗产保护竭尽全力。经申报，1997 年丽江古城被联合国教科文组织评为“世界文化遗产”。2012 年 4 月，丽江市又投入千万余元，对木府主体建筑进行了修缮。重新修缮后的木府，占地 46 亩，主轴线仍为 369 米，在保留建筑原有风格的同时，又贯穿了丽江古建筑古朴简洁、厚重敦实的风格，融汇了纳西族、白族等各民族的精湛工艺，成为个性与共性共存的“大观园”，成功地再现了这座昔日丽江“紫禁城”的气势，体现出丽江特有的风水和建筑文化特色，而更加蔚为壮观。2013 年，木府遗址被评为国家 AAAA 级风景区。目前我们眼前所看到的木府，正是丽江市为之焕然一新的大作，而丽江，是这座木府魂系的发祥之处、泽润之地！

巍巍木府，屹立在玉龙雪山旁，横跨了元明清三朝，历经 22 世 470 余年，至今彰显着雪山之灵玉龙之魂。徜徉在历史的长河里，站在蓝天白云下，我们再一次为你激奋，为你心生敬意。

# 如诗如画程海湖

## 尹　超

车轮滚滚，行驶在山峦之间，左扭右拐，上颠下倒，我于朦胧之中初醒，像鱼儿轻张嘴巴那样张开惺忪的眼睛。我看到了一片绿，绿里夹杂着一重重的蓝，我在绿与蓝之间徘徊，时而深入密林，时而飞上蓝天。

困意的梦魇终于被我逼出了大脑，我搞清楚了，绿是道路两旁不间断的婆娑树叶，蓝是那树与树之间，绿叶与绿叶的缝隙里，透出了一片海。

永胜。程海。

我始终没有看清她的全貌，只在幽幽山谷里，看到了她的侧颜。只这一瞥，便觉她仪态万方，如诗如画，其美艳丰饶不可方物。

仅只一面，便觉惊艳。

轻悠悠的气息，凉爽爽的清意，化为了空中湿润的风，伸出它和煦的自海而生的手，抚摸着我的脸颊，我的眼睛，我的鼻孔，我像一只海鸥那样陶醉在这海的呼吸里。

这是程海带给我的第一印象，但我知道，程海，只是一条去海的过程，她还不是海，还只是一个湖。

这里是云南丽江的永胜县境内，在这个三角形的区域中部，有一片长条形的湖泊，像是一颗镶嵌在大山里的宝石，或者一滴长长的眼泪，晶莹、通透、迷醉，躺在群山环绕之中，用幽蓝的镜面，折射着天地之光，将星光和月光，都收在了她的眼中。

她有 78.8 平方公里，容纳了 27 亿立方的水体。那是程海断裂带形成的盆地，过去是一条河，就叫程河，是金沙江的一条小分支。万历《云南通志》卷四《北胜州古迹》说到了程海石碑："相传渔者网鱼，偶获石碑，上题‘大圣程河妙感景帝’，盖蒙氏仿封地也，其石沥水数十年，至今始乾，尚有润。”

远古时代，大概是第三纪还是第四纪的时候了，因太久远，她也记不住了。那时喜马拉雅山的地壳运动，经过地动山摇的山体变幻，断裂撕扯，出现了峡谷和地堑，她变得越来越长，越来越沉，中间的低洼之处陷落更深，也更宽阔，再吸纳了周边群山的山泉，因而变得甜美，恬静，润泽如玉，它慢慢长大了，成熟了，成为大湖，经过南部湖口，经海河、期纳河，汇入了金沙江，又过了多年之后，它已自成系统，能够遵天道变化，自我循环，湖水不再外泄，变成了内陆湖。



她的生命愈加繁盛，统领着南北河谷之地，变得生机勃勃，充满了发展之力。明清时代，两旁贫瘠的土地，有了源源不断的湖水灌溉，变成了一方沃土，庄稼、果蔬、烟草，都能欣欣向荣，仰望星空，出口到更远的地方去，去外面的世界，告诉这方水土的美好。

这些，都是我从别人口里听来的，但我也是从程海上飘来的清风听来的，从程海边林中的鸟儿叽喳里听来的，从湖水波荡时泛起的浪花里听来的，我发现我真的能听到，我闭上眼睛，就能听到她的心声。

这个世界很热闹，她却不想和他们一起鼓噪。

因为那样的日子，将会和所有被开发的湖区一样喧嚣。

她要保持着她温润的气候，在盛行的南风里，亚热带高原季风气候，使得她不冷不热，保持着湿润与凉爽，平均 17.8℃的气温，偌大的蒸发量和降雨量，致使她周边的动植物群落，滋生出无数的生命。

它们都是她孕育的孩子。

水中，依旧干干净净，没有太多乱七八糟的藻类，想起滇池的遭遇，她的内心是怯懦的，万不要像滇池因污染而滋生出无穷的藻类，在她这里，只有 15 种左右，红线草、狐尾藻、苦草等等，红线草生得多些，形成较大的群落，狐尾藻少些，星星点点。其他的浮游植物，也还有一百多种。

这些不算什么，它们只是供给生物们和鱼儿们进食的养分。

而人类，想要的，是那种营养最为丰富，搭配最均衡的天然食物。

那是一种自然生长的蓝藻，在地球上生活了35亿年，它避开了世间植物所有死亡的困境，从大自然中提取了最富价值的养料，安闲地活到了现在。它的价值，无可估量，它还来到外太空，给宇航员作为营养品补给，也走入千家万户的老年人体内，帮助他们维持青春。

这就是螺旋藻。

世界上最古老的生物。

它含有人体必需8种氨基酸、维生素B12和胡萝卜素等，在这个世界上，这样的生物已不多见。

被人类占领的世界，压榨了它们安静生活的空间。

它们对环境的要求那么高，那么难，那么少，只有热带碱性的湖泊，才是它们生存之地。

世界上不知几千几万个天然湖泊，但适合它们的，只有三个——

非洲的乍得湖。

墨西哥的太克可可湖。

中国丽江永胜的程海湖。

它们在那天然生长，蓬勃壮大。

然而，天有不测风云，非洲的乍得湖因为气候等因素，其面积缩小了95%，如今只剩下很少的一片。

墨西哥的太克可可湖更是消失不见，消失的原因是墨西哥市区需要扩大，而将其填平了。

就这样，世界上，只有程海湖成为世界上螺旋藻最佳的安生之所。

这里是螺旋藻的天堂。

螺旋藻被称为“仙藻”，居住在天堂，是应该的。这里没有任何污染，PH8.6–9.3，螺旋藻在这沐浴着高光，享受着温水浴，加上碱的吸收，它们幸福地成长。如今，程海已有五个螺旋藻的养殖基地，每年能生产出近千吨的螺旋藻粉，经过巧妙的加工，它们变成了螺旋藻饮料、螺旋藻面条、螺旋藻保健品、螺旋藻化妆品、螺旋藻药品等等，走向千家万户，走向国外，声名远扬。

它们被称为“人类营养的微型宝库”，或者是“人类超级营养食品”，或者是“上帝为人类调制的保健品”等等。

我想起了小时候，我生长发育得不太好，又瘦又弱，妈妈除了给我喝鱼肝油外，还时不时要我吃螺旋藻粉，现在的我，又高又壮，莫非真的来源于此？

了解了那么多，想起了那么多，就更想靠近程海，想到水边去摸一摸她透明清亮的肌肤，看一看她如镜的水面上，有多么秀美的倒影。

但是，隔着森林，隔着公路，隔着起伏的山峦和辽阔的原野，我始终难以向她靠近。

之后，我们去了另外一个地方，她就像神秘面纱后的少女，始终未曾窥得全貌，又消失在神秘的大山背后。

却不想，在吃饭的时候，我又和她再次相遇了。

一盆漂着青绿绿菜叶的汤里，有一条条细软如凉虾、晶莹雪白的小肉条，吃一口，柔嫩润滑，喝一口汤，鲜香可口，这是怎样的美味？

我一问，这原来是鱼，是小银鱼。

但怎么看都不像鱼，除非仔细看它的黑眼睛和细长尾，才显出鱼儿独有的特征。

我这个平时嫌有刺、怕腥，几乎不吃鱼的人，都觉得这鱼，那么鲜，那么嫩，没有刺，入口即化，仿佛是用冰糖制成的。

又忍不住多吃几口，问起这里的情况。

永胜的朋友们告诉我，这是程海湖里的小银鱼，刚捞起来的时候，近乎透明，莹莹生光，也只有这里的水，能养得出那么鲜甜、清亮的小银鱼了，此乃程海一绝，每年能生出700多吨呢！

除此之外，这程海湖内，还生有小花鱼、丁钩鱼、白鲦鱼、红翅鱼、鲤鱼等等，有25种，这些鱼，有的适合于观赏，样貌绝美，颜色艳丽，形态潇洒，有的适合于化为餐桌上的美味，质地柔嫩，味道鲜美，功用各有不同。

我多想跑到那湖边，和那些渔民们一起钓鱼，一起捕捞，但朋友告诉我们，这里的鱼儿都是天然的，不让随意钓和捕捞的，只有当地的居民，有这样与生俱来的权利。因而，即便味道好，也不可能大量捕捞，也许正因为如此，它们才能自由地在这方纯天然的水土中无忧无虑地繁殖、生长。

遗憾的是，我们要离开永胜，返回丽江去了。

我们始终未能靠近程海。

在车行至半山时，我们忽见那高高的观景台，大家心生欢喜，拾级而上，连70多岁的老作家们，都步履矫健地爬了上去。

我们在高山上，遥望程海。

我们不想打扰她，我们静静地看着她，看她那纯洁、自然、美丽的模样。

这是一个天然、高傲、神圣不可侵犯的女郎，她悄悄地用如水的怀抱，养育了这方人家，她不愿意过多地展示自己，不愿意接触外面的世界，所有慕名而来的人，都只能远远看一看，却无法靠近、亵玩。

世界上曾经有许多这样的美人之湖，她们的美，正因为神秘、内敛、低调，而冠绝天下，但人类一窝蜂地蜂拥而至，用度假村的钳子，用水上乐园的剃刀，用过度水产养殖的长剑……钳掉了她们的明眸皓齿，剃掉了她们的秀美瀑发，刺入了她们西子所捧之心……

这些天然无雕饰的纯美人之湖不复存在，改头换面，成了浓妆艳抹的庸脂俗粉。

遥望程海，心向往之。

希望她永远清纯、清冷、清净。

一片圣洁，一朵白莲。

一片纯碧，一叶万春。

（尹超，中国作家协会《文艺报》高级记者，科幻作家，中国科普作协理事，中国作家协会会员，先后创作大量文学作品）

# 宁蒗美味坨坨肉

尹 超

第一次看到“宁蒗”这个词，是在丽江的烧烤一条街上，明亮的灯火，光粒挥洒，如金色的飞瀑，街道两旁林立的，是一家家香气缭绕的饭店、烧烤店、夜宵店，从大东北烤肉，到西南特色美味，从四川串串香，到建水烧豆腐，我看得有些目不暇接，思绪跟随车的前行，滚滚流动，像是情绪制造的赛博朋克想象。

大陶突然问我，想去哪一家?

我竟一时语塞，不知怎么回答。

这里是丽江古街道，却像是聚集了全中国的美食城，那它本身的味道又在哪呢?

才几年没见，丽江就变得如此陌生，我有点找不到方向。

而大陶，仍依旧如此熟悉，甚至包括他身边的那位小兄弟——小赵，都似我们的师弟般，毫无隔阂感，一见就亲切。

刚才，他们来“一杯茶”酒店接我，我在餐厅吃饭，接了大陶的电话，他早已迫不及待，在这家酒店的花园里抽烟等待，前天，我说要来丽江时，他已和我联系了许久，十四年没见，依旧是当年感觉，依旧是当年的哥们儿，依旧是当年的爽快。

原本是要去格尔木的，但恰好有来丽江采风的机会，便怎么都得抽出时间来一下，不仅仅为丽江的美景、美食，更重要的是，这里有一个大学同学，一个曾经的好兄弟——大陶。大学时，我和他，还有梁总、阿春等几个，相处得很好，感情深厚，我们一起逃课，一起做毕业设计，一起喝酒，一起去哪哪玩，总是群聚在一起，还用 Authorware

软件，设计多媒体互动作业，熬过好几次夜；毕业实习时，他讲课讲得很好，俨然一代名师；毕业后，他真的当了老师，在丽江一中，2007年时，我来丽江游玩，见过他一面，他带着我吃牦牛火锅，那是我吃过的最好吃的牦牛火锅，一起喝酒，一起吃肉，但后来就再也没有见过；2012 年毕业十周年纪念，他也没来。算起来，如今已有 14 年未见了。彼此相见，远远想着就觉得激动，但真正见了面，倒是平淡如水，平静如云，还和天天在一起玩耍般，无生疏，无生分，仿佛十几年的时光，只是一秒钟的跳跃。

回忆如电，一闪而没，时间的曲线，重新折叠，再次合并。

他来找我时，他坐在院子里，黑暗处的茶几边上，我路过时，他叫我，我没听到，他不停地叫，我吓了一跳，走到近处，一瞅，自然将他认出来了，他轮廓几乎没变，却整体扩大了一圈，体型身高，也与原先无异，只有点中年发福了，但眼角微有沧桑，脑门更添了些睿智的沟壑。

我跟着他上了车，去寻找丽江夜的美食。

我们先去了一家当地特色的“限量版”小店，遗憾的是关着门。

只好来到美食街，想选一家。我说了，要去当地的，本土的，特色的。

然车行过处，皆是外来的小店，本地的几乎没有了。

当“宁蒗坨坨肉”的招牌进入眼帘后，我觉得好奇怪，特别感兴趣，问，这是什么？

他们说，既然想知道，那就进去吧！

那是他们曾经“战斗”过的地方！

一张大圆桌烧烤架内，火炭从黑色的沉睡中醒来，露出了通红的身躯，上方巨蟒般的抽烟管，正张着大口，将烟火气吸走，仅留下满室的暖意。

小赵点了美食和啤酒，一盘盘地端上来了，最先来的，就是我最好奇的“坨坨肉”，原来便是一大块一大块的已经煮得半熟，抹上了佐料的猪肉块。

他们告诉我，这就是“宁蒗的坨坨肉”，过去，许多家庭要吃上这样的肉，可费劲儿了，许多户人家都吃不起，更别说烤着吃了。

坨坨肉在烤架上，吱吱冒油，开始“减肥”，露出它的肌肉筋骨，更香，更脆，更让人流口水。

蘸着那折耳根、腐乳、辣椒融合的蘸水，咬一块烤得金黄焦脆、酥爽可口的大坨肉，再来一杯冰啤，一饮而尽，大块吃肉，大碗喝酒，那滋味，就像是舌头上长出翅膀，带着我们飞到了美味的天空中，神仙般自由翱翔了。我终于体验到梁山好汉，体验到鲁智深的快感了。

这“坨坨肉”，顾名思义，便是一大坨一大坨的肉，来自宁蒗的彝族风俗。宁蒗是彝族自治县，世居彝族，他们拥有多姿多彩的彝族文化，比如火把节文化、刺青文化、语言文字、绘画艺术等等。坨坨肉，是他们美食文化的最重要的一种，其历史可以追溯到彝族的起源——吃动物的肉，这是人类这一物种得以发展壮大的力量根源。

其肉质一般都是选用猪肉，特别是小乳猪，所以又称为“猪儿肉”。将这小猪崽宰杀之后，去了内脏，剥洗干净，再用一种晒干的香草裹住了，点燃，有点像是德宏那边火烧猪的做法，但细节方面仍有不同，先烧掉了猪毛，刮掉表皮的污秽，再卷裹香草烧烤，猪皮变得金黄焦脆后，重新洗干净，就开始砍了。要砍成适中的大小，差不多半个拳头大小，全部放到大锅里，浇上凉凉的清水，用大火烧煮，得用猛火，不能用文火炖，大火中，肉块翻滚，由红变白，等煮得差不多熟了，就捞起来，放到凉拌盆内，热乎乎的，香喷喷，放上盐巴、辣子、花椒、蒜末、葱、姜等等，搅动翻滚，拌起来，当然最好的办法是，再拿另外一个盆，扣于其上，来回上下颠簸，像筛糠似的筛，将佐料拌匀调好，这就成了。

美味可口的大块坨坨肉，咬一口，嘴角流油，酥爽鲜嫩，再来一碗烈酒，胸膛里，就炸开了欢乐的火花。

除此之外，牛肉、羊肉、鸡肉、鸭肉、鹿肉什么的，都能砍成一坨坨的，也可以做成坨坨肉，只是不太常见而已。

他们有一句没一句地给我聊着坨坨肉的由来，我听得奇怪，这么详细，他们怎么知道？云南少数民族众多，风俗习惯不同，一个市，一个州，还有不同的县、乡，民俗多如牛毛，谁会记得这么清楚。

大陶说，因为他们去过那个地方。

小赵说，是的，去了两年。

我笑着说，你们可有福了，天天都有坨坨肉吃，这美食，味道好！

我又将一块烤得焦黄冒油的坨坨肉放到佐料碟里，蘸了蘸，大口吃肉，再干一杯。

大陶说，那时候，宁蒗的同志们，哪能天天吃坨坨肉啊，有时候，许多人家，恐怕只能去那金沙江河谷里的峭壁上，去摘那些长在悬崖峭壁上的仙人掌充饥，又涩又苦的汁液，下口极难，但只要能活下去，吃什么，都无所谓了。

我不由一惊。

却听小赵说，这宁蒗，是云南最贫困的一个县，他们俩都是扶贫干部，去那挂职了两年，什么穷苦的村民都见过了。

大陶说，你应该知道，四川大凉山是最贫困的地区，这宁蒗，就被称为是“小凉山”，属于深度贫困，这里的地势高低起伏，时而山洪暴发，时而燥热难耐，山里种不了庄稼，许多人连饭都吃不起，只能从山里找野果充饥，甚至是仙人掌，都算是他们的口粮。

我有点不敢相信，但看着他们俩，眼里仿佛蒙着一层薄薄的雾水，我忽然意识到，他们说的是真的，而且他们是在说一件极为严肃的事。

我闭上了嘴，静静地听了下去。

2014 年的时候，扶贫开始了，新的道路修好了，与世隔绝的村民终于走到了外面的世界，贫瘠的土地根据情况，栽种相应的作物，不少村民到外面打工，又回馈家乡，一个个贫穷的山村，终于脱离了贫困的巨兽之口，向着美好安稳的幸福之地走去。水源之路打通了，有了水，就有了灌溉庄稼的源泉，那些羊肠小道，也被硬生生地开凿成了能够供车运输的大路，外面的东西能进来了，里面的东西能出去了，那些茅草房、土基房、树杈房，变成了砖瓦房。山里孩子被黑暗遮挡住的目光，终于能看到外面世界的亮，看到另外的文明之光，他们走出山里读书，走向中学，走向大学，走向国际。





宁蒗有彝族、普米、傈僳等 11 个少数民族，有 82 个贫困村，有将近 7 千户未脱贫的人口，基本上都是少数民族，随着各部门派来的扶贫帮扶干部，随着小康家园的建立，许多贫苦人家，都从山里搬出来，入住这些砖瓦小楼，贫困人口持续下降，如今基本没有了。

他们点到即止，没有再说下去了，便夹起那一块块坨坨肉，大口吃，大碗喝。

他们幽深的眼睛里，有一种辛酸的苦，也有一种自豪的甜。

我知道大陶他们带我来这，不仅只是想让我品尝这样的美食。

他们是告诉我，宁蒗本身的脱贫故事，就像这坨坨肉一样，先是很大，很硬，一口咬不下来，等滚水煮了后，再慢慢地烤，才逐渐能撕开，吃掉。

是的，他们，这一群人，吃掉了宁蒗贫穷这块坚硬、半生不熟的“坨坨肉”。

终于，他们也让宁蒗的家家户户都能这样，大快朵颐地吃坨坨肉了。

我嚼着坨坨肉，鼻中微涩，却只感畅快无比！

# 东巴文化蕴精魂

尹　超

那天，我们顺着丽江束河古镇，信步走去，买了些小玩意儿，过了那戏台广场，穿越飞檐吊角的古楼通道，就出了大门，就坐上了车，就绕着路七扭八拐，不知不觉，来到一处半山腰。

这是哪里，我兀自浑浑噩噩，只听得奇异律动的音乐声在巷子中响起，有些跳动，有些动人，禁不住前冲，想看看声源何处，走了两步，就有围栏围着，似是什么景点，进去后却又是一条条纵横交错的胡同，一门一院的乡里人家，就更加搞不清楚这是哪了。

跟着大伙儿，前行一段路，拐了几个弯，一座高墙大院，门户大开，音乐就是从那传来的了，上前一看，门牌上写着的是“接风楼”。这个名字好妙。

再往里，进门一进处写着“中国最美家庭，百年音乐世家欢迎您”，下面是一幅阖家幸福的图，有爸爸妈妈，有奶奶，有儿子，有女儿，女儿手捧鲜花，每个人脸上都展颜欢笑，比那花儿还要嫣然。下面是小型的绿植、假山、小水车，精巧雅致，别有韵味。

一位身穿金灿灿的精制黄色绸缎，如西装，又似坎肩的男子站在那，正是画中那个父亲，他端然而立，面容微笑，络腮胡修饰均匀、整洁，跟着那笑而泛起微澜，令我心温暖，其目如电，其采放光，这便是这家的主人——和文光先生了。

那时我还不了解他是怎样一个人，我只觉得他相当有趣，又生着亲切。

他带着我们入了正屋大堂，请我们欣赏这里面墙上奇异的绘画。

当先一幅画便吓了我一跳，那是什么？一条巨型的响尾蛇，上面还有一条尾巴，当中一朵硕大的石头花，边上还有水草，还有高空浮现的外星人，像是水墨画，可又不是，是一笔一画，书写而成，如画，又如书法，还有些枯笔。等我仔细看来，见右侧写着一行行书："纳西族东巴象形文：根深树不倒，林成水长清"，左侧是落款"和文光"以及盖章。

原来，这就是东巴象形文字啊！

说它是字，它分明又是画，说它不是字，它却偏偏是"写"出来的，顺着其意一看，果然很形象，就像是用火柴小人，简单勾勒出来的图画一般，一目了然，卡通韵味盎然。

屋内还挂着一连串的图画，且都是彩绘的。我一望，便知道上面画的是什么，一幅是牛，一幅是鼠，一幅是马，一幅是虎，它们的头部和身体，虽只寥寥几笔，有点像是蔡志忠的漫画，却能惟妙惟肖地表现出自身的特点和形态。

更觉古怪的是，这些小动物，都有一双腿脚，腿是弧线形的，脚却如逗号般硕大，脚上还有扭曲的一横，如同脚镣，又似短裙，看上去异常的熟悉，又有优美的形态，仿佛在跳舞，又似在什么地方见过。

和文光告诉我们说，这就是东巴的书画和音符，每一幅画，都是一幅字，每一幅字，都是一个音符，每一个音符都是一首歌，每一首歌，都是一个舞蹈，这就是"一字一画一诗一歌一舞"。

哦！原来那些动物的脚，都是一个五线谱的音符啊！

我们恍然大悟，拍手称妙。

更妙的是，和文光当场就对着墙上的老鼠唱了出来："小老鼠，真聪明，雄鸡飞来，唱又跳……"

这是他书的字，画的画，写的歌，将东巴文化的多重艺术，层次分明，肌理丰富，全都蕴在这尺许的墙上，不能不叫人拍案叫绝。

我问了之后，方才知道，这东巴文，本来就是丽江这边纳西族的祖先所使用的图画象形文字，既能表意，又能表音，如图如文如乐，自原始时代有之，甚至比甲骨文还要古老。如今看来，还真有异曲同工之妙。纳西族曾有一部古老的宗教典籍《东巴经》，其包罗着纳西族祖先的认知与智慧，堪称百科全书。当时能掌握这种文字的，只有纳西族的东巴，也就是“智者”，因而称为东巴文。纳西语为“司究鲁究”，也就是“木迹石迹”，意思是，见到树木就画树木的痕迹，见到石头就画石头的痕迹。

后来，我专门查了查，这种文字还真了不得，光是单字，就有1400多个，能组成复杂的词组、语句，能够描写事物，表达内心，及时记录等等，还能写成优美的诗歌和文赋，而且简单易学，形象生动。至今，仍有不少人会读会写。2003年，它被列入联合国教科文世界记忆名录，进行数字化归档，因而被称为文字中的“活化石”，是还在活着的象形文字。

使他活着的，就是像和文光这样的艺术家、学者。

接着，我们便去吃饭，丽江的鸡肉锅子、腊肉、蘑菇、糯米肠、鸡豆粉，每一样都别具特色。还有那石斛酒，热烈又上头，饮到酣畅处，和文光唱起自己作词作曲的《吟酒歌》《月亮姆》《纳西迎宾曲》，我这才知道，原来他不仅仅是书画艺术家，还是音乐家，怪不得门上要写着“百年音乐世家”，他的儿子、女儿都是歌唱家。他创作了纳西古乐的音乐歌曲，传唱四野。

他说，写歌曲一定要有“民族性、地域性、传唱性”，要让歌曲能够展现民族的特色，展示地域的特点，还要能流传出去，让更多的人能够欣赏。

大家深以为然，随即一饮而尽。

饭后，去看他的艺术展示的屋子，当中透明的橱窗内，放着十几二十尊他的奖状奖杯，有获得音乐大奖的，有全国五好家庭的，有爱心歌唱家的，有为民族争光的，有国家的，有省市的，琳琅满目，当真亮瞎了人眼。

我因此得知了他的许多故事。

原来他还有一个名字，叫作“纳西歌王”。

原来他写出了世界最长的东巴象形文书法长卷——《千禧天歌》。

原来，他是东巴世家第十六代传人，是纳西音乐世家“月亮姆”第三代传人。

原来，他还有这么多的“原来”……

这么多的荣誉，都是民族的魂，民族的精神，民族的水土，抚育了他，赋予了他，也丰富了他。

我们在榕树下，喝着黑而甜的土司茶，听他唱了一曲又一曲，歌声未绝，意犹未尽，欢乐也不离不弃。

我还去看到他自己制作的文创产品，将东巴文化，将瑰丽的字画，融入现代科技之中，形成独特的，既古老又未来，既原始又科幻，既民族又世界，那种感觉的，诸如音箱、瓢碗、小手工等等。

歌声还在院子里流转，像是一道一道的阶梯，顺着它青云直上——这古老的歌谣中，蕴蓄着纳西族千百年不灭的民族精魂啊。再俯身低头，仿佛看透了世界，看到了丽江，看到了两个字：

东巴！

# 湖光潋滟不染尘

## 赵晏彪

丽江景美，美在不分四季皆可观之赏之游之；丽江城绝，绝在巧手如魔，若人间天堂。想要去体味它，描述它，不仅要用清澈的双眼，还须用一颗纯净的心。

置身于丽江古城，犹如置身于古建筑画卷中，潺湲溪水，错落客栈，百色鲜花，千种美食，那一座座风韵各异的小桥，那一条条宽窄不一的清流，那一串串红艳艳的灯笼，把漫步于古城的人都醉倒在这“过洛”（纳西语，巷子）里，好一幅“风和鸟语合，日丽江烟分”的图画。

古城不大，随着太阳升起，游人如织，景致被人群包围着，大呼小叫的声浪让小城喘不过气来。我向同行的“向导”陈国光委员建议，“丽江景多，并非古城一处，可有人少景特之处？”

“太多了。丽江市下辖四大县，玉龙纳西族自治县、永胜县、华坪县和宁蒗彝族自治县。各有特色，各有绝景。若想走走，一定让各位作家大饱眼福。”

“人少景色特别？有！我们去程海吧，但程海不是海；不是天堂，胜过天堂。”和龙科长眉飞色舞地向我们介绍着。

因了陈国光与和龙的介绍，我们打起精神，兴致勃勃地驱车两个小时在滇西北的大山皱折中蜿蜒盘旋。举目窗外，山花烂漫，绿树葱葱，久负盛名的金沙江也飞驰眼底。没有想到，于丽江我是管中窥豹了，永胜的景致更是令我感到意外的独绝。

“我们永胜县，自古有着边屯名郡的美称，以及浓厚而丰富多彩的民族交互融合文化，环境气候适宜，实属康养福地。这里景点众多，三川翠湖、云南九大高原湖之程海、清水古镇、红石崖古地震遗址、他留山古墓群、云南边屯文化博物馆、他尔波忍山，还有毛氏宗祠……人称是低调而史诗级的美景。”这番介绍，让我们无不渴望早些见到这“低调而史诗级的美景”。



车停在一片粼粼湖水前，永胜宣传部的聂极鸿同志介绍说，“这就是我们永胜的招牌——程海，她以生产螺旋藻闻名。螺旋藻大家都知道吧，它是一种生长于35亿年前的地球上最古老的生物之一，是世界上已发现营养最全面、最丰富、最均衡的天然食物，具有悠久的人类使用历史，2005年列为中国宇航飞船航天六号宇航员的指定营养补给品。我们永胜人有长寿的传统，据说与爱吃螺旋藻有关。”

有工作人员送我们每人一本小册子，上面对螺旋藻有这样一段介绍：世界上原本共有三大天然湖泊：非洲乍得湖、墨西哥湖和程海湖盛产螺旋藻。遗憾的是，乍得湖因环保因素，不再生产螺旋藻，墨西哥湖因被填平不复存在，只有程海“一海独存”，成为世界上最大的、也是唯一天然螺旋藻生产基地。

“任何一处美景的消失皆与人类有关呀。”我的思绪已经跳出了这美丽的程海，想到了人类唾手可得的美景而不知爱惜，反而弃之如敝屣，毁其美景以取乐。我的心突然有些狂跳，话到嘴边，见众人陶醉于这丽景中，我不想让大家扫兴，便咽了回去。“前方美景煞不得”，我知道，我的话一旦说出口便会煞风景的，先留给自己，等待下笔的时候再一吐为快吧。

“前些年吃螺旋藻风行一时，我也是跟风吃过日本生产的螺旋藻，今天才知道我们国家也有这么美的湖生产螺旋藻。”我转了话锋。但思绪仍然不在美景这个点上，意识又跳跃了，心想，螺旋藻与三大湖的知识于我而言几乎是盲点，不是采风而至，可能许久不会知道这个知识点。

“只知道丽江有古城，有艳美的泸沽湖，却从来不知丽江还有别园程海呀。”王科兄长的话，把我拉回现实。

“为什么叫程海？明明是湖？”

“好像还有一种说法。明代天启年《滇志》里说‘相传本陆地，有程姓居此，一夕忽沉为海’，故取名程海。”

“程海原本只是个‘半海’，旁边有一座县城。那年发生一次大地震，县城沉没了，山高湖出，荡荡漾漾。因为县城沉没，人们说县城‘沉海’了，口音的缘故，念着念着就成了‘程海’。”

大家听后都笑了，显然程海只是个传说，但程海之美确是名不虚传的，天空湛蓝不染他色，云白潇洒无杂荫翳，青峰错落有致忽明忽暗，水波泛绿如翡似翠。程海不大，是南北走向的一个长长湖泊，一年四季闪耀着斑斓的色彩，是世界罕见碱性水湖泊，水面生长有螺旋藻，一种肉眼看不到的飘浮于水面的微小植物，在显微镜下观之为青绿色，如祖母绿般无瑕诱人；程海的确“有料可挖”，湖中鱼儿似少见游客，我们的到来令鱼儿们欢喜非常，争先恐后蹦出湖面，热情地与我们招呼，让平静的程海有了无限生机。面对程海的素颜之美，面对她“唯一”的名分与独特的价值，面对她的盛名，不小心的一瞥，竟然让我发现了不一样的程海！

偌大的程海，左环右视，静谧少声。没有码头，更没有繁华景象；没有游船，更无喧闹；没有游人，便无“南腔北调”；甚至在美丽的程海周边，我没有看到“中国特色”的霸气别墅、“崇洋媚外”的高档洋房，就是百姓的蜗居也避之远远，与其说是个美丽之湖，不如说更像个“处女湖”；只有宁静与湖水共存，只有小鸟与花草共生，只有高山倒影与白云倩影可以融入湖中。站在程海前，“和谐安宁”四字是最好的注释。

漫步在岸边，只有静静的花树随风发出一些声响，静静的水面上飘着一朵朵白色的海菜花，像撑开的一把把小雨伞在湖面上荡来荡去，无张扬，不打闹，平和之极，不因她是“永胜的招牌”显露出半点的趾高气扬，亦不因盛产螺旋藻闻名天下而倨傲不群。

张永康同志见我自言自语，介绍说，“政府想把程海作为以后丽江旅游开发的杀手锏，当人们旅游玩腻了，美丽习以为常了，我们再开发程海，一定会把程海打造成为丽江乃至云南的最后惊艳。”





好一个“最后惊艳”。此话点到了我们的穴位，不是程海不美，而是犹抱琵琶半遮面；不是程海宣传不够力度，而是政府高瞻远瞩暂不予开放；不是政府不想开发捞钱，而是不忍让这“唯一”的净土遭“霸凌”。

我不得不暗自称赞，丽江和永胜的领导者的做法是明智的。

“不要小看游人的破坏力”，一旦景点披露，狂热的旅游者们便会蜂拥而至。世界多少名胜都是毁于人类的“狂热”，他们出门旅游有一个特点，就是不管走到哪里都喜欢留下“属于自己的痕迹”，早些年的时候“某某到此一游”等字样曾火遍全球，殊不知这样的行为对很多旅游景点造成了不可挽回的破坏。

在人与自然的关系上，古人主张“天人合一”，强调人与自然的和谐相处，人类发展只有合理地利用自然界，与自然界保持和谐共生，而不是你是“主”，它是“仆”，只有实现与自然界共生共荣、共养共惜，才是今天处理人与自然关系的“最高境界”。

纵观历史，人类也曾经片面强调人是自然的“主人”，把大自然当成自己的“奴仆”，导致了美索不达米亚文明、玛雅文明、哈巴拉文明的消失，就是最好的佐证。中央提出“绿水青山就是金山银山”的理念，在处理人与自然的关系上，让我们更加尊重自然、善待自然，自觉充当维护自然平衡与和谐的守护者、调节者。

与其亡羊补牢，不如“秘而不宣”；与其“竭泽而渔”，不如“放水养鱼”！

我对景区极少有钦佩之至的，一则人为的意志高于自然；二则以景区为诱饵，大开赚钱之道。程海则是个例外。她隐藏在丽江的各大名胜之下，默默地活着，不开发、不宣传，悄然地保护着这片绿湖，程海之举是例外；她隐藏在中华大地的名胜之下，“养在深闺人未识”，程海之谜是个例外；她不因“世界唯一”而“矫情”，她不因“美不胜收”而“炫耀”，百年来她就是这样不卑不亢地暗自涌动着；就像英雄一般耐得住寂寞，更像无名英雄一般不争名不夺利；只顾默默无闻地绿着，动着，创造着……

静，非死气沉沉之谓；静，非无名无分的苟且。静，是一种豁达；静，是一种恬淡；静，是一种平和；静，是一种如乌龟一样的长寿之道；静，更是一种高级自卫——万言不如一默。

此时此刻，面对这片静美之湖，长寿之湖，我的那颗久居尘世的浮躁的心被她按摩得放松下来，身心俱爽。欣赏着程海，每个角度景色相异，镜头下的程海，有葱郁的，有明媚的，有倒影成趣的，更有神秘的。湖水像蓝凤凰，花像红凤凰，这一蓝一红，一阴一阳，一雄一雌，相得益彰，共同护卫着这片美丽之海。随着微风的抚摸，湖水泛起层层涟漪，湖边弯弯曲曲的树枝上开满了火红的凤凰花，红彤彤的花瓣，就像京城八月十五点燃的万盏灯笼。

此时此刻，新鲜欲滴的“海气”浸入到肺里，顿觉周身通透，心境豁然：治疗疫情后遗症的最妙之方，不是药物，不是针剂，更不是大鱼大肉，而是一心一意地扑向大自然，真诚无欺地拥抱大自然，实心实意地热爱大自然，心甘情愿地融进大自然。

正午的阳光随着清风从山头缓缓向下流泻，似与我们打着招呼。眼前的山、水、云、花、树，在阳光的明媚下，闪闪烁烁，若蒙上了一层晶莹剔透的薄纱，任你想象，凭你吟诗。这古老的程海处处涌动着深奥和奇妙的熠熠光辉，一切显得那么惬意，那么静好，那么惹人留恋。

沿湖岸漫步，隐约可以听得到云水间的窃窃私语，难怪徐霞客衷情于山水之间，此时此刻方知其妙。抬头四望，山岳与天地、绿植与湖色浑然一体，尽显磅礴气势。无名的小花像护湖使者一样，阻止着踏近者的脚步。午阳挽着白云的腰，峰峦托着太阳的下巴，广袤的田野间，山、水、景、人，融为一体，浪漫之感油然而生。触景生情处，便想，世界越喧嚣，静谧越可贵；人生越忙碌，小憩越难得。古城的繁华与程海的静默，不恰是两全其美吗？！

程海非海，是大自然赐予永胜的一颗高原夜明珠；程海是湖，她横亘于崇山峻岭间，造福着这里的人们，默默无声。她像老北京不施粉黛的大妞，在你醉酒迷路的时候，在胡同口为你提起一盏引路的马蹄灯！

程海是湖，因湖而生动；程海是谜，因故事而精彩。

程海是金湖，是支撑永胜的绿色产业；程海是聚宝盆，是生产螺旋藻的天堂，也是销往海内外的“金宝贝”。

湖边漫步，程海不似一般湖水，涌着蓝绿的波，并且有一种特殊的香味，不似一般的湖水或海水泛些淡淡的腥味。这香味是程海散发出来的吗？

“当然。特别在这个季节，各种藻类漂浮汇聚，香气弥漫，我们当地人称这种香气为‘香面水’。”

一旁的美食家说，我早就查过了，民俗美食也是丰富新奇，极具代表性的永胜传统美食有，偈水酥饼，源于湖南，是云南非物质文化遗产，香酥松脆；鸡枞蒸程海白条鱼，味道极其鲜美；三川火腿，油润鲜红，香味醇厚，与宣威火腿齐名，还有各类小吃数不胜数——油炸荷叶、辣参肝花酱，而程海银鱼最为香美……

“中午要是有口福会吃到咱们程海银鱼，那才是我们程海的味道，也是程海的精灵。”张永康略显神秘地说道。

什么鱼这么诱惑人？

“程海银鱼甲天下”，民间传说，“河口三可口，辣椒豆腐白条鱼”，白条鱼，就是程海的银鱼，鲜美得像山珍海味。

鱼肥藻鲜，景色绝美，我终于找到了程海为何不让游人“纷至沓来”的原因了。一旦开发，美丽的程海，艺术的程海，长寿的程海，将会蹈前车之鉴，遭灭顶之灾。

坐在餐桌前，那盘泛着美味的银鱼，从我的眼前转过来转过去的，我始终没有下筷子。我不是不思美味，我是怕一旦品尝了这美味写进文章里，招惹到不文明的游人群集而至，程海会怪罪我的，程海的人民会责怪我的，而我自己也会深深自责。

世界是色彩缤纷的，有被开垦的，自会有不被开采的处女地，人类亦是。平衡，就是“百花齐放”；和谐，就是世界大同。既然程海选择了沉默，那就让她安享这片宁静吧。

我平素不喜饮酒，今天竟想喝点酒了。那是因了看到闻所未闻的了“程海现象”，因了那个时常困扰我的问题得以解惑：在文化搭台经济唱戏大潮影响下，像程海这样的舞台是可以“挣钱”的景区，为何永胜县里一代又代人没有动了开发的念头？我为这一代代的县官而举杯，我为他们的壮举而痛饮——因为他们可以青史留名了。

落日余晖中的程海令人美不忍归，回想城市的喧闹，程海这一方净土，宁愿她长此以往地就这样静静的美着，睡着，永不被吵醒。

程海蔓延出一种静谧安闲的气息，让城市生活的喧嚣悄然隐退，触动每一位来访者心灵。

历史的长河永远不会枯竭，坚持到底的程海精神必将会傲立于历史的浪尖，不枯不朽。

我，始终想把你藏在温暖的角落，

悄悄地爱你；

我，始终想把你挂在遥远的天边，

日日仰望你；

我，始终想把你放在心尖上，

天天呵护你；

你，是我的私藏，

永远不让他人知晓的绝密。

这首小诗就像程海里的银鱼一样，忽然跳出了脑海。

别了，程海"最后的惊艳"。愿"最后"二字永与"惊艳"不离不弃，不消不亡。

（赵晏彪，著名作家，《民族文学》原副主编，中国少数民族电影工程领导小组成员兼剧本部主任，近年来策划并主编了《青山绿水·生态文学6人集》等多种优秀图书）

# 搜奇访古阅沧桑

## 赵晏彪

当斜阳含情脉脉地俯下身，吻着勃勃生机的丽江古城；当弥漫着芬芳的各色鲜花儿，摇摆着鲜亮亮的腰身向玉龙雪山眺望；当地方特色与民族风格的纳西族原始井干式本楞房以及融汇了汉、白、藏民族建筑的房舍，露出老奶奶般慈爱的微笑——那一瞬，心海泛起微澜。十几年前曾经拜谒过的丽江古城，往事如昨。那一刻，喜由面生。昔日菊花，今可依旧孤标亮节乎？

脚下，被万千人丈量和打磨得光滑的石子路；脚板，告诉我触觉与都市的马路这般异样；一种久违的体验、一种莫名的惬意，油然而生。我内心更喜欢寻访带有沧桑味道、诸多人见而不识、识而不惜的老物件、老辈人——

被日月星辰盘过百年的老街，被几代人蜗居过的烟火老屋，被八旗子弟随身携带的老玉，被遗忘在胡同里的老门墩，被劈柴烧火做饭的老马车轴，被忽略的那些蹲在墙根下晒老阳儿的老人……

“前面有条街叫束河古镇，那里有许多店铺和老物件，您会喜欢的。”丽江宣传部的和龙似知吾心。

循着一条小河而行，水清则有鱼，花香却不妖；漫步于小流右岸，盛开的白色、黄色、红色、紫色的菊花，用各自的美向我献礼。这些在北方喻为高雅傲霜的花儿，为何到了南方却是另外一番的娇艳妩媚？

蹲下身寻找答案，不观则已，观之恍然大悟：原来丽江的菊花与北京的菊花有着不同！京城的菊花赋予了北京姑娘的那种霸气与高傲，丽江的菊花却鲜艳欲滴，散发着妙女的魅力——“不采羞自献”。

四季如春的云南，四季烂漫的丽江，果然不虚。

边走边赏，惬意非常。店铺一家一家地从眼前闪过，有的是可以停留一观的，有的只是一瞥。忽然，“木渣”二字的招牌令我驻足。招牌颇有意趣，踱步上前，向店里观望，各式各样的老木头、老摆件，老船桨，一一像沉思者似的或坐或站，或舞刀弄枪，或慈眉善目地显露出“老而弥坚”的精气神。

脚随心而动，迈进店中，千余件栩栩如生的山水、花果、人物等老木艺术雕塑品，各美其美，目不暇接。忽然，“她”意外地出现在眼前，如此之“跳”令我再次驻足。看她之姿，静坐如佛；瞧她之貌，荣辱不惊；观她之相：“来历与经历定然不俗”。

“您猜这是什么？”丽江作家和松阳笑着问我。

她高约 45 厘米，两头略细，中间粗且是中空的，中间部分是有规则的空隙。这物件是用一根圆木制成，里面镶嵌有铁套，外面有铁箍，一根根的木条镂空而立。满身皱纹、一副只有被时光雨雪无情“蹂躏”之后才可留下的漂亮包浆，古朴而不卑不亢，与我对视，似乎在问，“可识得本尊？”

凝视着古灵精怪的老玩意儿。“难得这么好的品相，老马车上的车轴吧？”

一直站在旁边的赵经理笑着走过来说：“识货的人来了。”

“是马车的车轴。”和松阳笑着说。

“这是我们孙老板 8 年前从缅甸淘回来的。”赵经理说着，用一块布轻轻地擦着车轴。“这老木车轴是穿入车毂中承受车身重量的圆柱形零件。”说着他递给我一个宣传册，有一行字：“古代的马车都是木制的，车轴头上有孔，以防车轮脱落。轴中间粗两头细，在车辆行驶时，车轮转动，车轴则不转动，而是跟车体固定在一起。”

在盛唐时期，丽江古城热闹非凡，从中原地区而来的文人墨客，丝绸之路经商的马帮挑夫，前来贸易的天竺等国的商人商队，更有驻扎边疆的士兵等等，在不同民族、不同的文化、不同的语言相互融汇、交流的过程中，促进了丽江繁华的人文和经济的发展，加快了一个小镇向一个古代重镇的步伐，在历史发展进程中，茶马古道文化所带来的推动力与繁荣意义最为重大，这其中，马与马车的出现自然是功不可没。

“车轴居然这么漂亮！”和龙感叹着。

“新的东西现代意识感强但缺少沧桑，老物件有一种味道，让人不见则已，一见便爱不释手。”我轻轻抚摸着车轴，感受着她向我发出的信息，缘分在这刹那间定了。“女人宜年少，物件宜年老。这老木车轴造型圆润美观，木质坚硬，纹理清晰，包浆厚重油润。”

“看来贵店的老板是个收藏家。”我再次端详着有些年份的车轴，她身上古老的气息似乎隐隐地诉说着内心埋藏的史料，埋藏着不为人晓的传奇，邀我聆听，请我发现，供我鉴赏。

“我们老板特别喜爱收藏，他说这些老物件不收藏下来一是可惜，二来我们对历史就没有尊重感了。”

“是呀。可惜人非圣贤，大多古物、古建筑毁于战乱、毁于无知，可赞的是，有识之士将老物件留下来皆是大功德。”我知道，正是因了这些爱好收藏之人的善举，历史遗物、祖宗智慧、人类文明，才得以继续着他们的传说。

我徘徊于“木渣”中，体味着沧桑的心生敬意而不敢亵玩的“老”物，感受着他们来自远古的信息，浮想联翩。我喜欢把玩她们，因他们承载着历史风云，承载着各朝代的文化艺术和百姓苦乐，其意义之重大非以金钱价值可衡量。

“这车轴您知道是什么木头做的吗？”店员木木的问话打断了我的

思绪。我问，“什么木质？”

“这是缅甸花梨大木轱辘轴，至少是清代的，有几百年的历史沉淀，自然风化的老物件古朴沧桑，您要是喜欢请走吧。”

“缅甸花梨，是仅次于海南花梨木的好木料。”我赞叹着，向四周望去，还有几十件木制车轴，每件造型与风化程度略有不同。有原始状态的，有老物新作的，有雕刻出动物、人像、荷花形象的，表现出设计者的匠心和鬼斧神工。

赵经理引我楼上楼下转了一圈后，百木千雕，风格各异。走着观着，自然而然地又回到了那件古代大马车之轴面前。是缘分？还是先入为主？车轴之魅将我“钉”在了她的面前。车轴不因我的去而复返而喜之，依然一副“任凭人来往，不语自无声”的样子。她的静，静得令我肃然。八年时光，她竟然就是这样静静地立于一隅，无论喜欢的，还是不屑一顾的，她都以静默应之。透过她的沉着淡定，透过她的举重若轻，我看到她内心的一种道，一种格局和一种气魄。

瞬间，《淮南子 · 齐俗训》“故通於道者，如车轴不运於已，而与毂致千里，转无穷之原也”的句子让我不禁感慨中华文明的古老与灿烂。

漫步于店中，满目的原木和已经进行了雕刻装饰的老物件，令我徘徊久久。赵经理似乎看出我的心思，说：“我们孙老板是位文化人，设计师，他说，对于艺术家而言，保持原物件的风貌，让风雨、沧桑和各种各样的经历一一表现在木头上，是一种境界，也是一种艺术。但对于经营者而言，经营之道顾客就是上帝，作为经营者，要养活店里的员工和房租，要以物养物，所以我必须要迎合所有顾客的购买心理，根据顾客的需求来对老物件进行艺术重构，所以才有了在老物件上雕刻的东西。”

“真金”，在百炼中炼出真伪。车轴经历了百年、千年，身上已然赋予了时代的灵性，附上了人类的文明的高光和人间的烟火气息，同时也刻上了时代兴衰的印记。

离开了“木渣”，心早已随着车轴飞回京城。

老车轴先我运送到了家里。一进家门，便看到她在书桌的一隅静静地立在那里，没有热情，没有招呼，只是尽显着原生态的本色。我靠近她，再次抚摸着她，感受着她那自然风化的肌理，岁月的遗留，风霜雨雪无不在她身上体现得淋漓尽致。

“时光虽逝，老木溢香。”正当我沉浸其中，妻问：“这是什么木头，真漂亮。”

“缅甸花梨的。”妻也是喜欢老物件的，自然知道缅甸花梨价值和木质。她属于花梨木类，学名大果紫檀。缅甸花梨的木纹清晰，结构细而匀，断断续续，很是美观，颜色偏红，木纹就是淡红色的，整体看好像肉色。花梨木的使用已经有悠久的历史，并不是近代才开始兴起。清代不少红木家具是用花梨木制造而成的。缅甸花梨木是珍贵的木材，曾属于缅甸军政府严格掌控的战略资源。

望着书桌上的车轴，昔日她在缅甸，她是如何到的缅甸？是如何去而不返的？还是生根于那里？将中国视为第二故乡去而复返？无论如何，她再次到了云南丽江，安居于一家小店，静默在八年的时间里，等待被发现。

机缘巧合中自有冥冥之中的缘分，我不但发现了她，喜欢上了她，千里迢迢将她请到了京城，隆重地供于案头。丽江之文化与经济就像一个大车轮，要有动力方可前行。而往返于茶马古道上的马帮就是推动这车轮的动力，而保障这动力的“车轴”就是马！我仿佛听到了“车轴”的摩擦声，那是丽江之水的流淌之声，那是车轮碾压石板路的咯咯之声，那是马蹄踩在石子路上之铿锵之声，更是劳作者汗珠滴在石板路上的辛苦之声……

爱抚着这件车轴，我知道，她不会再漂泊了，这里便是她的善终。

虽然她来于缅甸，取于丽江，但最终藏于京城的中一间陋室。

马车之轴，虽经百年沧桑而不朽，平淡不争；虽阅尽繁华而不傲慢，平和坦然。人亦可效马车之轴：坚硬而不折、耐磨而不朽、身负重而不怨，无名而不悔，得名而不骄，放得下过往荣辱，装得下未来之甘苦，方可成为“不朽之轴”。

轴如人生，人生如轴。

# 丽江稻菽掀波浪

赵晏彪

袁隆平曾由衷赞道："云南有两个天堂，一个是香格里拉，一个是种水稻的天堂——永胜涛源。"

南方与北方文化差异大，饮食习惯不同。于北方人而言，南方两季大米和阴冷之天气，似乎是难以适应的。然凡事皆不可一概而论，近日走访云南方知云南例外，云南的丽江例外，丽江的永胜更是例外。

在参观了程海、羊坪水库、毛氏宗祠、丽江边屯博物馆后，已经是下午一点钟了，负责接待我们的同志说，咱们先用餐吧，尝尝我们永胜的土菜。土菜不土，丰盛而味美，那些当地的土菜，大多不识得，只记得鲜嫩若滴，翠绿如翡，香喷喷的。因现在大多不饮酒，服务员将一碗白花花的米饭放在桌前，或许是饥饿感，一股沁鼻的米香味儿让我情不自禁地俯下身使劲闻了闻，这米好香。我的自言自语被旁边的作家张永康听见了，他似对我亦是向大家介绍说，我们永胜的大米特别好吃，你们尝尝绝对不输东北大米。

品尝着永胜大米，被它"细粒、香软、油糯"的质地所吸引，的确与五常大米各有千秋。说得确切些，市场上五常大米假冒的多，口感并非独一无二，而永胜大米货真无假，香喷喷的有嚼头，口感好，可称中国大米中的翘楚。宣传部聂极宏同志兴奋地说，您这评价不过分，我们是高原有机香米，种植所使用的肥料基本都是农家肥，而且品种本身病症少，又富含蛋白质、含钙量高，口感各方面都极佳。袁隆平院士曾夸我们永胜是种植"水稻的天堂"。

咀嚼大米，被"水稻的天堂"这句话催化得香美到了极致，脑海里烙印深深。

“我们永胜不仅是一个水稻种植大县，还素有‘滇西粮仓’的美誉，以三川镇为代表的几个坝子充分诠释了‘鱼米之乡’的真谛，农耕文化在我们这里体现得非常充分。有句玩笑话，假如永胜的水稻生产打个喷嚏，全市的粮食安全很可能就会感冒。”张永康说起水稻滔滔不绝，有位作者曾经这样赞美道：“颗粒饱满的谷穗，压得稻秆直不起腰来，像在感谢大地的养育之恩；金灿灿的稻谷，在微风中唰唰直响，像在昭示着今年丰收的喜悦；白生生的米粒儿，淡淡的清香飘过鼻尖，无限诱惑着味蕾……”





“永胜的水稻如此有名，‘杂交水稻之父’袁隆平有来过吗？”

“当然。2008 年 9 月 17 日，袁隆平院士来到永胜并且挥毫题字，盛赞永胜县是‘种植水稻的天堂’。”

我虽为北方人，但并不影响我喜欢食用大米，在营养均衡的年代，米面粗细粮食的搭配尤为重要。说到大米，中国有 60% 以上的民众是以大米为主食的，食粮问题在任何国家都是重中之重。水稻技术的发展和产量的提高，对于保证一个国家的安全至关重要，且具有重要的战略意义。

云南的永胜自然属于南方，这里的人民以大米为主食，且种植食用古已有之。世界上的栽培稻只有亚洲栽培稻和非洲栽培稻两种。其中亚洲栽培稻种植面积大，遍布全球各稻区，所以称之为普通栽培稻，我国南方至少是普通栽培稻的起源中心之一。据考古发现，水稻在我国的种植历史至少有 7000 年。春秋时期，当地土著居民已初通冶金技术，战国时期，便开始与中原文化融通。汉武帝时期开发大西南，公元 111 年设置的遂久县，即永胜县的前身。遂久与永胜，时隔两千一百载，比之历史老人，不过才到青壮年而已。古中国的南方丝绸之路，与著名的蜀身毒道、清溪道、茶马古道，都有血缘关系，其中与北要冲以茶换马的茶马古道，关系更为密切。

永胜东接川蜀，南邻大理，北望西藏，一直是南方丝绸之路和茶马古道的必经要地，宋朝和清朝的茶马交易中心都在永胜。永胜得天独厚的金沙沃土，兼有立体的高山气温，立体的山地资源，一直以农耕文明见长。农作物种植、水产养殖、林产品开发，都得天独厚，是野生动物和菌类及中草药材的天然养殖场。正因如此，这里是汉、彝、傈僳、纳西、回、藏、白、普米、苗、壮、傣等多民族同居共荣的古县，中华人民共和国建立前数十年，就一直叫永胜，至今百余年一直沿用。

“永胜这名字，一定有些来历，与战争有关吧。”

聂同志看着我说，是的。永胜是民国年间才改的，在西汉武帝时期，永胜县叫遂久县，属越西郡，首府设在至今四川省凉山州西昌市，直至东汉。三国时诸葛亮南征，设置郡县，将遂久县改属云南郡，首府在今大理州。唐朝贞元十一年，南诏设置北方赕，后改名成偈赕，先后属剑川和铁桥节度。元朝忽必烈从甘肃出兵，自北而来，到大渡河兵分三路，进攻大理，其中一路首先占领永胜，以自北而来，首战取胜之意，取名“北胜”。直到清朝吴三桂时，曾奏准开辟北胜关，与西藏达赖喇嘛、青海根都台吉在此以茶换马，被称之为“茶马古道”。康熙三十一年，升北胜直隶州为永北府。“永北”二字的来历，实为永宁、北胜之综合。民国二十年（1931 年），云南省召开会议讨论建制问题。当时，永北多事，三川冯李械斗死伤百余人，滇西镇守副使罗树昌反唐继尧失败，滇军长张汝骥反龙云退守永北全军覆没，都发生在永北。后人们认为“北”为败北之意，是不祥之兆，要求改名。民国二十一年（1932 年），县长宋朝选任职，地方官绅提出改名，曾以永胜、永靖、纪泽三名报批。至民国二十二年（1933 年）冬正式批准，改为永胜，并沿用至今。

“如此看来，历朝历代对永胜都有所关照，特别是民族的融合、迁徙，对当地的农作物种植、人民生活的提高与丰富，起到了极其重要的作用。”

“这里的稻米为何好吃，大概与高原、有机，特别是水有关。每到春夏，耸入云天的玉龙雪山所融清清碧水，汩汩流入丽江，几经婉转便会欢快地流经永胜。紧临金沙江畔的永胜县，因此水源充沛，水质上等。”我感叹着。

永胜县是一个粮食大县，水稻生产在粮食作物中占有举足轻重的地位，常年水稻栽种面积保持在16万亩左右，占全县粮播面积的近一半，也占全市水稻面积的50%，产量则占全市水稻产量的60%以上。水稻生产的丰收与亏欠，不但对全县粮食生产影响巨大，也影响到全市的区域粮食安全。其中涛源是被中国“杂交稻之父”——袁隆平院士誉为“世界少有，中国唯一”的世界级水稻超高产示范基地。

“可惜的是，2021年5月22日，这位和丽江有不解之缘的老人辞世了。”聂部长沉痛地说着。

因了袁隆平院士的支持与关心，2000年以来，永胜屡次创造世界水稻单产最高纪录。2006年，超级杂交稻品种“协优107”通过南京农业大学采用“水稻精确定量栽培”新技术种植，以1287公斤/亩的产量再次刷新世界水稻单产最高纪录，震动国际国内水稻界。2008年袁隆平到云南考查，他盛赞说，“云南有两个天堂，一个是香格里拉，一个是种水稻的天堂——永胜涛源。涛源在1999年试验田亩产1139公斤，最高时产量达到了1290公斤，不得了啊。”

从永胜水稻的成功可以看出全国种植水稻的成功，中国人民的智慧与吃苦创新精神，在世界上有目共睹。

正如有人如此评价永胜：一是美不美，看山水。永胜山是美的。二是穷不穷，看交通。永胜新通了三条国家级高速公路，使永胜成为丽江市出川入滇的交通枢纽，进而融入丽江、大理、攀枝花一小时旅游经济圈。三是富不富，看收入。永胜程海湖，是全世界三个天然生长螺旋藻的湖泊之一，是世界第二大的螺旋藻素生产基地，以及多个蘑菇、干果等山珍养殖业基地。四是强不强，看学堂。永胜近年新建已投入使用的县高级民族中学，师资力量强，现代教学条件完备。

永胜的水稻是香美的，永胜的景色、交通、教育、公路等领域都在大步跨越式发展。永胜的未来是诱人的，充满着无限光明。

# 歌舞竞技黑龙潭

和文光

我说着我喜爱的语言，
因为那是我自己；
我唱着我古老的歌谣，
因为那是祖先的恩赐。
雪山上是金鹿欢跳的地方，
可是好长好长时间，
没有看见金鹿的欢跳了；
丽江是纳西人歌唱的地方，
可是好长好长时间，
没有听到纳西人的歌声了。
一曲《娥姆达》，
唱出了民族的精神，
带来了吉祥的颂歌。
一支《勒巴舞》，
敲响了春天的祝福，
迎来了美好的明天。
黑龙潭的花开得再鲜艳，
没有纳西人的舞姿美；
黑龙潭的水流得再清澈，
没有纳西人的歌声甜。
跳吧！

像雪山上的金鹿那样跳起来！
唱吧！
像树上的百灵鸟那样唱起来！
我们欢舞，
欢舞纳西文化的春天来到了，
我们歌唱，
歌唱伟大的祖国早日实现中国梦！

在丽江市委提出“文化硅谷”，打造“世界名市”之际，首届黑龙潭歌会纳西族民间歌舞乐，在丽江市文化广电新闻出版局、古城区委宣传部、古城区文化广电新闻出版局的大力支持下，于2014年3月27日在丽江黑龙潭公园如期举行，来自玉龙县塔城、太安、拉市、白沙、黄山以及古城区大东、金安、七河、金山、大研等乡镇的21个民族民间歌舞队参加了这天的展演比赛。

一曲来自祥云村洞经古乐队演奏的《咒章》，拉开了首届黑龙潭歌会的帷幕。老艺人们娴熟的演绎技巧以及优美的古乐伴着象山顶上的彩云送来一份美好的祝愿。

白龙潭村民族民间表演队，在优秀民间艺人和春琴的带领下，时而出现在电视台里，时而活跃在丽江的各种舞台上。今天他们带来是经过改编了的纳西族古歌《热美蹉》和白沙细月《三思洁》，他们用动听的和声把这些人们熟悉的古歌演绎得淋漓尽致，受到了评委们及观众的高度赞赏。

身披一件件大羊皮的是来自太安乡花衣村的纳西民歌传承队，他们围坐在火塘边，唱起了陈年老调《哦吉谷》。从歌声中不仅领略到纳西族音乐文化的魅力，同时也领略了纳西族火塘文化的风采。

在原古城区文化新闻广电出版局局长李之典等一批有识之士的辛劳和努力下，《热美蹉》在2008年被评为国家级非物质文化遗产。

“热美蹉”亦称“窝惹惹”，是产生于氏族社会时期的原始舞蹈音乐，广泛流行于纳西族民间，并被载录于纳西族《东巴经》书。其音乐素材直接来源于自然界，音乐和舞蹈相结合，无乐器伴奏，无音阶、无音列法则。男声由“左罗巴”领唱，女声由“热勒美”领唱，多声部之间刚柔并济，形成富有原始艺术美感的不协和音程。

“热美蹉”至今还存在于丽江大东、鸣音、大具、宝山等纳西族地区以及宁蒗金沙江畔纳西族村落的丧葬礼仪之中。是一种任何乐谱都难以记录只有靠世代口传心授传承的歌舞，被誉为“活着的音乐化石”，对于研究原始音乐舞蹈具有重要的价值。

来自大东青年代表队展演的《热美蹉》，带给观众的是惊喜和震撼！无论是男领唱的表演，还是女人们的和声，给大家带来的是不一样的感受。听着的他们的歌声，让人们的思绪回归到大自然中去，回到远古时期的游牧社会里。

2011 年被评为国家级非物质文化遗产的《白沙细乐》，纳西语叫《崩石细哩》，集歌、舞、乐为一体的大型古典音乐套曲，被誉为“活的音乐化石”。

今天，白沙细乐的传承人，已故纳西族著名的民间艺术大师和锡典的儿子和士均和队员们，带来了一曲《抗蹉》，凄惨委婉的音乐，让人们的灵魂也洗了一次澡啊！

白龙潭小学的同学们带来的纳西快板中说道：“纳西族文化再没有人去好好学习，就像山谷里流走的水一样，无法挽回了，就像高山上烧去的火一样，无法挽回了……”寓意深刻，沁人心田。这是何等的富有哲理性的教育啊！值得让人们去反思啊。许许多多的纳西族人已经不会说自己的语言而不知道自己是谁了，这是非常可怕的事，更不要说什么传承了呀！

纳西族优秀民间艺人和金花、和爱红的纳西语小品表演在丽江一代非常有名的。他们的表演再次掀起了现场的阵阵掌声和喝彩声。

被誉为纳西族“笛子大王”的和绍武用横笛吹奏了一曲纳西古歌《谷气调》，他那娴熟的演奏技巧和如泣如诉的《谷气调》，让你走进纳西古王国的音乐海洋里。《谷气调》应该是纳西音乐之母，因为她还停留在吟诵阶段的音乐形态中。2008 年，笔者被邀到中央电视台民歌中国担任学术嘉宾的时候，已经推荐纳西古歌《谷气调》进入中国民歌博物馆。

《阿哩哩》是纳西族人民深受欢迎的一种歌舞，其基调欢快轻松，逢节日和高兴之事，你都能看到纳西族围成圆圈，跳这种传统的民族歌舞。《阿哩哩》跳法简单，跳舞者手拉着手，一人领唱，众人相和，边跳边唱。《阿哩哩》曲调固定，歌词内容则即兴创作，多系表达人的欢乐心情，五言一句，先唱后三字，再从第一字唱起，过去，一般纳西族的村寨广场和黑龙潭、古城四方街以及红太阳广场都能看到纳西族围成一围，即兴跳《阿哩哩》，你可随意加入其中，亲自体验这种古老的民族歌舞。可是，近年来随着丽江旅游市场的开发和发展，这类既养身又养心的歌舞被打跳取代而濒临失传了。这是一件非常遗憾的事情。《打跳》为丰富群众文化生活做出一定的贡献，可是它没有什么文化内涵，仅仅只是起到了自娱自乐的功能，然而《阿哩哩》既能起到自娱自乐的功能，还有传承文化的功能。因为它用舞蹈载体在载歌载舞中进行对歌，遇到优秀的男女歌手，跳上三天三夜也跳不完。这就是《阿哩哩》的魅力。

感谢来自白龙潭村纳西民间歌舞队的《阿哩哩》带给大家的不一样的感受。

“左擎牦尾右摇鼗，燕接凫连柳絮飘，窈窕双环随进退，纤纤不似小蛮腰。”这是清代纳西族著名诗人李玉湛先生（1827—1887 年）对流传于丽江西北部塔城一带的民间舞蹈——“勒巴舞”的真实写照。

“勒巴舞”，纳西语称“勒巴蹉”，“勒”是“喊叫”之意，“巴”是指“蛙”，“蹉”是“跳”的意思。“勒巴蹉”的大意就是像蛙那样活蹦奔跳的舞蹈；纳西语还叫“单板勒蹉”，意为“手摇鼓舞”。它是自古以来流传于丽江市玉龙县塔城乡巴甸村、依支村、陇巴村、拉市落村、堆满村、上亨土村、老村、塔扎村、下爬村，巨甸镇下亨土村、武侯后箐村及鲁甸乡甸东村等，以及邻近迪庆州维西县塔城乡一、二村、启别村、加莫壳村、冲壳村和香格里拉县五境乡子莫学村、上江乡你敢阁村、木刻湾村、士旺村、巴迪村等纳西族和傈僳族村寨里的一种原始舞蹈。

过去跳的“勒巴舞”，融舞蹈、吟诵、歌唱、杂技、小品等为一体，可谓是一部民间民俗综合艺术剧。每逢新春佳节到来之际，村民们都要跳“勒巴舞”，祈祷民丰物阜、风调雨顺、人寿安康，且还要举行跳前的迎神、请神仪式和第二天的送神仪式，显得庄重神秘严肃。它更多的成分还是体现了喜庆新春的文化底蕴和内涵。因为塔城一带的纳西同胞除信奉本土东巴教外，还信奉藏传佛教噶玛噶举派，所以“勒巴舞”中，还有许多歌颂藏传佛教噶玛噶举派创始人莫尔巴和米拉日巴等宗教领袖的颂词也是难免的。但是“勒巴舞”不属宗教舞蹈范畴，是纯正的民间民俗综合艺术剧。

“勒巴舞”形式独特，内涵丰富。经过几千年的承传，成为塔城纳西族独有的，渗透着多元文化的典型艺术珍品。她是盛开在古花马国一带的一朵民族文化艺术奇葩。

“勒巴舞”具有广泛的群众性，全村男女老少皆可参与。跳“勒巴舞”时，穿戴十分讲究：男子内穿衬衣，外穿长袍，左手套袖子，右手不套袖子，必须把里边的白衬衣露出来，双肩各系一朵大碗大小的五色花，脚穿马靴。头上不戴帽子，只是在长发上拴着七颗耀眼的珍珠，象征“七星”。有些村落的男子还喜欢用红帕缠头，左手挥着牦牛尾，右手持着手摇鼓，显得英武而潇洒。女子上身内穿各种颜色的衬衫，外穿红氆氇坎肩，下身穿黑色百皱裙。头盘红帕并戴五佛冠。身上还要挂着许多金银首饰，显得高雅而富贵。

男子用的手摇鼓，呈扁圆形，都用红松薄片做成，蒙上羊皮，两侧各系一截牛皮绳子，再用一根木棍穿过鼓中央作手柄。右手持着鼓，左右摇动就会发出节奏来，配合左手拿着的牦牛尾就可以跳起来；女子持长杆扁鼓，它的制作与摇鼓同，直径一尺左右，厚五至六厘米，长杆扁鼓槌用藤条制成弯形，跳时女子左手持鼓，右手持鼓槌，边敲边跳。

“勒巴舞”队形多变，有圆圈、单斜排、双斜排、卷草席、插麻花等，舞姿优美，舞蹈语言丰富多彩，以手臂、腿一顺，重在腿部动作，舞姿角度变化大，有造型突出、技巧性强等特征，基本动作有甩手帕、鸡啄食、转三方、点地蹬步、吸腿跳、单点跳、双臂摆、跪拜、单腿前跳、单腿后跳、点碾转、磋步、鸽子喝水、前鹤立步等。

“勒巴舞”是典型的象形舞蹈，都有纳西语名称的。如：“龙金”即“龙舞”、“巴蹉”即“蛙舞”、“冷敢蹉”即“乌鸦跳”、“敬首别”即“喜鹊舞”、“够纳达”即“鹰舞”、“积妹主堆”即“蜻蜓点水”、“拉蹉”即“老虎舞”、“班什”即“牦牛舞”、“串蹉”即“鹿舞”，以及“刮牢”即“敲鼓舞”、“古笃呢”即“篱笆舞”等，都是模拟或模仿动物形状动作以及生产生活中一些形态等为主的舞蹈。

“勒巴舞”除舞蹈和歌唱外，还穿插了许多精彩有趣的节目。如：“牵牦牛”、“打猎”等，通过幽默滑稽的喜剧表演，揭露了一些当时社会的阴暗面，让人们在笑声中得到教育。另外，具有杂技艺术风格、赞美英雄的“阿拉古今”等表演，都超出了舞蹈范畴。

这一天，来自玉龙县塔城乡勒巴舞队的精彩展演，再一次让观众领略了一番独具风采的鼓舞艺术的魅力，加上纳西族优秀民间艺人和国芳一曲天籁般的《栽秧调》，把黑龙潭歌会推向高潮。

经过上午的半决赛后，从 21 家展演队中，选出前十名，进入下午的决赛。通过激烈角逐和精彩的表演，最后来自古城区大东青年代表队获得了“三朵奖”（金奖）；古城区白龙潭村民族民间表演队、玉龙县太安乡纳西文化传习小组获得了“七星奖”（银奖）；玉龙县黄山镇文荣村、古城区祥和中心校白龙潭小学、古城区金山中岗村纳西文化传承队获得了“茶花奖”（铜奖）；玉龙县塔城勒巴舞队、玉龙县长水村上长白沙细乐传习队，古城区七河镇共和村妇女打跳队，古城区大东乡热美蹉传习队获得了“花花神奖”（优秀奖）。



丽江文化研究会、纳西文化研究会会长杨国清先生，丽江市文化广电新闻出版局局长和丽萍女士，古城区文化广电新闻出版局局长王建南先生分别为获奖的团队颁奖。



这次黑龙潭歌会，原定在“三朵节”那天举办，因故延期到是日。此次奖项的设置别具一格，颇具文化内涵而深受大家的高度赞誉。为了打造纳西族节日文化品牌——“三朵节”，“金奖”设为“三朵奖”，让人们对纳西族的保护神——阿普三朵有敬畏感和崇拜感。

“银奖”为“七星奖”，意为纳西族七星服饰文化，代表勤劳智慧文明的纳西族妇女的形象，也体现出对女性的尊重。

“铜奖”为“茶花奖”，意为农历二月八日，正值丽江茶花盛开了，告诉人们茶花盛开的时候就是自己的节日到了。

“优秀奖”为“花花神奖”，意为纳西族人民过上了幸福美好的时光。

此次黑龙潭歌会纳西族民间歌舞乐展演是由丽江市文化馆主办，古城区文化馆、古城区非遗中心、丽江市民间艺人协会承办的。古城区电视台全程录播。

文明、智慧、勤劳的纳西族人民，自古以来居住在大研古城为中心的丽江城里。在这片古老、神奇、美丽的土地上，孕育着举世闻名的纳西族东巴文化艺术，为人类的文明进步与和平献出了自己的一分力量。一个民族，拥有自己文化才是最大的幸福和快乐。纳西族因为有自己灿烂的文化而感到骄傲和自豪。有一句家喻户晓谚语叫：“依古谷气古，古气谷张古”，意为：“丽江是唱山歌的地方，也是用歌声赞美生活的地方。”因而过去每到节日节庆就在丽江黑龙潭、古城四方街等组织歌会，自古而然。特别是中华人民共和国成立后，这些地方变成了用纳西民歌宣传党的政策、方针、路线的舞台。和锡典、和顺莲、和耀淑、杨德华、李艳菊等一批著名民间老艺人就是从这里走出来的。

可是随着丽江旅游市场的开发和发展，外来文化不断涌入丽江市场后，这些优美动听的、富有哲理性的纳西民歌演绎或对唱已经销声匿迹了，给保护传承纳西族古老的优秀文化带来了直接的影响。虽然黑龙潭的建筑比过去美了，可是一旦失去文化内涵的时候，也就失去了其灵魂。

今天，不仅把黑龙潭的传统歌会恢复起来，而且在黑龙潭开办了纳西文化传承展示点。为此，古城区文化馆、丽江市民间艺人协会、古城区非遗中心、玉龙纳西族自治县非遗中心在黑龙潭戏台挂了国家级非物质文化遗产《白沙细乐》《热美蹉》，省级非物质文化遗产《谷气调》《洞经音乐》《勒巴舞》等五块纳西文化传承展示点的牌子，丽江文化研究会、纳西文化研究会会长杨国清先生、丽江市文化广电新闻出版局局长和丽萍女士、古城区文化广电新闻出版局局长王建南先生、古城区非遗中心主任李之典先生、玉龙纳西族自治县非遗中心副主任和丽元先生为黑龙潭纳西文化传承展示点揭牌。

同时聘请了在保护传承弘扬纳西族文化工作中做出贡献的部分专家、学者担任黑龙潭纳西文化传承展示点老师。

聘请的老师有：杨曾烈（词作家、纳西古乐专家）、和力民（研究员、东巴文化学者）、和民达（民间艺术家、纳西族语言专家）、李文先（勒巴舞传人）、和文光（民族音乐家、国家一级作曲家）、和金花（纳西族著名歌手、国家二级演员）、和集虎（民间艺术家）等，他们来担任黑龙潭纳西文化传承点教授。

聘请来的还有：和学先、和冬月、和爱月、和爱红、和占强、张桂华、木诚、杨永爱、和春梅、和文军、和劲松、肖煜光、和国芳、和丽元、秦之宇、马国国、黄丽梅、和漾水、郭建萍、和绍武、和金花、高茸卓玛。

从今以后，古城区文化馆、丽江市民间艺人协会将在黑龙潭公园戏台，天天免费组织纳西文化传习，让不同肤色、不同种族、不同国籍的爱好纳西文化者，随时可以到黑龙潭参加《热美蹉》《娥姆达》《谷气调》《栽秧调》《阿哩哩》《白沙细乐》《洞经音乐》《口弦调》《东巴舞》《勒巴舞》等纳西族古歌、古舞、古乐等传习。

当首届黑龙潭歌会纳西族民间歌舞乐展演结束的时候，一件神奇的自然现象发生了：万里无云的天空中，突然洒了几滴雨。大家都异口同声地说：那是天公送来的甘露啊！其实那就是真正的“天雨流芳”啊！

（和文光，著名民族音乐家、国家一级作曲家，其艺术作品多次荣获国家，省，市大奖，丽江市民间艺人协会会长）

# 抢救塔城勒巴舞

和文光

2013 年 11 月 25 日，《丽江新闻》有这样的报道：近日，记者从丽江非物质文化遗产保护中心了解到，在省政府公布的第三批省级非物质文化遗产名录中，丽江市有 17 个项目入选，经省非物质文化遗产保护专家评审委员会评审和认定，丽江市的民间文学作品英雄史诗《黑白战争》、民歌《谷气调》、传统舞蹈勒巴舞、窨酒制作技艺、宁蒗朱式诊疗法等 17 个项目被列入第三批省级非物质文化遗产名录。

勒巴舞是自古以来流传于丽江西部塔城一带的模拟动物的动作形态为主的原始舞蹈，相传有 72 种跳法，但是大都已经失传。有关勒巴舞资料，另有文章详述。

塔城勒巴舞，于 2013 年入选云南省级非物质文化遗产名录，这是一件可喜可贺的大喜事！一贯抢救挖掘整理改编传承弘扬塔城勒巴舞的我，听到这一消息后，有许多的感慨和联想。特别是抢救和弘扬濒临失传的民族民间舞蹈奇葩——勒巴舞的往事，犹如电影一样，一幕幕又呈现在我的眼前。

那是 20 世纪 80 年代初，刚好党的十一届三中全会后，许多优秀的传统文化又开始在乡间恢复起来。我也有机会走进民间艺人家里，去挖掘整理濒临失传的纳西族古歌和古舞。

我就经常利用星期天和节假日，走村串寨寻找民间艺人进行采风，其间我还经常骑着一架自行车到维西县塔城镇启别村、香格里拉县上江乡等村寨里拜访有名的民间老艺人，与他们同吃同住在一起，没有电灯的地方，我们就点着松明子，听他们唱啊，讲啊，直到他们累了要休息为止。记得我每次还自费买去一些糖、茶、酒等给那些为我付出心血的艺人们，他们的心情是愉悦的，因为他们把自己的掌握的民间艺人能传授给后人，也是他们莫大的欣慰和幸福。没过多久，已经采集到许多纳西族的古歌，采集到了勒巴舞许多不同的跳法。通过与那些民间艺人的采访和接触中，发现了许多有价值的纳西族古文化的遗风遗俗和厚重的文化底蕴和内涵。

特别是自古以来流传于塔城一带的勒巴舞，我从民间老艺人那里学到的舞步，拿到学校里，运用到学校音乐舞蹈教学中。在编排学生节目时，把一些简单的勒巴舞动作教给学生跳，受到全校师生的欢迎。

从此，我就一直挖掘整理勒巴舞更多的文化内涵。其实在深入细致的了解和调研勒巴舞中，发现勒巴舞不仅是一个婀娜多姿的舞蹈，还包含有音乐、小品、杂技等元素，是民间一部珍贵的综合型的艺术极品。

1991 年春节刚过，原丽江县委副书记和学光，就来到塔城乡一带调研烤烟种植情况，同时要求塔城乡准备一个文艺节目，参加丽江纳西族自治县成立 30 周年庆典活动。和学光副书记布置好任务就走了。过了一个月，和学光副书记又来到塔城乡政府，问及组织文艺演出队参加县庆的事。当时，塔城乡党委政府领导对怎么组织、谁去组织都没有什么思想准备，正在不知所措的时候，乡里有人建议：去请塔城中心完小校长和文光老师，跳勒巴舞非和老师莫属，这个任务交给和老师来做，一定会成功的。当时和学光副书记听后非常高兴，立即找到我这位民族文化的热心人。

我就简单地向和学光副书记介绍了塔城勒巴舞的文化底蕴和内涵。他听了以后，非常高兴和激动。高兴的是找到了他要找的这样一位对民族民间文化艺术执着的热心人，激动的是可以好好地把纳西族古老的文化遗产保护和传承起来。几句简单的交流后，决定请我组织并担任此次丽江县庆演出的负责及编导，于是就把编排勒巴舞这个艰巨的任务交给了时任塔城中心完小校长的我。

接受担任编排勒巴舞节目的任务后，经塔城乡党委领导同意，决定在离中心完小较近的塔城行政村务鲁自然村组织村民排练勒巴舞。就这样，身为塔城中心完小校长的我，白天给孩子们上课，安排学校的日常教务工作，晚上到务鲁村组织 30 人的村民进行勒巴舞的编排和训练。利用课余休息时间，结合勒巴舞的特点及内涵，共搜集整理了 12 种跳法，改编创作了 12 首纳西民歌。

我在一个月的艰苦排练过程中，既不能耽误上课，又不能影响学校的行政工作。即使是这样辛辛苦苦地做好学校的事务性工作，但是教育界还有人经常告我状，有些领导随时戴着一副有色眼睛看我。不管怎么样，既然答应我去担任县庆表演的重任，每天傍晚放学后，在塔城中心完小吃完晚饭后，我还是坚持一个人骑着自行车，来到离学校 6 公里外的务鲁村去编排和指导勒巴舞。由于当时正值 3 月农忙季节，村民晚饭吃得很晚，直到夜里 11 点才能把人聚齐，排到第二天凌晨 2 点后才能休息。深夜不能回家，我就住在村民家里，第二天凌晨 6 点起床，又回到学校上课。这段时间，几乎每晚只能睡上 4 个小时的觉，这样折腾了个把月后，我的体重都减了 10 多公斤，累得疲惫不堪，变得又瘦又黑。工作中，随时还会碰到许多不堪设想的事情，如：民间艺人接受不了对节目的改编和创新，还带来了误解。

经过艰辛的努力，通过一个多月的磨炼，终于迎来了庆典的日子。1991 年 4 月 9 日早上，塔城务鲁村的 30 多名勒巴舞队员，被一辆大卡车拉到丽江教师进修学校住下。4 月 10 日是丽江县庆 30 周年庆典活动日。

在庆典大会上，来自丽江西部塔城的勒巴舞，第一次离开故土，登上了艺术舞台，它那独特古老、粗犷奔放的舞蹈以及震撼人心的鼓点，赢得了现场成千上万观众的阵阵喝彩和领导们的阵阵掌声。塔城勒巴舞第一次轰动了丽江城。

演出结束后，县委副书记和学光来到演出队驻地紧紧握住我的手激动地说：太感谢你了，你们的勒巴舞是这次县庆演出活动中表演得最出色的节目啊！今后回去，即使辞去校长，也要把勒巴舞这朵民间艺术奇葩挖掘和抢救出来，发扬光大啊！适当时候成立塔城勒巴艺术团，一定要让它走出丽江，走向世界！

在县庆活动中，塔城勒巴舞轰动了丽江城后，受到地、县党政领导的高度赞扬，为成立塔城勒巴艺术团打下了良好基础。

1991 年 9 月 26 日，在丽江地、县党政领导及相关部门的关心和支持下，在塔城乡党委、政府的重视下，丽江塔城勒巴艺术团宣告成立。全团由六个分队组成。共有 300 多个村民参加，年龄最大 78 岁，最小 7 岁，制定了《塔城勒巴艺术团章程》，塔城勒巴艺术团团长由乡长和见全兼任，我被任命为副团长兼艺术指导，县委副书记和学光担任总顾问。

当天，来自本地和邻近巨甸、维西塔城以及金沙江对面香格里拉县上江等地群众达 4000 多人参加了成立大会，真是热闹非凡！前来祝贺的除当地机关和学校外，还有丽江地、县党政领导以及相关部门负责人，可以说在塔城历史上是一次空前的民间艺术盛会！

艺术团的成立，标志着具有悠久历史的纳西文化艺术得到更进一步的保护和传承，标志着祖先们在劳动中创造出来的具有民族特色的勒巴舞得到继承和发展，对为弘扬祖国优秀灿烂的文化遗产有着深远的历史意义和现实意义。

艺术团成立后，在不到一年多的时间里，先后在塔城、丽江、广州等地演出 300 多场次，所演节目勒巴舞先后被丽江电视台、云南电视台、峨眉电影制片厂《民族风情》摄制组、广州电视台、广东电视台，台湾影像出版公司、中央电视台等摄制成专题节目播出，为宣传丽江、宣传纳西文化，提高丽江知名度起到了很大作用。

记得有一次，云南电视台前来塔城拍摄勒巴舞，我又如期组织了这场塔城勒巴舞的活动。当时，根据导演的要求，一般雷同的舞蹈，他们就没有拍，反而不让他们跳完。我因为经验不足，按照导演说的办，结果那些农民队员们，觉得没有尊重他们，并不给他们面子为由，到了晚上喝着几口酒，来找我闹事了。当时，我意识到事态的严重性，他们喊我出去，说什么要商量事情。我就躲在宿舍里，不敢走出屋门半步。如今想起来还有几分后怕啊！

1991 年 12 月 9 日，我带领着塔城勒巴艺术团的李文先、和素高、和梅新、和锦、和秀梅、和文艳、李素珍、肖鸣忠、李学文等一行 10 人，随云南纳西族东巴文化展演团，来到祖国南大门广州参加中华百绝博览会演出。并在广州天河体育活动中心创作了勒巴舞音乐《阿腊古金》。临走时，县委把塔城勒巴舞艺术团的 10 名队员与大东热美艺术团的 6 名队员组成一个新的歌舞队，任命我为队长。

这也是塔城勒巴艺术团成立后，第一次走出丽江、走出云南。在博览会上，演出任务非常繁重，每天演出三场（上午、下午、晚上各一场）。历时三个多月，共演出了 270 多场。所演节目受到来自全国各地及海内外游客的青睐。广东电视台等许多海内外新闻媒体进行了报道。

塔城勒巴舞又一次成功展示在广州大舞台后，1992 年下半年，在县委领导的同意和支持下，决定在丽江城创建一个展示塔城勒巴艺术的窗口，于是批准成立了塔城勒巴艺术团丽江第八分队，由时任丽江县纪委副书记的李文义同志担任第八分队队长，从此塔城勒巴舞这一古老的文化遗产从塔城移植到丽江城区，成了丽江旅游景区一大亮丽的风景线。

塔城勒巴舞越来越被世人关注的同时，我的日子也是越来越难过了。侮辱、诽谤随时在我耳畔响起。说我为“勒巴校长”、“不务正业的校长”等等。有一次六一儿童节，我参加丽江县文代会，结果有个小学生不慎掉进江里溺水而死了，最后村里的人一直找到学校里，叫我校长负此责任。真是无言啊！

1993 年 9 月，称为“勒巴校长”的我，辞去了塔城中心完小校长，被县文化局调到塔城文化站工作。从此，以挖掘、搜集、整理、保护、传承、弘扬纳西族传统文化艺术为己任，忍辱负重地在民间艺术道路上奔波着。

1994 年 11 月，在丽江地区民委主任和旭东的支持下，我又在丽江塔城组织了 32 人的勒巴舞演出队，编排了一个叫《玉龙腾飞》的节目。经过一个多月的苦练后，该节目代表丽江地区参加云南省第五届少数民族传统体育运动会开幕式演出，获得了最佳节目奖、编导二等奖、文体比赛银奖等荣誉称号。

在勒巴舞的编排中，我把民间需跳一个晚上的舞蹈素材压缩在 4 分钟的节目中，还把流传于塔城一带的纳西古歌《栽秧调》，以伴唱的形式成功嫁接到勒巴舞节目中，还有精彩而高难度的老虎叩拜舞等，加上来自塔城民间艺人和国芳那高亢清脆而优美的纳西古歌演唱，让鼓声和歌声交融在一起，回响在昆明体育馆内，受到当时出席开幕式的云南省省长和志强等省委、省政府领导的高度赞扬。这也是塔城古歌《栽秧调》第一次登上大雅之堂！用土色土香的原始舞蹈和民歌演唱相结合，把塔城民间歌舞艺术淋漓尽致地展现在春城人民面前，又一次为丽江地区各族人民，特别是纳西族人民赢得了荣誉。许多媒体都以《从下里巴人到阳春白雪》为题，高度评价了丽江塔城农民演出队的精彩表演。

塔城勒巴舞在云南省五届民运会演出成功后，越来越得到了丽江地县党政领导的高度重视。在 1995 年 4 月 18 日的丽江飞机通航庆典上，又一次把塔城勒巴舞展现在丽江各族人民面前。

根据庆典大会组委会领导的决定，由我担任 400 名组成的勒巴舞队的总编导，并决定从塔城抽调 40 多名精干的演员，到原丽江县第八中学，对抽出来的 400 多名学生进行编排和辅导勒巴舞。可以说这是塔城勒巴舞第一次走进校园。

当时，面对从来没有见过和跳过这种原始舞蹈的学生而言，编排节目是何等困难！再说，从塔城调来的辅导老师也是些文化水平较低的农民，甚至有些人根本不知道自己在跳什么就要担任辅导老师。当时我想，要完成这一工作，必须要编出一套既让学生容易接受，又让农民老师便于辅导，且又能整齐的舞蹈动作。于是就利用休息时间，精心编排了一套非常简单且壮观的勒巴舞。在编排中，我根据学生的心理特征和他们的实际情况，选用勒巴舞中最常用的几个动作，组成一个新的节目。在辅导上，把民间跳法和教法，换成舞台化、课堂化、体育化，给每个舞蹈动作取一个富有想象的名称，让学生们便于记住，并用体操课上 4 个八拍的模式，喊口令进行辅导排练，收到较好效果。

在舞蹈动作上，我选用了三个基本动作，并用这三个动作进行变化，既有前后左右交叉对跳等民间舞的特点，又让其成为舞台化了的大型体操型舞蹈，主要突出一个群体性的整齐划一和壮观的热闹场面来烘托表演效果，让观众有震撼人心、喜气洋洋的感觉。每个队形中的第一排和末尾一排，都安排民间辅导老师来表演，让他们可以自由发挥一些勒巴舞中的高难动作，这样既体现了塔城勒巴舞艺术的风采，又体现出大型表演中的整体性。

在退场结束时，我还特意让县民族歌舞团的歌手和金花伴唱一曲纳西古歌《栽秧调》，把舞蹈推向了高潮，让人们有一种回归大自然的感觉。

在这次大型庆典演出中，勒巴舞主要的道具是羊皮手摇鼓，但是由于种种原因，无法借到 400 多个羊皮手摇鼓。怎么办呢？我就急中生智想出一个补救的办法，立即给丽江县食品公司经理打电话，请他们把所有屠宰后的猪尿泡留下来，并让演员们自己动手做手摇鼓，把猪尿泡切成两半后，套在竹片圈上用针缝起来，在太阳底下一晒，便成了“手摇鼓”。

演出非常成功，塔城勒巴舞又一次震撼了丽江各族人民的心，再一次轰动了丽江城。

1996 年 9 月，经国家民委民族画报社车文龙先生的推荐下，丽江县文化局把我从塔城文化站抽调到上海中华民族文化大观园去担任艺术指导，同样塔城勒巴舞也由丽江县民族歌舞团带到了上海去一展它的风采。

1996 年 9 月，塔城勒巴舞正式进入塔城中心完小教学课堂，并先后被邀到丽江、昆明、北京、天津、深圳等地演出，深受观众的好评。

1997 年 12 月，我又被聘为海南中华民族文化村艺术指导兼纳西村村主任，在丽江县委、政府领导的支持下，率领 26 名演出队员来到海南岛，展示勒巴舞等纳西族优秀灿烂的文化艺术，让更多的人了解了丽江，了解了纳西文化，不但起到了保护和传承的作用，而且还起到了传播和弘扬的作用，其社会效益是很高的。

2001 年 5 月，中央电视台《神州大舞台》邀请我们全家三代人参加《神州大舞台》“欢乐家庭”的竞选活动，荣获“优胜奖”，勒巴舞同样也是必跳节目之一，为此，塔城勒巴舞第一次走进中央电视台，展示在全国人民面前。

2005 年 5 月，我们一家三代被邀到美国参加亚洲艺术节，同样把塔城勒巴舞这朵绚丽的民族艺术珍品展示在美国观众面前，赢得了较高的评价。

如今，塔城勒巴舞已经成为丽江旅游文化的一张品牌，成为丽江旅游景点一份“特色菜”，成为丽江纳西族人们生活中的一份精神食粮。其价值是无法用金钱来衡量的！如果 20 年前没有地、县各级党委政府及相关部门的努力和支持，特别是当时的县委副书记和学光同志的关心和支持，就不会有勒巴舞辉煌的今天；同样，如果没有我的一贯执着抢救、挖掘、整理、改编、传承、弘扬塔城勒巴舞付出的心血，勒巴舞这朵民间艺术奇葩，迄今只会埋藏在深山老林中自生自灭，甚至早已灭绝人间了。

在此，我也感恩为塔城勒巴舞的保护传承和弘扬工作上付出心血的那些默默无闻地的民间艺人们!

当您坐在树荫下乘凉的时候，一定不要忘记那些栽树的功臣！是有识之士们默默无闻的无私奉献，才使得勒巴舞这朵民族艺术奇葩越开越艳……

# 金沙岸畔“红军渡”

和松阳

国庆节假期，我和朋友带着孩子从丽江往香格里拉藏区重走了一段当年红军走过的路。因为路途艰难且遥远，我们选择了自驾加徒步的方式。清晨，当晨曦初现，玉龙雪山顶上刚刚照出一线金光，我们就从丽江古城出发，沿着当年红军长征过丽江的线路驱车而行。天明登前途——越走越亮，我们穿过黄山隧道就见晨光里雨后初晴的拉市坝。才告别雄伟的玉龙十三峰，远处绵延起伏的哈巴雪山就向我们展开了笑靥。时逢金秋十月，天高气爽，晴空万里，蓝天白云似乎也特别照应我们重走一段长征路，一路上，秋天原野里弥漫着丰收的气息，金沙江两岸稻穗金黄、路边的果园里熟透的瓜果飘香，星罗棋布的村庄上空炊烟袅袅，展现出一派祥和宁静的景象。

“妈妈快看，这里是红军走过的地方！”孩子一阵惊喜的喊声吸引了大家的目光，公路边，一块刻着“红军渡”三个鲜艳红漆字的石碑静静地立在广袤的原野里。不远处，金沙江在灿烂的阳光下缓缓地流淌，江水无言，那粼粼的波光好像无声地诉说着一段鲜为人知的红军渡江往事。

## 纳西人民喜迎红军来

1936 年 4 月，继中央红军渡过金沙江之后，红军二、六军团经丽江抢渡金沙江，北上抗日，这是红军长征历史上的重大事件之一，也是丽江各族人民至今难忘的一件大事。

这一天，天气晴朗，红军部队历尽艰辛来到丽江坝子，先头红四师的骑兵连早了解到丽江纳西族逢年过节喜欢用红色表示喜庆，于是骑兵连每个战士斜挂一朵布做的大红花。这天敌军也循着红军进军线路侦察轰炸。为了防止敌人的飞机骚扰，每一个战士头上还戴着一个用柳条编的防空帽。几十匹乘骑披红戴绿，小跑步抵达丽江古城南郊东元桥和玉龙锁脉“接官亭”，看到丽江的群众手持彩旗夹道欢迎，这是红军自离开苏区长征以来所没有过的，红军战士异常高兴，一个个跳下马来，向欢迎的老百姓致意问候，战士们看到乡亲们手里的彩旗上写着“欢迎义军”，他们连忙解释说：“我们是工农红军，我们是工农红军。”

红军先遣部队在乡亲们的带路下，进入大研古城，当晚住宿当地百姓家。次日凌晨五时红军骑兵连即从古城出发，向石鼓江边前进。为加快行军速度，天亮前战士们就打着火把在崎岖的山路上攀缘前进，天亮后翻过铁架山，经过雄古、沙坝。24 日一天的行程，他们中午就到达石鼓。到石鼓后渡江指挥部立即组织部队寻找渡口，在当地老百姓的帮助下积极扎木筏找船只，为大队人马渡江做准备。

4 月 25 日，红二、六军团主力从鹤庆出发，分左右两路向江边开进。4 月的丽江坝子已经是春光明媚，金黄色的油菜花和绿油油的麦田，展现出一派生机勃勃的景象。右路二军团在贺龙总指挥、任弼时政委、关向应副政委、李达参谋长和甘泗淇副主任率领下，浩浩荡荡开进丽江城。贺龙、任弼时等军队领导和司令部、政治部就驻扎在了狮子山东麓的翠文街科贡坊，一驻扎下来，部队就架设起无线电台，很快与红军各方联络。

## 军民鱼水情谊深

红军部队刚进城的时候，有一位纳西族大娘抬来一桶水在路边给红军战士喝水，战士们喝了水还给大娘留下几个毫子，还有银圆。淳朴的纳西族群众看到红军的举止一点都不像国民党所宣传那样可怕，于是很快就亲近起来。迎接红军的纳西族乡亲们带着红军往城里走，红军官兵和乡亲们边走边谈，很快消除了群众的一些顾虑，同时，红军战士也了解到了丽江的情况。交谈当中，红军积极动员群众帮助渡江，纳西族木匠王孙、和仲清高兴地答应帮忙红军渡江扎筏子。晚上，他俩还约上其他共 17 个木匠和铁匠一起到科贡坊红军指挥部报到，当天被编入工兵营里，当晚就住在铜匠和文宣家。工兵营的马营长亲自招呼工人们吃饭、休息，跟他们讲红军是为受压迫受剥削的劳动人民打天下的，讲明工农红军就是工人农民自己的队伍。

红军来到县衙门把监狱打开，释放了 48 名被关押的劳苦群众，请来铁匠，给 7 个戴着脚镣的难友打开了脚镣，带他们去街上理了发，又把从当地官僚和土豪劣绅家没收的衣服和银钱分发给了他们。让这些生活在社会最底层的劳苦群众感受到了胜似亲人般的感情，红军战士也通过难友了解到了江边的一些情况，感恩戴德的难友们纷纷提出愿为红军渡江尽力。被释放的大研镇青年桑乐天，主动报名给红军带路，送红军过江，当晚就住在红军连部；因为交不起地主的租子被关进监狱的石鼓青年尹学富，为了感谢红军自告奋勇跟随红军到江边扎筏子。

红军一到丽江就宣传共产党的抗日救国主张和民族政策，号召各族人民团结一致对日抗战，使淳朴的纳西族群众打开了思想境界，心里热乎乎的，许多能工巧匠自告奋勇积极支援红军渡金沙江北上抗日。红军的地方工作部在古城街上张榜安民，依靠群众调查民情，没收土豪劣绅的财产分发救济给贫民。淳朴的纳西族广大劳动人民，在红军的土地革命和抗日救国正义主张严密的纪律的感召下，从各方各面积极支持红军。

丽江城里的 35 个裁缝师傅和 17 台缝纫机全部组织动员起来，夜以继日地为红军赶制军服和米袋子。兴文村的王大琪老人那时候还记得：“当时缝红军帽，一定要用红布做一个五角星钉在帽子上，我们都是第一次见红五星，谁也不会做，一会来了一个小红军，把红布折了几折，剪刀一裁，红五星就成了。我们学着小红军教的办法，第一次做了许多五角星，把它缝在红军帽上，看起来很耀眼。”

红军在丽江得到社会中上层人士和老百姓的支持拥护，当时红军持有大量的云南地方货币“滇票”做军需，这些只要过了金沙江进入川康地界就不能用了，为了解决进入川康地区的军需，红军需要把“滇票”兑换成银圆，当时被群众推举做迎军工作的牛协夔先生找县商会的李荫候、杨启明和牛兆南商议后，由丽江商会帮红军兑换成一锭一锭封得整整齐齐的两大簸箕银圆。古城里营业的店铺都把红糖、盐巴、生姜和辣椒等过雪山的必需品换给了红军。

在红军路过的雄古村至今还流传着一段红军与当地老百姓之间军民情深的佳话，据村主任和柏华讲述，当红军战士从丽江古城走到雄古村的时候，当地一有户纳西人家做了顿热饭菜想给红军战士吃，行军中饥肠辘辘的红军战士始终不忘军队的纪律，在老乡家的吃了点饭后，坚持把身上唯一的一根皮带留给了老乡。

## 石鼓准备渡江忙

为保证红军顺利渡江，红军指挥部根据党中央建立抗日民族统一战线的精神，对当地的开明士绅和少数民族上层也尽力做了争取工作。指挥部的同志在丽江古城了解到石鼓区边鲁桥副乡长王赞贤先生和县长王凤瑞要好，也比较开明，就由贺龙总指挥署名写信给他，请他动员船工船只帮助红军渡江。

阴历三月初五也就是公历 4 月 25 日。这天向石鼓江边挺进的前卫红四师，带着贺龙总指挥的署名信在江边沙坝上遇到石鼓纳西族青年陆招，于是请他帮助给江上游鲁桥乡王赞贤先生去送信。陆招很快到木取独，找到王赞贤先生交了信。王赞贤看到贺龙总指挥的署名信，认为事关重大，也为红军礼貌待人所感动，立即叫船工杜友发、徐栋才和陈双友到渡口把隐藏在江东岸的一只船连同中甸县的船工赵锡敏和马光友一并找来恭候红军过江。

红军渡江指挥部就设在上格子巨津区区长木文蔚家里，后卫警戒部队在石鼓南山望城坡监视追敌，山头上架着机枪随时准备应对敌人的空袭射击。经过红军宣传动员群众，共得到当地群众支援的大小船只7艘，召集了年震、李顺才、李有章、寸德新、寸德明、木福、王瑞林、李茨仁、刘寿松、周祥等28名船工，在石鼓又动员20多名木匠、铁匠赶造了几十只木筏以备渡江。

这一天，石鼓镇内外人山人海，石鼓街上架起电台，手摇发电机在不停地转动。古戏台前成了部队结合的地方，部队领导们在台上做渡江动员。盛开着蚕豆花和油菜花的田地边和树林里都忙碌着红军部队的士兵，有的开会，有的唱歌，有的宣传。镇外墙壁上岩石上到处写着激动人心的标语，有“抗日讨蒋”、“各民族联合起来”、“只有红军的胜利才能解除工农的痛苦”，还有的拿着油印的宣传书朗读“井冈山，扎大营。红旗飘，日月新。打土豪，把田分”。红军的各级军事指挥员和政治工作人员都在紧张而有序地进行渡江前的动员和准备工作。

## 红军抢渡金沙江

26日凌晨，红五师、红六师由丽江城经拉市、雄古向石鼓开进。左路军在萧克、王震等带领下，在完成监视、迟滞追敌的任务后也悄然行动，翻越鹤庆西山，经打鹰坡、石灰窑和丽江县境内的堂郎坝、九河、白汉场向石鼓挺进，当晚进抵石鼓与先遣部队会合，二、六军团先后到达石鼓会合。

自4月26日下午开始，红军分别从沿江五个渡口，由下而上陆续渡江，首先是前卫红四师从石鼓木瓜房和木取独渡口开始起渡，到天黑前红四师全部渡过金沙江后，沿江北上。27 日，贺龙总指挥、任弼时政委率红二军团部在格子和士可渡江，红五师、六师继红四师和军团部之后分别在石鼓木瓜房、木取独和格子、士可渡江。4 月 27 日是渡江最多的一天，五个渡口全部不间断地紧张摆渡，为了争取时间渡江，红军战士和船工轮流划船，夜以继日地组织渡江。夜晚就在金沙江的两岸的渡口烧起篝火，火光照得满江通红，船工们竭尽全力划船，累了就利用上下船的时间，靠在船边迷糊一下又继续开船。红军队伍就这样通宵达旦紧张而有序地抢渡。为了加快渡江速度，减少渡船的载重量，重机枪、迫击炮和两门山炮及辎重等也用木筏摆渡，骡马则泅渡过江。

当时，敌机曾到石鼓木瓜房、木取独和格子上空投弹轰炸，但因渡口两岸山高，敌机不敢低飞俯冲，有的炸弹投在麦田里，幸好没有伤着一个人，对于红军渡江也无大碍，敌机来时暂时隐蔽，敌机一过照常摆渡。为防敌机空袭和争取时间不间断渡江，红军待渡部队都疏散隐蔽于渡口附近之村落旁和山林里，每个渡口岸边设一个司号员，号声一响，40 来人一队就集合来上船渡江。

红五师之十五团在茨科渡江时，七连所乘的船拉马泅渡时，不敢下水的马用力往回拖，使船调头时失衡沉入大江。在长征途中一只肩膀受伤的贺炳炎师长亲自组织抢救，派出另外一只船急驶前往，救起了二十多位同志。被红军从丽江监狱解放出来尹学富也驾着木筏奋力驶向江面，救出了连长和司号员。七连指导员等 17 名洪湖地区的战士牺牲在金沙江的波涛里，士可船工周长寿也光荣牺牲。

萧克军团长、王震政委率六军团部、教导团和红七师，继二军团后渡江。红二、六军团主力由 27 日渡过金沙江后，沿江向上游挺进；红六师进抵苏莆湾，二军团抵达所邑，红五师抵达大之坝，红六军团部及十七师渡江后沿江北上，经车轴、堆满进抵吾竹地区。六军团往开文村和石香村。担负掩护全军，监视与阻敌任务的红十六师，也于 27 日陆续转进巨甸开始渡江，并派出四十七团张铚秀营长带领士兵在古渡口布防，同侧翼之维西方向警戒。

28日拂晓，石鼓至茨科之四个渡口渡江完毕时，指挥部一排号兵从茨科台上齐声发出胜利的号令。接着大江上下响起了雄壮的军号声，随着一颗颗信号弹腾空而起，标志着红军胜利渡江。追敌随后进占石鼓，缩头缩脑不敢追，只好远距离乱打几阵机关枪，为自己壮胆也给蒋介石交差。红军过江后还从巨甸运送了部分粮食供给。为防止敌人利用船只追击，红军渡江后把船只按成倍价格补助给当地船工后全部沉入江里，临走时，还给了巨甸渡口的船工周全两张从地主家没收来的狐狸皮，老人家做了一个褥子垫，老人一直保存着。



红军在丽江抢渡金沙江自26日下午从石鼓渡口开始，到28日下午巨甸渡口胜利结束，经过四天三夜紧张的抢渡，红二、六军团18000人马从容渡过了天险金沙江。红军经过丽江县境，主要为纳西族聚居区，纳西族都讲本民族语言，但是地方文化深厚源远流长历史悠久，被喻为礼仪之邦。红军长征过丽江，得到了纳西族群众的热情欢迎和支持拥戴，红军在丽江虽然是紧张的过路，但是仍然有14名青年参加了红军，随军长征北上。其中，石鼓的王玉清参加了六军团到达陕北，抗战中在三五九旅，曾参加南泥湾大生产，新中国成立后退休回乡。还有一些在途中负伤的红军战士留在丽江疗伤，后来在当地群众掩护下继续北上。其中有一位女红军钟幺妹因为重伤留在了丽江，后来嫁给了当地一位陈姓青年，他们的儿子陈少华先生和家人至今生活在丽江。

## 红军精神代代传

时光如水流逝，红军长征过丽江的往事却历历在目，红军长征的精神永远留在了纳西族群众的心中。

每年，这里的人民都在用不同的方式纪念红军长征这一举世瞩目的壮举。近年来，丽江成立了红色文化研究会、组建了红色文化艺术团，开设了红色文化大讲台，用人民群众喜闻乐见的方式共同传承弘扬长征精神。

趁着假日，我带着孩子重走了一段当年红军长征的路，我们缅怀在长征途中英勇献身的千千万万个革命英烈，也希望孩子们在幸福美好的生活环境里不忘党和国家的艰辛历程，让革命先辈的精神永远鼓舞着我们、照亮我们新的长征路，让红军长征的精神代代相传。

（和松阳，纳西族，中国纪实文学研究会会员，云南省作家协会会员，中国少数民族作家协会会员，在长期的基层纪检监察中笔耕不辍，对边疆民族地方的纪检工作有所研究，作品散见《中国纪检监察报》《云南纪检监察》《云南法制报》《中国日报》，著有文集《保护我们的家园》《丽江儿女》，剧本《妈妈去哪儿了》《遗忘的时光》，中篇小说《神路图秘密》）

# 古医传承有来人

## 和松阳

古老而神奇的民族医药是民族优秀文化的瑰宝，其中闪烁着少数民族的智慧与勤劳。民族地区因其独特的自然条件和生活习俗，在长期实践中形成了对某些疾病独特的诊治方法，积累了宝贵的治疗经验。而且，因民族医药或多或少地笼罩着一层神秘的光晕，我一直心向往之。那么，对于这一领域的传承人，我更是抱有好奇之心。

一个阳光灿烂的周末，我们来到了丽江纳西族民族医药《玉龙本草》的传承人和德绍老先生家。和老先生居住在丽江城北一个种满各种花草盆景的小院里，院子里向阳的走廊里一头用一张小凳子支着一个大簸箕，里面晒着一些刚采集的中草药，另外一头摆一张干净整洁的桌子和三张褐色的藤椅，藤椅之间的几上摆放着几盆生机盎然的绿色植物。

知道我们来访，热情好客的和德绍老先生早已在桌子上摆出了最好的茶和各种水果。这是我第三次到他家，第一次是市纪委一本由我主编的杂志中采用了老人家的一篇文章，考虑到和老已年迈，我带着微薄的稿费来找他感谢并再度采访；第二次来是在和老主编的新版《玉龙本草》出版后，来采访并向他请教纳西族中医药的发展方面的情况。记得那几天我因晚上加班劳顿有点虚咳，他就给我配了点他玉龙雪山的草药，回去煨着吃了，果然三天便好。为了感谢老人家的关心，这次我专门带了点春茶来拜谢，同时还有几个学术方面的问题想再度请教。

一见面，和老就高兴地招呼我们落座，看到他步履矫健鹤发童颜的样子，我开玩笑地问他是不是还有什么珍藏的养生秘方。他乐呵呵地告诉我们刚从黑龙潭公园锻炼回来，说每天坚持锻炼也是一个良方。已经 83 岁高龄的老人家依然声若洪钟，生性直率的他语言也爽朗明快，就着我的话题，他很快就打开了话匣子，如数家珍一般娓娓道来。

回忆往昔，和德绍老先生无限感慨。1940 年，他出生于丽江大研古城里的一个中医世家“绍恒堂”。因从小在药房里长大，他对中医药产生了浓厚的兴趣，在他童年的记忆力，家里就有各种线装的医书。1959 年，和德绍考入云南省畜牧兽医学校。1962 年毕业后，分配到怒江州泸水县从事科技工作。1977 年，从怒江调回丽江地区永胜瓷厂，成了该厂医务室的一名医生。1979 年又调回丽江地区农校任教，长期讲授中医兽医及药材班的中医理论，并编写中医理论教材讲义。

随着年纪的增长和工作阅历的丰富，和德绍对古籍《玉龙本草》的实用价值、历史地位、重要意义认识越来越深刻。同时，《玉龙本草》在潜移默化中也促进了他的工作研究。他在丽江地区农校工作期间撰写了多篇关于医药方面的著述论文，其中《用茶麸隔散治疗仔猪白痢病》中药制剂论文，1993 年 2 月在《中国兽医杂志》转载并获评丽江地区科技进步二等奖。

1998 年，和德绍退休后。面对家里成箱的医药古书，时年 58 岁的和德绍决心退而不休，发扬“绍恒堂”精神，让新版《玉龙本草》出版问世，让人们重新认识《玉龙本草》的魅力。2012 年，和德绍主编的新版《玉龙本草》基本完成。在随后的 4 年时间里，在丽江市医药协会、丽江雪山书院的帮助下，集中进行文字录入、图片拍摄、编辑校对、排版设计等工作，同时聘请相关专家进行评审校订。新版《玉龙本草》约有 31 万字，分为上下册，结合丽江的环境、气候、饮食习惯等，内附 368 种草药图谱，328 种标本扫描图，同时附有药方、验方、家藏方、方剂方及医药录，共 1600 多个方剂。

其实，二十年前我就是和老师的学生。那时我在丽江地区农校读林业学专业，老师常常带我们收集一些玉龙雪山的植物标本，我喜欢把植物标本夹在书里，读书的时候偶尔还拿出来闻一闻，那种书香与植物标本的气息混合在一起的味道也让我特别喜欢。和老师大部分时间会在隔壁班的畜牧兽医专业任教，偶尔也会来我们班里上课，他那清瘦的高个子在讲坛上一站，“之乎者也”的古风雅韵就来了。有一次，当他讲到植物学标本及药理知识的内容时，突然变戏法似的从桌肚里掏出一个夹着各种标本的讲义，小心翼翼地举过头顶给同学们看，拖着长长的音调说“山玉兰者，此物是也——”说完还要停顿一下，用一种近乎得意的眼神看着眼前这群懵懵懂懂的学生，然后又迎合着同学们的好奇说道：“欲探究真理，就得认真求索，诸位不妨过来仔细观看。”随后，他又条分缕析地给我们讲解每一种玉龙本草植物的药性特征……他很少照本宣科，对所讲的植物标本似乎都熟谙于心，那时候，我们并不知道他是《玉龙本草》的传承人。

2016 年，和德绍老先生编著的古籍药典《玉龙本草》新版出版问世，邀请我们参加在丽江雪山书院举办的首发式，那时候，我才知道他是丽江历史上有名的“绍恒堂”的后人。“绍恒堂”是丽江古城一个以医德著称的一个中医世家。相传和德绍老先生的祖上在丽江古城继祖业设医馆行医，其医术高明，医德高尚，特别擅长于伤寒疑难杂症，经常免费为丽江古城及附近农村乡民看病。有时“遇贫者，以银两置内，令自捡之，靡不感其阴德”。

据和德绍老先生介绍，他的曾祖父和介山于清道光年间在古城文治巷设“绍恒堂”行医。和介山精于诊治瘟病、伤寒肋痛，他吸纳了传统医学理论，集多年的临床实践经验编写了《玉龙本草》，该书收藏 500 余种药物并详细记载药物的生长环境、采挖时间、加工方法及临床效用等，还收集了部分纳西族的传统药物及单方、验方，为云南第二部药典。和介山还著有《瘟病心验集》《玉龙本草备要》《伤寒疾注》《伤寒秘诀录》等专著。民国时期第三代和纯候，采集整理 386 种标本充实了《玉龙本草》。云南省卫生厅药品检验所曾育麟教授认为《玉龙本草》是一部医药之大成，“是继承发扬祖国医学遗产，研究兄弟民族医药遗产，研究兄弟民族医药卫生、本草学、植物学、生物学和史学工作的重要参考文献”。他先后于1952年、1953年、1954年数次到丽江向“绍恒堂”传人采访、收集标本，1959年亲自修订遗留残本，更名《玉龙本草图影》，由云南人民出版社总发行875本。

和德绍老先生告诉我们，为了让《玉龙本草》这朵中华民族医药大观园的奇葩造福于民，他从学校退休后，多年来年潜心研究总结祖祖辈辈积累下来的经验，致力于《玉龙本草》的增补和再版，将这些经验中的本草植物图谱、本草备要、伤寒疾注、伤寒秘诀录、术素得心、经验良方、验方摘录、纳西民间医药单方、偏方、家藏秘方、验方、方剂等1680多种材料，64个医案加以补充整理，供后人参考。在雪山书院和国相等同仁的协助下，和德绍老人家的心愿得以实现。2016年7月，新版的《玉龙本草》出版问世，同年7月30日，在丽江古城雪山书院举行了首发式。当我们看着眼前这套凝聚了数代人心血的两册厚厚的民族医药珍品藏书时，似乎看到了先辈们为了采集标本，早出晚归跋山涉水行走于玉龙山脉、金沙江畔山山水水间的背影。

当谈到多年来的辛苦探索，和绍德老人家自豪地说：“我的辛苦没有白费，能为社会做点贡献我心里也高兴！”说着老人家转身从里屋拿出许多获奖证书给我们看。2015年和德绍被评为古城区非物质文化遗产《玉龙本草》传承人，2016年被云南省民族民间医药学会授予“文化传承奖”，2017年11月21日，获评第四届全国少数民族医药工作表现突出先进个人，2019年获科技部和中国民族医药协会颁发的民族医药著作一等奖。

“我们纳西族是一个开放、包容、和谐、友善的民族，也是一个善于学习进步的民族，《玉龙本草》与李时珍的《本草纲目》相互印证，是内地汉医学和边疆民族医药彼此融合的例证，也是数代纳西族人民共同创造传承守护的文化遗产！”和老先生不无感慨地说道，“我们自称炎黄子孙，将炎帝与黄帝共同尊奉为中华民族人文初祖，成为中华民族团结、奋斗的精神动力。然炎帝被尊为五谷神农大帝却鲜为人知，相传炎帝亲尝百草，用草药治病，我们要把祖先的优秀文化传承好、发展好，让这朵中华民族医药文化大观园中的这朵奇葩真正造福于民！”言谈间，和德绍老人家的语言充满了文化自信的力量，他那矍铄的神情也透出他内心中的豪迈情怀。

自古以来，求索者探索的脚步似乎从未停息，中国人民对中草药的探索经历了几千年的历史。中草药是中医预防治疗疾病所使用的独特药物，也是中医区别于其他医学的重要标志。据统计，目前各地使用的中药已达5000种左右，把各种药材相配伍而形成的方剂，更是数不胜数。中草药的疗效在当今世界上越来越被重视，像中国的针灸、中草药的熬制都深入到世界各地，而中药的可研究性给我们很多不同的可塑性。中国是中草药的发源地，中国大约有12000种药用植物，这是其他国家所不具备的，正是因为有了一代代像和德绍老人家那样地对中草药和中医药学的深入探索、研究和总结，使得中国的民族文化得以代代相传承造福于民。

我们这个时代，需要更多像和德绍老人家那样的传统医学传承人，让沉寂已久的传统中医药包括民族医药事业重现光芒！

# 千古匠心存大道

## ——白族木雕的生存智慧

和 龙

穿行丽江古城上的狮子山，见到几位白族妇女背着满满一篮红土，艰难地在石板路上行走，累了就坐在路沿。经过简单的交谈，原来她们在这里帮居民翻修一栋老宅。在丽江，很多匠人都是白族，他们用匠心传承了木雕技艺。在丽江古城，很多建筑融合了白族木雕的风格，白族木雕主要的特点就是“精”，精心，精细，精美。“雕工承祖巧金石木玉入艺，刻技练自精花鸟草虫总诣心。”白族木雕在漫长的历史长河中，渐渐地融进了丽江，在丽江这个包容、开放的氛围中绽放出绚烂的光彩，成为丽江文化的一部分。

在云南的南北派木雕中，北派木雕在千年的岁月沉浮中由滇西北白族手工艺人传承至今，形成自己的特色。随着追寻白族木雕的脚步，我仿佛看见白族木雕文化这卷长长的历史卷轴缓缓铺开，看见他们在漫长的历史长河中被反复锤炼、敲打、磨砺，经历探索、兴起、危局、融合、复兴，始终艰难地探索着。这，也沉淀出白族人民的生存智慧，成就了白族木雕的灵巧与厚重。

随着近千年的历史注上心头，个中滋味，五味杂陈。我想大凡成功，做好自己的事很重要，而这必定要更加用心，白族木雕文化的生存智慧包括了内敛之心、大爱之心、独具匠心、天地良心。

进不求名，海纳百川。滇西北的白族同胞居住在汉、藏、纳西、彝等民族之间，白族文化既传承了本民族的文化精髓，又融合了其他民族的优秀传统文化，使得白族文化多姿多彩，又被传统有机地形成维系血脉的纽带，他们如同海绵一样吮吸着各方精华。如白族木雕中的右旋白螺图案，来源于“藏八宝”中的法螺，是典型的藏族佛教图案。木雕中常见的卷草纹，是加以中原文化的审美改造而成的。同时，白族文化又融合了宗教文化，他们的信仰包括佛教、本主、景教、道教等。白族容纳了很多价值观的存在，多宗教与他们和谐共存。在许多白族木雕作品中，出现的不仅有佛教各分支的形象，还有道教、佛教人物与本主宗教中的形象混用。多种宗教文化艺术为白族木雕艺术的展现提供了丰富多彩的素材，创造了极大想象的空间。在木雕文化中，他们进不求名，不刻意求新求变，木雕融合众家所长，有容乃大。白族工匠在建水文庙、石羊文庙、狮山正续寺、建水朝阳楼、景谷迁糯寺、丽江五凤楼、迪庆归化寺等过程中都留下艺术手迹，明初许多优秀木匠多次应召入京，嘉靖年间还参加了故宫等大型宫殿的建设。甚至还有许多白族木雕远销海外，成为云南省的出口商品之一。无数匠人默默雕刻，不骄躁、不冒进、不突兀，千年的风云变化，历经了繁华盛景，也耐住了寂寞平淡，吸纳八方文化，成就了白族木雕的海阔天空。

退不清高，赓续文化。滇西北始建于明代的将军洞，具有浓郁的白族建筑风格，主要建筑有门楼、戏台、大殿、财神殿、娘娘殿等，飞檐斗拱，雕梁画栋，浓色重彩，华丽壮观。据史料记载，唐天宝年间，南诏背唐而与吐蕃为谋，唐王朝先后派鲜于仲通和李宓领兵征讨，皆被南诏王阁罗凤打败，李宓更是全军覆没，自己也沉江而死。打胜的阁罗凤并没有大肆庆祝，而是收拾唐兵尸骨，于西洱河南岸筑“万人冢”，并立“南诏德化碑”以纪念，表现出白族以退为进的精神品质。后来阵亡的李宓还被当地百姓尊为利济将军，奉为上村本主，将军庙直到现在都一直是供奉本主的场所。有联题在将军庙，其中一句曰：“览不尽，乾坤聚秀，归来游子，风花雪月任人评。”同时，踏实勤奋的白族工匠为了生存，不惜背井离乡，雕刻的风格也不墨守成规，随着环境的不同而改变，朴实无华的性格让他们能够在所到之处牢牢扎根。“我家丈夫出门去，去年栽秧说回来，秋收过去不回乡，今年播种盼他归，没回。”“菜园荒成跑马场，水口水门草丛生。”《出门调》《鸿雁带书》等传统白曲唱出了木匠们外出的辛酸，也唱出了家人们对他们的思念，更折射出了木雕艺人们外出劳作的普遍情况。白族木雕退不清高，积极融入，并在无数个朝代更迭中赓续了自己的文化。其实，他们又何尝不是华夏文化的一个部分，白族木雕从无数细节体现出中华各民族“你中有我、我中有你”、“同宗同源”、“同源异流”、“多元合流”等特点。有一种生存之道，就是融入。难能可贵的是，他们在融入之后还能更好地保留自己的本真，在大潮中依然保留住了特色和灵魂，成就了白族木雕顽强的艺术生命力。

唯工匠心，雕不厌精。白族工匠对建筑安全性十分重视，也影响了木雕艺术的样式。有圆雕、浮雕、透雕等，他们在雕刻的过程中，注意保护雕刻木料整体性，整体风格细腻而不琐碎，大气却不粗糙，主要出于实用的需要，使得白族建筑和家具稳重大方，美观悦目，实用美与艺术美结合得恰到好处。白族木雕图案简繁皆有，他们喜欢图案“对称”，使之有平衡感，白族木雕图案中这种对形式美“平衡”的需求与社会文化环境有关，受到白族的哲学思想的影响，白族人民始终追求一种“平衡”，正是这种思维方式让他们拥有了将多元文化一体化的能力。白族雕刻的主题充满了“祥、福、美”，图案中有祈祥的“鳌鱼”等，祈寿的寿桃、佛手等，求子的石榴、松鼠葡萄等，祈贵的狮子、二甲传胪、鹭鸶登莲等，还有具有喜庆寓意的“喜鹊登梅”、“太平景象”、“必定如意”等，都具有“祈福”性质。通过组合或者谐音的方式传达了祈福的目的，是木雕图案中的重要元素，也是审美主题。在工匠的思想意识中，求吉祈福和避祸防害是一种精神功利目的的两种达成方法。对于“龙凤”图案，白族匠人们创造出了“草龙草凤”图案，将龙身或凤身与卷草纹融合，除了具有祈福、避祸的意义，还体现出对皇权的敬畏。对于他们来说，好的作品绝不仅仅是雕刻技艺上的取巧，更是内心信仰和个人审美情趣相结合的完美传达，巧手、锋刃、细工，都是传达过程中的假借。他们对木雕追求精益求精，祈福的内容又利于大众接受，成就了白族木雕内容和样式的“双精美”。

利和于民，追求大同。白族木雕中有很强烈的和谐之美，一是很注重对周边兄弟民族文化的吸纳。在文化艺术方面有许多共通之处，并大方地体现在木雕上，许多图案都会让周边民族有似曾相识的感觉。二是很注重对大自然的热爱。希望把自己融入自然，欣赏自然的美，享受自然的美，把自己生活环境中的动物植物，尤其是花鸟鱼虫描绘雕刻到自己的物质生活资料和器具上，在心理上给了使用的民众以和谐舒适和轻松愉悦。白族木雕的审美样式是建构在和谐与大同的基础上的，他们认为只有和平是百姓之福，只有国泰民安才能过好日子。在白族的木雕文化中，和谐与大同普遍存在。三是很注重中华文化的多元一体。白族工匠在历史上受主流文化的影响很大，因此在白族的民居装饰上，常常能看到中华文化多元一体的特色。在他们的格子门（格扇门）上雕刻的图案有“西厢记”、“八仙过海”、“渔樵耕读”、“博古陈设”及“花卉翎毛”等，在民居的大门门楼上，有的门头饰以飞鱼，取意“鲤鱼跳龙门”，在进门后迎面的照壁上通常书写的文字是“福禄寿喜”、“毓秀钟灵”、“紫气东来”等吉祥语。从白族木雕可以感受到一种文化和谐的亲切和温暖，感受到满满的祝福，而白族匠人也不刻意追求金钱的多少，对于乡里乡亲，无论是需要修建房屋，还是需要帮助打造必要的家具，他们都义务地相互帮助，出工出力，不牵涉任何金钱，“任凭弱水三千，我只取一瓢饮”，这也是他们受到民众喜爱的原因。其实白族木雕一直在成就所有人。将其他文化中先进的内容和适合本民族的生产生活、社会经济等融合在一起，成就了自己民族的风格。他们尊重每一个民族的风格，按照传统风格认真完成每一件作品，吃苦耐劳和独特的匠心成就了周边民族的需求。白族人民的匠心还体现在浓厚的家国情怀中，所以出现了无数匠人为了抗日救国而修筑滇缅公路；出现了茶马古道上各族儿女在民族危亡的生死关头，化解民族矛盾，共同团结抗战的壮丽画卷。白族人民的性格主要表现为爱国爱乡、孝老爱亲、在家尽孝、为国尽忠、维护国家统一、倡导民族团结、国家利益优先的责任担当意识，讲仁爱、重民本、守诚信、崇正义、沿和合、求大同的价值观，成为流淌于丽江各民族血脉中的文化基因。成就了天下一家的大爱。而深受这样思想影响的白族匠人遵循着“只有走向世界才是世界的”哲学，共同成就了白族木雕的和谐与大同。

传说中纳西族的保护神阿普三多其中一个妻子是白族，白族人有着热情大方的性格，对生活却又细致入微，不但能够吃苦耐劳，还处处体现出白族人民的聪慧、勇敢，我的妻子也是白族，对白族人民的了解也促进了我对白族木雕的理解，能够感受到白族人民将他们的性格和优良品质用木雕完美地演绎了出来。同时白族木雕承载着丰厚的历史记忆和独特的文化韵味，多年来，它一直享有“中国西南第一木雕”的美誉。如今，传统的白族木雕工艺对年轻一代逐步失去吸引力，很多手艺人多利用机器大批量生产木雕制品，手工雕刻的工匠们越来越少。老匠人们说，他们的传统技艺主要是以口传身授、手工操作，这样的传授方式在现代社会失去了赖以生存的土壤。在构思、选材、雕刻、漆饰、打磨等制作过程中，每一门都包罗万象、不可或缺，厚重是他们的特点，未来何去何从，整个民族也都在思考。值得庆幸的是，位于白族聚居区的剑川木雕在 2011 年被列入第三批国家级非物质文化遗产保护名录，现如今的剑川木雕已经扬名内外，相信在以后的时间里，剑川木雕发展会越来越好，会创作出更多的木雕珍品。

白族木雕的兴起和发展并非偶然，而与特殊的自然环境有着密不可分的关系，保护好生态环境，不仅是白族匠人生存发展的基础和条件，也是保护家园生态安全重要责任担当，意义极其重大。直到现在，白族人民始终在走生态优先、绿色发展之路，除了生态原因，还有建筑业兴盛、宗教盛行等多种因素，更主要的，我想有四个方面：进不求名，低调做人做事，包容，进取；退不避嫌，积极融入主流文化，杜绝闭门造车，杜绝狭隘的民族主义；唯工以精，勤劳，勇敢，用出色的作品吸引人，打动人，留下了好的口碑；利和于民，他们始终站在民众的立场来想问题，始终站在大同的角度想问题。



很多的白族传统工匠并不追求扩大经营，或者追求赚大钱，他们遵循的都是始终认真做好，并且努力做下去，让自己不要倒下。对于其他的竞争对手，也没有要主动出击、战胜别人的想法。

其实，历史上所有被白族木雕打败的，都是他们自己打败自己。在滇西北被白族木雕打败的，也多成为云南北派木雕的一员。



而这，也就是白族木雕最重要的生存法则。

（和龙，中国纪实文学研究会会员，毕业于西北民族大学社会学专业，现供职于中共丽江市委宣传部，曾在村，乡，镇，县，市多岗位锻炼，上过山，下过乡，扑过火，扛过枪，自幼爱好文学，作品散见于中央，省，市级各类报刊）

# 火草麻布寄乡愁

## ——彝族他谷人与非物质文化遗产火草麻布纺织

和　龙

二龙坡上腾起了大雾，
太阳又在山中迷路，
他谷的老爷爷说，
只因美得义无反顾。
炊烟拂过神仙酒醒处，
森林画出绿的弧度，
慈祥的老妈望向，
传说中英雄的归处。
驼铃声似乎还在响彻，
踏着那山花满路。
大山深情地传颂着，
这里的春风常度。

在祖国西南的大山里，有一个坚毅的民族，他们热情好客，却又腼腆内敛；他们诚实笃定，却又充满欢乐。不去刻意寻找存在感，或许是这个古老民族一直以来的状态。

东山全是山，人们往返穿梭于山里，吃在山里、住在山里、活在山里、葬在山里。他谷人大多居住在云南省丽江市永胜县东山傈僳族彝族乡，他们与彝族、傈僳族、汉族杂居在一起，缘于脱贫攻坚，我们也曾与他们同吃同住，同喜同悲。据考证，早在唐朝贞观年间，南诏王异牟寻就从洱海周围、金沙江上游移来白族、彝族、傈僳族等先民，其中游牧于程海、崀峨一带的部分“施顺部落”，是今天崀峨人、他留人、纳咱人、他谷人等的先民。他谷人被划为彝族的支系，构成十分复杂，有的是外面迁来的汉族，有的是其他民族，也有的说祖祖辈辈生活在这里。我想问出这个民族的前世今生，因为他们没有自己的文字，也没有族谱之类的东西留下来，现在的人们也很少知道过去；我想去网上搜一下这个民族，却没有发现一篇写他谷人的论文，甚至连百度百科都搜不到，这似乎是一个被世人所遗忘的民族。我想找一下他们的不同之处，却发现他们的并没有特别明显的特点，发现也就是婚丧嫁娶，有时会请东巴做做法事。直到与他们无数的朝夕相处后，我得出一个印象，这个曾经与彝、傈僳等少数民族在夹缝中艰难生存的人们综合了周边多个民族的特点，磨去了自己身上许多独特的棱角，在大山中的各个民族之间获取生存空间，已经成为一块光滑的鹅卵石，只要需要，他们是周边各个民族的“自己人”。他谷人至今还有一些老人与妇女保留了传统的手工纺织技艺，用火草和苎麻混织而成火草麻布衣服。据文献记载，中国西南地区的彝族、纳西族、壮族、苗族、傈僳族、怒族等少数民族均有采用野生植物的叶子作为纺织原料的传统，这个技艺至今仍在世代相传，火草麻布纺织技艺也成了非物质文化遗产。

我们曾经参观过妇女们的培训和手工纺织的现场，火草麻布传统纺织技艺十分复杂，主要采用了“脱胶沤渍、搓绩麻纱、上车纺布”三道纺织工序，纺织流程具体包括剥麻、刮麻、洗麻、绩麻、纺线、量线、煮线、洗线、漂揉麻线、绕线球、布线、穿线、织布等步骤。技艺的流传，需要无数人们的耐心、协调、团结、勤劳，还需要当地有足够好的自然环境。我多次提笔想要记录，无数次踟蹰后，发现这个传统纺织最重要的不是它的工序，而是这个民族的温度，他们的服饰更是浓浓的乡愁。

## 他谷人的传统纺织离不开祥和的居住环境

在他谷人聚居村它谷坪的文化活动中心画着一幅墙画，他谷妇女正在用纺车纺织，旁边有着孩子嬉戏玩耍，有带着泥土踏进家门的汉子。如果没有这样的山，这样的人，那些在家安心纺织的女人们可能都已经外出了。现在的他谷人家中已经看不到那些纺车，听说过去纺车都会存放在正房内。他谷人住房挺有特点。他们的正房修的是瓦房，大多是两层楼房，楼下中间部分凹进去一块地坪，房间一般分成三间，两边是住人的，中间是堂屋。过去很多人都把纺车放在堂屋外，上楼一般要从正中间的堂屋穿过去，堂屋里设有神龛，有个火塘，作为简易的厨房，里面有上二楼的梯子，这就是堂屋全部的结构。记得刚去的时候，大多数他谷人家最大的电器就是电灯，我们离开的时候，家家户户都有电视机了，大家的祥和生活有了更多的乐趣。上了二楼，基本都是通风的，没有窗户，也没有护栏，主要功能是用来储藏粮食、晒核桃、晒天门冬、挂猪腿，过去也会储存一些用于纺织的火草和苎麻。他们的房屋与农业、生活结合得十分紧密，体现的是实用主义，等到采摘花椒的季节，整个屋子都是花椒的香味。这几年，很多他谷人建起了平房，修起了洋楼。因为房屋都是依山而建，围墙修得很矮。到了春天的节日，他谷的人们穿着自己纺织的麻布衣服，饭桌摆在院子里，炒上一只鸡，摆满各色美食，炸上一盘蜂蛹，倒上一盏老酒，望着外面一片郁郁葱葱的高低起伏地貌，风成林，花成灾，江山无限，微风拂过，小伙子想着长相厮守。




## 他谷人的传统纺织离不开勤劳的人们

绝大多数的他谷人都有两个住处，一个是家里，一个是“窝子”。因为独特的地理条件，山多人少，因为承包的土地特别多，他们的林地都是几十亩到上百亩不等，时常会有他谷人指着某个山头对我们说，“看！整个山头都是我的。”他谷人在山里种满了核桃和花椒，在林下会套种一些天麻等喜阴的作物。往返回家不方便，就在自己承包的山林中建起“窝子”，根据时令的不同，他们采菌子、摘水果、挖天麻、收核桃、采花椒、熬桉油，同时，他们会把树林和灌木丛中的火草小心翼翼地保护下来，有的还会种一些苎麻。由于火草的纤维强度不够，常与麻、棉混合使用，他们种植苎麻，纺织的衣物能够增加更多的韧性。他们纺织的衣服做工精细、质地优良、冬暖夏凉。纺织工具主要有腰织机和架织机。腰织机虽然结构简单，但已具备了织造的基本功能。架织机是在腰织机基础上改进和发展的机型，织造者坐在木质机架上操作，较为方便省力。无论是何种形制的织机，主要有穿线的梭、紧线的打纬刀、锁定布匹宽幅的筘、分线的棕、用来脚踏的蹑等构件，操作时都遵循开口、引纬、压纬、送经、卷布等加工程序，才能变成用来制作衣裳的布匹。这些工序需要不厌其烦地工作，一个不勤劳的民族是驾驭不了、也传承不下来这些技艺的。

## 他谷人的传统纺织离不开浓浓的乡愁

他谷人对孩子很用心，有次我们去到咩德沟，一位严厉的妇女正在教育两个没有好好写作业的孩子，后来我们才知道两个女孩的亲生母亲失踪很久了，她把两个孩子抚养长大，视如已出，后来我们单位挂钩的同志买了书和文具，到她家给孩子们辅导功课，现在她们的成绩还挺好，时常会念叨那位给她们买文具的大哥哥。他谷人能够明辨是非，记得我们去到左知母村民小组长家中，左知母近几年环境卫生逐年变好，村容村貌越来越美，贫困的村庄越来越富。但是想干事、会干事的组长因为太认真，常常被村民调侃，他气不过，刚写了辞职报告。为了看看他工作是否扎实，我们挨家挨户走访，觉得这个组长干得挺不错的，跟他说格局还要放大点，鼓励他继续努力。村民调侃归调侃，眼睛还是铿亮的，到了选举的时候，大家选的还是他。他谷人心地善良，他谷坪一个小伙子，平时喜欢在村里打打台球，有次他一出门，一个素不相识的傈僳妇女没有掌握好方向，骑着摩托就朝台球室撞了过去，他被撞倒疼得要命，但没有大碍，怒气冲冲地站起来，却看见那个婆娘满脸是血，吓得立刻背上送卫生院，卫生院也只能简单包扎，他找车子又把人家送到县城医院做了检查，还把撞他那妇女的医药费给垫付了，不过这里没人说他傻，大家反而因为这事又很敬佩他。他说不认识那个婆娘，但看她摔成那个样子，无论如何也不能图什么回报。他谷人很讲孝道，家有一老如有一宝，在家里很尊重老人，村里有孤寡老人，他们都会轮流去赡养，力所能及地帮忙。他谷人很有集体意识，疫情期间，也有亲戚从不报告就从外地悄悄走山路回来的，他们把饭摆在大门口，第一时间通知有关部门，然后让外地来的亲戚们吃了饭去山里“窝子”中自我隔离，通过群众的严防死守，圆满地做好了防疫工作。他谷人十分感恩，有工作队员要离开，村委会和村民做了“默默忙跋涉，黎民岂不知。功劳安可论，盖世即躬身”的牌子送给他们。走了以后村民们隔三岔五会打个电话过来说要寄核桃、寄花椒、寄蜂蜜、寄火腿，虽然没有要，但能够感受到他们深深的厚爱。据说传统纺织技艺过去有“七十四道麻线工序”、“三十六道火草工序”之说，正因为有了这些可爱的人，才能在没有利益和收益的情况下，仅凭着一份感情和乡愁，大家就共同把这些复杂工艺传承下来，毕竟他谷独特的民族服饰如果自己不去制作，全世界也买不到，现在很少见到他谷人的民族服饰，我们也很担心什么时候会消失。

## 他谷人的传统纺织离不开绿色的自然环境

记得他谷的前辈们说，曾经一位村民走到森林深处，发现一个狗熊窝，有几只小熊在睡觉，他觉得十分可爱，就抱了一只就往回走，就快走出森林的时候，小熊醒来肚子饿了就开始叫唤，母熊在数里外听到了小熊的叫声，飞奔而来，村民来不及躲开，被咬成重伤，他谷人们都说，自然生态不能随意破坏，破坏了会遭到报应的。熊、谷、海等都是他谷人的大姓，代表了他们对于自然的敬畏。现实中，他们用行动点点滴滴地践行着他们对于自然环境的尊重。一直以来，他们不断巩固森林资源的群众管护制度，不准随意偷砍滥伐，在荒山荒坡上种满了核桃花椒，这个阶段是日拱一卒地递进的，原来裸露的红土地都绿了起来，森林覆盖率从 62.7% 提高到了 82%，不但绿了大山，还给他们带来了收入，规模的产业吸引了不少企业和商贩，他们的产供销机制也随着不断完善，生态林产品近几年供不应求。为了让他们居住的环境更加美丽，提升人居环境，挂钩帮扶单位市委宣传部也是不计成本地支持，让他们点点滴滴养成良好的行为习惯。先是掀起了“垃圾革命”，在全村建设了垃圾收集处理池 39 个，从当地的建档立卡户中聘请保洁员对全村公共区域进行垃圾清理。如果说对改善人居环境和卫生习惯最有共鸣的，还是那些他谷女人们，所以我们组建了“巾帼服务队”持续开展环境卫生监督和清洁活动；掀起“厕所革命”，建成公共卫生厕所 11 个，推动建档立卡户卫生厕所全覆盖，改变了村民多年落后的卫生习惯；掀起“厨房革命”，为所有建档立卡户厨房打造收纳柜，确保清洁干净，护航“舌尖安全”；掀起“畜圈革命”，为所有建档立卡户修建人畜分离、畜圈粪污挡墙和收集池，确保粪污有效回收利用。通过无死角的垃圾处理体系，全村人居环境变得更加美丽。挂联单位还在东山成立全县第一家“爱心超市”，通过家庭环境卫生评选、公共卫生服务活动等积攒积分，用积分兑换商品，逐渐激发内生动力。渐渐地量变有了质变，村民的精神面貌更加振奋，乡风文明不断提升。它谷坪村民小组还被评为“县级文明村”，东山村还在 2019 年被“全国社区网络春晚”通过央视网等进行展示……前几年，东山村被列入“国家森林乡村”的候选名单，虽然没有最终入榜，但是这显示了自然环境的不断改善，也是对保护取得成效的肯定。他们敬畏和尊重的自然也没有辜负他们，每年的农历六七月份，还没到收获的季节，是火草最多的季节，也是他谷人采摘火草的最佳时节，他们采来火草的叶片，洗净之后再稍焐，然后将叶片背面白色的绒层撕下捻成线。这个时候也是苎麻收割的季节，收回家后，他们把皮扯下，然后晒干，利用劳作之余系麻线，以备纺织和缝制衣服使用。虽然纺织机很少了，但是他们还在不约而同地重复着这些事情，尽管没有人告诉他们为什么去做。

记得我们刚到东山的时候，穿过一户户的厚实的土墙，钻进一个个黑乎乎的门洞，推开一扇扇吱吱呀呀的木门，那些被雨水冲刷的石脚，火草麻布的布片，无不告诉我们他谷是一支很古老的民族。待到我们离开的时候，一户户宽敞明亮的住宅，一台台智能手机和家用电脑，一座座信号塔，一件件崭新漂亮的衣服都在提醒我们，他谷现在是个小康的民族。我们虽然怀念那些土墙边的火塘，却更为他谷人取得的每一点成就感到无比骄傲。

有时候，我们很希望扔掉那些笨重的纺织机具。

有时候，我们又希望用好那些古老的纺织机具。

或许这个民族就一直在这种纠结中不断地向前迈进吧。

# 钟灵毓秀白沙镇

和 文





玉龙县是全国唯一的纳西族自治县，县城的北面有一个镇叫白沙镇，纳西语叫“崩时”。作为丽江人文标志的重要组成部分，白沙古镇不可不游，不可不赏，不可不细细品读。它位于玉龙雪山下，乃丽江土司“木氏家族”的发源地。早在宋元年代，就是繁华昌盛之地，堪称丽江商贸、政治、文化中心。今天的白沙古镇，仍留存有非常完整的纳西风格建筑和极具价值的文化古迹，可以说，白沙古镇很好地承续了纳西遗风，许多村落富于原生态特色。

白沙镇位于丽江古城以北的国家风景名胜区玉龙雪山风景区内，是丽江纳西文化的发祥地，白沙街是世界非物质文化遗产——“丽江古城”的重要组成部分；白沙是唐代以来纳西族东巴文化的传承中心，东巴文化主要由纳西族东巴世代传承，东巴象形文字被誉为人类文字的活化石，是当今世界上唯一还在使用的象形文字，纳西族东巴文化古籍文献被联合国教科文组织世界记忆工程咨询委员会批准列为《世界记忆遗产名录》；白沙镇是国家级非物质文化遗产项目“白沙细乐”的发祥地，是国家级非物质文化遗产项目“三多节”里纳西族战神“三多”居住千年的家。白沙镇还有许多省，市，县级非物质文化遗产项目和非遗传承人。可以毫不夸张地说，白沙镇历史悠久、地杰人灵、风景优美、文化底蕴深厚，是纳西族东巴文化的圣地、纳西族非物质文化的乐土、纳西族精神的家园……

## 一、白沙镇非物质文化遗产项目和非遗传承人概况

白沙镇有国家级非物质文化遗产项目："纳西族白沙细乐"、"三多节"；省级非物质文化遗产项目："纳西铜器制作工艺"，项目传承人是白沙村委会街尾二组和善钧；"纳西族创世史诗创世纪"，项目传承人是新善村委会新善二组的和振伟东巴；市级非物质文化遗产项目："当美空普"、"纳西族民居营造工艺"、"东巴画"、"纳西族民居营造工艺"、"勒巴舞"、"纳西传统诊疗"等11个，市级非遗传承人分别是：和锡鹏、和爱月、木振贤、和积恭、赵加军、赵其军、和华强、杨志勇、和述龙、和仕军、杨尚龙11人；县级非物质文化遗产项目："手工防纺织技艺（扎染）"、"纳西族刺绣"、"酒制作技艺"、"纳西族黄饼制作技艺"、"鸡豆凉粉制作技艺"、"阿哩哩"、"洞经音乐"、"含哦哦"、"纳西族火把节"等13个，县级非遗传承人分别是：木文、木玉芳、木润良、彭萍（全国五一劳动奖章获得者）、和景诚、和清晟、和海之、杨国芬、和春芳、和积春、和万元、杨春娟等17人。一镇之中，非遗项目竟如此之多，可谓洋洋大观。

## 二、国家级非物质文化遗产项目——"纳西族白沙细乐"

2011年5月23日，"纳西族白沙细乐"经国务院批准列入第三批国家级非物质文化遗产名录，项目序号为：1082，项目编号为：Ⅱ-152，"纳西族白沙细乐"又名"崩时细哩"、"别时细梨"、"别时谢礼"，是纳西先民创制的一部集器乐、声乐及舞蹈相结合的古典音乐套曲，流传于丽江市古城区和玉龙纳西族自治县，据已故"纳西族白沙细乐"老艺人和锡典说，"纳西族白沙细乐"的发源地、发祥地就是

在白沙，也就是纳西语“崩时”，这个细乐是以白沙的地名来命名的。“纳西族白沙细乐”它以白沙古老民间故事《龙女树》为题材，由流传、散布于民间的，反映生产生活、自然界和生态以及表达怀念等感情的一批曲目组成。相传“纳西族白沙细乐”有 12 个调，现存 8 个调，分别是“笃”、“一封书”、“三思及”、“美丽的白云”、“公主哭”、“踩蹉”、“南曲”和“北曲”。乐器有横笛、直笛、芦管、苏古笃、小曲项琵琶、古筝、二黄、胡琴，演奏至少要有 8 人，并以合奏为主，同时也伴歌舞。赤足舞（踩磋）、云雀（“劳马磋”）、弓矢舞（“抗磋”）、白鹤舞（“夸磋”）等在送葬时奏跳。

《白沙细乐》表达了纳西人的生活和情感方式，充分展示人与自然的和谐关系，是一套独具特色的纳西族民间古典乐舞，它保留了民族独特的乐器和唱腔，把艺术和思想紧密地融合在一起，注入了纳西先民丰富、生动的思想情感。《白沙细乐》与《西安鼓乐》《西疆十二木卡姆音乐》《江南细乐》并列为中国四大古典音乐，誉为“最古老的交响乐”、“音乐的活化石”。

然而《白沙细乐》在外来文化的冲击下受到轻视，久而久之，学习《白沙细乐》的人越来越少，又受地域条件的限制，擅长《白沙细乐》的乐手越来越少。经过几十年的岁月流转，原来的《白沙细乐》老乐手一一谢世，而年轻人又都不愿意学习这种很难直接换取经济利益的技艺，更增加了传承的难度，致使《白沙细乐》处于濒临失传的境地。丽江各级政府及相关部门为保护、传承、弘扬《白沙细乐》做了许多行之有效的工作，制定《纳西族民间音乐保护和管理办法》等，成立了“纳西族白沙细乐”协会和传习馆，鉴于此，玉龙县《白沙细乐》传承点为弘扬民族文化艺术，积极组织人力、物力和财力，奋力抢救、挖掘、整理《白沙细乐》。于 1999 年 9 月份在玉水寨成立了《白沙细乐》传承点，聘请和丽民为队长，和锡典的徒弟和茂根为乐师，组建了保护区《白沙细乐》队，招收一批民间艺人为队员，另招收部分青年爱好者参队，共20多人，开展《白沙细乐》的传承活动，1999年10月保护区建成《白沙细乐》演奏厅,《白沙细乐》乐队经过学习、排练，于2000年3月起正式演奏《白沙细乐》七个乐章，2001年，保护区支持白沙完小培养少年《白沙细乐》队，共计30多人，并派出专业人员传授技艺。同年12月，在新善村委会玉龙村招收赵国宝、杨志勇等5个年轻人进行《白沙细乐》的传授。2002年已经培养了和立伟、和卫刚、和绘花、和丽梅、和仕军等一批《白沙细乐》的传承人。2005年8月，保护区《白沙细乐》传承点在不同地方招收了木江梅、赵其云等15人学习《白沙细乐》的演奏。2007年，鉴于塔城乡曙明片区纳西古乐和部分经典歌舞缺失的实际，保护区《白沙细乐》传承点在曙明片区选拔杨丽军、和俊鹏、和俊杰等6位有一定基础的年轻人学习不同的乐器和歌舞，历时5个多月除免费食宿外，每人每月发给400元补助费，为曙明保护区培养了一批民间文艺骨干。鉴于《白沙细乐》在洞经音乐的冲击下，面临着很多古乐队的乐手只会弹奏洞经音乐，而不会弹奏《白沙细乐》的现状。于2009年在白沙镇片区的古乐队里选拔了一批有一定基础的乐手学习《白沙细乐》，除免费食宿外，每人每月还发1000多元补助费，他们已能演奏白沙细乐的全部曲目，全面掌握了《白沙细乐》的传统演奏方式，并每人都具备两种以上乐器的演奏技能，为《白沙细乐》的传承又培养了一批人。2015年和锡典的徒弟和茂根的儿子和凛毅，经国务院批准公布为国家级“纳西族白沙细乐”代表性传承人。

通过20多年的努力，国家级非物质文化遗产——“纳西族白沙细乐”（在玉龙县、古城区各纳西族聚居的乡镇农村简称为“纳西古乐”）得到了较快的拓展，各地都有以一位德高望重的“纳西古乐”老乐手为领头人，几位爱好“纳西古乐”的村民组织起来的某某村纳西古乐队，自己购买各种“纳西古乐”演奏时所需乐器、服装等设备器材，队员们平时自觉定时或者不定时在一起传授、学习“纳西古乐”，在本村或者外村有纳西族老人办丧事时，义务或者收取一些演奏“纳西古乐”费用的方式参与活动。目前，“纳西族白沙细乐”这个国家级非物质文化遗产项目，得到了很好的保护、传承、发展，与此同时，该项目也受到了众多纳西族人民群众的喜爱和赞扬。



## 三、国家级非物质文化遗产项目——“三多节”



2021 年 5 月 24 日，“三多节”经国务院批准列入第五批国家级非物质文化遗产名录，项目序号为：1540，项目编号为：X—166。每年农历二月初八是传统“三多节”，纳西、藏、白族群众汇聚在白沙镇新善村委会玉龙村的三多阁（北岳庙），祭拜三多神，载歌载舞，热闹非凡。“三多节”是纳西族祭祀本民族的最大保护神——“三多神”的盛大节日，也是纳西族法定的民族节。该节源于白沙玉龙村的北岳庙会，纳西语叫“三多颂”，就是“祭三多”的意思。

“三多”是纳西族的本主神灵和最高保护神，传说是骑白马、穿白甲、戴白盔、执白矛的战神，常常显圣，保护着纳西人的安全，唐代建祠祭祀，深受纳西族人信奉。纳西族群众也认为“三多”就是玉龙雪山的化身。

这位天神被人们认为就是“阿普三多”，并当作本民族最大最具权威的神来拜祭。纳西族木氏土司还大兴土木，拓修三多神庙，铸了大鼎和大钟详细记载三多的种种圣迹。忽必烈南征大理国过丽江时，敕封“三多”为“大圣雪石定国安邦景帝”。因传说三多是属羊的，故每年二月八和八月第一个羊日，用全羊来祭祀。庙会期间，不仅远近的纳西人蜂拥而至，邻近的其他民族也来进香，甚至远方的藏族白族也来朝拜。信众之多，香火之旺，皆在丽江所有寺庙之上。

从此，每年的二月初八日和八月羊日，远近的纳西人云集玉龙山麓的白沙三多庙，用全羊作牺牲举行称为“三多颂”的隆重祭拜仪式。人山人海，香烟缭绕，气氛庄严肃穆。届时各家各户也要在家中烹制食品，烧香祭拜。

“三多节”是纳西族的标志性节日，至今已有1200多年的历史，纳西族先民把对自然的崇拜、祖先的崇拜、英雄的崇拜等多种信仰集中在祭祀“三多”上，通过这个节日，不断传承人与自然和谐相处的文化，“三多节”除了祭祀“三多”外，还是集歌舞娱乐、庙会、踏青、赏花、野炊及农特商品交易等为一体的大型纳西族民俗文化活动。

## 四、云南省非物质文化遗产——“纳西铜器制作工艺”

在白沙，手工制作的铜器，犹如飘荡在玉龙雪山上的一道美丽的彩虹，从久远的历史时空中随着纳西族在金沙江沿岸（尤其是以西地区）的定居而辉煌闪亮，并由于金银的稀有和贵重，虽华丽但无法在民间普及，而豪光四射倍显富贵之气的铜器，恰能弥补金银制品的不足，备受民间百姓的喜爱而流传至今，成为丽江纳西族的传统民族手工艺品，历久而不衰，2013年，纳西族传统制铜工艺列入云南省非物质遗产项目名录。

纳西族铜器按原料可以分为紫铜（原生铜）、黄铜、青铜、白铜（后三种为加入了锌、锡、镍等成分的合金）。其中，黄铜的装饰性较强，常打制成脸盆、烛台、灯盏和铜锁等。白铜可以打造成比较精制的工艺品，青铜可以铸造香炉，大鼎或仿古铜器，遗憾的是其工艺可能已经失传。值得一提的是最受丽江民间百姓青睐的紫铜制品，其外观锃亮的紫红色倍显豪华富贵之气，把这样的几件铜器置于房中，顿显满屋生辉，更有胜者，它还有别的合金所没有的功能：在紫铜（火）锅里煮汤，不仅汤色极好，而且味鲜水甜，干菜入锅，竟能煮出碧绿的叶来；绿色鲜菜入锅，也能保持鲜嫩的绿色，味道自显鲜美之味，难怪它能成为老百姓钟爱的产品。

若按它的使用功能可以分为民用器皿和工艺美术品，按加工的程度则可分为粗加工和精加工。前者一般用于粗加工产品，如锅、碗、瓢、盆、桶、烟锅头之类，后者则往往以艺术品的角度来欣赏或收藏，其工艺越精细，欣赏和收藏的价值越高。

手工打制民用铜器则在明朝嘉靖年间木氏土司为加强日用品生产及建造寺庙的需要，向中原各地延请制铜工匠而传入，并在清代逐渐鼎盛起来，有了杨德和杨浪昌创办的“德荣昌”铜器商号，以及有了杨璞坚、铜匠杨伍等制铜技艺高超的工匠。在这历史的长河中，由于社会变化的原因，传至和积宽的时候，此项手工制作铜器的手艺已经是后继乏人了。直到 1980 年，和积宽为了抢救传承此项手艺，召集和作良、木占东、和顺文等 6 人恢复纳西族传统制铜工艺。因和积宽在继承和弘扬民族民间美术传统方面的突出成就，于 1999 年被云南省文化厅特命名为“云南省民族民间美术师”。

和积宽将技艺传予儿子和善均，经过 30 多年的不断执操，在掌握了纳西族传统手工制铜的基础上，和善均不断创新，技艺上有了新的突破，多次在文化产业博览会中获奖，于 2014 年被云南省文化厅特命名为“云南省非物质文化遗产（项目）代表性传承人”，2018 年被云南省人力和社会保障厅认定为“第一届云岭技能大师”，2019 年入选“云南省首席技师专项”。

## 五、丽江市非物质文化遗产——“当美空普”

值得一提的是“当美空普”，因为，这个节日活动在其他纳西族聚居区的纳西族同胞都不过的，仅仅只有白沙人才过，“当美空普”是白沙镇独一无二的节日，具有独立性、排他性，是白沙镇标志性纳西族传统民俗节日。

在白沙街东北角大宝积宫背后，就是“崩时当美”即“白沙祖院”，是纳西族祖先最早居住的宅院，后被木氏土司改为“护法堂”。纳西族东巴教中逝去的祖先都成为神，即“祖先神”，这里是祖先之神居住之所。纳西人死后要按祖先迁徙线路到遥远的故乡，第一站就是要回到“崩时当美”。在这里与祖先会面，由祖先将他带走。“当美”全年大门紧闭，不准人随便打扰“祖先神”，每年正月二十，“当美”开门，这天无论适当的西纳族都赶来朝拜祖先，特别是新婚夫妇虽然成了亲匣不到“当美”拜祖先还不算“合法”，只有拜了祖先就算得到了祖先同意真正成为“合法夫妻”了，所以这一天，一年内才结婚的夫妇便呼朋引伴来到这举行婚礼“最后一个仪式”，整个白沙街人山人海挤得水泄不通。护法堂早已拆除无存，而被称为护法堂开门的“当美空普”这一白沙镇的习俗，几百年来却一直存在并延续了下来。

殿堂正中所塑的这尊护法神像，给人的第一印象真可谓凶神恶煞。能让人产生这种感觉，是与塑像工艺技术高度神形兼备有关。整座神像及两侧的菩萨塑像，均呈乌黑色，张着大口的红舌、红唇、白牙及双目睁圆的眼白，与颜面的乌黑形成鲜明的色彩对比。正殿左侧即为现今还存在的大宝积宫，那里从上到下成阶梯状排列的塑像，却清一色塑成金黄色，所以纳西人称大宝积宫为“海时洛”，其纳西语意与金黄色之地近似。大宝积宫与护法堂之间有一条灰暗的过道可通行，过道的一面侧壁即为大宝积宫的南山墙，据说这堵墙壁有神奇的魔力，人们只要用手掌来回摸一摸，便可消灾免病和摆脱晦气，所以，来这里的人便会摸一摸墙壁，以致使这堵斑驳黝黑的古墙下部，呈现出了一大块光滑色泽。这种摸墙避邪的奇特举动，是还在金山良美被称为达坞罗美的山道上，见路南面一侧有一块光滑的石壁，据说也是被来往于丽江永胜的过路人祈福避邪而摩擦所致。这种行为也令我想起鲁迅先生小时候还曾摸过活无常相对鬼物的脊梁，以求摆脱晦气的故事。先生在多年后写下的回忆文中，还幽默地加了“也许那时不摸，现在晦气还要重罢”一句。看来，护法堂内出现那样一堵近乎神秘的墙壁也不为奇怪。

护法堂正殿开门固定于每年的正月二十日，据乾隆八年撰修的《丽江府志略》上，护法堂词条下，明确记载着护法堂“在白沙。供护法伽蓝，屡著灵异，郡人祈祷，岁无虚日”。既然岁无虚日，哪能有关着门来让郡人祈祷的道理？固定在正月二十，开门举行盛大的“当美空普”祭祀护法伽蓝活动，则近似于古城内正月十五的“弥勒会”。起初也可能只是一种宗教行为，但因为来朝拜的人多，当地人认为可进行售卖饮食等买卖，便逐渐发展成了商品物资繁多的交流盛会。而这种交流会在地处农村的白沙，不可能“岁月虚日”地进行。这样，每年固定时日举办也可以理解的。

这一天，出而来祭祀护法神以外，最主要的是日用商品的交易，特别是农用产品，那时候，几乎约定俗成地在这里进行一年一度品种齐全的买卖，以至于出现“样样都有卖，只有鸡络头没有卖”的俗语。既然有那么多人和商品集中到白沙，在有限的空间内就显得十分拥挤，白沙街上及周围的道路上，只见人头攒动，挤来挤去，极为热闹。有这么多来赶庙会的人，自然就需要有各种饮食的供应。所以白沙街南的街尾村，每年都有七八家摆摊卖凉粉，有些香客即使从家里自带粑粑、火腿、腌鸭蛋，也会买一两碗白沙特产的鸡豆凉粉佐餐，特别是那些东坝子来的白族妇女，他们都会带米饭来，这一天除了凉粉摊外，还大量出售白沙特产的各种糖果，其中除了常见的黄豆糖、紫苏糖、燕麦糖等以外，还有一种只有那天才出售的由红糖再加工制作的泡糖，其销路也很好。特别值得一提的是，那年月名盛一时的白沙核桃糖，因为色泽油亮，口感味道良好，所以外地来的香客，几乎都称几斤带回，以致这天众多商品中，这种核桃简直成了首屈一指的畅销货。

近几年，白沙镇党委政府高度重视“当美空普”节日活动，并借助白沙“当美空普”这一民俗载体，积极开展白沙纳西族文化活动、农副产品交易会，既保护传承了白沙“当美空普”非遗项目，又丰富了白沙纳西族群众的业余文化生活，与此同时还方便了白沙纳西族农民群众做买卖，增加了他们的经济收入。

除上述所提及的之外，其实还有《黑白之战》《东巴纸制作技艺》《东巴画》《纳西族童谣》等国家级非物质文化遗产项目与白沙镇有着千丝万缕的关系，有些是有直接的关系，有些是有间接的关系，只要仔细地去探寻，许多非物质文化遗产项目、纳西族东巴文化、纳西族民俗风情等都能够在白沙找到线索或者答案。

钟灵毓秀的白沙，真正是一处人文底蕴深厚之地。

（和文，系玉龙县作家协会主席，玉龙县委宣传部理论股股长，玉龙县政协文史委委员，玉龙县非遗保护中心顾问，玉龙县老促会副会长）

# 傈僳歌谣叙悲欢

罗今明

常有人戏称，酒与歌是云南少数民族永远的日常生活必需品。热酒一杯，长歌一曲，那就是许多少数民族最为写意的乐趣。

我有幸在永胜县东山傈僳族彝族自治乡驻村扶贫一年，挂职副乡长一年，得以和很多傈僳族同胞朝夕相处。在滇西北的大山深处，我亲眼看见和见证了这一“戏言”，实在所言非虚。

有着“盐，不吃不行；歌，不唱不得”之说的傈僳族人民从古至今都保持着唱歌对调的习俗，在漫长的岁月中，无论劳动方式、生活方式怎样变迁，他们像天生为歌而生的，总是在无时无地凸现着他们的音乐天赋。在婚丧嫁娶中，在交际娱乐中，傈僳族民歌以它朴素感人的风格、热情直白的曲调，成了傈僳族人民的“第二语言”。

傈僳族民歌包括“木刮”、“摆时”和“优叶”等多个歌种。在早期，“木刮”泛指所有的歌和调，随着时间的推移，后来逐渐成为叙事古歌的专称，“木刮”曲调朴实、深沉，具有苍凉、古朴的风格，一般由中老年男子分为两方，盘腿围坐火塘边，各以男、女身份一问一答对唱。对唱时双方都由一人领唱，众人伴唱，领唱者唱一句，伴唱者和一句，吟唱中以酒助兴，边饮边歌。“摆时”形式丰富，在平时及节日集会、庆祝丰收、男婚女嫁等场合都有歌唱，歌词内容涉及多个方面，曲调热情奔放，宜于表露内心激情，深受傈僳族人民喜爱。“优叶”主要内容是追述以前的悲伤、苦难，曲调低沉、速度徐缓。

我想，我所见到和听到的大部分唱曲都是“摆时”，他们大都是即兴的口头语言，大都是欢快的日常对话，甚至都算不上叙事，但却在情与景的契合中，在独特的环境中，反映出傈僳人的生存境遇和民族性格。

## 生存境遇：在苦难与欢快中切换

抛开长篇叙事古歌不谈，丽江地区的傈僳族民歌内容涉及多个方面。有涉及生产生活的《牧歌》《放羊调》《放猪调》《砍柴调》《洗麻纱》《踏歌来》；有赞美山水的《我们傈寨好地方》《傈僳歌谣》；有欢庆节日的《欢乐阔时节》《新年调》《围着火塘跳到十五》；有表现爱情的《阿依然》《伤心酒歌》《不见阿哥来对唱》……这些山歌小调的特点就是反复咏叹，时而高亢悠扬，热烈奔放，时而如白鸟齐鸣，甜美舒畅。

傈僳族长期居住在大山深处，与现代文明阻隔，生活条件非常艰苦，以木柱支撑的篱笆当墙、以木板为顶的“千脚房”就是傈僳族群众的传统房屋。屋上住人，屋下养牲口，夏天室内漏雨，冬天寒冷透骨，如《苦歌》中唱：“无米下锅，粽子做茶米，苦良姜下茶。找米奔四方，空着手回家。”长期以来傈僳族的经济来源主要是种养业，玉米、洋芋、核桃、山猪、山羊……但这些都似乎阻挡不了他们对生活的热情，“吃着苞谷稀饭，哼着快乐的歌”，正呈现出傈僳人民积极乐观、昂扬向上、朴实知足的生活心态和民族精神品质。“今晚难得来相会，一起跳曲开心舞”（《傈僳儿女》），无论今天收成怎么样，尽管花椒、核桃树上还有许多果子没收，在一天的劳动之后，围着火塘在院坝里唱歌总能让人们忘记一切，“赞美的歌何时才能唱完，我们的日子何时才过完”（《生存到永远》）。

我常常想，他们何以能够忍受长年累月的贫穷，他们何以能够在如此艰苦的条件下仍然载歌载舞。在我两年的观察中，我渐渐体会到，长期的生存境遇是这种人生写照的肥沃土壤。当长期的生产投入和产出不平衡，总会产生一种对生活的逃离和对命运的无奈感，是山区群众所特有的心态。显然，这种长期的闭塞对他们的性格禀赋无疑是产生了相对消极的影响，但长期的苦难磨砺也养成了他们对生活的乐观情绪。

善与恶有时仅在一念之间，苦与乐也成了转瞬切换的硬币两面。

## 民族性格：于内敛和直白间摇摆

滇西北山区特有的历史地理条件所形成的自然和社会封闭，带来了傈僳族的封闭、孤立，同时也形成了傈僳族人民特有的保守与淳朴、执着和坚强的民族文化心理，以及兼具含蓄和直白的民族性格。

傈僳族民歌在形式上、叙述风格上正体现这种矛盾的张力。丽江傈僳族大多数山歌小调以直白而简朴的方式呈现，主要依托乐器和肢体烘托气氛。例如，《跳起来》中只有一个层次，“远方的朋友跳起来，兄弟姐妹们跳起来，大家一起跳起来”，用最简单直白的意思，通过反复咏叹，把热情好客的情绪直接呈现在眼前。再如《跟着阿哥走》，“阿妹若是有缘分，就让我们做恋人；阿妹若是有心人，就让我们做情人”，不用比喻烘托，而是直抒胸臆，用直白且热烈的情感表达打动人心。

但很多时候，包括在实际相处过程中，傈僳族人多是内敛而含蓄的。这种矛盾尤其表现在对待婚姻的态度上。傈僳族青年男女的婚姻多为父母包办，多数情况在本乡、本村中选择，尤其是很多女性，在两性关系上还是相对保守。一般喝酒成为家庭矛盾的导火索，爱喝酒的男人聚在一起，围绕火塘，煮上一锅土鸡，一喝就是大半天，喝完酒之后就回家睡觉。男人好酒，妇女要管家务事和孩子，很多的家庭矛盾也就从此引发。

但平时羞于表达的他们，一旦婚姻关系恶化，在选择上显得大胆又热烈。傈僳族女性尽管过去在婚姻问题上是由家族内部及父母决定的，但对于结婚之后的行为规范不足，远离汉文化浸染，使他们受中原文化礼教束缚较轻。常年处于低生产水平和低生活水平又使他们较多地保持了人类原初的生命活力，因此尽管初始婚姻选择不由己，但内心的自我意识、个人情感并未真正屈服，一旦寻找到机会便会努力抗争，随心所欲。各地区傈僳族民歌中都有流传的《逃婚调》，表现出这种不羁性情，男唱："如果妹妹在伤心，如果姑娘在忧愁，阿哥为你分忧愁，哥哥帮你解愁绪。和我一起高飞吧！与我一同远走吧！你已有人也莫怕，你已有主也莫愁。把他扭着丢下崖"，女唱："若是阿哥能分忧，若是哥哥能解愁，妹和哥就一条心，妹与哥是一个身，若是带我去远方，若是领我到平坝"。

在丽江傈僳族一些地区，我曾多次听说婚姻关系恶化而选择与同村的另一户接着过日子的。无论过去还是现在，他们长期与土地为伍、和大山做伴，面对重重阻隔，惯于独处，也渴望热烈和激情。这种矛盾的状态，显示出傈僳族人民既有深沉含蓄，又有热情豪爽的民族气质。热情的歌舞，含蓄的性格，在直白而热烈的声音表达中形成一种多面、复杂的性格构成，这让他们在物资极度匮乏的条件下，把个体的价值凌驾在了家庭之上，活出了另一种方式。

## 审美直觉：身体崇拜的返璞归真

从古代到如今，酒文化持续存在，傈僳族人们的观念是，没有酒就是不尊重，酒文化已经占据了傈僳族文化相当关键的位置，喝酒活动属于整个民族的活动。歌与酒构成了丽江傈僳族日常文化生活的重要的两个方面。

傈僳族人民在长期和自然相处的过程中，拥有自己独特的自然记忆。他们通过看花开、听鸟叫判断农事时间。实际上，由于生产力低下，傈僳族一年平均劳动时间只有 100 多天，其余时候除了照看鸡、羊这些家禽外，大部分时间是闲散在家，这时，男女老少整日畅饮酣醉，便可以让日子在太阳的东升西落中快速飞逝。

歌与酒相依相伴。歌需要酒，酒配之以歌。在酒精的微醺作用下，在火盆摇曳的暖光下，在深山松林的怒吼下，人们借着音乐摆动身体，踏着欢快的步伐。

“端起香甜的酒咧，跳起欢乐的舞咧”（《围着火塘跳到十五》），“手拉手来心连心，手捧美酒同畅饮。你一杯来我一杯，美酒就是醉三天”（《美酒醉三天》）……傈僳族小调中总是随处可见酒的影子。

正如前文一直提到的，在贫困山区，长期的贫困改变了群众的生产生活方式——由于劳动付出长期高于收益这种不平衡的现象，催生了个人对生活的无奈感，进而发展成为一种逃离，转向更加易得的身体愉悦和感官刺激。他们需要在时间的消磨中，让生活显得不是那么乏味。他们需要味道鲜美的，而不是健康营养的食物，酒作为传统饮品，自然成了最为流行的“必需品”，酗酒之风也由此而来。

走进丽江深山区的傈僳族，我们无法美化它物质的落后，却不得不感叹其坚忍淳朴，创造了丰富多彩的文化；他们忍受了长年累月的苦难和贫穷，也落下了因循守旧、封闭保守的顽疾。

但改变，正如积弊的养成，总是悄然发生。

近年来，丽江市、华坪县出台了很多支持傈僳族文化发展的政策。虽然丽江的傈僳族民间歌舞没有作为国家级非物质文化遗产的维西傈僳族的“木刮”那般声名远播，广为人知，但是，作为生活在民族文化土壤异常肥沃的丽江傈僳族，在一批本土民间艺人的努力和坚守下，得以保存并传承下来，值得我们肃然起敬。当地的民间艺人自发组建业余歌舞演出队，利用闲暇时间排练和演出，还进行新歌、新舞的创制、编排，录制歌舞专辑，积极传承和传播傈僳族的民间艺术。

“哆，哆，汁普哆，阿依尼咋哆呢！”（意为：来，来，喝酒，兄弟姐妹来喝酒！）歌与酒，这两个充满欢乐又充满苦涩的生活基调，什么时候能现出和谐的色彩呢。

也许，多年以后，当我再听到这样激情的曲调，仍然会忍不住打着节拍扭起来，想起在那片土地上与热情的傈僳族人民，抛却烦恼，一起回味“野蛮生长”的岁月，一起憧憬富足文明的未来。

（罗今明，男，1993 年 5 月生，湖北仙桃人，文学硕士，2018 年入职丽江市委宣传部,2019 年至 2021 年担任永胜县东山乡东山村驻村工作队员，挂职副乡长。现任丽江市委宣传部办公室四级主任科员）

# 丽江光影动心旌

黄立康

## 纳西古乐

弹一曲古调，与祖先对话。

琵琶声声清脆如珠玉，转轴拨弦间，流淌出浪涛起伏的金沙丽水；轻拢慢捻古筝阵阵，一曲高山流水，巍巍乎大美玉龙；苏古笃里，蓄满了一池春水，倒映着龙潭心亭，皑皑雪山，倒映着和高悬的明镜，只待涟漪渡佳人；二黄拉出沧浪之声，拉出那条陡峭崎岖的天涯古道，拉出坚韧不屈的茶马之魂。演奏的老人面容祥和，心神却随着古乐一起沉浮。或安详飘逸、哀怨痴缠，或舒缓悠远、古朴悲怆，他们将山川云霞风霜雨雪融进曲中，编织出爱恨交织悲喜相和的乐调，时而高声，时而低吟，如一阵阵刚硬的雪风，穿过山野河川，穿过岁月流年。

## 红太阳广场唱红歌

春天在哪里呀，春天在哪里，春天在那小朋友眼睛里。

我是卖报的小行家，你是采蘑菇的小姑娘，让我们荡起双桨，唱着五星红旗，唱着爱我中华；我是纳西若，你是胖金妹，我们走在大路上，唱着纳西迎宾曲，唱着五十六个民族五十六朵花，我们是走进新时代的纳西娃娃。

循着清甜的歌声，记忆的河流一下回溯到 20 世纪 80 年代末 90 年代初的合唱比赛中。红领巾，红脸蛋，红太阳广场上唱红歌。小指挥正对着高大的毛主席石像，闪闪红星，蓝天白云，阳光微笑，定格了记忆的纯真与美好。如今，那时那人都在老照片里融进了时间的琥珀，泛着淡淡金黄，圆润晶莹，寂静清晰，静静讲述光阴的故事。

## 轮回里的手艺，手艺里的轮回

器，须敲，塑其形，空其心，乃有容物之用。80 年代丽江城，轻捶点点黄铜铺。小铜匠顺着师傅的手指和叮嘱，不软不硬不徐不疾不轻不重地敲下定音一锤。这一锤，能敲出熠熠黄金。

爱之深，责之切，师傅在旁指点，老花镜后眼神温柔。眼前这低眉偷笑的孩子，是他此生最珍贵的铜料，他要在轮回里将他敲打成最好的铜器——一把精巧的锤，无所不能的好锤。一个好铜匠本身就该是一把好锤。

老铜匠也曾是被时光之锤敲打、被似水流年擦拭的铜器。人间烟火，冷暖自知，渐枯的面容蒙尘失色，但老铜匠那颗黄铜初心，被轮回的时间千锤万打，却越打越热，越打越亮，越打越精，去尽铅华，留得质朴与纯净，看尽繁华，回归纯粹和宁静。

一个好铜匠本身就该是一块好铜。

## 喂默达

丽江庙会人如山海，凡有人群聚处，都能歌“喂默达”。

地，宽窄不限；人，老少皆宜。男半圈，女半圈，这边唱边跳的圆舞，音音相连像一只手牵着另一只手，词词相扣仿佛一只脚跟着另一只脚。韵律古朴的“喂默达”，如同缓慢悠然的金沙江，唱出纳西民族迁徙之路的艰辛、殉情离别的苦痛和茶马古道的沧桑。披星戴月的女人、头戴毡帽的男人、垂髫之年的孩子，唱的忘我，听的陶醉。会唱的人，能唱三天三夜；善听的人，不知今夕是何年。那音韵流转间，一字一音，重现昨日，驼铃深处的花马岁月，神话编织的黑白战争，还有哀伤决绝的爱情就在那雪山上的玉龙第三国。恍惚间，我隐约觉出，“喂默达”，这圆形的献歌，是祖先回归的魂路，是神明传来的回音，回响山川，温暖岁月。

## 正月十五日，丽江棒棒会





赶街啦，趁着春节的喜气；赶街啦，乘着春耕的热浪。一声声欢快的笑，一颗颗雀跃的心，邀约着，催促着，穿过田园，翻过山坡，趟过小河，走进大研古城，跳入棒棒会的人海里。

欢乐的人们，像破茧的蝶，全都从山野田居、流水人家里飞出，在青石街道上穿梭，在摊位铺面前停憩，将这“天上的街市”赶了一遍又一遍。披星戴月的阿妈，背着旧竹箩，要将新生活全背回家；戴解放帽的男人，扛着如玉的木把，那是春耕的骨头，撑起金黄的秋收；单车少年推着心爱的大永久，空空的竹箩如同他的野心，寻找着那片最锋利最结实的板锄；谈论着糖果、米糕和热凉粉，咸甜的趣事让姑娘们眉开眼笑。这是最后的闲暇时光，春耕将至，勤劳的人们将席卷沉睡的土地，开垦新年，耕耘美梦。

## 清挖黑龙潭

一筐一筐，一车一车，清理掉淤积在龙潭水底的泥沙和岁月，好在来年暖春，蓄一池清凉柔美的潭水，如此，便可在碧透的水镜上，细摹楼亭，泼墨山水，闲潭梦落花。

往龙潭里洒入春花秋月夏雨冬雪吧，让树荫下得一潭，清澈无尘。来来往往的人，晴时看湖光滟滟，雨天赏水色蒙蒙，风来等水云相生，月至盼流霜似霰。如果有心，再种下半亩荷花一堤垂柳，水面清圆，花香十里，波光滟影，荡漾心头。如果有情，可养几条轻灵的白鱼，让它们成为龙潭的睛和象山的心，穿过玉带拱桥，游过得月楼，带上悠悠纳西古乐，游向玉龙雪山，然后，化成皑皑白雪，化成天上变幻的云。

## 岁月如织

阿妈拈起一根白线，柔洁细美，宛如拈住了一丝太阳洒下的光芒。

拈着这丝光线，阿妈坐在墙角边，静静地编织，编出可以盛放一切轻灵的天蓝的布，织好挂在高处的迁徙之路和蜂蝶的翅膀，但勤劳的阿妈没有停下。她分出慈母的爱，一丝一缕，密密地缝出行走大地的脚印，那些脚印透明、细密，总是印在归家途中。

像弹着古琴，阿妈娴熟地摆弄着丝线的手，是否也娴熟地分织着黑白交替的日子？她就这样端坐在暮年的祥和里，专注、宁静，云开花落，宠辱不惊。她脚边，曾刮过风，落过雨，走过太阳，留下过阴凉。岁月如织，大美无言，谁能想到呢，这样一双风霜的手，竟也编出了那么多柔暖的时光。

## 时光——单行的线

拔河的绳子另一边，拉住我们的，是什么？

是时光——那个因消逝而永恒的80年代？那时候，阳光灿烂，笑脸朴素，就连落到地上的影子，都是那么欢快。那时的光阴，一定很细，像转瞬即逝的微笑，只有那一双双纯真的眼睛，才看得见；那时的光阴，一定很轻，像一闪而去的激动，只有那一只只柔软的小手，才能留得住。

时光，是一条单行的绷紧的线，我们曾那么诚恳、那么用力，也只留住了几片浮光、几道掠影。在孩子们身后的土坯墙上，布满了黑影的空隙和斑驳的树影，那是时光留下的脚印和影子吧。时光，已经穿过我们，穿过墙壁，走远了，没有了踪迹，它卷走了事物的亮光，包括我们身上的光，而我们，“处于时间和它的迷宫中间却不自知”。

## 披星戴月，缝纫幸福

披星戴月的日子，总带着间隙的刺痛。这刺痛，来自缝纫机上的针尖，也来自阿妈们穿过针眼专注而酸痛的眼神。

记忆，眼前这张恍如昨日的照片，是属于一个年代的记忆，影像斑驳是记忆，黑白色是记忆，哒哒作响的缝纫机是记忆，鸳鸯蝴蝶的枕巾是记忆。它停留在我们眼前，不惑世事的从容和淡雅吸引着我们，引着我们通向那个被剪去的 80 年代。如果，我们能将时间比作针尖，那么那些缝织在纱巾之上浓浓淡淡的图案，是否就是黑夜之下深深浅浅的梦境?

再一次，让我们枕着密密缝织的艳影，入眠吧。寻着鸳鸯蝶影，牡丹菊丝，一路回到美梦源头，回到梦出生的房间。那里，阳光正好，密语的低笑，注定会成为时间的谜语。

## 身正则心正

曾经，雷锋是一个时代的正楷，红领巾、白衬衣，像火苗和白云，是每个孩子心眼里艳羡的希冀和隐秘的骄傲。女孩子们都喜欢在发辫上扎出蝴蝶结，男孩子都不喜欢会害羞的锅盖头。那个令人激动而早早醒来的六一节还遥遥无期，现在，孩子们只能端端正正地坐在木条凳上，听着之乎者也，叙说中华千年。

笨重的木桌上放着文具，木格窗透着阳光，无声的照片里，你是否听到了岁月之声？不如，你也回到那个简陋却洁净的教室里吧，和孩子们一起倾听，倾听真诚且激昂的师心，为你讲述自由，讲述遥远的风景和燃烧的未来，讲述微笑和痛苦、光明与黑暗，讲述一个民族的渴望。那渴望，一阵高过一阵，它来自胸腔深处，那只跳动的红色大鼓。

现在，请你安静倾听，你有没有听到，渴望的回音？

## 四季“剪”影

请借我二月春风，我要为你剪下三月春帷满城风絮，四月芳菲山寺桃花。再借我一寸五月暖阳，我为你点染六月荷花波光艳影，七月七日鹊桥星河。八月的雨，也要剪一剪，剪做鱼鳞片片，桂花点点，剪出烟雨的空蒙，九月菊黄里，庭院深深深几许？天上云卷云舒，古城花开花落，十月清霜剪出你的似箭归心。梦回，魂归，十一月将雪，十二月当归，最后的月光，我要为你剪下一方田园，青瓦白墙，流水人家，我达达的马蹄叩响青石街道，转朱阁，低绮户，我看见，小轩窗，你正梳妆。

## “时授”——情歌是爱情的小路

若是在遥远的清雅的宋词时代，凡有井水饮处，即能歌柳永词。词牌即是心曲，一曲新词酒一杯。若是在茶马古国丽水金沙，刚刚好遇上热闹的龙潭庙会，寻一处幽静，便可遇见六七男女，隔着一缕清溪两三古树四五朵花，“时授”对唱。

那时节，应该是草长莺飞的三月，黑龙潭湖水清浅，五凤楼棱角分明，一条小路蜿蜒前行。披星戴月的胖金妹，手心微汗，隔着情歌搭成的鹊桥对话。古树斑驳，像是古老欢快的唱调；新木葱茏，如同即兴比兴的意象。在这个窃窃私语的春天，含苞待放的秘密，带着香甜的气味，飘满了整个天地。那秘密风儿知道，云朵知道，深情的鱼和水也知道，百褶围裙的女子哟，你是否也因这秘密羞红了脸，你一定也知道，一首情歌的甜，是爱情必经的小路。

（黄立康，纳西族。1984年于云南师大中文系毕业，现居丽江，就职于丽江市文联。诗文散见于报刊及选本）

# 东巴秘境惹情思

黄立康

## 1

纳西族作家人狼格在《血液里的母语》中写道："我看见过的许多纳西山乡是魔幻与现实重叠交织的。"位于玉龙雪山的脚下的东巴谷便是这样一个存在。以"东巴"为名，让这个幽长优美的峡谷在神奇中闪现神秘。当你在东巴谷的晨昏雨雪间穿梭，这里的草木春秋、山水鱼龙如同巨大的磁场，将你吸进交织着魔幻与现实、洪荒与现世、天界与凡尘、神话与情思、阳刚与柔情、爱恋与情仇的秘境。迎面吹来的雪风里，飘荡着远古神灵的音容，入目惊艳的鲜花间，盘桓着爱情男女的笑貌，恍兮惚兮，其中有物，窈兮冥兮，其中有情，而你，恍然入梦，不知今夕是何夕。就让我们在东巴谷的楼亭间，凭栏而坐，听风——听风讲述远古神话里的黑白光影，看云——看云变幻茶马古道上的爱恨生死。

## 2

一个东巴坐在东巴谷民族村"三坊一照壁"的纳西民居屋檐下写东巴文。"活着的象形文字"——活着的并不是文字，而是生活本身，文字是存在，生活是本质，纳西人的生活仍在，活着的东巴文就得以在纳西人的生活中活着，鱼水情深，血肉相连。

纳西族作家白郎说："纳西人顺从地把自然看作是巨大的庙宇。"

造像是为了造心，寺庙供佛祖，道观敬玉皇，教堂拜上帝，而纳西族传承着象形文字东巴文。象形，是在模仿自然万物，表达敬意。纳西人认定万物有灵，于是便将万物的神采淬炼成古朴苍劲的象形文字。

一个个鲜活的东巴文仍然行走在纳西人的生活里，状如神祇，意如神旨，它们古拙的形体、原始的哲思，铺成一条回归之路，让我们回到生命质朴天成的初态，一如生命漂浮在温热的羊水里，自由自在，圆满祥和。

在纳西民居的正门之上，我遇见了一只花斑大虎，它开启了我心中暗藏的咒语：阿拉木诗尼……

阿拉木诗尼，译为汉语是“很久很久以前”，这句咒语开启时间，同时也开启纳西人的心智。东巴经的开篇会画有一个象形虎头，虎在纳西语中称“拉”，因为东巴经是以图代句的提示性经文，故而以“虎头”代整个句子。东巴唇齿开合，轻念：阿拉木诗尼……那些在东巴纸上沉睡的远古故事，一下就活了过来。

虎身上蕴含着从容而冷峻的巨大力量来自时间，它将跳过峡谷，逆江而行，带着咒语，前往天地混沌、万物初始之时，去开启一场以黑白为名的战争。

## 3

“当我们将自己的独特性视为优点，才能找到内心的平静。”

这句来自科幻电影《攻壳机动队》的台词如同菩提将我点化。电影借一个义体人（真实人脑 + 人造身躯）对记忆、行为和灵魂的追索来展现网络时代与人类存在的思考。这个故事发生在遥远的未来。未来其实不远，过去也并未真正过去，如果我们将目光聚焦到洪荒时代，生活在滇西北的诸多民族，又曾以怎样的方式存在?

东巴谷民族村为我提供了明证。

透过宁静田园与欢快歌谣搭建的生活，我看到了各民族独特的存在。因为独特，所以存在，因此，为了存在，必须独特。我看到傈僳族的“刀山”与“火海”、他留人的“青春棚”、摩梭人的“花楼”。独特的民居、风俗和信仰，让各民族因独特而独立，因独立而传承。

当我仰头眯眼观看傈僳族人表演上刀山下火海时，突然被一阵眩晕偷袭，天空在我毫无防备的情况下被怪力打碎，碎成千柄快刀从天而降向我逼近，而大地裂做万条断谷，炙热的岩浆喷涌，汇聚成火海。我站立的云岭大地，曾经，不就是这样一片刀山火海？我们的祖先走在刀山火海中，有限的生活资源、恶劣的生存环境，将他们淬打成一柄柄藏身之刀，以保护好自己的婚姻、血脉、土地和神明。

我在我的散文《A 面房间》中写道：“每个民族既像刀锋，也像刀背，在多民族汇合的地方相交碰撞。繁衍，扩张，交锋，僵持，在这场血脉的战争中，刀背藏身，刀锋伤人。你必须亮出你的锋芒才能应对这场对生存之力的考验，有时得把自己变成刀背，钝厚、力沉，才能在旷日持久的血脉战争，走过千年。”那些独特的风俗不仅仅只是壮美山河上绚丽的锦上花，更是生死存亡中温暖的雪中炭。就让我们将自己的独特视为优点，因为懂得，所以慈悲，记住那些缓慢交融中激烈的冲突，记住那些以哭为容的笑、伴着死亡地活着，珍惜和平，心怀慈悲。

## 4

从普米民居走出，经过白塔与转经筒，沿着蜿蜒的小路往北，等待你的是祈愿的玛尼堆和圣洁的海螺山。玛尼堆要往左边走。海螺山写着东巴文的石头，连成曲线，向山包中心旋进，从高处看，形状像只海螺。

海螺一左一右，成对。高原无大海，但海的潮汐却清晰地回响在高原的山川河泊间、晨昏起居里。高原人一直有“海”的情结，大凡湖泊，都以“海”命名。将“湖”命名为“海”，这其中有宗教的渊源，而海螺，则以圣洁吉祥的法器形象出现，海螺之音浸透了我们的生活、习俗和审美。相传释迦牟尼说法，声如海螺法号，音传四方。东巴做法事，吹响海螺，用来召唤神灵。

如果你到普米人家做客，主人介绍说自己有两个儿子，旁边的普米人便会称赞：“他有一对海螺。”多妙的比喻、多美的期许啊，如同藏族人用“达娃”（“月亮”之意）给女孩命名，普米人将儿子比作海螺，并且成双作对更为美满和谐。这让我想到纳西族史诗《黑白战争》中东部落的王子东子阿璐和术部落的王子安生米委，他们都是海螺般俊美的男子，也曾像东巴谷两座海螺山那样背靠着背，说着温暖的友谊和光明的未来，奈何，命中带着的黑白底色，让他们的友谊化作悲风，萧瑟凄凉。

## 5

“你不知道你有多美丽，你像花儿那样盲目。”泰戈尔的诗我最爱这一句。盲目盛放的花儿让你目盲，让你心醉，让你意沉，花海香浪包裹着绮丽的梦境，但这里又不是梦境，这是东巴谷的高原牧场，红黄紫白，百花齐放。请相信我的甜言——花蕊里最美的不是蜜汁，而是“蜜汁”，在花马丽江，美丽的姑娘我们都叫她“蜜汁”。

女人是“蜜”。

相逢最好在雨停初霁的夏日，最好在午后，花正好。最好有清风，吹来的风里最好有清香。香，来自花，也来自思念的“蜜汁”。“蜜汁”最好打一把淡红伞，着一身淡绿裙，高原牧场千万花，姑娘是最美的那一朵。最好是伞刚好漏出姑娘的轻笑，皓齿如星月，笑意似蝶舞。你最好带了口弦。按下心急，弹一曲缓缓的相思，清风过，高原牧场的花都随着音韵起舞。最好有块大石，刚好能容两人坐，你弹口弦，姑娘为你撑伞遮阳。赏花、听曲、看云，飘过的太阳雨微温，远处停在雪山上的雨云散开了。情人到，雪山笑。





## 6

东巴秘境，雪山祭坛，四个东巴逆着时针，绕圆形，以舞降神。

东巴脚下的八格图，囊括了整个天地，鼓声，像是从雪山的胸腔里传出，沉厚、坚定，不急、不徐，如同一个个日日夜夜，落在大地上。我们就是这样，在星辰大海间走过千年。起伏的鼓声，是祖先升起又落下的呼吸，是迁徙路上回荡的跫音，是金沙江时而浑浊时而清澈的涨落，是春种秋收夏耘冬藏的农耕节气。

鼓声，雄浑里透着悲壮。静默地站在一旁，让呼吸随着东巴起伏，让神思随着东巴起舞。东巴带着我们祭山、祭水、祭石、祭柏树，东巴，带着我们祭风。

祭风，祭风中殉情的风鬼。

## 7

开元八年春天，一个年轻诗人离开家乡青莲乡，前往成都，干谒公卿。当他仗剑策马，准备奔向宣纸上的大唐江山，还未来得及吐出半个盛唐，一堵从天而降的绝壁悬崖，硬生生将谪仙人的诗情酒意，挤成了喉间惊惧的长叹："噫——吁——嚱——危乎，高哉！蜀道之难，难于上青天！"

也是在唐代，纳西族先民沿雅砻江南下，进入云岭山脉间。一路迁徙，一路颠沛，路途漫漫，人困马乏。当先民信马由缰，盲目前行，不经意进入到一条幽深的峡谷中，峡谷涧水轰隆如刀枪激鸣，古树参天森然搏人，疲惫昏沉的纳西头人突然惊醒，稳住身后的马队和内心的惊骇，环顾四周后，不由惊叹："裸——美——落——"

当我站在观景台，往东巴谷下探视，目光坠落半晌后，才摔碎在谷底。眩晕突至，好似巨石落水激起泛白的浪花。我不禁深深呼吸，轻叹道："裸——美——落——"（裸美落，纳西语，译为"好大一个山谷"。）

裸美落——东巴谷之谷——惊呼之谷。

群山夹水的地形称为谷。泉出通川，出于口，乃"谷"。然而流水如时光，不会为谁停留，水过留下层积的岩泥，留下空荡幽深的山谷，你呼喊的回音，带回浪涛，声声，深深。

民间传闻裸美落曾为情死之地。情死，是纳西族视为优点的独特。曾经，云岭金沙间，何处不是情死地？我的一个朋友是东巴，他曾在金沙江边的高山上遇到一个猎人，猎人告诉他山中某个岩洞里仍有瓷碗、木桶和人骨。东巴循着方位找到洞穴，某对爱情男女曾在这里生活，最终殉情。

我的民族的基因里到底有着怎样的密码，才能让人不恋生、不惧死？有的民族向生而生，有的民族向死而生，而纳西族曾经默认的情死，却是向生而死，或许正是这份决然与坚忍，让纳西族在险恶中生存下来，传承至今。如今我站在裸美落的悬崖边，花香鸟语隐去了生离死别。愿山川安稳，岁月和睦，愿天下有情人终成眷属。

## 8

像架在马帮过江的溜索中间，溜索摇摇欲坠，身下洪流狂蟒，我走在东巴谷的玻璃栈道上，不敢往桥下看，恐惧与好奇、怯懦与刺激交织，我心跳如战鼓与自己作战，生灵涂炭。又怕被人看出我的胆怯，只好双手插袋，故作镇静，插袋的手里捏着两把汗。

这是一种奇特的体验，透明的玻璃上倒映着流云，也映出谷底的树木，树仿佛在云上招摇，云好似化作树底春泥。玻璃栈道带给我的体验像极了我生活里的矛盾，处在低处总是仰望天空，立于高处，却又将忧惧投向低谷，我们总在另一个地方，米兰·昆德拉说："生活在别处。"

我们的力量来自土地，站在玻璃栈道中心，我心缩气短，几近窒息。乡愁就是这种感受。我突然想到希腊神话中的半神安泰俄斯。安泰俄斯力大无穷，强迫人与他摔跤，并把他们杀死，用头骨来为他的父亲海神波塞冬建神庙。赫拉克勒斯也被迫和安泰俄斯摔跤。赫拉克勒斯发现只要安泰俄斯不离开地面，就可以从大地母亲那里获得力量，于是将安泰俄斯举在空中将其杀死。神话具有世界性。我们每个人心中其实都有崇忍利恩和子劳阿普，也都有赫拉克勒斯和安泰俄斯，他们交战，代表着不同的立场和情感。正义、光明、黑暗、邪恶，已经不能简单划分，你看，我们都是赫拉克勒斯，希望成为世界的英雄，而我们都是安泰俄斯，一回到故乡的土地，就会充满力量。

## 9

几条锦鲤向我们游来。东巴谷底的龙潭水清且凉，好似女子的目光，那些锦鲤如心绪，斑斓、轻灵、来去无迹。

关于爱情的比喻，上有仙界鹊桥，下有梁祝化蝶，而在花马丽江，爱情是鱼水情深。鱼在水中，水中有鱼，画水需画鱼，鱼是水意，赏鱼需清水，水是鱼思。

藏族作家阿来的《一滴水经过丽江》，传唱华夏。入选中学语文教材，足以影响几代人的审美，但我惊叹的是阿来作为作家的敏锐与天赋。他脑海中如雪地红狐般的一瞬灵感，却暗合了丽江百年的审美。纳西族叙事长诗《鱼水相会》就讲述了这样一个爱情故事——玉龙雪山顶的白雪和山脚下的柏树相恋，为了能在一起，白雪化水，柏树落叶。雪和柏终于聚在了一起。但落叶会枯，为此，柏叶精诚所至化作小鱼，鱼水情深永不分离。可是，水向东流无法回头，鱼儿紧紧追着水流走。雪水流过玉龙湖、玉水河、洱海、长江，最后到达大海，鱼儿随水遇到了石岩、深谷、干地、渔人，一路上，鱼和水想方设法渡过难关，一同到达大海。

这个鱼水情深的爱情故事一波三折，牵动人心。我时常以文人之眼看待我的母族，我觉得纳西族某些观念十分奇特，有时候务实到让人乏味，有时候浪漫到使人虚脱：一个壮丽山谷的名字——“裸美落，好大一个谷”——务实到毫无美感；一个比兴的爱情故事——“鱼水情深”——浪漫到感天动地。

一条鱼和一滴水的爱情如何天长地久、永不分离？我臣服在祖先浪漫的想象前。

当鱼和水历尽千辛来到海底龙宫，他们比金坚、比海深的爱情感动了龙王，龙王将水化成白云，将鱼变作青龙，并用大风和大雨将他们送上了天宫。在天宫中，白云变成了明珠。“泉水变明珠，小鱼变青龙，星宿来围绕，一直上天宫。明珠和青龙，双双来相会，永远在一起，万古不分离。”

世间总有地方能安放刚烈纯净的爱情。

## 10

坐在火塘边，火塘熏人却温暖。可惜我只是匆匆过客，不然，塘火正好，温四两白酒，烤三只洋芋，煨两罐浓茶，再听一段马道上的故事，管他月黑风高，狼嚎四起。

东巴谷底有一个马帮客栈。客栈其实是个中空的石穴，传闻过往的马帮借宿于此，风餐，露宿。

洞穴中仍有风吹过，带着淡淡的烟火味道。昔日旧景随着烟火味扑面而来——“各位兄弟今日相遇于此，今宵有酒今宵醉。藏了什么好东西，都拿出来烤在火塘边吧，我有迪庆的青稞酒，你有丽江的千层粑粑。普洱的茶，青藏的酥油，拿出来，拿出来！调味的盐，可口的米，藏着干什么？还是不是兄弟？什么什么，小姑娘，你一无所有，只有一个‘有牌出错’的故事？兄弟们，匀个座，给她倒碗酒、烤块肉，让她先干再讲……”我快醉在这山谷的回音里了。

如今，马帮客栈，茶马古道都已远去，但东巴谷云深处有一个康养酒店，如果想听茶马古道的故事，你大可带上酒，选一片月光，月下独酌，听风。

# 清水节日风俗考

周荣新

云南省丽江市永胜县期纳镇清水村，是个边屯古镇，位于期纳镇与程海镇的交界处，明代曾设驿站“清水驿”，又设置冯升、冯相两个百户伍，军屯、商屯、民屯并举，是边屯文化的重镇；清代设“清水约”、民国叫“清水镇”，由于交通便利、经济繁荣、文化昌盛，以“一村四进士”为导引，被誉为“文风之地”。过去由于人员流动大，民族杂居、文化交融，汉族的春节、端午节与少数民族的火把节等一起欢度，严格意义上有春节、中秋节等五大节日，但至今最热闹繁华且颇具特色的，当数春节、端午、中元和中秋节。

## 春节看大戏

自军屯、商屯、民屯的汉族祖先从湖南长沙、江西吉安等地到滇西北边疆屯田戍边起，春节就是他们与内地祖先心灵沟通、遥相眺望，共同享受天伦之乐的传统大节：千里迢迢，山长地远，人是回不去祖籍了，但心在一起，不包饺子咱盛产大米就吃米饭，按传统做法，展现高超厨艺安排满满一桌宴席，又喝上了家乡一样风味的白酒，忙碌了一年，是该好好歇下来，过一个十天半月的新春佳节了！——所以，大年三十讲究“全家团聚”，离家再远的经商者、求学者、为官者，只要能回家的，都会在年三十前赶回来。贴好大红春联，做好麻辣味为主的八大碗肉菜，摆上堂屋大柜台面上，再摆上三个盛了半碗米饭的小碗、三杯盛满白酒的小瓷杯，恭敬地放上三双筷子，一边在大柜前面的地上烧黄纸，一边亲切而略带忧伤地呼喊着祖辈的名字，请他们回家团圆，一起享受美餐。

祭完祖，拿筷子在各碗盘里夹一两样菜肴，放在小碗里，放上冷水，要到大门外去“泼水饭”，让流荡四方无所归依的孤魂野鬼也吃上一顿美味。泼过水饭，还要在各菜碗盘碟里夹一两样菜肴放狗食盘里，看着狗吃，说它先吃肉，预示着来年肉贵；先吃饭，意味着明年粮价要涨。其实，大年三十先喂狗的风俗是说，狗是人最好的伙伴，看家护院辛苦了一年，应该先感谢它；从远古的传说讲，粮种是它千辛万苦跋山涉水带来的；再远古一些，说是人的寿命是跟它交换的，老天安排寿命时在深夜，人睡着了醒不来，等醒来了，只有13岁的寿诞，狗看不过主人惜命的痛苦，心想主人早死了自己也无所归依，就把自己七八十岁的寿命换了人的13岁，因而，狗基本活不过13年——人是感恩的，也是渺小脆弱的，感念万事万物对自己一年的帮扶，祭了祖、泼了水饭、感谢了狗，最后才轮到自己，一家人围桌而坐，回顾一年的辛劳，面带欣悦，频频举杯，共话美好未来。

吃过饭，洗过碗，就要“封刀”、“盖井”，第二天大年初一是不准动刀、取水的，动刀不吉利，也要让深井浅井休养生息。一家人围着火塘，长辈拿出银圆、铜板或零票、大票，给孩子发“压岁钱”，祝愿孩子健康成长，大人们则畅叙来年计划，生产生活考虑。这晚是不兴串门“拜年”的，要看望的人，提前就看望了，德高望重的拎了鱼肉烟酒已经看过；要拜访的亲家，也背了大肉、饵块、烟酒之类送过了“节礼”，因而，全家团聚不外出，享受的是这浓浓的亲情、乍暖还寒时深夜地火塘的温暖。要放鞭炮最好也只在自家门前燃放。

大年初一，兴着男人起早，用意是妇女劳累了364天，这天该解放她们一天，让她们大睡特睡，聊补一年的懒觉。还说，起来后要燃放鞭炮，比赛究竟是谁家的男人勤快、起得早。全家吃过早点，穿上最好的新衣服，全身崭新，就万事丢开、不管不顾地笑着，懒懒地往东岳庙戏台踱去，去看大戏，走在身旁的，可能是早先约好的邻村三亲六朋。

锣鼓敲打，京胡一响，大幕徐徐拉开，古装油彩的演员上来，或羞羞答答扭扭捏捏，或慷慨激昂英气奋发，或转了一圈下去或就地一个鲤鱼打挺白鹤亮翅，主角都要首先“亮相”，定格了给观众看，得到赞赏或嘘嘘好笑，他或她就要抖抖手腕的水袖自报家门：

俺乃包拯，脸黑心红，专打奸臣坏蛋，为民除害！

奴家红娘，把一根红线，一头拴住张生，一头拴住鸳鸯！

辕门外三声炮响如同雷震，天波府走出来我保国臣……

望城头，孔明抚琴，纹丝不乱，底下城门却大开，究竟有何深奥？

——这到底唱的什么？《铡美案》还是《红娘》？《杨门女将》还是《穆桂英挂帅》？后面这个是《空城计》无疑了——几千人站立戏台前，头颈如被一只无形的大手提拎着，齐刷刷高瞧台口。而东岳庙牌坊下，那些士绅喝茶品酒，吃着水果，仿佛不为所动。

这《铡美案》或《秦香莲》全本滇剧的大戏一拉开，一唱就只等唱完，惦记着“舅老公家请客”，去到兄弟或哥哥家，这做妹子或姐姐的要看孩子他（她）舅妈的脸色，娘家请吃饭是给自己天大的面子，要是没人请就脸面无光悲惨凄凉，想起不能去娘家张嘴就吃饭，也得搭把手帮帮忙、说说话，这些戏喁喁呀呀说唱结合、打斗静坐太好看，看看时候不早了，得走了，去娘家吃午饭……因此，最先离开戏台的，可能是那些年轻的媳妇，跟懂不懂戏无关、受不受熏陶无关，却跟“大年初一初二娘家接吃饭”，给了天大的面子牵连。一些人转身离去，一些老戏迷或无所事事的男人还在一心一意盯着台上，随着水袖的舞动、枪剑的刺打、唱念的转换而心醉神迷，也会被那豪放或凄迷的京胡、锣鼓激荡而心潮起伏、跌宕。好在，唱戏的也是人，也会肚子饿，不然，还不知道这午饭到底回家去，还是去跟哪个老庚、亲家或朋友“喝上一台大酒”。

中午唱到一两点，滇剧暂告一段落，观众有些心悬、遗憾，还是散开了，从村中的东岳庙戏台四散开去，各自拐进深巷。下午，戏接着开演，直到晚上。那时节没有月亮，没有汽灯，是点着松明火把唱的吗？其实，应该晚上歇戏了，历史曾经的教训是，晚上演戏，手脚不干净的男子乱摸良家妇女，或不安好心的在台前攘来摇去推“人浪”，有人乘机就往年轻姑娘身上蹭、胸上摸，弄出一些乱子，差点出人命，以后晚上就不演戏了。

大年初二，大戏继续。

大年初三，大戏继续。

初四、初五……到了初七，说这天才是真正的“人过年，大年三十是狗过年”，看了大戏又吃好的，还说今天“初七不出门”，不看戏又看什么？何况，这七天里，文戏、武戏已不同，生旦净末各登场，英雄送美、智慧空城、青天铡下了权贵的脖子、摸黑惊心打斗一场不过是兄弟间的误会，那十五贯钱怎么就那么戏剧般蹊跷？——这《送京娘》《三岔口》《十五贯》还是《铡美案》《空城计》或《诸葛亮吊孝》啊，正如台口对联云“粉墨登场古今褒贬重提起，霓裳谱奏中外弦歌又问津”，看得多了，入得戏了，还真是“瞧戏淌眼泪——替古人操心”，进得去，还不一定出得来了。何况，戏还没完，戏又转换，本地人演的看多了审美疲劳，外地戏班子请来了，又是新的角色新的身段唱腔新的台风……何况，除了厩里嗷嗷叫的猪“饿死鬼投胎”，需要按时提前喂食，除了圈里的毛驴需要给点枯草马料和饮水，这大过年的，也确实没有什么急需要做的，不像那些急性子或穷鬼，大年初三就下地，那地里刨食，一年到头还不是混个肚儿囫囵，得了一个经济紧困……

清水大戏啊，从初一一直唱到正月十五元宵节吃汤圆，圆圆满满，满满圆圆，总算，唱完了，余音绕梁、回味无穷，那些喜爱的角色，第一次或再一次“焊”牢在心底，台词又会人前人后哼唱几句，独自演唱一些了。

后来啊，不准唱“老戏”了，说是“封资修”、“大毒草”，大年的戏台曾上演几个样板戏。后来，戏台也拆了，唱戏另选别处。再后来，东岳庙重新演出，除了滇剧、花灯、洞经，上演的还有少儿、成人歌舞和耍龙、摆马马游戏、吃甘蔗、拔河、慢骑比赛什么的，展示的是民间文化传统和现代的正能量。大年的精彩依旧。

## 端午节登高祛百病

在清水古镇，端午节是仅次于春节的重大节日，过节非常隆重，远在外地工作、打工的儿女，只要可能，都会争取回乡过节。

在清水，端午节前四五天，要着手泡蚕豆，等豆芽长到两三厘米长时，刚好过节。端午早晨，把蚕豆蒸熟，放进大碗里端上桌，全家人围着“吃芽豆子”。芽豆子吐露雪白的嫩芽，一身褐黄包裹，撕开皮，蚕豆“肉”白净细嫩，咬一口，入口即化，甜香酥脆，没牙的老人和婴儿都能吃一大把。当然，既然是“端午”，粽子叶是头一天就买好的，粽子也是头一晚就包好的，端午早晨，回锅一蒸，解开五彩线或棉线包裹的粽子，品尝糯米、枣泥的馨香。能当早点吃的，自然还有“八宝饭”和永胜家家有的油茶。

吃过早饭，清水古镇人都要涌向街头，不管端午这天是不是法定五天一集的集日，自古以来，都像大年三十那天一样是人头攒动的赶街天。赶集有几样必买：泡酒以及给小孩脸上抹“四眼狗”的雄黄、透骨草和猪鸡鱼肉。古镇 4000 多人，加上街西、宋官、毛家湾等临近村寨人来买菜卖菜，集市当天十分红火热闹，光古镇的杀猪匠，需出动十多二十人，须杀翻三四十头肥猪，方够食用。近年来，由于农村生活水准提高，集市所见，不只是刚摘下来的南瓜、豇豆、茄子、洋芋、番茄、黄瓜之类，西瓜、桃子、李子等水果，也跟糕点一起，被村人采购回家，用于自享或待客。因为，端午这天，跟随古镇人前来过节的外地人，正像满地跑的轿车一样逐年增多。





清水古镇人过端午节，最大的特色在于晚宴后，洗过清香润肤的“透骨草”（一种正在开花、能清热除湿、洁肤润骨的矮小灌木）水，倾巢而出，要去攀爬古镇东北边的关岳箐旁的“石桌子”山，叫“登山祛百病”。

石桌子山是一道像龙首一样凸出的山梁，山脚、山腰是红土坡，南面被“斩首”，形成半个鼓面似的山岩，笔立笔陡，无法登攀，山岩下却蹲伏一户人家，青瓦灰墙，篱笆作栅栏。要登山，得从深谷关岳箐峡口入，绕过那户人家，由东北面的峡谷转而向西。山路狭窄陡峭，不是手脚并用也得有人拉你一把，才能迈过这二三十米的陡坡。上得坡顶，坡道悠缓，视野豁然开朗。西边山脚一座古镇，瓦脊连片，却被家家户户的院落绿树前后左右簇拥，漂浮一般扑入你的眼帘。爬山人，来不及细看，沿着舒缓的山脊，向着顶峰的石崖，继续向上攀爬。夕阳快要衔上对面浑圆的凤凰山，你还是感到了“西晒太阳”的余热，额头冒汗，脊背流汗，脸蛋犹如白里透红的五月桃，就想呼唤金沙江干热河谷里，掀起一阵吹起衣袂的凉风。往往如愿，高处不胜凉嘛。凉风一吹，衣袂飘飘，裙裾飞扬，身边的伙伴来了兴致，有种“迎风吟诗”的架势，你也来了精神，忘了汗水和喘息，暗暗比试着往上移动脚步。

越往上走，景色越是怡人赏脸。先还只是近观古镇局部，这时，南北走向、长两三公里的古镇犹如横卧的巨龙，尽展它的风姿：全貌雄壮，气势飞扬，局部却优美恬静；如果说最北端的北阁楼是“龙头”，那么，最南边的“龙尾”隐于树林田野，拐一个弯后不见了，真应验了“神龙见首不见尾”那句古话。古镇老房新舍，还组合得像一条鲤鱼，南北小，中间粗大，正摇头晃尾游向程海湖方向。北面不远处，天和山的交接处，还真就是俗称“黑伍海”的程海，烟波浩渺，迷迷蒙蒙，岸边无数的村落人家。说清水古镇是条大鲤鱼，是条“上岸的鱼”，原因是，它的西边近旁，就是蓄积了山洪水，因而红黄的“黄泥田水库”。水库长条状，也想把古镇这条大鱼融进来，可惜，它短了一大截，只能依傍古镇房舍树荫，当个称职的小弟弟。水库旁，西边那座“有凤来仪”的凤凰山，像个蒙古包，那是太高太大太威风了，体面的烂泥箐、街西、朵果、毛家湾等山村，就规规矩矩甘愿匍匐在它脚下，平坝里那绿毯似的稻田、玉米地，微微起伏错落，也甘愿置于它和东山的夹恃、保护之下。古镇西北端分割开来的大路村，以及临近的凤羽、教基田、石湾等村落，树环水绕，绿色环拥，宛如一颗颗镶嵌在清水古镇北面的明珠。夕阳下，数千只轻燕呢喃翻飞，实在美极了，把眼睛看酸，把相机拍烂，也找不出几个恰当的词语来形容美景留给心灵的映像！

越往上爬，景致越佳，要不然，主席怎么会说“无限风光在险峰”嘛。西边和南北移步换景，美不胜收，还得收回目光来，看看东面的大山深谷，那绿树吐翠一丛丛长在悬崖峭壁上惊心动魄的美。供乡人爬行的“石桌子”作为一座山峰，西面平缓浑圆泥土覆盖，山顶，山石嶙峋怪异，因为生得两个高低错落，像方桌一样的平台，平台可供二三十人围坐就餐，古人曾浪漫地来野炊，故命名为“石桌子”。峰顶东面，岩石壁立，深不见底，站在崖边，低头一看不由头晕目眩的。深谷对面，拦腰一条细线一般的长沟，是当年“农业学大寨”兴修水利的遗产，看久了，也令人晕眩。而石桌子峰顶，就是端午节当晚所有登临者的目的地：在平顶吹风，在平顶俯视，在平顶拍照，在平顶看那弯弯的初月，在平顶静静发呆或在平顶豪情满怀，高声吟啸……要在往日，从火柴头扒下红“洋火”，灌入烟锅一样的“洋火枪”烟斗里，拿那撞针敲击到岩石上，砰砰的响声，就此起彼伏，响成一片了。

看来路的厚薄山脊，还有人不断涌来，却也有人不断涌下，来来往往，恍如赶集的路上。

清水古镇端午节爬石桌子，从夕阳还有一丈高开始，一直到夜幕沉沉盖住山梁，都有人上上下下。上上下下者，多为青少年见识自己的脚力体魄、瑰丽青春和衣装美丽，放飞自己的如画心情，因而，打扮最漂亮、最时髦、最青春。也有中年者，不甘于落伍，不想此时就归入“老年”一类的暮气，也来显示；有的，则是给孙子、孙女“当牛做马”，不是肩扛就是身背，“驮”了小孩爬山的。而真正的老年人，不是坐在公路边，就是蹲在沙河里，用眼睛“爬”山，跟随那几个目标，遥想当年的神勇，或许也想到了他爷爷和爷爷的爷爷，她奶奶和奶奶的奶奶年轻那阵……

端午爬山，过节热闹，丽江市境内只清水古镇常年不衰，哪怕是什么娱乐也没有的“文革”，清邑人仍坚持不断，风雨无阻。近年来，爬石桌子者越来越多，参加者，已不只是清水古镇人，临近的山村，只要愿意，只要有体力，只要人不老，所有来者，一概欢迎。

爬山回来的，一律不急于回家，于是，就游荡在公路边，或端坐在古树下，吹夜风，说夜话，天黑完黑尽，还流露出依依不舍的模样。

也不吹夜风，也不说夜话者，有的在东岳庙牌坊前跳健身舞，有的一头钻进哪家铺子，玩起了麻将。更有高雅者，他们组织演奏明朝屯田戍边的祖先遗留的洞经，或是唱起了清邑人过去家喻户晓、人人喜爱的滇剧。俗话说，“文化搭台，经济唱戏”，善于经商的清水人，从没有放过这人众欢聚的商机，卖凉宵冰大枣的，卖西瓜水果的，卖烧烤的，卖玩具服装的……应运而生，生意兴隆，万人之中忙得眉开眼笑，不亦乐乎。

清水古镇的祖先多为明朝洪武年间来此边屯的湖南、江西籍人士，故而六百多年来一贯推尊楚文化的端午节。

从 2013 年起，每年的端午节，村委会都要组织成年人的滇剧演出、洞经弹演、花灯表演、舞蹈展示，更不忘邀请清水小学歌舞出众的学生、青青幼儿园整班小孩子踊跃演出节目，艺术从幼儿抓起，美育从兴趣爱好着手，文化由一代代人传承，主旋律传播正能量，当晚的东岳庙广场，锣鼓锵锵、歌声震天、欢声笑语悦己娱神，很晚方散。

## 七月半衣包送先人

农历的七月十五日，中元节，很多地方叫“鬼节”，在清水古镇，一直称“七月半”。

七月半者，接祖送祖的时节也。

此俗源于何时，不得而知，村里老人说，起码，明代祖先从江西、湖南、江苏等地远道云南边疆屯田戍边时就带来了。

慎终追远，民俗的起源绝对源自追怀祖先，祭奠的方式，是送衣、送包。就是，给祖先和就近死去的家人烧衣、烧包，让他们“在阴间”有衣服穿、有粮食吃、有银子花并有活人“在阳间”所拥有的一切。

村里，乡人家家送衣送包，户户烧衣烧包，就有十几户人家沿用古老的刻板印刷，印衣印包。所谓的“衣服”，刻在木板上的模印，是一个上半身子身形，更确切地说，是一件右衽、圆袖口、宽腰身、大摆裙的民族长裙形状，外框边缘用万寿字勾勒。印刷时，在木板上刷红或黑两色墨水，把一张长 36 厘米、宽 26 厘米的白纸蒙上，拿手掌平摩一遍纸张，再捻起纸角迅速一撕，即是成品。村里刻板印刷衣包的人家不少于10户，看收集的几家印刷品，发现成品大同小异，外形一致，所不同在“衣服上”的仙草等花纹，几乎一致的是，衣胸处的一块长方形“印章”上，被3线竖条分隔成4个小空格，按照书法或是古老的自右向左的顺序，依次为：某某某“恭化”、图形、“中元仙衣”、某某某“收用”字样。问村里的老者，说最右边的“某某某”即是活人姓名，也就是送衣人，谁奉送填写谁的姓名；最左边的“某某某”收用，即死者或祖先，谁享用填写谁的名姓。至于为什么要用红黑两色印刷，把红衣、黑衣恭化给逝者，村里的老人说，这也有学问：红衣烧化给最近三年内的死者，叫“新亡”；黑衣烧化给死去很多年的祖先，叫“老亡”。

包者，模板长度比衣板长，是上下对称的图案，重点在两端印章似的方框，各家也是小异大同，像衣一样，自右向左分别为：某某某“恭奉”、“中元之期虔备冥财”、“包封上奉”、某某某“收用”字样。和冥衣相似，第一格填写送包的活人姓名，最左一格填写死者名姓；黑色的冥包献给死去多年的，红包则是烧给最近三年内的逝者。和冥衣不同，冥包须折封起来“包封上奉”，且两个包捆一起，配一件衣，烧化给死者。家族大的，烧化的衣包多，人丁不旺的人家，所买衣包就少。

在清水古镇及附近山村，烧衣、烧包集中在农历的七月十四日这晚，原则上，在院子外大门旁的路边烧化，也有直接上坟烧在坟头的。当晚，民间叫“送老祖公”，须饭菜丰盛，大鱼大肉，在堂屋敬献，烧香敬酒。吃过晚饭，天已黑，家家烧衣，户户烧包，空中弥漫薄薄的烟雾，飘荡浓浓的纸烟香火味道。既然这晚“送祖”，之前的七月初七、八开始，各家就纷纷往家里“接祖”的——把祖先接进家来，与活着的家人同住几天。

家乡人对待“七月半”，有一种神秘、虔敬的态度。才进农历的七月，离乡背井的游子，不管走得多远，就惦记回乡接祖送祖了，尤其是三年内有家人仙逝的人家，更是必须回乡。再穷的人家，也会在这期间称鱼买肉，好烟好酒款待死者。乡俗有一年内死者家属请客接祖送祖的风俗，在此期间，兄弟姊妹或直系亲属，每家要送一套填写好死者和献者姓名的衣包，再另送 4 把面条“压包”。死者的家人，七月十四烧包这天，要请送衣送包的亲人吃饭，饭后跪在堂屋一起烧衣烧包。乡人以为，随着衣包的烧化，祖先和新逝者带上今年的新衣、新包（银两）心满意足离家上路，“去另一世”就不愁吃穿了。

因了接祖送祖的缘故，七月半期间，山村神秘兮兮，每逢夜晚，家家户户在门口烧香、泼水饭，乡人很忌讳夜晚出门，老人更怕死在临近烧包的日子。要是谁死在七月十四这天，称“背包”，认为是最大的不幸，全村人烧化的那么多衣包要他（她）背着，被所有的亡灵押解着离家上路，路上累死他（她），他（她）也许永远走不到头，就不得“重新托生”，当牛做马或再“投生”做人了。

清水古镇的“七月半”烧衣烧包祭祀祖先，希望祖先丰衣足食，他们先安稳，从而保佑后代富裕幸福，活动由来久远，甚至连“文革”期间也没能停止，家家祭祀祖先、感念祖先、怀想祖先，虔诚之余，难免会带上浓厚的迷信色彩。近年，随着生活质量的提升，在传统的衣包之外，也会“与时俱进”，有的人家用上了电视机，怕祖先寂寞，也买上一台纸制电视机烧掉；担心祖先过于劳累，也买上一台单缸双缸或全自动洗衣机，教他们使用；家人坐上了小轿车，也会买一架纸糊的小轿车，与衣包一起烧化。怕他们不会开车，车里现成配有一个驾驶员的……

## 家家烤饼“献月亮”

中秋节，清水古镇人一直叫“八月十五”，有种神圣的仪式叫“献月亮”。

在古老的农耕年代，或是不准买卖商品的年代，清水人在中秋节前，要家家筹备自己做月饼的。这里一般不产小麦，主产大米，你就得把大米换成面粉，或是想办法弄到面粉；有了面粉，还得有化油（猪板油）、香油等，化油各家各户每天撇油茶，多少留存一些，不够了，或借、或赊，能和香油一起弄来。对一些不擅长做面食的主妇来说，最考人的，还是如何做出月饼来。于是，有人得意有人愁，得意的撸起袖子，是自己手艺不凡，面和得好，饼做得圆，吃起来香脆可口还回味悠长，好像对神灵尽了虔诚，在邻居面前显露了山水获得了尊重夸赞。那些“锅灶”（厨艺）不好的，一怕露丑，二怕对神灵不敬，即使面料等准备好了，也不知该如何做出月饼来，就怕饼不圆、味不香怠慢了神灵，辜负了对来年的祈愿。好在，乡里乡邻的自古有了默契：你把面料带上，到了专门做月饼或是节前自己做月饼的人家，请人家代劳，你家呢，给人家多带一些面粉、化油，远远多于你家做月饼需要的，就算是“换工”，以料代付工钱了。完工时，你把应取的月饼簸箕里端走，多余的油、面留下，谁也不挑破那层窗户纸，各得其所。也确实，一般人家，欠缺应有的工具不说，那做月饼的手艺，却也不具备的。

所谓工具，一是面板，二是擀面杖，最主要的是那一套烘烤月饼的“拗锅”。

“拗锅”者，上下两口平底锅也。揉捏好的月饼，不论是白饼还是水酥饼，不管是大月饼还是小月饼；不论是边口向上翻卷成齿轮状的大月饼还是口边圆润的小月饼，是白面中央拿印戳印了个红玄“月”的大饼还是隐隐有个月痕的小饼，放在底下那个平底锅里后，要用另一个几乎一样大的平底锅平行扣上。上头的平底锅，锅底烧着柴火或摆放栗炭、木炭，用意是从上面加热，烘烤月饼。下面的平底锅，中间吊有一根绳索，绳子拴在一根原木顶端，那根原木三分之一处靠平底锅一端系一根牢固的绳子，拴牢在房梁上。像古老的大杆秤称量重物一样，只要轻轻移动木棍一端，那两个上下相扣的平底锅就能放在火盆或火塘上，上下一起用力，两面烘烤月饼，使之两面脆黄，加速烤熟。待闻到轻微的香味，或是凭经验认为饼熟了，撬动平底锅离开火源，再把上面的那口平底锅拿掉，一锅色香味形兼具的月饼就烤好了。拗锅的使用，既兼顾省力，又加速了两面烤饼的速度，这对于专门加工月饼的作坊或是只是节令期间帮助烤饼的人家提质增效，无疑是大有帮助的。毕竟，家家都需烤饼，需要烤饼的人家很多，大家都等着过节呢。有的人家，怕到时排不上队，提前十天半月就求助的人家并不在少数。

每一家，至少得做有一个中间涂有红“月”的大月饼，准备几十个小的白饼和水酥饼，月饼做好了，就要准备中秋晚上“献月亮”的另一些瓜果。花生一般不可少，有的人家自家种着，连茎带叶拔来洗净，做成带壳的煮花生即可，没有的人家，就要讨要或购买了。同理，那新鲜饱满的毛豆要煮吃，甜甜的脆脆的，田里有的好办，没有的就得想法带进家里来。梨子、苹果、核桃、板栗、芭蕉和整盘的葵花籽诸种，一般也不可缺，家家都得准备。

因为很快就要“献月亮”，吃月饼，享受瓜果等“胀肚子的”美味，大人一边告诫孩子晚饭不要吃得太多，一边还是做出了一顿稍微丰盛的晚餐。尽管已经吃饱了，孩子们还是等不得，不是跑出门到院子或街上空旷处看月亮出来了没有，就是蹲守在月饼、瓜果前，馋那形状、香味。大人说，“不准动哦！要献了月亮才能吃的！”小孩很是不解，为什么要先献月亮，人才能吃饼？面前的父母、爷爷奶奶们有的干脆，有的迟疑，不同人家的孩子可能就听到了不同的解释、说明。有的说：“老辈子就是这样兴的！我也忘了，当时……应该问问爷爷、奶奶他们的！”

有的说：“太阳我们叫‘公公’，月亮我们叫‘婆婆’，是吧？太阳照着，庄稼才能成熟、丰收，这秋天，是万物成熟的季节，太阳公公指派圆圆的月亮出来，我们把收成的一部分献给她，不就是献给太阳了吗？人要有感恩之心呢！”

有的说：“献月亮，就是祭拜月神，她在上面看得清清楚楚呢！希望她保佑，来年五谷丰登、六畜兴旺！”

有的说：“为什么要‘献月亮’？你等一会看，一个大簸箕里装满了圆圆的月饼，各种成熟的瓜果，我们一家围在圆圆的簸箕周围，不是天上、地上都圆满了、团圆了？！”

也确实，月亮未出时，把一个圆圆的大簸箕摆放在院子地上，里面摆满了月饼、瓜果，堆成丰收的小山，色彩丰艳、能看中吃，等那轮金盘似的月亮从东山山巅一探头，光照四野，一片明亮，全家人围坐在簸箕四周，大人哄了小孩一次次朝月亮磕头，还说不能乱指月亮，左手指了割缺了左耳一角，右手指了割缺右耳一洞，许是认为月亮的神圣吧，那些靠天吃饭、生产力低下的年月，我们每个人匍匐在地，仰望北斗七星、银河流星，讲述嫦娥奔月、七仙女、牛郎织女，神往天宫琼楼玉宇，存有多少畏惧之心、多少感恩之情呢？是的，月亮整个出来了，光照四野，院子里明亮如半个白昼，在合掌叩拜了月亮婆婆后，一家人先分食大月饼，再各取所需，吃上花生、毛豆等瓜果。一边吃，一边仰头，月明星稀的夜里，清凉如水，宁静如睡，孩子们不知，此时的天宫，是不是也在过节，他们的月饼有多大？簸箕又有多圆？太上老君是不是捧出了炼丹炉的丹砂、王母娘娘是不是叫人摘来了蟠桃？孙悟空又去了哪里……只有不时的咀嚼声，把人拉回人世，看着院子里簸箕里不全了的月饼、开膛破肚了的瓜果。

圆月照着月饼、瓜果，月饼、瓜果向着月亮。

墙角的蟋蟀叫了，一阵缓慢，一阵紧急。

哪家的毛驴也叫了，叫得高亢、激情。

狗子集体沉默，是都吃上了月饼？

很晚了，凉风徐徐，大家还坐在院子里，看那高升了一截的明月。

莫名地，就想到了许地山的散文《落花生》。那也是个中秋之夜的故事吧，全家人赞叹团聚一起的花生。

（周荣新，云南省作协会员。出版有诗集《另有一片天空》《雨是诗人的情人》，散文集《仰望星空》《心淋屋雨》《天使看着我微笑》《文化丽江》，小说电影剧本集《邂逅丽江》，影视剧本选集《青春棚》，三十集电视连续剧剧本《傈僳二重唱》等。著有长篇小说《好梦还乡》、散文诗集《别样景致》、文艺论集《寻踪缪斯》等。作品刊载《诗潮》《诗林》《诗歌月刊》《芳草》《杂文月刊》《散文选刊》《中国散文家》《国际汉语诗歌》《华人文学》《中国村庄》《西部风情》《云南民族》《民族音乐》《今日民族》《边疆文学》《社会主义论坛》《云南日报》《春城晚报》以及香港《文汇报》等多种报刊）

# 乡风民俗漫山村

姚建忠

常言说，一方水土养一方人。少数民族特有的风俗习惯造就了它们那个民族的品格、气质与文化基因。

丽江玉龙纳西族自治县有九河、石头两个白族乡。我的故居钟秀村属于石头白族乡，位于“三江并流”区最南端老君山东南麓的崇山峻岭之间。一个有着 226 年村龄的白族村落，由于长期处于与外界极少往来交流的境况，相对保留着原生态的白族语言、服饰、习俗等方面的特征。乡村里这些自古以来积存的习俗，弥漫着浓浓的异族风味。

## 春节的“年味”

我村过春节实际上包含了从腊月尾置办年货至正月十五期间所有的活动。

扫尘。即一年一度的大扫除。据说，专管“上天言好事，下界保平安”的灶君老爷，每年腊月二十四日要上天庭向玉帝禀报主人家的善恶功过，以作赐福或降灾的依据。故，扫尘要赶在二十四日之前进行。首先到附近砍来两三根长长的栗树枝，顶端留叶，然后把厨房锅碗瓢盆收拾好，把大簸箕盖在水缸上。扫尘者用手巾蒙住口鼻，手持栗树枝从楼上到楼下扫落尘垢、蛛网，然后用扫把仔细清扫地面，用抹布擦洗炊具，放回原处。家庭主妇忙着拆洗一家老小的衣被，纷纷到村旁那条水沟漂洗后，就近晾晒在沟旁、路边的灌木丛上。

扯青松毛。孩子们的主要任务就是背着篮子，呼朋引伴，上山扯青松毛。家人一再嘱咐：别爬树，找小松林，只能扯侧枝，要留主干，不然有罪过。扯够需要的松毛，少则一天，多则两天，这也是孩子们聚在一起嬉戏打闹的好机会。

舂饵块、糍粑。这两样食品是过年必备的。首先把村旁脚碓及周围清扫干净，擦洗干净碓窝及碓杵，周围铺上青松毛。各家筛选上好的大米，浸透水，捞出，放入蒸笼至熟，待舂。村里有南北两座脚碓，村民就近按口头协商的先后顺序蒸、舂，以便掌握火候。首家第一舂，则有意粘除碓窝及碓杵上清理不尽的尘垢，舂出来团状的饵块让猪狗吃。这样做，在食品匮乏的年代，于人而言是浪费，故很少有人争头家。凡轮到的人家，要抬出铺上青松毛的簸箕，一碗核桃油和热气腾腾的一甑米饭。先把香油涂抹在碓窝、碓杵上，倒入一定数量的米饭（比平时吃的饭硬些），碓窝两旁草墩上，各坐有经验丰富的一至二人，不时手沾香油，在碓身上扬的瞬间，不断掰扯粘在碓杵上的团状饵块，使其粗细匀净，又不完全附着在碓杵上。因饵块与碓窝、碓杵之间（尤其是糍粑）黏性大，舂脚碓很费劲，必须邀约好的两三家人，全力以赴，轮流替换。数人手扶横杆，猛踩碓尾，一踩一放，发出"邦冈当""邦冈当"的舂碓声。一团热气腾腾的饵块舂好，就要及时取出，揉制成扁圆状的一个大饵块，置于簸箕内的绿松针上，又将少量饵块搓成团状，在刻有花纹的饵块模子上压制成小而薄的饵块，周而复始，一家接一家，先舂饵块，后糍粑。舂好的团状糍粑可分别拍成小糍粑，也可压成条块状备用，切片煎食。两三天内，村南、村北的舂碓声此伏彼起，响个不停。

竖秋千。竖秋千是白族人每年春节前村民必做之事。起初，村下我家那块冬闲苞谷地，稍加推平，就是最好的秋千场。年轻力壮的到山上砍来七根刮去皮的松木，其中六根分两组，每组各三根离顶端约一尺五处用麻绳拴牢，合力拉开下端呈三脚状，分立平地两侧，两组间距，以拴好秋千的横梁架上去两头绰绰有余为妥（为安全计），横梁与支架接触处垫上稻草。竖好秋千架，大人们为备办年夜饭而无暇顾及，那里便成了孩子们的游乐场。

烧煮吃食。烧煮猪头、尾（寓意“有头有尾”），宰煮大公鸡，做豆腐，煎酥肉、圆子，厨中美味飘香，这都是家人自己做而平日难得一见的佳肴；贴对联、折山茶花、竖年松，祖先牌位前、院内、廊道、门外铺松针，红绿两色交相辉映，这都是平日看不到的景象。尤其是，家里的长辈慑于“正月忌头，腊月忌尾”的习俗以图吉利，管住自己动辄训斥的嘴，给调皮捣蛋孩子们最大限度的宽容。孩子们无拘无束的日子过得自由自在，天天盼望过年的心情也就不难理解了。

年夜饭。僻远贫穷的山村，自幼习惯以汤泡饭，一菜一汤也算少有，故，八大碗菜肴的年夜饭就格外诱人垂涎，难怪长辈不时念叨“有酒有肉天天节”呢。无论如何，年夜饭前先祭拜天、地、本主、山神、祖先的环节不能少。

年夜饭前祭天，每户一人代表全家到祭天场祭拜。祖父割取煮熟的猪头耳尾、公鸡肉各一点和一个鸡蛋、一碗饭、一把菜刀、几炷香，些许盐、茶、米，代表家人先后到祭天场和供奉本主山神处祭拜、祈祷。然后回到家里，准备祭祖所需饭菜、酒茶、香火、油灯，全家老小一同参与祭拜仪式。祖父在世时，说过，人只要善良和诚心，供奉祭拜都是象征性的，不然就算把整个猪头、整只鸡抬到祭天场也无济于事。我暗自佩服祖父在祭天仪式这样隆重的场合，敢于如此灵活处置且有自己独到的看法。祭天场离村后不远，可要爬个陡坡，就算只抬一个猪头上去，也十分不容易呢。父亲少年从军，见识广些，学到些中医知识，对这类仪式不太关注，也不熟悉，祭祀仪式一直由我祖父操持。后来，母亲接替主持家里祭拜诸神及祖先的仪式，但因为忌讳女性参与祭天仪式的缘故，年夜饭前不再前往祭天场，而在家“天地君亲师”牌位前祈祷。爷爷的“善”、“诚”、“象征”的祭祀观念对母亲的影响很深，她认为，“人在做，天在看”，神灵无处不在，有什么心愿都可以在家里燃香祷告。想想也是，不然何以谓“神”呢！

说是年夜饭，实际上村人习惯赶早，唯恐落后。祖父早已准备好火药，用棉线搓导火线，置于一枚铁炮底部的小孔，将火药倒入五六寸高，直径约两寸的铁炮筒里，轻轻压紧，上部用红黏土筑实。饭前，祖父把筑好的铁炮小心翼翼地放到大门外，让我们蒙住耳朵，他用火钳夹住个火炭，点燃导火线，“嘭”的一声，冲天炮响彻云霄。后来，“铁炮”逐渐被鞭炮替代。

晚餐开始，看着一桌琳琅满目的菜肴，眼馋却吃不了多少，先前进厨房尝酥肉酥圆，早就吃了个半饱。

虽说山高天小，可吃了晚饭，太阳离西山头还远。家人催促快些洗脚，说，大年三十洗脚，来年不论干什么都不会落于人后。难怪人们习惯戏谑姗姗来迟的人“大年三十不洗脚”呢。一家人洗脸洗脚，穿上新衣裤、新鞋子就可以出门了。出门前长辈一再叮嘱，年饭后到初一都忌讳跑到别人家里。村外老人话家常，年轻人打秋千，孩子们追逐嬉戏。秋千花样多种，单打、双打，善打者几乎平梁，惹来阵阵叫好声。此时，孩子们总也争不过年轻人，只好当观众助兴。夜幕将临，家人催促小孩赶快回家。家里堂屋的火塘深深，几乎一年到头薪火不断。平日，家人在火塘边烤着火，听祖父讲家谱或出远门的经过，听祖母讲神仙鬼怪的故事，聆听严父训导，看母亲打草鞋是我童年时代挥之不去的记忆。除夕夜却一反常态，说的都是入耳的内容，语气语调总带喜庆的色彩。

大人说，冬夜长，睡不完，况且，小孩子玩累了，很快入睡。夜深了，大人们为了一顿年夜饭，累了好几天，也渐渐进入梦乡。除了哗哗流水声、阵阵松涛声，山乡的夜显得格外寂寞而冷清。

祖父常警告说，黄昏后至天亮前是鬼神出没的时刻，小孩子千万不能到处乱跑，大人随即关门闭户。况且，自古，山民晚间行走极为不便，家外远至邻村、田边、磨坊，家里近到宿舍、厨房、院子，离开松明火把则寸步难行。平常有空时，人们上山砍回一背背松明备用，事先将松明块（或挖的松明根兜）截剖为长短、粗细不一的条状物，用时，根据路途远近选取长短适中的松明条，用作火把照明。因过肥的松明易燃但烟子浓的缘故，一般松明用于厨房灶台（那时，习惯天黑吃晚饭）或夜行照明，而堂屋内有火塘火光就足够了，暗下去时添块柴即可，那也是我读小学时晚间看书的光源。因此，一直以来，长辈将凌晨当作次日之始也就不足为奇了。

初一早晨，操劳了一年的家庭主妇终于可以名正言顺地睡个懒觉，家里的男子必须第一个起床抢水、生火。从后山箐引到屋后沟里的水从一根粗大的涧槽里流淌而下，椽子粗细的涧槽一根搭着一根直通厨房里的蓄水石缸。其实，说是“抢水”，实际“引水”，因水源充足，相邻各户皆通涧槽，可同时引水，只看谁家更早而已。祖父赶早点香到屋后插上，祈祷龙王诸神，引水入槽，然后回家生火、烧水，煨吃罐茶。水流得比人慢，人到家后，山泉水才缓缓流进水缸，发出悦耳的声音。自幼，喜喝冷水，在家，则一手堵住涧槽，弯腰喝取，或拿水瓢咕嘟一阵；外出，则蹲在沟沿，用手撮饮，或撑手伏身泉边，牛饮一气。至今，愈来愈难忘的就是当年喝冷水时那种畅快淋漓的感受。

早餐还得等家庭主妇起来做。初一早晨，只吃核桃油煎炸的糯米粑粑。锅里煎好盆面大两面黄的糯米粑粑，然后把切碎的红糖末撒布于其上，中略厚，缘稍薄，待糖末稍融，用手辅以菜刀小心翼翼地将糯米粑粑卷起来，置于砧板，切成段状，即可食用，色黄、味香、甜（或咸）、糯。糯米面须在冬月（十一月）用脚碓舂，过细筛后晾干备用。

初一为一年之始，有一个好的开头至关重要。第一个进家者称“看得”，头客。习俗认为，头客的属相、人品在一定程度上会影响入户全年的吉凶祸福，故很重视。有的在吃年夜饭之前就特约与主人家及农历新年属相相合的“头客”，以图吉利；有的叫进一只狗，寓意“吃喝不愁”。最忌讳别家的猪闯进来，寓意“挨宰”，不吉，甚至有的整天闩上大门，不让人进。

凡出门，无论见到何人，都要道声：新年快乐！对方回敬：快乐！快乐！一唱一和，其乐融融。过年忌讳说不吉利的话语，忌谈与逝者相关的话题。与邻村截然不同的是，两百余年来，我村沿袭春节不上坟的习俗至今，可见先祖和后人对传统习俗的坚守是何等的执著。

这一天，族人就在打秋千、话家常、追逐嬉戏中度过，男女老幼各行其是，各乐其乐。山间的冬日，快乐悠闲的一天过得飞快。

从初二到初四都可以给长辈、亲戚拜年，初五为月忌，就在家里。白族有谚，“只要拜年有真心，十五过了也不晚。”由此观之，拜年一般最迟不过十五。其间，初三夜里举行的祭天活动，也是我村与邻村不同之处。据说，旧时，当地开明士绅每年要请来戏班子，在庙门村本主庙唱几天滇戏。村以庙名，足见历史悠久，幼年时，父母曾领我前往赶庙会看戏，而现在印象已经很模糊了。

母亲在世时，凡到正月末那天，总要提醒，“今天是正月上坡（节），”要供祖宗的晚饭。祖父常说“孝不如顺”，我辈虽然不清楚这个节日的来历，也不知别家过不过这个节日，可一直遵从她老人家的意旨。至今，母亲去世八年多了，每到“正月上坡节”，我会依然按照母亲生前的嘱咐，不忘祭拜祖宗并告慰母亲在天之灵。我暗想，这个节日肯定有其产生的理由：身为农民的祖祖辈辈，劳碌终年，难得温饱，过完春节，当家的又要外出为家庭的衣食开销奔波操劳，步履维艰，不正是犹如上坡一样难吗！

节气，就是图个节日的气氛，浓淡冷暖，各有千秋。如今，各类商品五花八门，应有尽有，只有想不到的，没有做不到的，“河中无鱼市上有”，何愁买不到啊！可是，过节，尤其是春节，听不到“邦冈当”、“邦冈当”的舂碓声，看不到村外的秋千架，看不到铺满农家小院的青松毛，年味就淡了不少。也是，俗语道“物以稀为贵”，得来太容易的东西不稀奇，已经或将要失去的才显得弥足珍贵！

# 传承家风婚育观

我村由一个姚姓家庭繁衍而成的村落，家有儿女者，则女性外嫁，男性外娶，有独生女则招婿，忌讳族内通婚。尊崇一夫一妻，白头到老，无后者有续二房的习俗。

于个人而言，婚姻乃终身大事，于家庭而言，也是团结和谐的重要条件之一。大伯常说，“生意不着一回，媳妇不着一世”，故，儿女未及谈婚论嫁，父母便提早为子女的终身问题操心。

家里长辈为子女择偶的标准：在属相相合的前提下，体健能劳作、善良会体贴、尊老善待客最为理想。尤其是对方心地是否善良，要通过各种渠道暗访长辈的为人及口碑。于是也有指腹为婚的，然终究成功率不大。父母之命在决定儿女婚姻的成败中起到关键的作用。

男主外，农闲时节，成年男子一般出门到鹤庆、剑川街出售甑板、烧碱、松木板，为家人找些开销，劳作辛苦而单调，与异姓女子交往机会甚少。女主内，打理农活、家务总是那相对狭小的空间，同样与外村男子无缘相识。青年男女大多通过长辈、亲邻牵线搭桥，才能成就婚姻，但无以牵线为主业的“媒婆”。就这样，一代又一代分支的延伸，外村、外族、外姓异姓婚伴的组合，通婚圈逐渐扩大，使得一个家庭演变成一个村落，族人变为族群。时代在发展中前进，婚俗在坚守中变迁。

白谚云，“东达瓦赶尔达早”，意为“上坝鹰捉下坝雀”。“鹰”喻娶方，“雀”喻嫁方，实际上这样的婚姻关系稳固度差，族人认为，人往高处走，相形之下，对方居住环境及家庭贫富条件略差，更利于维持婚姻关系的持久度。白谚又道，“德的利春崖饮，这荨德利占崖恩”，意即“前头（猪）也不吃糠，那么，后头（猪）也不吃食”，为的是让已婚人断了离异再娶的念头。族人认为，一定终生，白头偕老才是理想的姻缘。

父母的婚姻正是“上坝鹰捉下坝雀”的例子。五世单传的母亲招河谷坝区陈氏第三子为夫，续姚氏香火，可视为高攀。依俗，入赘需改姓，然而，父亲固守“行不更名坐不改姓”。我们四个兄妹的出生，结束了姚氏老二国昌支系五世单传的窘况，得益于先辈大胆的英明决策。

偏远山村，交通闭塞，思想保守，男女青年缺乏沟通，同村、同族、同宗的血亲关系又不能缔结婚姻关系。于是，劳作之时，这山喊来那山应的传统白曲应对，或晚间清脆响亮的三弦声，成了传递感情讯息的桥梁，男女青年因之相识、相知、相爱绝非个例。

相爱以后，女方便会以赠红丝线绣制的“首季”给男方作定情物，然后婉求长辈成全婚事。旧时，如无特殊原因，父母大多顺从，即便不成，儿女也依从父母之命，因初婚包办而殉情之事不曾听说。

伴侣选定之后，招亲一方便请人上门说亲，对方应允后，选定吉日，备酒礼携子（女）到对方家见面认亲。

订婚，白族语叫“喝小酒”。娶方父母带上酒、茶、红糖等礼品前往嫁方家。对方邀请至亲长辈到席作为见证。先前，民间只吸草烟，故“烟”并不作礼品。“喝小酒”后，双方定个吉日，让娶入方（或女）将嫁出（或入赘）方女（儿）带回自己家“过门”，并力所能及地给对方一定数量的钱财、衣物，数量不拘多少，以双为吉。新人进门之前，家人须依俗暂避。

儿女婚事已定，双方父母成了亲家。以后，万一其中一方悔婚，就会遭到村邻舆论的谴责。悔婚的“娶入”方送出去的礼品就算主动放弃；反之，“嫁出”方悔婚，则要托人偿还对方送来的礼品并代致歉意。

无论娶妻还是招婿，都要先“求亲”。娶妻或招婿一方备上礼金、酒、茶、布料等礼物，前往对方家里提出当年结婚的请求。对方父母同意后，选择预定时段内的吉日，准备结婚。双方各自筹备结婚所需之物，一方粉饰、布置新房（洞房），另一方置办嫁妆。实际上，双方的意愿在此前就基本一致了，就是走走礼节性程序。礼金礼品的多寡视家境贫富状况而定，接受方并不会刻意刁难或索取，以免伤了亲家间的和气。不可或缺的那段布料，白语“甘把赛”，直译为汉语“隔乳布”，专门送给出嫁方的母亲，象征招亲方对岳母哺儿育女的谢意。

经共同协商，婚期一般定于秋后至年前那段时间。适值农闲时节，自产粮食、果蔬成熟，家养猪解决肉食问题，且天气转凉，饭菜不易变质，便于待客。“红事请到”，定下婚期，双方父母须亲自专程挨家入户邀请客人，请喜客必选上午时辰，以示对客人的尊重且图吉利，托人传话或“挑水带洗菜”的轻率怠慢之举往往会遭到非议。

临嫁之日，亲友齐聚，晚餐毕，将箱柜被褥等嫁妆摆放在堂屋正前阶沿上。亲友、村邻围坐熊熊燃烧的柴火，边嗑葵花籽边安抚主人生离哀伤的心绪。事先请好次日送嫁的男女双数各半。有孝及有孕者则须回避，忌讳触摸嫁妆物品。客人散去，夜深人静，便开始“装箱”，即把财物、衣物及核桃、板栗、葵花籽等装入箱柜之中。有的还在箱柜内四角分置四个鹅卵石“压箱底”。然后，将陪嫁的被褥叠好放在箱柜上边。旧时的贫困山村，穷富差别不太明显，嫁妆单薄而寒酸。

装箱者边装边说些吉利话，围观者无不为之动容。此时父母与待嫁的子女想到即将别离的伤悲，不禁潸然泪下。“装箱”结束，箱柜上锁后将钥匙交给准新娘保管。

出嫁或入赘之日，新娘装扮较为朴素，呼应凝重伤悲的别离气氛，表达与生身父母难分难舍的心情。新娘离开父母即将出门前，情不自禁地放声哭诉对父母养育成人的感激之恩，难舍之情，众人为之动容。哭嫁，是待嫁姑娘的“必修课”，头头是道的哭诉，必经暗地拜师学习、演练。泣别双亲的新娘一般都要由接亲的搀扶出门，以至要新郎背到门外。生身父母忌讳随出嫁子女参加对方婚礼。所以，“妻子”在白族话中叫“呜尼”，直译为“背（来的）人”。白谚有“呜尼，呜尼，呜拟拉这呜期端”一说，意为“妻子，妻子，背进来就背不出去了”，这就是族人崇尚婚姻一定终身白头到老的习俗，影响深远。

新婚之前，娶亲方要到对方家粘贴喜联，距离遥远的，接亲前一天就要到达出嫁方家里住一夜。路途近的，可当天往返。新娘出门后切忌回头看。如果途中遇上另一家迎亲的，须及时避让。

娶亲方，早就请好村里明事理、有威望的长者做“总理”，主持婚事。举办婚礼前一两天安排人杀猪，准备菜肴。安排接亲的男女须家人健在双全，人数仍然取双数，男女各半。嫁方的箱柜被褥家具等嫁妆要由娶方派人去背，嫁方男女及亲友被尊为座上宾，“做客只需带手巾”。

开席之前，主人家祭拜诸神及祖先，然后放鞭炮开席，先请村里长辈在主席就座，其余依先远后近的次序谦让入座。因老、弱、病、残未能到席的，让其家人到厨房舀一份饭菜送回去，体现尊老好客、关心弱者的村风民俗。

娶亲者的大门外立有青松枝牌坊，里里外外铺满青松针，院内搭彩棚，喜字、喜联贴得红红火火。“总理”派人在村口守望，见到接亲队伍进村之前就要及时报告。新人进家门之前，鞭炮齐鸣，大门洞开以示欢迎。娶亲者父母妯娌等家人必须暂避，待新娘进洞房后才能出来。

新郎新娘有众人围观下争先恐后入洞房的习俗，有谁先进洞房，往后说话办事谁占上风的说法。跟不上对方时，则将自己随身物品诸如帽子、手巾等物丢入洞房。

洞房里预先摆上糕点、果碟之类，陪伴而来的男女青年就在新房休息。白谚有“新媳妇不能见灶”的忌讳，伴娘一行亦在洞房就餐。

新娘的随行亲属则代其父母传话，谦请对方家人对不谙世事的新人给予关照。

“赎钥匙”是婚礼中的一个小插曲。新娘事先将嫁妆箱柜的钥匙交给自己的弟弟或妹妹。在吃晚餐时，新郎就要在托盘里放上一些糖果、钱币，向执掌钥匙者“赎”钥匙。山里人朴实厚道，很少有强人所难之事，往往一赎就成，皆大欢喜。

白天忙于迎亲待客，全村老少忙于应酬。晚饭后，青年人帮忙收拾桌凳、打扫院子。屋里屋外发炭火，院子中间燃起一大堆篝火。跳葫芦笙的也就开始了，跳的人越聚越多，气氛越来越热烈。没加入打跳的则在房间里，廊道上围坐在炭火旁叙家常、看打跳。跳到气喘吁吁之时，有专人负责把用鲜桂枝、生姜、红糖熬制出来的饮料端到客人手里，每人一碗。然后分发由葵花籽、核桃、板栗混合而成的零食，见人一份，本村家人缺席者也可名正言顺地分得一份。

此时，洞房里早已打开新娘的箱柜，置办了一席十二盘糕点、果碟。新郎首先请三弦高手和“曲王”及双方伴郎、伴娘进洞房准备闹房。闹洞房的作用据说就是驱邪，不能让“白虎”进洞房，不然会有碍生育。因此，在布置洞房时，主人就要在洞房门上方正中钉上一颗铁钉，挂上一个细筛和一面镜子（镜面朝外）以照妖避邪。为图吉利，钉婚被、铺新床都要请属相相合、儿女双全的妇女安排布置。属相冲犯或有孝、有孕者忌讳进洞房或触摸新婚物件。

年轻人在洞房里出些令新娘新郎尴尬的话题，以博众人欢笑。哪个要吃摆在桌上的食品，比如核桃、板栗之类，必须首先说几句与此食品有关的“逗四句”以调侃新郎新娘，引来阵阵笑声。

闹洞房的重头戏是男女之间的“白曲”应对。一般男内女外，各为一组，轮番应对，以至通宵达旦。平日里，“白曲”绝不允许在家里哼唱，“曲”，弯曲，白语称“曲”为“酷”，也有“弯曲”的意思。也就是具有“宛转悠扬”的特点。“白曲”一般不兴说“唱”而是“恩”，也就是“喊”的意思。山间劳作，呼喊“白曲”，这山“喊”来那山“应”，是家乡狭窄河谷区特殊地理环境的产物，是山民抒发沟通情感，丰富文化生活的重要方式。

次日凌晨，新娘及伴娘一起动手清扫院落。洗漱完毕，就由先前请好的一个品貌皆优的中年妇女，为新娘着少妇装束。新娘穿上红色喜气的坎肩等服饰，打扮得花枝招展。戴上了“吹（帽）”就完成了从姑娘到少妇的角色转换。然后，新郎新娘就要依次祭拜本主山神、天地神、观音菩萨，最后祭祀祖先，以求平安吉祥。

早餐时，主人家请“总理”招呼远亲近邻和帮助操办婚礼的服务人员共进早餐。饭后新郎新娘就要准备回门，按照习俗，结婚次日回门必须当日往返，不得在娘家留宿。后来由于通婚圈的扩大，路途遥远，这习俗也就变通办理了。新娘新郎袋装糖果、核桃、板栗、葵花籽等，分发给村里村外沿途遇到的人，图个喜庆。回娘家与父母亲友共聚一餐。稍事休息，新郎安慰岳父母一番后，及时返回，路途遥远者则次日折返，皆须在太阳落山之前回到家里。从此，这对新人的生活翻开新的一页。

生儿育女，传宗接代，延续香火历来为族人重视。在缺医少药年代，僻远山乡的农家，养育一个婴儿到成人要付出比城里人大得多的心血。能生育便成了维系夫妇婚姻关系的现实基础。

在农村，新娘怀孕，适当干些轻活，直至临产，乃是常事。旧时，有将新生儿产在路旁、畜圈的，生在婚房的反而很少。分娩全为土法接生，剪刀白线用水煮沸，因消毒不严，新生儿患破伤风概率高，成活率低。孩子刚降生，接生婆便依俗急取竹篮罩之，因此得名“卡女”，即“罩女”，加上姓氏即为学名（中华人民共和国成立初期，仅上过几天夜校）。如果是男的则叫“卡报”，即“罩男”，习俗认为，用竹篮罩住则易养易育。

新生命降生后第一个进家的外人为“头客”（白语“看得”），主人要请其吃米酒荷包蛋一大碗。习俗认为，新生儿长大后，脾气秉性与头客相似，故有的于产前就预约属相相合、身体强健、品端行正者做头客，期盼孩子长大成器。

母乳对于新生儿的重要性不言而喻，防止母乳被来客“踏干”，在门楣上方悬挂一瓶水，谁来家后母乳不足就要向该人家讨一瓶水。防止新生儿遇“孝”不吉，分娩后，立即拴白布条于产妇门扣上。产妇尚未下乳，村有哺乳期的乳娘，会应邀喂养新生儿。

新生儿晚间啼哭不已，习俗认为孩子要个干爹或干妈，待初一或十五拜进入家里的不速之客为孩子干爹或干妈，为小孩取乳名。家里四世同堂则叫新生儿“四代”，或以祖父当年寿岁命名为“七三”，或以新生儿体重命名“三斤（旧制一斤十六两）”，或命以节令名称如“芒种”等。





旧时，缺医无药，孩子生病，祖母便会在菜刀上立铜钱，或在小半碗水里立竹筷，口中念念有词，如果提到某个去世亲人的名字，铜钱或筷子立了起来，就把冷水饭倒在大门外“礼送”。如果提及的逝者是外人，就要倒在离大门较远的大路旁。

儿媳产后满月之前，要格外小心，养好身体，叫“产晖务”，直译为“睡在火旁”，产妇的饮食起居及婴儿的吃喝拉撒全靠岳母照料。产妇如果在坐月子期间落下毛病，一般久治难愈。产妇走出产房要戴斗笠。

过去，没有请满月客的习俗，孩子满月，外婆（白语无此称呼，爸爸的妈妈、妈妈的妈妈一律称呼“奶奶”，爸爸的爸爸、妈妈的爸爸一律称呼“爷爷”）送来早已准备好的“筐白意”，即“狗皮衣”（婴儿的第一件衣服）、长命锁、米、米酒等物。其他亲戚也抽空携礼物前来探视，叫“送亥日”，直译为“送米饭”，故，几碗米是必不可少的。婴儿足月要剃满月头，剃下的乳发用一小块花布裹起来，缝在婴儿帽上以辟邪。

孩子满月后几日，产妇便被接回娘家休整数日，然后，力所能及地干些家务及轻活，就近则回家喂奶，如果劳作地点较远，往返耗时，家里的祖父母便背着孩子，戴斗笠或打伞到田边让孙媳哺乳，叫“嘎巴”。一般孩子足岁即可断乳，涂猪胆或苦蒿汁于乳头，不使吸吮，叫“勾巴”。

当孩子在家人的诱导下迈出人生的第一步，父母便会拿镰刀迅即在孩子的前后脚间割划一下，象征割断“绑勾搜”（绊脚索），期望孩子在人生之路上少一些挡绊，走得顺当些。

土生土长的孩子，光着屁股，在地上爬，长大些，与同伴一起追逐嬉戏，打赤脚钻刺蓬，爬树掏鸟窝，童趣盎然。

人看从小，重视家教对孩子的成长至关重要。“养子不教如养驴，养女不教如养猪”的观念在我家根深蒂固，父亲的入赘更加强化了“养不教，父之过”、“严是爱，宽是害”的家教观。作为外姓入赘的父亲，认为育儿不成器是最没面子的一件事。按常理，数世单传，靠入赘喜得一子，捧在手心，呵护备至并不为过，然而，寄予长辈厚望的我，只会偶尔在祖父母跟前撒撒娇，绝不敢违抗严父的意旨。家长言传身教，严格要求，平时对子孙不娇惯，不过分亲昵，孩子犯了错误可以惩罚，但绝不可以打头脸及身体重要部位，也不能用诸如“叫花子”、“滚出去”之类侮辱人格的语言。

自幼，家规具有不可小觑的威慑力，规矩礼貌是家教的第一课：里里外外不能说脏话；尊敬长者，打招呼要称“您”；见长辈要主动起身让座，不跷二郎腿；座席不能先动筷，咀嚼饭菜不能出声；递给长辈茶水要用双手；独木桥相遇要让对方先过；不能踩踏庄稼；不能拾取别人遗失路上的财物，更不能偷窃别家蔬果物品，如此等等，具体而详尽，不胜枚举。有一次，我拿了父亲药柜里一截甘草，被上纲上线为“不经允许就算偷”，细韧“条子”的伺候，使我长了记性，刻骨铭心。长此以往，尊老爱幼，诚实守信，崇德向善，遵纪守法成了家教奉为至宝的家风范本。长辈常挂在嘴上的白谚“良心兹做尼讷本财抚”，意为“良心是做人的一份本钱”，这种观念给我的影响尤为深刻。小时候，父亲曾给我定下“无论你打人，还是被人打，我只会打你”那看似不近人情的规矩，让我从另一个侧面感悟到“有恃无恐”的源头及危害，于是，从未打过人，也不曾被人欺负。

中华人民共和国成立初期，村里第一个初中生姚庆文已于剑川中学毕业。那年代，父亲让我读书心切，年仅五岁的我便背着母亲用粗布手工缝制的书包，上小学一年级，在穷乡僻壤，当属空前之举。“文革”前一年，丽江一中（市一中前身）毕业的我于是成为村里的第一个高中生。

白谚“东宝修下乃资双”，大意是，“善良的后代是祖宗修下的福报，种瓜得瓜，种豆得豆，屋檐之水不会滴错”，生动地诠释了传承良好家风的意义。

随着社会的进步科学的发展，人们的物质生活和精神生活发生了翻天覆地的变化，许多过往的习俗成为过眼云烟，于是笔者产生了解锁记忆的冲动，意在挖掘并记载埋藏在脑海深处故乡的白族传统文化碎片，同时聊表对生于斯长于斯的故乡及那些浓烈的乡俗民风的敬意。

（姚建忠，系丽江玉龙县纳西族自治县退休教师）

# 风范长忆寄哀思

## ——悼李世宗先生

鲁若迪基

在丽江偏远的山里，老人们到了古稀之年，都希望在冬天里离开人世。究其原因，冬天农忙已结束，人都闲暇下来；年猪已杀，粮食已归仓，吃的不愁；再者，对一些实行火葬的民族而言，冬天对死者遗体的停放，能起到较好的防腐作用。所以，如果在一年四季里做个选择的话，老人们大都希望在冬天里告别人世。冬天里过世的人，当地土话来说是“会死”的人。“翻译”过来就是，“懂得在恰当的时间死的人”。

当然，这些观念是很久以前的事了。

如今的山里，年轻人大都外出打工，很少有闲暇的人；吃的只要有钱都可以买到，不必等地里的收获；防腐的东西有的还用上了冰柜。其实，生老病死乃人之常情，什么时候死，个人无法选择。“会”和“不会”都是命中注定的事。可是，“观念”这东西就是有点怪，它会不由自主地留存在脑海里，一旦发生对应的事，它就自然地跳出来。所以，在北京刺骨的寒风中惊悉李世宗先生无疾而终的消息时，我自然地想起山里老人希望选择死亡时间的事来，禁不住悲叹道：这位有着长者风范的知识分子楷模就这样走了！这老先生“真会选择”死的时间啊！

我是在北京参加中国作家协会第九次代表大会期间，得知李世宗先生仙逝的。所以，当中国作协主席铁凝主持某次全体会议时说，从中国作家协会第八次代表大会以来，陈忠实、雷抒雁、韩作荣、陈映真等多位中国作家协会会员离开了我们，提议参会代表全体起立——向去世的作家们默哀，在我站起来低下头那一刻，我想到了刚以 91 岁高龄离世的李世宗先生。铁凝主席提到的作家中，陈忠实先生来泸沽湖采风时我曾陪同过，雷抒雁、韩作荣两位先生我在鲁迅文学院高研班学习时给我们上过课，对我的创作还给过很多关心帮助。我的脑海里一一闪过他们的画面。这些画面电影一样闪过后，眼前浮现出李世宗先生的面容来。我遗憾没能亲自送老先生最后一程，只能在遥远的北京默哀，送他驾鹤西去。

李世宗先生的作品我很早就在一些报刊上拜读过，但一直未曾谋面，真正见到他，是我到丽江市文联工作以后。由于工作关系，单位逢年过节都要慰问一下离退休干部。最初几年，市文联要慰问的离退休干部只有两位：一位是李世宗先生，他是 1926 年出生，1948 年参加工作的，是离休干部；另一位是牛相奎先生，是退休干部。他们都是丽江的文化名人。无论从本单位角度看望离退休人员，还是从全市角度看望德高望重的文艺名家，他们都是漏不掉的人。每年市里组织慰问文艺界人士，只要不出差，我都会尽量参加，以表达对老文艺家的敬意。我曾陪同市领导慰问过李世宗先生，也曾单独带单位的同事前去拜望过他。

第一次拜见李世宗先生是 2011 年中秋季来临的时候。也就是在那次的慰问中，我才知道老先生住在古城五一街文生巷。我们在老医院下了车，出大门往北少许，左侧现出方国愈先生故居，右侧有一条小石板路，尽头现一别致的纳西庭院，那就是李世宗先生次子李群育先生的家，老先生当时就住在那里。看到那么一个所在，我心想那一片将来可都是名人故居啊。

我们去时小门是开着的，进得庭院，我们被迎进李世宗先生简朴的书房。闻着翰墨的香味，我们围坐在他的四周，向他表达敬意。我说，您老教书育人近 40 年，在永胜就当了 20 年老师，桃李满天下，是地道的教育家；到丽江市文联任副主席后又与和心友、和在瑞、杨承烈等志同道合的诗友发起创办“玉泉诗社”，为丽江的文艺事业做出了突出贡献；离休后继续发挥余热，为丽江的“文化立市”呕心沥血，非常了不起。老先生谦逊地说他还做得不够。我接着问老先生平时做些什么，他说看书，写点文章。老先生话不多，不时叫我们吃水果，他还想把水果拿给我们吃，我们都慌张起来，急忙说自己动手，纷纷站起来把手伸向果盘。老先生看到大家都不拘束地在吃水果，露出欣慰的笑容。阳光照进院子，弥漫着祥和。如果有什么不那么和谐的话，那就是四周不时传来刺耳的敲击声，那是邻居们把房屋租出去了，承租人正在装修。我问李群育先生是否打算把房子租出去，他摇了摇头。也许古城就因为还有这么一些文化人居住，还有这样的坚守，商业味里还弥漫着些许文化气息的吧？！

看着古老的书桌，书桌上摆满的古旧的书，还有那些卷轴的书画，再看看这个戴着鸭舌帽，脖子上围着围脖，脸上有着时光斑点的老人，仿佛历史老人就坐在身旁。他是那么宽厚，那么渊博，那么谦逊，那么洞察一切，那么平和，我心生无限的敬意。我觉得不能打扰老先生太久，送上祝福就与老先生告别。临走问他有什么困难尽管吩咐。他说现在各方面都很好，没有什么困难。看我们要走了，老先生还准备站起来送我们，被我们劝住了。李群育先生执意送我们到了路边。

那之后我还拜望过几次李世宗先生。有一年老先生快要出院时，我们才知道他住院了，急忙跑去看望他。那天上午约十点来钟，我同单位的同事推开九楼老先生住着的病房，就见老先生的次子，曾任丽江报社社长、总编辑，后又任市人大副巡视员的李群育先生在陪他。李群育先生也是丽江的文化名人，他见我们进来，就起来同我们握手。李老先生坐在床旁的一个沙发上，怀里盖着一床毛毯，正在输液，鼻孔里塞着插管，可能是氧气管。看到老先生旁边的茶几上放着 2013 年 3 月 19 日的《光明日报》，上有中华诗词研究院副院长蔡世平的文章《文学性缺失：当下诗词之弊》，我很吃惊。见他在住院间隙还不忘看报学习，活到老学到老，就指的这个吧！

我问老先生睡得好不好，他说好。问他吃的怎么样，他说不能吃太多的东西。我指了下茶几上的报纸，说您老在住院时还看书学习不简单呐。他笑一笑，没有说什么。看到我在给他竖大拇指，他有点羞怯的感觉。看到老先生脸上有着孩子般的羞怯，我心里非常的惊讶：一个老人要有多高的境界，才会有这种孩子般的羞怯？我对眼前的这个老人除了感佩，再无其他。

我们去的时候是星期五，听说下星期一就要出院了，我为老先生康复出院高兴。我想着第二天是星期六，之后就是星期天，也就是过了那两天，老先生就可以回到他温馨的院子里，看着满园春色，写诗作文，心里说不出的欣慰。

那是我唯一一次看望住院的老先生。其余去的几次，老先生都是精神矍铄，身体健康。让我惊喜的是，有两次我还在第一时间拜读了他的近作。第一次的诗作中有《"九一八"闻警感赋二首》，其一诗云：

报警声中热血腾，江头一曲叩信灵。

高粱大豆香飘拂，破浪冲霾义勇兴。

另一首云：

郁郁神州情激切，中华儿女气轩昂。

野心亡我非今日，万目睽睽任尔狂。

这些诗对我们不忘国耻，奋发图强，具有很好的警示和激励作用。我随即把稿件转给编辑，叫他们尽快发表。我说属于他们这些老人的岁月，一天就是一天。这组诗后来发表在《丽江》2015 年 1 期上。第二次看到的近作比第一次多，有 20 来首诗。在这组题为《感时感事杂咏》的诗里，有首诗乃有感于朱自清"但得夕阳无限好，何须惆怅近黄昏"之句而作的，诗云：

民扬正气国扬魂，今日天涯真比邻。

老迈常怀先哲句：何须惆怅近黄昏。

还有两首，其一云：

韶华岁月去如流，方启朦胧已白头。

任是月圆花正好，襟怀浩瀚不忘忧。

其二云：

一梦飞扬华夏魂，无边春色暖寒林。

艰难创业呕心血，万缕千丝在惠民。

这些用古体写下的豪迈诗句，看后觉得一点也不“古”，而是一种久违了的“新”，是一种大境界，大胸怀，大气魄，是对我们实现“两个一百年”，努力谱写中国梦发出的时代强音，是最动人的吟唱。默诵着这些发自肺腑的诗句，想到老先生那么大年纪了，还才思敏捷，我拿着诗稿的手心在冒汗。我想，只因他心里有爱，才有抒不完的情的吧？确实，只要心里有爱，笔下就会有诗。这也可以作为李世宗先生鲐背之年还笔耕不辍的诠释。在我认识的人里，如果有谁做到了生命不息，学习不止的话，我确定李世宗先生是第一个。

我慕名李世宗先生很久，相识不过六七年，但他践行着的博学、审问、慎思、明辨、笃行的知识分子古老传统，让我感受到一颗博大的心脏在有力跳动。我坚定地认为他是知识分子的楷模。这是因为，知识分子的忧国忧民情怀，知识分子的担当道义精神，都在他身上完美无缺地体现着。这种情怀和精神也深深地感染着我，激励着我前行。

一个人的一生，如果能像四季一样，有美妙的少年春天，有成长的青年夏天，有收获的中年秋天，有思索的老年冬天，应该说是圆满的。从这点看，李世宗先生的一生是圆满的。

斯人已逝，精神永存。李世宗先生曾出版古诗词集《雪麓吟》《草虫吟》《草虫续吟》《李商隐诗选译》，以及散文集《雪麓文萃》等。在我的书桌上还经常摆放着他的《读诗随笔——丽江诗选读》，它对我了解明代丽江木氏诗人群的作品、清代丽江诗人的作品、现代丽江诗人的作品，提供了很好的帮助，受益匪浅。他的著述将会成为一代知识分子的文化记忆，永留丽江大地！

作为长者风范的知识分子楷模，李世宗先生是我们学习的榜样。

（鲁若迪基，又名曹文彬，普米族。鲁迅文学院第十二届高研班学员。中国作家协会全委委员、中国少数民族作家学会副会长、云南省作家协会副主席。现任丽江市文联党组书记、主席。出版诗集《没有比泪水更干净的水》《一个普米人的心经》《时间的粮食》《母语唤醒的词》等多部。作品被译为英、俄、西班牙、阿拉伯等多种外文。曾获第五届、第七届全国少数民族文学创作“骏马奖”，首届汉语诗歌双年十佳奖、第三届徐志摩诗歌奖、第十届湄公河文学奖等）

# 金沙江畔彝民风

海忠菊

金沙江两岸景色特异，明代诗人杨慎有诗句曰，“金沙江水绕环洲，江岸家家对白鸥”，好似世外桃源。沿江两岸多聚居着少数民族，风俗也与中原大异其趣。从丽江永胜县仁和镇顺河南下 15 公里处的太坪村，就是一个保留“水田文化”原始风貌最完整的古老彝民村落。他们依仁里河畔而居，离金沙江不远，主要种植水稻和养殖猪、鸡、牲畜，过着与世隔绝的农耕生活。村中古木苍天，老旧的瓦房参差错落于芭蕉、芒果、龙眼、枣树之间。他们有自己独特的音乐、婚丧、嫁娶、生活饮食方面的习俗，全村老幼都讲“水田话”。

这个民族有着很深厚的历史渊源和信仰文化。据多方史料记载，明洪武二十九年（1396 年），在朱元璋“寓兵于农，屯民实边”政策的推动下，以永胜为边疆重镇，留下征南的内地军士 3000 余人在永胜设立卫所，实行军民分治。当时，成了家的将家眷带来，没成家的部分将士就与当地土著民族通婚，形成了彝族支系水田人。当中一部分将士被高土司分管，调遣往各地统治当地土著。这些将士大多来自江西、湖南等地。

仁和水田人的源流有几种说法。据传，诸葛孔明征西，使南蛮终归王化，班师回成都时，孔明暗下密令：以士兵睡觉的头向而传达回归命令，凡头向外者就传令启程，头朝内者就未传令。第二天清早醒来，头朝外睡的士兵早已随大军回程，留下头朝内的士兵还在睡着。在当时的历史环境下，他们只好流落沿途，与当地土著通婚，繁衍成今天的水田人。在仁和镇，至今还有一种放置灵柩的奇特现象：在部分人家，灵柩是头向门外的。还有一种说法是，他们在诸葛亮平定南中时候跟随而来，驻防此地。晚上，一部分住在大路左边，第二天清晨由于太困乏，没有听到号角声，大部队开拔而去，这部分军士就留在本地。由于被落在大路的左边，如今仁和的金沙江边有古地名“把苴”（芭左）。据太坪村的老人讲，他们的一支祖先最初是由貟峩放着一群羊子来到仁和太坪，看到这里山高林密，还有一条河流经山前，山脚下的草场上还有一股很大很甜的龙洞水，就在此处安家落户、繁衍子孙。这就是最初来到此处的水田人。还有一些，祖上是从湖南长沙、江西等地搬迁到此地，他们原来住在月光村，后来发生瘟疫才搬迁到太坪村居住。叶姓水田人最初来到永北居住，与土司起纷争，被赶往仁和江边一带居住。

村中各姓宗支源流，各有说法，还有待考证。但总的来讲，他们的历史渊源脱不了三种干系：一是从外面迁来，二是跟战争有关，三是跟汉族有关。

如今，在太坪村西边高山下的水田人坟林里，一座清代李姓墓的碑心石上清楚地记载着墓主人的追认身份是“陕西巡抚”。墓上刻有一首诗：

水有源头树有根，祖籍本是湖广生。
迎进云南北山县，世代坐落太坪村。

另一座墓碑上刻有一首诗：

青龙来进龙门庄，白虎尖峰秀如云。
水远山还朝此地，龙赐吉福报母恩。

这片坟地里，明、清时的多座古墓保存完好，墓碑上的石雕精美华丽，石狮、麒麟及各种瑞兽形态各异，还雕琢有不同身份和表情的石像人物，有着武将战袍的，有着文官服饰的，也有夫、妻、妾三座墓相依相偎合葬的。

因他们的祖先最初是放着一群羊来的，所以，羊在他们的心中占有特别的位置，很多座坟墓上都雕刻有羊的图案。一座明末清初的古墓上，一只母羊挺着圆圆的孕肚卧在一旁，扭头看着一对双胞胎小羊在嬉闹，看羊妈妈的肚子，显然怀的还是一对双胞。据说，这家人自从在祖先的墓上雕琢了这幅双胞羊石雕，子孙后代家家户户每胎都生双胞胎。后来，在饿饭的年代实在养不起那么多孩子，就把右边一只小石羊浮雕凿平，刻成一枝花。先祖留下双胞仔羊斗架的浮雕成了一只小羊在啃食一枝花，从此，他家的后人就不再生那么多双胞了。

水田人和他留人一样有自己的语言但没有文字。他们的墓碑文都用汉字记载，墓葬群都具有典型的内地文化色彩。族群内部延续下来众多相同的习俗、信仰、宗教。太坪村的水田人大多敬神，有整套祭祀仪式。因为他们多有内部联姻，所以，至今仍完好保持着语言、习俗的一致性。

仁和的水田人最喜歌舞、最好客、最热情。如果到水田人家做客，水田人一定载歌载舞让你尽兴，吃饱喝足。你越醉主人越高兴，要是客人没喝醉，主人就不大高兴了，会认为客人不大喜欢主人，看不起主人，不愿接受主人对你的美意。所以，到水田人家，同他们一起饮酒、打跳、对调子，主人家最喜欢。另外，水田人非常注重祭奠祖宗和死去的人，当水田人去祖坟上香或挂亲时，都会为临近的坟墓上三炷香或挂一首亲。每到节日，各家各户都会杀鸡宰羊祭奠祖宗和亡人。水田人自古傍水而居，主食大米，因此，在自家神坛上除了供奉观音、诸菩萨像外还供有稻米，以示对稻米喂养之恩的敬仰。

老一辈水田人传承着古老的饮食习俗。他们的早饭通常是煨一罐茶、炕一个荞面粑粑或麦面粑粑。他们煨的是“酷茶”，也叫“雷响茶”，不放油，将大米或者荞米放到茶罐里，置于火炭上烤至金黄，装一把茶叶就掺水煨煮。这样煨出来的茶，清香甘洌、回甜润喉、不上火，茶叶里的维生素不被破坏。早上喝一罐这种茶，一天都很精神，有茶瘾的人喝一杯即可解瘾、驱乏。他们炕粑粑的传统方法很独特。

旧时，水田人的生活比较贫困，只要哪家的大铁锅烂了，就有好多家来要。每家分一块去支在锅桩上，撒上灶灰，扫匀，再扫去多余的灰，只留薄薄的一层灶灰垫锅底，温度适中，就倒上调好的麦面或荞面，掌握好火候，差不多就翻转。在技巧加经验下，一个清香扑鼻、两面黄、类似火烧粑粑就炕出来了。不放一滴油也不粘锅，粑粑上也不粘灶灰。这样炕出来的粑粑，不但味美，口感独特，不上火，还养胃。





太坪村的年轻人出门打工，长辈们都会从灶膛里取一坨灶心土和抓两把灶灰包好，放入儿女们的行装。待他们在外肚腹不舒服，用点灶心土和灶灰泡水喝了就缓解了。

夏天的太坪很炎热，金沙江的热浪随时拥抱着这个古老的村落。勤劳的人们顶着酷暑上山下地干活，如有中暑等症状，就会从火红的灶膛里抠下一小坨滚烫的灶心土，再加上两张从菜地里现采来的藿香叶，冲一碗开水喝下，即解不适之症。藿香是仁里河两岸和江边一带少数民族的菜地里延续下来的一种药食两用的蔬菜，是仁和人煮鱼焖鱼时必不可少的作料。

水田人中午、下午一般吃米饭，喜欢煨茶和炒水酸菜下饭。他们先用少许干苞谷籽磨成大颗粒加水煮，煮到汤发白了就倒在盆里或坛子里。随后把洗好的菜放入其中，盖上盖子放置一星期就可食用了。这个酸汤一年四季都可泡蒜苔、辣椒、大蒜、野菜之类。水田人喜欢用一切可食用的绿色蔬菜和野菜来泡水酸菜，酸汤可反复泡其他蔬菜，几年都不坏，味道也特别好。这种酸汤，水田人通常还用它来解酒。

泡熟了的水酸菜捞起来拧干酸水，用来炒肉或素炒都特别好吃。每到杀年猪之前二十天，水田人家就要到处找一些野菜和青菜洗了来泡水酸菜。杀年猪请客时，他们的水酸菜炒肉是一道很受欢迎的特色菜。

水田人还喜欢吃的一道菜就是“连渣涝”。将黄豆浸泡透拿来石磨上磨成浆，倒在锅里煮熟后，用泡水酸菜的酸汤掺入其中，浓浓的豆浆就会变成豆花了，再切上点酸菜加上，那是又营养又爽口的下饭菜。

水田人爱喝酒，他们会酿多种酒，如苞谷酒、麦子酒、荞子酒、高粱酒、糯米酒等。其中，糯米酒和高粱酒是他们常年必备的甜酒。水田人喝酒不爱吃菜。他们在喝酒、干活的时候，都喜欢唱歌，农闲时更是随时载歌载舞。水田人嗓子特好，肢体韵律感极强，似乎天生具有音乐细胞和舞蹈天赋。

仁和水田人的饮食习俗很简单、清淡、低脂、粗膳食，基本食用原生态的东西，很符合今天的健康理念。进入20世纪90年代，在距离太坪不远处江边的水田人利用水土优势和气候条件，引进了科学技术，学会了种植冬早蔬菜。如今，与太坪村隔河对岸的新田村是仁和出名的冬早蔬菜基地。

有客人来家中，水田人家的女人总是忙出忙进热情先招待客人和家中老幼先用餐，等客人吃好才会坐下用餐。太坪水田人家的女人相当守妇道，通常是目不斜视，脚不乱行。未出嫁的小姑娘一般不乱外出，逢年过节时，即便要外出别村玩耍，也由自己的母亲或姑嫂陪伴。

太坪村是水田古文化保留得最完好、最原始的村落，全村除了完全沿用水田语言，六七十岁以上的妇人至今还在穿着她们的水田古装，头上裹着六尺或一丈二尺长的黑布或青布折成十厘米左右宽的长布条，俗称“帕子”。在头下沿眉毛上三至五厘米处起缠绕，不交叉，直叠，形似一个大盘帽。帕子包好后，其上下方都比较整齐，显得十分稳重而恬静漂亮。上身着大襟（满襟衣）、右衽（从右肩至左腋斜开，纽扣均在左腋窝下侧）、宽袖、下长过膝的青布直身宽大长衣。裤子也是宽阔的大裤脚。成年女人还系一条黑色满襟围腰。水田女人的古装一点都不花哨，黑色头布包裹成如磨盘的“帕子”，既挡风又遮阳，青、蓝布大襟衣，阔腿裤，再系一条黑围腰。这种古朴大方的服饰，更显女人温婉之美！至今，村里很多老人家甚至不懂汉话。

仁和太坪水田人的唢呐吹奏是省内闻名的，必须子母二支相配，以体现子母唢呐音律的高低配合及差异，又能体现同曲异音，刚柔相配的声音调门合成同起同落。还有子母唢呐对调，两支唢呐吹出一问一答的音律韵致，能让人听出其中跌宕起伏，忧伤哀怨。太坪的唢呐吹奏者李发明被认定为“云南省民族民间音乐艺人和非物质文化遗产传承人”。水田人家每逢村中有红白喜庆，都有聘请唢呐乐队进行吹奏的习惯，在喜事场中，只要请了唢呐乐队，场面便显得更加热闹。

太坪村水田人实行族内通婚，兄弟姊妹家（哪家生了女儿，之前生有儿子的亲戚家，就会煮几缸糯米酒来商议，将女婴定下，将来做儿媳妇。如双方父母同意，那一个月子里，月婆子所吃的米酒、红糖、鸡蛋，包括女婴的穿戴，男孩家都得负担。水田女人坐月子有吃糯米酒的习惯，认为糯米酒“发奶”。待到女方十六岁以后，男方就要来订亲了。按家庭条件，有能力的订亲半年可结婚，如果条件差的有订亲一年或三年才结婚。太坪人的婚礼依习俗是晚上天黑才开始。一般白天干活，太阳落山，收工了，亲邻四友才来帮忙做饭菜。接亲团队天黑才出发。迎亲路上的唢呐乐队，先以长号报信开道，再用唢呐一路吹奏《过山调》《过街调》《过江调》等。迎亲队伍手执松明火把在离新娘家不远的地方吹奏《迎亲调》迎接新娘。新郎还唱：“我爱你，从头到脚喜欢你！打着火把来接你！”意为这份爱的情义很深厚。新娘从出门一直到新郎家，都不兴过桥踩水，更不能跳沟。所以，凡是有水有桥的地方，新郎家专门请得有人背新娘。一路要撒青松毛搭桥，在欢天喜地的唢呐乐曲中，新娘打着伞一路踩着青松毛到婆家堂屋门口。

太坪水田人的传统婚俗是新娘接到大门口时，要举行一个古老的传统仪式“回车马”，主持人敬神烧纸念到：

吉日时辰，天地开张。

新人到此，车马回乡。

一张桌子四角方，张郎设计鲁班装。

四面镶起银牙板，中间逢起一炷香。

手拿钱财白如银，随后回你车马神。

车马神：听我弟子说分明。

婆家车马请进屋，娘家车马转回程。

天无忌，地无忌，年无忌，

月无忌，日无忌，时无忌，

上上大吉大利。

随即，主持人抓起事先准备好的一只仔公鸡高声念：

弟子手提一只鸡，头又高来尾巴低。

头戴红花朵朵鲜，身穿五色花毛衣。

唐僧西天取经去，带来鸡蛋转回程。

带回三双零六个，一旦放在沙里存。

昆仑山上抱鸡蛋，凤凰窝里出鸡儿。

寅年出个良鸡子，卯年出个卯鸡儿。

大的飞在天上叫凤凰，二的飞在山上叫雀王。

只有你弟三飞得好，飞在我弟子手中存。

人们叫开门鸡，鸡冠儿点伞头。

此时将鸡冠掐出血点在新娘打的伞上，扯撮鸡毛贴于血上。继续念道：

一点新人荣华富贵到白头，

二点天长地久新人久长久寿，

三点地久天长子孙满堂。

天杀归天，地杀归地，年杀月杀日杀时杀，随鸡去杀。

随即将公鸡甩出从新娘伞上飞过，继续念：

姜太公在此，诸神回避。

大吉大利，句句如利。

迎新郎新娘入大门。

至此仪式才算完毕，方可迎新娘进门拜堂，拜完堂需要给堂屋里事先坐好的亲戚长辈敬酒，长辈给新人红包。一般新娘先入洞房，新房里的床前设“七星灯”一盏，新娘坐在灯前洗脸休息，据说孔明西征结束在祭泸水班师回蜀时，用馒头代人头，“设香案铺祭物列灯四十九盏亲自监祭”。在金沙江畔的民间确有着点七星（心）灯的信仰习俗。每逢婚庆迎接新人进屋时要设七星灯一盏照一下新人之面，以表示新人在沿途恐怕遇上妖邪，以此灯照面后则可大吉大利。七星灯是取其北斗七星之意，照后妖邪回避远方，喜神荣佑华堂。这时，唢呐乐队开始吹奏《宴席调》等，婚宴开始了，亲友们划拳饮酒到深夜。最后以《洞房花烛调》《小梳妆调》结束娶亲迎新的吹奏，直到锣鼓齐鸣“打闹堂”为止，结束当天的唢呐吹奏。此时，水田人家婚礼的又一高潮阶段——打跳开始了！通常会欢快地跳个通夜。笛子是水田人家打跳常用的乐器，仁和水田人的民歌笛子演奏和水田舞蹈表演均有叶春天、叶育天等一批县级传承人。

仁和水田人深居峡谷，勤劳、纯朴、友善、团结，少受外界干扰，虽然他们没有文字，但很好地保留下来了语言和神灵方面的很多传统文化元素。光先祖遗下传承至今的“招魂曲”、“追魂曲”就有两百多首，特别是“招魂曲”歌词和音律很像古时楚人的“招魂曲”。

在远古漫长的历史发展过程中，水田人创造了奇特的水田文化，“文革”时期被当作封建迷信清除，水田文化迅速消解，很多水田人丧失了自身特点。还好，永胜县仁和镇太坪村的水田文化和明、清古墓都保存尚好，等待着我们去发掘和探索。这些看似琐屑而落伍的习俗，实则乃民族传统文化的一部分，对它们作合理的扬弃与传承，有利于将中华民族传统文化得以留存并发扬光大。

（海忠菊，傣族，丽江市永胜县仁和镇人。云南省诗词学会会员、丽江边屯文化研究会理事。曾参与《永胜风物志》编撰，荣获 2020 年度云南省报纸副刊好作品奖。作品发表于《滇中文学》《云南诗词》《云南日报》《壹读》《丽江日报》《保山日报》《永胜文艺》《边屯文化》等报刊）

# 滇西风物醉游人

叶 梅

“烟波浩渺隐湖山，草木青葱响流泉”，这说的就是丽江山水之美。要说丽江最引人入胜的，便是跟随人的脚步而弯曲流动的水。那水自雪山流下，冰凉洁净，清清地顺着石渠绕来绕去。在丽江古城、城郊的束河古镇，还有白沙古镇，都可见到这样清清的泉水。一群群鱼儿在水里游动着，青鱼、红鱼，各种颜色。水的秀丽衬得鱼儿格外俊美，它们苗条地扭动着身子，也不胆怯人的走近。

因为这水，丽江无处不流动着灵性。穿着“披星戴月”羊披的纳西族姑娘在水一方，使劲地唱着歌，皮肤黑黑的脸上笑出两湾酒窝，希望客人走进她的酒吧。那清脆嘹亮的歌声在人头攒动的小街上此起彼伏，听得人不喝酒也醉了。

“披星戴月”是纳西族女性传统服饰的特色，即右衽大襟衣，宽腰大袖，外套紫色坎肩，腰系深色多褶围裙，背披羊皮去毛的披肩。披肩上缀有七个皮质小圆牌和两个大圆牌，象征星月；披肩两角钉上白布带，劳作时拉到胸前十字交叉系紧，看上去犹如七颗闪亮的星星围着一轮明月。纳西族妇女吃苦耐劳，起早贪黑，把星星、月亮绣在披肩上，意味着“星星月亮永长生，白天黑夜干活忙”。

历史悠久的丽江古城又名大研古城，是保存相当完好的少数民族古城，是我国以整座古城申报世界文化遗产获得成功的地方之一。丽江古城的纳西古乐、东巴仪式、酒吧等闻名遐迩。哪怕路途遥远，丽江都是中国最热闹的旅游点之一，吸引人的雪山、泉水、四方街、木府、东巴宫、白沙壁画等等，数不胜数，怪不得人流如潮，黄皮肤、白皮肤、黑皮肤的各种打扮使人眼花缭乱。

对于丽江的喧闹，一位当地朋友说，相比之下，他更念叨他的家乡白沙镇，说那里还保持着原生态，拉了我们一道去看。

路上经过抗战时期美国陈纳德将军的空军部队飞起飞落的机场，起飞坪上的小草浅浅的，而另一侧靠着山脚下，却有一层层青绿铺染着，像是给玉龙雪山系上了一条绿绸裙。当地的这位朋友说，小时候，山那边的树木更高大茂盛，遮天蔽日，梨子多得打不过来。可我们现在看去，顶多也就是些跟人一般高的荆条，便疑惑，是因为人长大了？还是树变小了？

白沙镇不及丽江城郊的束河古镇那么大，也显得朴素很多。早饭之后的时光，一些男子围在街旁下棋，阳光照在他们头上，邻近染坊的蜡染布或淡红、或淡绿，在一旁轻轻飘动。朋友说，那位正举着一颗棋子的白发老人就是他舅舅，而不远处就是他弟弟家。

他弟弟家有一个不小的院子，看上去是在开农家乐，院里摆放着石磨、簸箕。三间木板房，板壁上挂着一串串红辣椒、玉米棒子和大蒜，五颜六色的，主人把院子装饰得风味十足。还有两幅一人多高、色彩艳丽的东巴彩画，一幅搁在当院，一幅挂在正屋窗下，吸引着人的目光。

朋友的弟弟和他一样，也在外面当过兵，见过世面，会一些吹拉弹唱。不时有路过的外国人走进院子，好奇地东张西望，主人会请他们坐下，喝茶聊天，一起唱歌。一个小本上记着一位外国游客留下的几行感言：

非常好的小院，
非常好的食物，
非常好的主人，
非常好的歌声。

我们看得都笑了，说应该加一句“非常好的心情”。透过这几句话，我们仿佛看到那个外国朋友乐不可支的样子，他在这里做客一定高兴坏了。

白沙这个地方，从前就没少来过外国人，那位让全世界都知道香巴拉的美国人约瑟夫·洛克就曾住在玉龙雪山脚下，多次到白沙镇买盐巴和食品。这位美籍奥地利人，曾于20世纪初以撰稿人、探险家的身份六次来到中国，在云南滇缅边境等地考察。之后，他的后半生几乎全部围绕着云南丽江和纳西文化进行考察研究。他撰写的文章和拍摄的图片，激发了英国作家詹姆斯·希尔顿的创作灵感，因此创作了著名小说《消失的地平线》，向全世界揭开了香格里拉的美丽面纱。20世纪50年代，病重在身的洛克在给友人的信中写道："如果一切顺利的话，我会重返丽江完成我的工作。我宁愿死在那风景优美的山上，也不愿孤独地待在四面白壁的病房里等待上帝的召唤。"

丽江的山水是美的，丽江的文化是美的，丽江的人也是美的，令人愉悦，惹人沉醉。人们对它心驰神往，看不够，品不够。热爱丽江的人，有许多来自遥远的地方；而那些"披星戴月"的丽江人更加热爱自己的家乡。丽江，在它的绝色风光和独特风情装点下，天下人都愿意一次次前往，流连山水，探幽揽胜，享受自然与历史共同造就的风味醇美的古城"盛筵"。

（叶梅，原名房广兰，女，土家族，1953年出生于湖北巴东，祖籍山东东阿。职业作家。现任中国作家协会主席团委员，中国散文学会会长，中国国际笔会中心副会长）

# 翰墨淋漓写春秋

## ——记纳西族口书书法家和志刚

木 祥

丽江古城申报世界遗产的文本中，丽江古城的范围除了大研古城以外，还包括白沙民居建筑群和束河民居建筑群。所以，黑龙潭，乃至和志刚的故乡白沙，都应是丽江古城的范围。

口书书法家和志刚是个没有双臂的残疾人。他虽是残疾人，但顾大局，识大体，不是一个唯利是图的生意人。下面所述一桩桩、一件件，就很能说明他的人生境界。

为了更好地发展，他准备把书斋从黑龙潭搬到大研古城。但是此时，正好云南省委宣传部组织“公民道德巡回演讲”，演讲的人来自各条战线，有十来个人，和志刚便是其中之一。通知拿到了手上，和志刚颇费踌躇：巡回演讲的时间是三个月！而这期间，正是生意最好的时候，每天至少卖十幅字，这个账谁都会算。再加上这时候准备搬到古城，事情繁杂，实在难于脱身。然而，这些顾虑和志刚跟谁也没有说，他把通知放在床头上，一直在琢磨，到底这演讲去还是不去。考虑再三，他还是决定参加这个演讲团。和志刚想，自己从昆明回到丽江以后，一直在挣钱，出去走走也好，让自己接受一下外面的世界。

和志刚跟随在演讲团里，到全省许多地州演讲，昆明的主要学校和行政事业单位，演讲的时间最多。演讲团是一个集体，每个人都有特殊的成长经历，有自己的奋斗史，每次会议，基本上每个人都要做报告，每场报告会，内容基本上是一样的，每个人都准备好演讲材料，按顺序一个接着一个讲。

这天，和志刚一行人到了西南林学院做报告。那天，和志刚穿的是一套西装，随着报告团走上了主席台。和志刚知道，这种情况下，台下的人看不出和志刚是个没有双臂的残疾人。这天做报告，和志刚的前面还有两个人了。他们做完了，才能轮到和志刚。然而，前面两个人做报告的时候，和志刚在台上却有些坐不住了。和志刚看到台上做报告的人讲得津津有味，台下的听众却小声说话，出出进进。台上台下，在这里完全没有融为一体，和志刚觉得应该想个办法改变一下局面，不能再任其下去。等到会议安排和志刚进行演讲的时候，他还没有开始说话，便从座位上站了起来，用嘴解了衣服扣子。台下的同学老师没有听到报告人说话，觉得奇怪，这时候，会场反而安静下来。这时候，和志刚把头一甩，外衣落到了椅子上。和志刚的身上只穿着一件T恤，两个光秃秃的胳膊露在外面。已经是冬季，室内没有空调，天气比较凉了。和志刚如此举动是要让大家尊重说话的人。果然，他的举动让会场嘈杂声戛然静止下来，台下的人，都想知道这个没有手臂的人会说出些什么。台下静悄悄的，和志刚开始演讲。内容虽然与前面的人所讲的相仿，但效果却大不一样。事后大家都说，这天的会议秩序是最好的一次。

这个报告团连续在全省做了三个月的报告，和志刚没有请一次假。和志刚耽搁了生意，但他觉得自己做了比金钱更有意义的事情。

巡回演讲结束回到丽江不久，预想不到的事又来了。2002年11月，和志刚接到了日本松本市“日中友好协会”的邀请，去日本参加一个书画展。这次去日本，时间不长，但许多出国手续比较复杂，书画展的前期准备工作也十分繁琐，这些事，都得从和志刚做生意的闲暇里挤时间来做。虽然为准备参展花费了和志刚的不少时间，和志刚也少挣许多的钱，但和志刚同样知道，在这时候到日本举行一次个人书法作品展，意义不同寻常。

到了日本松本市，日中友好协会十分重视和志刚的书法展，许多书法爱好者都参观了展出，都希望和志刚现场写字，并且积极地买和志刚的书法作品。展出后，除了和志刚现场书写的作品可以出售以外，参展的作品全部由一位女画家收藏，并且以同等市场价格付给和志刚现金。和志刚回到中国后的不长时间里，这位女画家告诉和志刚说，她收藏的作品，在日本青少年中做过十六次展出，并配上了和志刚人生经历的照片和文字说明，展出在学校和青年中影响很大。女画家还告诉和志刚，她在各地展出时，有些日本学生参观了和志刚的书法作品展以后，现场写字，请女画家寄给和志刚，请和志刚指点，表示出极大的友情和热忱。

2003 年 7 月 1 日，和志刚的书斋终于搬到了大研古城。书斋的位置在宽敞的“新大街”上，这是旅客进入丽江古城的主要通道，人流量十分大，人气十分旺。古城管理委员会信守他们的承诺，为和志刚选择了最好的铺面，并在房租上给予和志刚最大的优惠。古城管理委员会为了让和志刚有一间好铺面，花费了不少的资金。因为城里的这些店都是已经出租了的，如果要拿回来给和志刚，必须得出违约金，加上转让费，他们花了 39 万元。这也是由于丽江政府为提高古城的文化氛围采取的手段。

搬到古城里来，还是和志刚在黑龙潭书斋的原班人马：和志刚、肖维国、和建光、李康、和丽群。经营的基本格局也没有变，只是游客远比黑龙潭多。招牌也做得大，还是和志刚的口书：和志刚书斋。门面的一副对联，也是和志刚自作自书：志存翰墨观华夏，刚纳奇书扬神州。颇有志存高远的意味。

书斋搬到了古城里，和志刚又得到了许多的荣誉称号，但他时刻不忘自己坎坷的成长之路。他十一岁因触电失去了双臂，残疾后自强不息，成了全国体育冠军，一共得了三十二块金牌；失去双臂后，一直训练口书书法，二十年多年来的训练，使口书作品自成一体，作品被海内外人士收藏。奋斗事迹上过中央电视台的《东方时空》、“面对面”、“小崔说事”。2003 年，被评为中国“十大杰出青年”，作品收藏于故宫博物院……

搬到古城里后，到和志刚书斋里来的领导，有中央的，也有省里的，但这只是和志刚接待的客人中的小部分。到店里来找和志刚的，除了书法界文艺界的同行以外，残疾人朋友也十分多。那些年，和志刚上电视的频率比较多了，许多残疾人都知道和志刚，他们不远千里到丽江来找和志刚，有的是找和志刚学习写字，有的是要见和志刚，学习和志刚的精神，有的则是来看看和志刚到底是个什么样的人，有相当一部分残疾人，想在和志刚这里工作。有的残疾人，他们认为和志刚有钱了，又是残疾人，肯定会收留他们。他们在正常人那里不容易沟通，他们认为找到了和志刚，便能解决问题。所有的人都把和志刚想得神通广大，他们不知道和志刚的力量其实有限，要解决残疾人问题是那样的难。

前久接到一个电话，是从浙江宁波打过来的。打电话的是一位女士，她有一个十五岁的孩子，和和志刚一样失去了双臂，到现在都不能生活自理，从而困扰着一家人的生活。和志刚说，电话里不好教她的孩子生活自理，她可以带孩子到丽江来，也可以让孩子自己到丽江来，在丽江住一段时间后，和志刚保证教会孩子自己照顾好自己。那位女士说自己家庭经济十分困难，到丽江需要好大一笔开支，看起来一时间到不了丽江。和志刚把这件事放在了心里，一直耿耿于怀。后来的一天，和志刚按手机上留下的号码打了过去，接电话的依然是那位女士。和志刚对她说，如果她的孩子愿意到丽江来，只要她准备到丽江的路费，到了丽江以后，一切费用由他承担，包括回家的路费……

与和志刚处境相同的残疾人，还有一个叫刘学富的。2005 年的一天，刘学富千里迢迢从山东到丽江找到了和志刚。和志刚毫不犹豫地就接待了他，并且收留了他。刘学富没有双臂，走路不方便，随时都弯着腰，脖子缩着，时间久了背便有些驼，书斋里的员工叫他“刘罗锅”。刘学富性格开朗，听到朋友们叫他“刘罗锅”，依然笑嘻嘻的，不气不恼，“哎哎”地答应。和志刚很佩服刘学富乐观和达的性格，他总是能吃苦耐劳，有自尊，但又经得起别人善意的嘲笑。和志刚觉得这个人将来一定有出息。刘学富住在和志刚的书斋里，和和志刚同吃同住，有时候，也帮和志刚干上点活。和志刚同情刘学富，愿意帮助他，但是，和志刚觉得还是不能长期留下他，只有能力让他知道知道该怎么过日子，让他明白自己今后怎么去生活。和志刚对他说，先不要学写字，你要先学会如何做人，如何生存。残疾人生存不容易，有时候，要学会低头，不要自命清高，为了生存，该求人的时候求人。一个月后，刘学富仍然没有离开丽江的意思。和志刚婉转地告诉他，他应该去找一条属于自己的路。刘学富说，等到学到了你的口书技巧，就去开辟自己的天地。不久后，刘学富走了，和志刚心里有些悲凉。他经常想到他，给他打电话，了解他的情况。现在，刘学富在自己的家乡，写字、卖字，生活慢慢好了起来。生意好的时候，他马上会把电话打过丽江来。他告诉和志刚说，现在他每天都出去卖字，卖字的同时提高写字的水平。在电话里，和志刚对他说，你卖字，先不要向客人谈价钱，客人愿意买，他愿意出多少钱都无所谓，人家买你的字，并不一定是因为你的字写得好，而可能是更看重你的精神，并且出自人道主义。

和志刚就是这样，以他的口书技艺，以他的高尚人品，潜移默化地感染着每一个像他一样身残志不残的有志青年，也同时谱写着自己别样的翰墨春秋。

（木祥，原名成如明。现为中国作协会员、丽江市作协副主席。在全国各种期刊上发表了小说、散文200多万字。出版了《丽江马帮》《东河啊东河》《女土司和她的后人们》《青春棚》《假如上帝还和志刚一双手》《红灯记外传》《在云南和西藏的边缘》等小说集和民族文化散文集十部。小说《怒江故事》获“大家”文学奖，《假如上帝还和志刚一双手》获云南省文艺精品工程奖，散文《两棵树》获云南省副刊好作品一等奖）

# 浅吟低唱“时本授”

张桂华

纳西民族聚居地乃名副其实的歌舞之乡。如后人赞誉宋代词人柳永所说，“凡有井水处，皆能歌柳词”，而我要说，凡有纳西处，皆能歌古调。纳西族是一个具有悠久历史和灿烂文化的民族。纳西族的民间音乐艺术与其他所有民族的民间音乐艺术一样，都是来源于生活。纳西族民间音乐内容浩繁，形式多样，具有鲜明的民族个性和艺术特征。

他们最流行的乐曲是“时本授”，又叫“时授”或“时本达”，是纳西族青年男女在相互交往和谈情说爱时进行浅吟低唱、表情达意的一种近似于纳西语口语的特有曲调，也是纳西族情歌中使用最为广泛的一种音乐形式。

作为纳西族古老的情歌，“时本授”广泛流传在云南省丽江市古城区、玉龙县及其周边金沙江流域纳西族聚居地区，各地的吟唱腔调也因地域及语言的差异而略有不同。依据传统习俗，“时本授”只能在离家较远的地方吟唱。

“时本授”与诸多纳西族民歌一样，有着较为突出的文学与音乐相结合的特点。著名的纳西族经典情歌、叙述长诗《游悲》(殉情调)，其情节和内容便源于用纳西族古老的东巴象形文字书写记录的长篇爱情经典故事《鲁搬鲁饶》。《游悲》叙述了“孜古羽勒盘”和“开美久蜜金”两个古代纳西族青年男女的爱情悲剧故事。相传，他们两人相互爱慕，但都有着不幸的遭遇而难以相爱和结合。后来，两人通过“时本授”“弹口弦”等方式进行交流，互诉生活的贫困以及家族和父母等人对自己婚姻的强制包办等。最终，两人相爱并冲破重重阻挠，“殉情”来到了传说中“花儿四季开放、鸟儿天天歌唱、野鸡当晨鸡、雄鹿当耕牛、红虎当坐骑、没有压迫、没有贫富、幸福自由”的巫鲁游翠阁——“玉龙第三国”。《游悲》是一代又一代纳西族青年男女百唱不厌的“时本授”经典唱词，《游悲》以超越现实的浪漫主义色彩和悲壮的爱情故事，影响了众多纳西族后人的人生观和爱情观。

流传至今的传统民间“时本授”（相会调）叙述长诗还有《蜂花相会》《鱼水相会》《雪柏相会》等40余调。“时本授”通常用唯美的唱词、含蓄隐喻的手法，描述旧社会人民生活的艰辛以及对未来美好生活的憧憬和对自由婚姻爱情生活的向往与追求，这对研究和探讨过去纳西族社会的生产生活形态及其婚恋、婚姻家庭关系等具有十分重要的意义。

直至20世纪70年代，丽江古城周边纳西族村寨的青年男女谈情说爱时还常常喜欢用“时本授”进行相互吟唱，山区等较为偏远的地方则更是盛行。

“时本授”的最早起源现已无从考证。但从诸多民间故事、传说和流传至今的“时本授”民间口传叙述长诗和“小调”中所阐述的内容和情节来看，其产生的年代应该十分久远。早期的纳西先民过着放牧迁徙、无固定居所的游牧生活，青年男女之间的爱情和婚姻也无更多羁绊和约束，这从至今还在遗存着的纳西族摩梭人“阿注”走婚习俗（男不娶、女不嫁的自由婚恋形式）中可见一斑。

进入封建领主制社会后，纳西人的恋爱和婚姻习俗也逐渐受到封建社会各种礼节的制约，青年男女们不可能再像过去先辈们那样进行自由相爱和自由结合。而值得强调的是，在漫长的封建社会里，纳西族的婚恋制度仍遗存了部分迁徙游牧时期的婚恋习俗，即所谓“恋爱自由而婚姻不自由”的半原始半封建习俗，这一奇特的现象也导致了许多相爱的人不能“终成眷属”。因此，从许多传统的“时本授”叙述长诗中，不难听到迁徙游牧时期的纳西族青年男女们自由恋爱、自由结合的内容，也能听到进入封建社会后，尤其是清朝雍正年间在丽江推行的“改土归流”后，纳西族青年男女们反对封建束缚、争取自由幸福和爱情的内容。

“时本授”的形式大体可分为两类：一类为“即兴吟唱”。这一类型的吟唱通常是在纳西族青年男女之间进行最初阶段的集体交往和群体谈情说爱时相互唱和的“短歌”和“小调”，其特点为用借景抒情、以物拟人等方式向对方表情达意。如《三月百花开》：

男：三月百花开，花一样美的，
钟情的姑娘，纳西花马国，
哪个国里来。
女：要说姑娘我，问我哪里来，
坞托红石榴，来自坞托村。

这种“短歌”的吟唱方式灵活多变，寓意形象生动，通常能用较短的语句探明对方的基本情况并了解对方的心境。因此，每逢传统节日或劳作之余，便成为纳西族青年男女们走出家门，谈情说爱、吟唱“时本授”的好时机。通常，他们会集体相约在风景秀美的郊外或在树木婆娑的山林里，男女之间总要隔着一条小河、一棵树或一蓬刺进行“时本授”吟唱。开始时，一方先高喊一声悠长的“啊呼呼——噔——”，另一方随即应和，之后便用即兴吟唱的方式进行对唱。此时，双方吟唱的内容也多为一些互相试探和揶揄的小调，或是一些介绍自我、赞美对方的溢美之词。若遇吟唱水平较高者，则会邀约吟唱（对唱）传统爱情叙述长诗。

通过这样的群体交往和了解，青年男女们才会慢慢地从中选中各自的意中人并单独相约吟唱“时本授”，从而进一步了解对方并以此加深彼此之间的爱恋之情。因此，许多年轻人都喜欢拜那些民间歌手为师学唱“时本授”的经典唱词或绝句，以求在对唱时有更多绝句妙语来战胜对方并获得对方的关注和青睐。

另一类为“叙述长诗”（调）。纳西族青年男女在通过一定时间的群体交往和对歌后，会从群体中逐渐分离出来进行少数几个人或两个意中人之间的约会。此时，“时本授”的吟唱内容也会更多地选用有着更深内容和寓意的爱情“叙述长诗”，如《鱼水相会》《蜂花相会》《雪柏相会》乃至《游悲》（殉情调）等。如《鱼水相会》中唱道：

丽江玉龙山，雪山有三峰，
高的三峰间，白雪积三塘。
矮的三峰间，柏树有三棵，
风吹柏叶落，落在雪塘里。
雪花会变化，雪融变成水，
柏叶会变化，柏叶变成鱼。
鱼和水相会，永远不分离。

在进行“时本授”吟唱过程中，情投意合的男女双方还会用口弦进行吹奏和吟诵。这类爱情叙述长诗在民间流传非常广泛，内容也包罗万象。通常，短一点的叙述诗有几十到百余行，比较细腻完整的可长达两千多行，但其主题永远离不开对美好爱情和自由婚姻的憧憬与向往。如叙述长诗《游悲》的结束部分：

妹是一朵花，永远开不败，
哥是一只蜂，永远不衰老。
花儿开得艳，只待蜂来采，
蜂儿飞得勤，为着采花来。
蜂儿爱鲜花，鲜花恋蜜蜂，
阿哥和阿妹，相爱在雪山，
年轻在雪山。

“时本授”具有鲜明的艺术特征。首先是，唱腔独特。“时本授”的旋律和唱腔不同于所有纳西族传统民歌。其唱腔和旋律源于纳西语口语发音的音调，是一种近似说话的低吟轻唱。纳西语的发音有高平调、中平调、低降调、低升调等四个具有明显高低起伏的声调，因而语言本身就具有旋律性和歌唱性。“时本授”在吟唱时，通过恋爱中青年男女双方的情感投入和刻意渲染，使之更加委婉动听并更具感染力。其次是，如诗的韵律。“时本授”的唱词与纳西族其他所有民歌一样为五字一句，四句一段，并采用“借字谐音”的手法。即用上一句之某一字的读音或谐音用于下一句之开头或其中一音，从而增添了诗的动律与韵律。再次是，寓意深刻。“时本授”的最大艺术特征就是用“以物拟人”的表现手法。纳西族是一个内敛而含蓄的民族。因此，纳西族青年男女之间在谈情说爱、吟唱“时本授”时，也往往采用大量的借喻和比拟手法，即用“以物拟人”的创作方式来塑造形象并表情达意，因而相恋双方的情感更加丰满，过程更加浪漫，“时本授”所含寓意也更加深刻。

“时本授”具有重要的文化价值和社会价值。一是对传承和弘扬纳西母语有重要价值。由于“时本授”所有唱词均用纳西母语，唱腔也为近似于纳西母语口语发音时的音调，从而完整地保留了纳西母语所特有的发声、音调和韵律。因此，“时本授”也是最适合用于传授、传播和推广普及纳西母语的各项工作中。二是对研究纳西族古老的民间口述文学、探索早期纳西族社会的生产生活形态及其爱情、婚恋、家庭等关系具有重要价值。在浩如繁星的纳西族民间口述文学中，与情歌“时本授”相关内容的作品占比似乎是最大的。“时本授”由青年男女双方即兴抒发演唱的无数“短歌”、“小调”到世代相传的传统叙述长诗“相会调”系列，其数量及所含内容难以计数。它以丰富的内涵、多彩的形式、巧妙的比喻，展现了纳西族民间口述文学的无穷意趣以及纳西民歌所特有的艺术精粹，这对于研究纳西族古老的民间口述文学，探索早期纳西族社会的生产生活形态及其爱情、婚恋、家庭等关系具有十分重要的意义。

进入 21 世纪以来，尤其是“城市化”建设进程的进一步推进，纳西族原有的传统农耕文明正逐渐退出历史舞台，“时本授”也如诸多其他优秀传统民族文化一样面临失传的危机。目前，能够吟唱“时本授”的人大多已进入古稀之年，而能够完整吟唱“时本授”传统叙述长诗的人可谓寥若晨星。据调查，现阶段的年轻一代纳西人更多地沉醉于手机、电脑等互联网现代信息网络交友手段，对世代相传的“时本授”这一独特而唯美的恋爱交友方式知之甚少或完全不知。因此，如不及时采取措施加以保护和传承，“时本授”这一纳西族珍贵的文化遗产将濒临消亡！



（张桂华，女，纳西族。云南省丽江市玉龙县人，民族文化工作者、词曲作者。相继担任丽江市古城区文化馆馆长，古城区非遗中心主任等职。现为中国音乐家协会会员，丽江市古城区非遗中心研究员。作品曾获中国西部民歌大赛“金奖”、“云南文艺精品工程奖”、云南省群众文艺创作“彩云奖”金奖，以及“丽江市文学艺术创作奖”等。个人荣获云南省首届“最美文艺工作者”称号）

# 扑朔迷离话“蛮王”

马 海

“蛮王”是古来滇川交界地带一个特殊的“产物”。他应该“产自”蛮荒之地吧。荒蛮即是不开化的民风彪悍地区，人烟也必定很稀少，大约就如唐人诗句所形容的，“芳树无人花自落，春山一路鸟空啼”。古代泛指华夏中原民族以外的少数民族。他的“身世”其实是扑朔迷离的。

云南省丽江市华坪县与四川省攀枝花市西区、盐边县交界带，地处横断山脉东部，南北走向的连绵大山直抵金沙江边，系滇川交界地带。自秦汉以来，这里被纳入中央版图，随着官方道路的开通与郡县制的设置，此地“西南夷”与中原内地有了密切联系。元朝至清代中期的土司制度，增进了各部落、民族之间的交融；清代中后期汉族移民的进入，使这块土地汉夷融合的程度更高。那时起，“蛮王”这种部落首领的称呼就客观存在了。“蛮王”既是内地迁徙到此的客家人的视觉称谓，亦是中央行政对边地部落首领的封号，“蛮”与“文明”，有着对立统一的关系。明朝初期，西南土司制度逐渐完善，卫所、土司分封，削弱了当地土著西番、傈僳和么些人部落酋长的权力，加以大批外籍兵勇落籍为民，汉佃入境增加，开垦放牧，对土著民的利益产生直接影响，于是产生民族对立。《明史》有确切记载的“蛮王”叛乱——明洪武二十五年 (1392 年)，建昌卫指挥使月鲁帖木儿发动叛乱，贺纳莫尔 ( 民称“蛮王”) 带领部落反抗土司。土司阿吉撤加以武力镇压，困贺纳莫尔于“蛮王”洞 ( 今米易县麻陇乡境)，用箭将其射杀，其子亦死。贺纳莫尔之弟 ( 民间称小“蛮王”) 带残部逃往丽江，被木土司收编为领民。

以上历史背景和历史事件，为云南省华坪县与四川省攀枝花市交界带的“蛮王”文化，提供了形成的背景和传播雏形。

关于“蛮王”，大都是流传于华坪县东部、攀枝花市西部的口头文学人物，没有相关史料记载，人物年代不详，人物形象以民间口头传播的方式存在，人物故事零碎，充满传奇色彩甚至神话色彩。

华坪民间口述的“蛮王”形象，自幼失去父母，身材高大，头大如斗，双目如炬，力大无穷，骁勇善战，使用一口铁环大刀，善骑射。因其自幼失母，故而性格孤僻残暴，若有妇女当面喂奶，“蛮王”就会割其乳房。因为“蛮王”自幼没有父亲，若有人在他面前抽烟锅，“蛮王”就会掌击烟锅，致使抽烟者因烟锅嘴穿后脑勺而暴毙。“蛮王”的坐骑相传为龙须马，白色，长着龙须一样的胡子。“蛮王”的马原为凡马，无特异之处，有一次“蛮王”一个人骑马翻过一座大山，路旁有一个老人歇气，老人请“蛮王”用马驮他一程，“蛮王”照做，牵马送了老人一程。临别，老人送给“蛮王”一双草鞋，说“蛮王”若穿上此鞋，将会健步如飞。“蛮王”一看是一双普通草鞋，就没有在意，随手挂在马鞍上，离去。片刻后“蛮王”拴马去解手，白马就扭头把鞍子上的草鞋吃了，等“蛮王”回来，看见马长出了龙须一样的胡子，大惊，明白刚才遇到的老人为异人，赶紧回头寻找，无处可寻。但此后“蛮王”的马可日行千里夜行八百，“蛮王”作战所向披靡，人唤坐骑“龙须马”。

据说，有一次，“蛮王”闻永北高土司家比武招亲，骑上龙须马，单骑赴永北府。一步跨在德茂滑石板，于是留下一串箩兜大的马蹄印；二步跨在马过河，于是后人就叫这条河为马过河；三步就到了永北府高氏门前。比武招亲大会上，“蛮王”骑射皆夺魁，高土司却拒不见面。“蛮王”敲高土司大门，高土司以“蛮王”身份低下而不愿许配爱女与他，“蛮王”大怒，骑马回到“蛮王”寨，树旗造反，遂与土司反目。

“蛮王”喜欢南阳厂李秀才之妻美姑，趁李秀才外出进京会考，“蛮王”带人掠美姑归“蛮王”寨。“蛮王”让美姑做压寨夫人，美姑思李秀才，与“蛮王”约法三章：待李秀才归来，请李秀才写休妻之书，然后“蛮王”明媒正娶，否则美姑以死相待。“蛮王”无奈，只好依从，将美姑扣押“蛮王”寨。李父在家以为美姑遭难，儿子外出会考未归，于是病倒在床。李秀才回家，老父已经归西。李秀才带人去“蛮王”寨寻亲，险些丧命。不久传来消息，李秀才中探花，当地太守大喜，欲招李秀才为婿。李秀才为搭救美姑，假意答应太守，并请太守发兵“蛮王”寨，消灭“蛮王”后与太守女儿成亲。太守率兵剿灭“蛮王”的晚上，美姑听闻李秀才变心，遂跳崖自尽。太守消灭匪兵，割下“蛮王”首级向朝廷请赏，李秀才心灰意冷，跳崖随美姑而去。李秀才的坟埋在“蛮王”寨去南阳的古道边，人称探花坟。

关于“蛮王”之死另有一种传说：“蛮王”势力强大，盐边土司多年强取而不胜，于是心生一计，在盐边草海边摆下鸿门宴，传书与“蛮王”打亲家，永世和好，不再为敌。“蛮王”轻信，遂赴宴。宴席上，土司酒肉款待，以当地结盟习俗，用刀子戳肉互相喂到对方嘴里，“蛮王”先喂土司，土司笑纳，等土司喂“蛮王”时，刀子早已抹上剧毒，喂到“蛮王”嘴中，土司一刀封喉，“蛮王”毫无防备，“蛮王”即死。土司割下“蛮王”头颅，使其身首异处，头颅装于铁箱，三层叠加，镇于土司府后四川岩子山洞内，铁锁锁门，兵勇守候，使其永世不得还魂。尸首弃于山野喂鹰，苍鹰盘旋而不敢靠近食之。“蛮王”部下寻到尸首，以马匹驮之而回，累死三匹马方驮到大兴街北河边，葬之，地名叫“三马喇”，沿用至今。“蛮王”寨至此衰落，树倒猢狲散。20世纪三十年代，有人称西昌马专员从土司府山洞提走“蛮王”头骨，用石棺安葬于“蛮王”寨山下风水宝地，无处可寻。

至于“蛮王”寨，还真的有迹可循。它位于华坪县兴泉镇关塘村委会东十里山顶，“蛮王”寨东侧即为云、川两省省界。“蛮王”寨海拔

2815 米，占地面积约 6000 平方米。寨子现存蜿蜒林间的石墙、土夯墙，以及寨内形状清晰的后厅、中军帐、前厅、寨门。寨子残损不堪，青苔落叶覆盖，寨内外古木参天。寨子南北向，北高南低，中宽两端窄，南面刀背岭上一条路，其他三面为坡度极陡的悬崖或山林。距离南门不足百米之处有水源，现未断流。但经近年笔者多次走访，翻阅文献，结合当地营盘建制规律，初步认定此处为明、清两代军队营盘。1998 年，此处已列为华坪县文物保护单位。近年云、川两地户外运动爱好者频频登临，怀古探幽，多有各种游记刊载于报端。当地民间相传，“蛮王”寨即是“蛮王”的兵营。其附近有一古关隘，名叫“把关”，位于蕨苣梁子与“蛮王”寨山体结合处，处于尖山与“蛮王”寨两峰之间的凹地垭口，海拔 2250 米，自古是华坪通往四川盐边县古道必经之地。把关地名来历，一是相传曾有“蛮王”把关，万夫莫开，故而得名。二是曾有清政府八位武官率兵清剿“蛮王”于此，当地人将“八官”喊作“把关”，延续至今。1986 年，攀枝花市文管所在盐边县惠民乡德胜村发掘了一座“蛮王”坟，发掘工作历时六天，“蛮王”墓系夫妻双墓室，年代约为清初，规模较大，形制独特，墓主人姓氏不详，随葬有部分陶器。据华坪县兴泉镇关塘村现任村主任马发德家自述，他家是“蛮王”马夫的后人，祖上为“蛮王”牵马多年，“蛮王”赐马夫名马彪，傈僳族本无马姓，唯关塘、干箐马姓以此为姓。马彪在“蛮王”死后落脚关塘，家族延续至今。每逢过年，马发德家尚保存祭祀“蛮王”的习俗。

综上所述，可知“蛮王”其人其事，在官方文献没有记载，以民间口头流传为主，形成民间文学的样式。民间流传的“蛮王”其人，已经融入了较多加工润饰成分，成为一个正邪合身的草莽英雄形象。那么，民间文学当中的“蛮王”，其原型是谁呢？“蛮王”寨的寨主、把关守将紫“蛮王”、把关墓主人紫文礼、盐边惠民乡“蛮王”墓主人，这四个人是什么关系？据《华坪县志》“武术”一节载：“清末，县境有数名武秀才收徒传艺，训练家丁。武功高者，如大兴干箐紫“蛮王”、民主杨恒泰、大兴街王武成、河西崔正明及荣将的毛魁均为一方势力。”“把关”一带的老者，也谈到紫“蛮王”是清末人，为紫文礼养子，紫文礼死后由紫“蛮王”从宁远府运回把关安葬，紫“蛮王”此人力大，因被土司杀害的那个古代“蛮王”头颅装于厚重铁箱之内，无人能打开，唯紫“蛮王”能打开，众人推举他为“蛮王”，人称紫“蛮王”，成为“把关”末代“蛮王”。鲤鱼河边拉毕村闫家，其祖上有五品守备闫世茂，墓今尚存，碑文记载闫世茂为清咸丰年间阿喇山守备，后弃军从商。闫家后人讲述，当年闫世茂与紫“蛮王”各为一方势力，经常比拼势力大小，以枪支互赠。“蛮王”寨营盘和相距三十里的傈僳族唐贵营盘相比，唐贵营盘建于1820年，距今200年，但其营盘石墙古老程度明显逊于“蛮王”寨。“蛮王”寨的修建较为完备，功能区域分布严禁，是一个做长期打算的官方营盘，不是短期兴建的绿林山寨。“蛮王”寨历经多少年？兴衰历程如何？其首领是谁？是一个“蛮王”还是多个“蛮王”？一系列扑朔迷离的谜团，都有待进一步解开。也许历史的魅力就在于草蛇灰线的线索、蛛丝马迹的遗存、民间文学的加工、后人乐此不疲的猜想与考据吧？而这一切，也许正是滇川交界一带独具魅力的缘故之一。

（马海，中国少数民族作家协会会员，云南省作家协会会员，鲁迅文学院少数民族班第九期学员。出版著作有《味蕾上的云南》《华坪记》《酒民手札》等5部）

# 天地大美有丽江

李群育

庄子有言,“天地有大美而不言”。丽江正是“有大美而不言”、“充实而有光辉”的一方水土。然而,面对大自然和历史的丰富馈赠,我们往往是“不识庐山真面目,只缘身在此山中”,或者是若明若暗,不识不言。各级领导同志在丽调研时多次提出了要扎扎实实抓好“大美丽江”建设,由此,“大美丽江”逐渐成为全市上下极其关注的一个新话题,认为“大美丽江”,美在文化、美在生态,美在发展。时下,进一步认识和宣传“大美丽江”的丰富内涵及特色价值,是扎扎实实建设“大美丽江”必然要求。

丽江虽小,但堪称“充实而有光辉”:既有国家级历史文化名城、国家重点风景名胜区、中华绝学东巴文化,又有世界文化遗产、世界自然遗产,世界记忆遗产;既有雪山、大江、峡谷、森林、草场等高原风光,又有小桥、流水、人家、田园、古镇古村等江南风情;既有丰富多彩的少数民族文化,又有兴旺发达的中原儒学;既有各民族之间、个人与社会、人与人和谐相处的传统文化,又有尊重自然、保护自然、人与自然和谐统一的生态文明。丽江虽是地处祖国西南边陲的一个少数民族贫困地区,却又成为中国改革开放三十年来成功开拓发展的 18 个典型地区之一。这是丽江的内涵美、形象美、发展美。

## 一、丽江的文化之美

“大美丽江”,美在文化。文化之美,美在丽江具有世界性的文化风格与品格,具有鲜明的地域性、民族性、源头性、独特性、原创性、深厚性、丰美性、包容性、多样性、开放性、融合性、和谐性文化特征。

特别是追求和倡导人与自然和谐统一，多元文化融合共处，各民族团结和睦等具有世界意义与时代精神的文化精神和价值。这是“大美丽江”之内涵美的核心。

丽江文化之美，美在具有世界性特点。丽江拥有的世界文化、自然、记忆三大遗产，集中体现了丽江文化的世界意义和独特性，世界文化遗产丽江古城、世界自然遗产“三江并流”、世界记忆遗产纳西族东巴古籍文献，毫无疑义是“大美丽江”的国际性品牌，也是丽江文化的重要标识和符号。一个高原与水乡同在，古雪与古城相望，文化与自然交相辉映，多元文化交融共生，各民族和睦相处、人与自然和谐统一，既古色古香又充满现代气息的丽江古城，成了最先进入世界文化遗产名录的中国历史文化名城，也是目前中国历史文化名城中仅有的两个世界文化遗产之一，丽江古城具有的世界意义和地位无与伦比。世界记忆遗产东巴文化遗产内涵丰富独特，其中的东巴象形文字，也是中国社科院批准立项的中华绝学学科之一，具有独树一帜的世界文化意义。此外，摩梭母系文化等丽江众多民族文化也具有世界意义的独特价值。

丽江文化之美，美在具有源头性特点。丽江历史悠久，古代文明源远流长。从旧石器时代到新石器时代，从红铜文化到青铜文化时期，在丽江境内都留下了众多人类文明源头的足迹。其中，距今已有十万年的丽江木家桥出土的旧石器时代晚期智人“丽江人”，石器时代的“金沙江崖画”等，是具有长江流域人类活动源头性的文物。丽江至今仍然存活的象形文字，活态性地保留了人类文字发展的源头阶段。世界各地的文明古国都曾出现过使用象形文字阶段，比如古埃及文明时期的象形文字、古玛雅文明时期的象形文字，可惜的这些文明古国的象形文字都已在历史长河中死亡，如今已只能在考古发掘中有所发现。唯有丽江东巴象形文字存活至今，这对研究人类文字起源和发展具有重要价值。用这种古老象形文字记载的人类史前时期的许多记忆，同样具有人类文明的源头性价值。至今仍然存活在泸沽湖边的摩梭母系大家庭文化，具有人类婚姻家庭发展历史的源头性特点，极具研究价值，英国约克大学博士、著名人类学家周华山指出："摩梭文化妥善解决了六个问题：一是两性社会地位和感情空间问题；二是性骚扰、偷抢、打家劫舍、杀人放火等犯罪问题；三是现代社会人际疏离和战争威胁问题；四是婆媳、妯娌、亲子及姐弟兄妹间的家庭矛盾和烦恼；五是老人被虐待及无法消除的孤独等问题；六是人与自然如何和谐共存的问题。"而丽江境内直到中华人民共和国成立前夕仍存在有原始共耕制、奴隶主占有制、封建领主制，以及封建地主经济、资本主义民族工商业经济等不同社会发展形态并存的现象，堪称人类社会发展历史的"活化石"，同样具有源头性特点。

丽江文化之美，美在具有原创性特点，特别是丽江纳西族生态文化观，在人类生态文明建设的理论和实践中具有原创性意义，极大地丰富了中华"天人合一"的生态文化内涵。西方传统文化中的人类与自然的关系，就是征服与被征服、索取与被索取的不平等关系。而中华文化强调的是"天人合一"、"道法自然"的思想，认为人与自然万物为同根同源，血脉相连，休戚与共的统一体。纳西东巴象形文字记载的人类要尊重自然、保护自然，人与自然要和谐相处的理念，极大地丰富了"天人合一"的中华生态文化。丽江文化在认识和处理人与自然关系问题上，提出了三个具有原创性、源头性意义的思想理念：一是"人与自然是兄弟"的观点。纳西族《东巴经》中明确提出，人类祖先与"署"（自然神）本是同父异母的亲兄弟，由"署"司掌自然界山林川泽、水源及野生动物，由人类管理村落田园家畜等，人与自然应各司其职，互助友好，和谐相处。这种用人与自然是兄弟的观点，形象地说明人与自然万物是"同根同源，血脉相连，休戚与共"统一体关系的思想。二是大自然会报复人类的观点。古老的纳西东巴文化强调人类不能伤害大自然，因为大自然对人类具有服务与危害双重性，既能造福人类，也能危害人类，人类如若对大自然友好，大自然也就会对人类友好，人类如果伤害了大自然，大自然也必将报复人类。三是人与自然友好相处才能共存共荣的观点。这一观点在东巴经典中多有形象生动的解译。其中《休曲苏埃》通过讲述人与自然打生态官司的故事，告诫人与自然不能及时化解矛盾，其后果是，河水都会断流，树木都会枯死，大地不再有绿色，万物生灵会渴死，海枯石烂，人类和自然万物都难存活。人与自然，斗则双亡、和则共存的思想和实践，在世界各地各民族传统的生态文化中绝无仅有，具有独特性、原创性以及实践性特点。丽江生态文化的价值不言而喻。

丽江文化之美，美在倡导民族团结和睦相处。用和谐、和平、合作、双赢的思维方式去处理民族关系是丽江文化又一特点。丽江自古为多民族聚居区，境内居住有二十多个民族，其中有 11 个世居民族。在漫长的时期，丽江各民族和谐相处，相互尊重、相互学习、共同发展，各民族文化相互渗透、相互吸收、融合发展，始终是丽江历史文化发展的主流。纳西族《创世纪》中指出，纳西族祖先与周边的藏族、白族等民族的祖先是同胞三兄弟。明代纳西族木氏土司曾出巨资，在川西南和藏东南及滇西鸡足山等地建造寺院，并在丽江或前往内地刻印佛经，其中刻印的丽江版《甘珠尔》大藏经成为藏区最早的雕版大藏经，当年首印送往拉萨大昭寺的丽江版《甘珠尔》大藏经保存至今，成为丽江尊重周边民族的文化宗教信仰，民族团结友好的历史见证。明代大旅行家徐霞客在大理鸡足山因瘫痪入绝境时，丽江纳西族闻讯后抬着徐霞客，走过千山万水，历时 150 多天，将其安全送回江苏江阴家中，成为纳汉民族团结的千古佳话。

丽江文化之美，美在具有多元性、包容性、开放性特征。丽江地处巴蜀文化、古滇文化、康藏文化这三大文化区的结合部，从西北南下的古氐羌部族先民到丽江后，首先与当地原住民濮等族群融合，之后又不断与来自内地的汉民、来自藏区的藏民、来自白夷地区的各民族文化交流交融，逐步形成了丽江多元一体文化特色。西北的草原文化、氐羌文化，东部的巴蜀文化、中原文化、西部的藏文化、南部的百夷文化、濮越文化、南召文化，以及各种宗教文化、农耕文化、马帮文化、峡谷文化不断在丽江聚集、融合、传承、积淀，丰富和发展了丽江多姿多彩的文化。其中，有纳西东巴文化、丽江古城多元一体文化、摩梭母系文化、彝族毕摩文化、傈僳族歌舞文化、白族本主文化、普米族韩规文化、永胜他留人文化、毛氏文化、边屯文化，还有藏传佛教、汉传佛教、道教、基督教、伊斯兰教等宗教文化。丽江也是“边地儒学兴旺发达之区”，并且保存了洞经音乐（纳西古乐）等一些在中原已失传了的文化。明代丽江先民积极与内地文化交流交融，不断提高丽江的汉文化水平，《明史》称在西南少数民族地区“知诗书、好礼守义，以丽江木氏为首”。随着茶马古道的开通，丽江成为茶马古道商品集散地和文化的交汇区，印度、缅甸等南亚、东南亚文化，内地中原汉文化不断在丽江交流交融，丽江成为我国对外开放的一个重要窗口。世界文化遗产丽江古城，国家重点文物保护单位白沙壁画，以及纳西古乐等正是丽江文化对外开放的产物和典型代表。丽江多元文化和谐共生，在中国西南奏响了各民族文化和谐共处、各美其美、美人之美、美美与共的历史交响曲，成为名副其实的多元文化和谐共生的典范。

丽江文化之美，美在自觉的国家认同与强烈的爱国情怀。丽江各族先民在维护国家统一民族团结等重大问题上，始终积极主动与中央王朝积极合作，加强与周边各兄弟民族的团结，努力维护国家的统一，并依靠强大的国家力量，营造边疆民族地区和平发展环境，不断地促进区域内各民族经济社会文化的发展。和则安、和则兴，是丽江各民族在漫长的历史实践中得出重要经验及文化精神。东汉时期的“白狼献歌”、元代的“元跨革囊”、明代“洪武西征”、清初“平定三藩”等历史事件中，丽江先民都充分表现出了自觉的国家认同意识和行动。近代以来从鸦片战争、中法战争、中日甲午战争到抗击八国联军，从抗日战争到抗美援朝等抵御外侮的一系列抗争中，丽江儿女始终奋勇当先，不怕流血牺牲，为中华民族而战、为可爱的祖国而战。

丽江文化之美，美在崇尚和谐、倡导感恩。丽江境内各民族都有崇尚和谐、倡导感恩的文化传统。比如，傈僳族文化强调互帮互助，一人有难，众人解救；一户欠债，家族承担；一家建房、全村共帮；男女婚嫁，共出聘礼，共负债务；获取猎物，全村共享，见者有份；出门时不上锁，也不带口粮，只要走到傈僳人家，到谁家就在谁家吃，即便是主人不在家中也可以进屋取食，主人也不会相怪。诚实善良，严禁偷窃，“哪怕穷死饿死，也不去讨饭偷窃”，对偷窃行为实行零容忍。倡导感恩，不仅要对先辈、父母、老人感恩，也要对大自然及家畜等感恩，其中逢年过节团聚吃饭前，要首先给耕牛喂油和盐，以感谢耕牛一年的辛劳，同时要先盛饭给狗吃，以感谢狗对人的帮助（传说是狗给人间带来了谷物）。这一切，在市场经济的今天，更显得难能可贵。

丽江文化之美，美在具有丰美性特点。丽江独树一帜的图画文字、优美动听的古乐、古调，多姿多彩的舞蹈、民歌，以及人与自然和谐统一的古城、古镇、古村落等，无不体现出丽江文化无与伦比的丰美性特征。

丽江文化之美，还体现在“焚骨不葬”等传统习俗中。火葬并不保留骨灰的生态葬，是丽江纳西族等少数民族古老的丧葬习俗。元代李京《云南志略》称：“末些（纳西）……无棺椁，贵贱皆焚一所，不收其骨。”明代正德《云南志》则称其为“焚骨不葬”。清雍正元年丽江“改土归流”之后，纳西族“焚骨不葬”的传统丧葬习俗，被流官视为陋习而被禁止并强行推广土葬。但在丽江境内许多地区特别是广大山区仍坚守着“焚骨不葬”的古俗，直到现在一些山区仍然实行。此外，据有关史料，丽江境内的彝族、傈僳族、普米族等也有火葬习俗，其中，彝族至今实行不立坟、不保留骨灰的生态葬习俗。丽江传统的火葬并不保留骨灰的丧葬文化，具有积极的现代价值和意义。

## 二、丽江的生态之美

“大美丽江”，美在生态。山川秀丽、生态优美，展现出丽江“美绝人寰”的生态美。丽江具有地貌多样，气候多样、物种多样性特征。其中有亚热、温、寒三种气候带；有山区、河谷、坝子三种类型地貌；有老君山、玉龙山、绵绵山（小凉山）三大山系；有金沙江、澜沧江、雅砻江三大水系；有程海、泸沽湖、拉市海三大高原湖泊。这些构成了丽江生态环境基本特征。丽江的生态之美，存在于丽江丰富独特自然地理环境和极其重要的生态地位之中。

生物多样性之美，丽江当之无愧。滇西北是“欧亚大陆中国生物多样性最丰富”的地区，也我国三大生物多样性中心之一，丽江正处在滇西北生物多样性最富集的区域，素有“植物王国”、“药材之乡”、“植物基因库”、高原生物多样性的典型代表之称。境内有包括云南八大名花以及珙桐、红豆杉、榧木、银杏等国家保护植物在内的 13000 多种植物（其中高等植物 5000 种以上），占全省植物种类的 70% 以上，有天麻、虫草、云归、雪茶等药用植物 2000 多种，占我国所列品种的三分之一还多。境内还有滇金丝猴、小熊猫、中华秋沙鸭、黑颈鹤等众多珍稀动物。世界自然遗产老君山是丽江生物多样性核心区，其中的玉龙县新主天然植物园称之为“植物避难所”，在不足十平方公里的地段内，几乎汇集了横断山系所有的植物种类，其中有国家一类保护珍稀植物十余种，还有一棵树高 37 米，胸围近 12 米的铁杉，据有关学者研究其树龄已达三千年，堪称“铁杉树王”。丽江玉龙雪山也堪称动植物宝库，其中有丽江铁杉、红豆杉等二十多种国家保护的珍稀濒危植物，有金猫、灵猫、小熊猫、白腹锦鸡、血雉白鹇等 59 种珍稀动物。蝴蝶种类珍奇而繁多，有高山药材 800 多种，有种子植物 145 科 3200 多种，是我国植物模式标本的集中产地和云南园艺类观赏植物的主要产地。森林是生物多样性的主要载体，目前，丽江境内森林覆盖率已超过 72%。

自然造化之美，丽江无与伦比。几千万年前的一次造山运动，使自青藏高原奔腾南下的金沙江、澜沧江、怒江，在南北走向的云岭山脉、怒山山脉、高黎贡山山脉的挟持下，在滇西北形成了总面积约四万平方公里的“三江并流”自然奇观，三条大江之间的最短距离仅为 66.3 公里。在海拔从 700 米到 6500 米的垂直空间内聚集了北半球几乎所有的高山峡谷、江河湖泊、雪峰森林、田园草地等景观类型，浓缩了极为错综复杂的气候特征，蕴藏着大量的珍稀动植物，称之为“欧亚大陆中国生物多样性最丰富，多种地质景观和高山地貌类型演化过程最杰出的代表，世界一流的地质地貌景观自然遗迹”。

生态屏障之美，丽江当仁不让。丽江的生态地位极其重要，金沙江流经丽江境内 615 公里，占金沙江总长的四分之一多，占长江总长的十分之一。丽江因金沙江得名，史称“金沙江即古若水，一名丽江，郡取为名，亦名神川。”“其曰丽江者，则以金沙江得名”。丽江是历史时期金沙江流域生态环境最美也是保护最好的地方，上世纪八十年代被称为“长江上源最后的绿色堡垒”。在云南九大高原湖泊中丽江占有其二，程海是我国唯一世界仅有的 3 个天然生长螺旋藻的湖泊之一，“泸沽湖是全云南最漂亮的一个湖”（洛克美国《国家地理》），始终保持着水清澈如水晶的一类水质，是世所罕见的未被污染的处女湖。还有拉市海是中国三十个“国际重要湿地”之一。玉龙山为云岭山脉最高峰，是长江南岸的第一高峰，也是北半球纬度最低的一座有现代海洋性冰川分布的高山，分布有 19 条冰川，有现代海洋性冰川博物馆之称，具有重要的冰川研究和全球气候变迁等研究价值。

## 三、丽江的发展之美

“大美丽江”，美在发展。敢为人先，创新发展，是丽江历史上特别是改革开放以来坚忍不拔的探索和实践。这是"大美丽江"具有的发展之美。

历史上的丽江，是茶马古道重镇和商品集散地，曾以"富冠诸土郡"、"好礼守义"著称于世。元代以来，丽江发展的地位和作用不断显现，特别是明代，丽江成为滇川藏交界三角区的经济文化中心，有力地推进了滇西北、康南及藏东南地区经济社会的发展。对此，20 世纪 30 年代的著名学者任乃强先生指出，元明时期丽江的发展壮大成为"开辟康滇间地区三大动力之中第一动力"。当代著名藏学家冯智教授也认为，明代丽江在康滇界区的崛起，推动了滇藏各族人民在我国西南部横断山区之间民族关系的空前发展，推动了区域内各民族的团结进步。这是历史时期的丽江发展之美。

进入改革开放新时代，丽江积极探索和实践特色发展之路，并取得了前无古人的可喜成效。2008 年，中央有关部门组成的"中国特色发展之路课题"调研组指出："丽江市利用当地优势特色资源，做大做强做精旅游业，以旅游业带动经济社会发展，从名不见经传的西南边陲小镇发展成为富裕繁荣文明和谐的旅游文化名城"。丽江成了中国改革开放三十年来开拓创新发展的 18 个典型地区之一（在中国西部仅有的三个），丽江成为民族贫困地区发挥特色资优势走中国特色社会主义发展道路的杰出代表。这一殊荣，集中体现出改革开放以来丽江敢为人先的创新发展之美。

20 世纪 80 年代初期，丽江凭借历史和大自然的丰富馈赠，开始探索文化旅游引领经济社会发展的创新之路。丽江的发展之美，体现在丽江的政治建设、经济建设、社会建设、文化建设、生态文明建设的方方面面，比如，丽江在中华人民共和国成立之前就发动民众取得了和平解放；丽江成为全国文化体制改革先行试点，获得"全国文化体制改革先进地区"称号；丽江正成为国家重要清洁能源基地，境内金沙江中游的六个梯级电站基本建成发电；丽江机场已经步入国内大型机场行列；如同“大珠小珠落玉盘”，丽江获得了“地球上最值得去的一百个小城市”、“欧洲人最喜欢的旅游城市”、“全球人居环境优秀城市”、“感动世界的中国品牌城市”、“世界著名文化旅游名城”、“最佳自助洲目的地”、“国家园林城市”等众多桂冠；丽江成为全国唯一同时拥有世界三遗产的地级市，创造了世界文化遗产保护与旅游互动发展的“丽江模式”；丽江也曾创造了水稻、小麦、洋芋、油菜等全国乃至世界最高单产纪录；亚洲最大的天文望远镜落户在丽江高美古，太空中也有一颗以“丽江”冠名的小行星；称之为当前云南一号工程的“滇中引水”工程取水点就在丽江。丽江的发展不仅是丽江的，也是具有全省、全国乃至世界的意义。

昨天的丽江，让人骄傲；今天的丽江，让人振奋；明天的丽江，让人憧憬。站在新的历史起点上，只要坚持“从延续民族文化血脉中开拓前进”，丽江的明天将更加“充实而有光辉”，丽江的文化之美、生态之美、绿色之美、和谐之美、富庶之美、幸福之美等构成的“发展美”，将更加名副其实、更加光彩夺目。

（李群育，曾任丽江县委宣传部部长、《丽江日报》总编辑及社长、丽江市人大常委会副巡视员和中国少数民族地区地州盟市报研究会会长，丽江文化研究会、纳西文化研究会副会长。编著出版有《新编丽江风物志》《一方水土》《十年一瞬间》《心归慈母：中华民族共同体意识与纳西族历史文化》等。荣获“全国五一劳动奖章”、“云南省先进工作者”、“全省抗震救灾先进个人”等）

# 夏花秋叶两相宜

## ——一位民间传承人“羊倌”的故事

赵泽华

“生如夏花之灿烂，死如秋叶之静美”，人们常用这两句来形容一个人的生命之美。而以这么美好的词句去润饰一个“羊倌”，也许有人会觉得唐突，甚至是觉得“不配”，但我却以为，于本文主人公“羊倌”而言，这是最适宜的形容词了。

这是一个很长的故事，关于故事本身我以为会讲很久很久，却因为这位“彝族披毡制作技艺”省级传承人的离世而尘埃落定。故事的主人公也因他一生所做的这件事得到“羊倌”的名号。他叫杨军，2019年公布为云南省省级项目代表性传承人，这多年来，他所做的这件事就是制作毛毡，从未间断过，故事的句点却在是今年结束了，主人公也在故事的结尾悄悄地走了，以至于很多人都还不知道他去世的消息。

那年冬天的一个早晨，我搭车去50公里外的一个乡镇，采访一个羊倌。我找到他的时候，他正在山上放绵羊，怀里抱着一只小羊羔，皲裂的双手一直抚摸着小羊羔，目光柔和，眼神里细致谨慎的样子，仿佛是在抚摸自己多年不见的幼孙。他的衣服破旧不堪，深蓝色帆布裤子，裤腿微卷；脚踩着一双迷彩布鞋，被露水打湿，附着泥土；头缠黑布包头，眼角布满了鱼尾纹，面如蜡纸，神色祥和而安静。旁边放着一床用绵羊毛制作的披毡，制作精细，和他手上偏执而急剧生长的老茧形成鲜明的对比，甚至如此扎眼。

走近他的时候，他在冲我憨憨地笑。“我是文化馆工作的，昨天打过你的电话，更多的话在电话里交流过，所以今天特意来采访你。”我主动打招呼，伸手与他握手，他迅速把小羊羔放地上，伸手过来，就在我们两个的手要握在一起时，他本能地把手缩了回去，脸上出现很羞愧的神情。而此时我已经看见他伸出的右手缺少了三个手指头，便装作没看见，与他交流了起来。

“那是谁做的？”我指着他身旁的羊毛披毡。

“那是我自己做的”，他些许自豪地告诉我，“赶做这样一床披毡需要五六斤的羊毛，一只绵羊的身上可剪下来一斤左右的羊毛，赶制这一床羊披毡需要五只以上绵羊的羊毛。”说到羊毛毡，激起了他的兴趣，话匣子一下打开了。

他上过学，在八岁的时候就开始跟着爷爷和父亲学习制作披毡。“在以前买披毡的人多，即使没有钱也会拿粮食来换。现在没有人需要，赶出来一床就工时费都需要200多元，卖掉一床才120元，不划算卖，卖掉的很少。”他脸上浮出浅浅的笑，糅杂着难以掩饰的遗憾，从眉梢一直蔓延到鼻梁、嘴角、躯体以外周遭的每一寸土地。

他铺开披毡，示意我坐下。从口袋里拿出烟杆，解下系在裤腰上挂着的烟袋，然后从里面取出蓝花烟丝，用另一只手娴熟地把烟袋挂好，双手一上一下合着搓了几下，把烟杆放在凹下的手掌心里，用食指抠进烟丝，又从别的口袋里掏出一把打火机，嗤的一声点燃烟杆里的烟丝，然后深深地吸了一口，烟雾从他嘴和鼻孔冒出。他递过来烟杆示意我抽。我笑着拒绝道：“我不会抽烟。”

在与他聊熟后，我问他：“手指是怎么回事？”他告诉我说：“在我十三岁那年，爷爷不在了。第二年，父亲因病也不在了，一下子家里缺少了劳动力，干活的没有了，我不得不退学。那以后我就一人独自承担起羊毛的任务。一次剪羊毛时，没有把羊拴稳，猛一下挣脱跑掉了，我专注于剪，一时间剪掉了我的三个手指头。现在就这样了。”从他的表情里，可以感受到剪断三个手指头时的疼痛。他又深深地吸了口咽，吐出一团烟雾，随之轻轻吐了一口痰。他接着说：“屋头条件不好，娃娃他妈一年到头发病，屋头只有一个娃儿，还在上大学。”他回过头来看我，又淡淡地笑，然后说："你就好多了，有工作，有稳定的收入。"我也微微一笑，我看见他眼神里有种说不出来的苦涩和羡慕，顿然，让我觉得莫名的羞愧。他拿着烟杆，轻轻敲在鞋底上，烧完的烟灰轻轻落在翠绿的草地上，还冒着一缕烟雾。他娴熟地收好烟杆，轻轻地叹了一口气。

我问他："您还在剪羊毛吗？"他自然地抬着那只受过伤的手说："这是我爷爷和父亲留下来的一门手艺，以前都靠这个养家糊口，现在市场不好，不过屋头吃起点低保、养老保险金这些，自己种点苞谷、洋芋、荞子。不说过得相当好嘛，基本哩生活嘛好了。"他的面部表情洋溢着幸福、满足。"这几年哩，不用全部靠做披毡来养家糊口，就是娃儿的学费、生活费这些都卖这些披毡、垫毡来交的。我自己文化水平没有，年纪也大了。去外头打工人家也不要，只能放这些羊子，做点披毡、垫毡，找点娃儿的学费、生活费和我自己的茶钱。这几年外头打工的打工、读书的读书，没有人学这些，做这些了，慢慢地这个手艺也就没得了。"眼神里看得出他有些担心、着急和无奈。"小哩时候，我爷爷和父亲交代过，这门手艺是加三家以前老老小小一直流传下来的。以后要我好好学，还得靠我流传下去。"听了他的话，我突然很激动，眼里噙着敬佩的泪水。他的手几乎残疾，但是为了能够让这门技艺流传下去，即使如今生活条件好了，不需要靠它来糊口，但他依然那么坚持。我知道，今天这一趟没有白来，在心里告诉自己，以后我还要来，不但我一个人来，还要邀请电视台的人来做些宣传报道。那一刻一股热血涌动在我的身体里，我感到我工作责任的重要，和它禀赋的价值意义。同时，感觉自己之前的工作没有做好，觉得特别的羞愧，复杂的情绪萦绕着我许久。

他说在宁蒗彝族地区，最为常见的毛毡有三种：伙波、瓦拉和袈什，而且这三种毛毡的制作方法都有所不同。但主要制作工序都是一样的，经历洗羊、剪羊毛、弹羊毛、喷水、卷羊毛、擀羊毛、定型、擀制、晾干等程序。

最开始的工序就是洗羊和剪羊毛。剪下来的羊毛就拿来擀制各种毡。而剪羊毛之前都会集中洗羊，而洗羊和剪羊毛时隔不会超过三天，因为洗羊的目的是为了剪下来的羊毛是干净的，这里洗羊和剪羊毛的日子比较讲究，一般属虎、属猴、属羊等日子不能进行洗羊和剪羊毛。在剪羊毛的过程中，羊要用特定的羊毛制作的绳子拴住，原因是不杀它，为了敬畏它。因为彝族人民吃穿都靠羊。剪羊毛的剪刀也不同于一般的剪刀，是用两片刀拴在一起而成，特别锋利。一般剪羊毛都是从脖颈到尾巴进行，技术高超的人可以把羊毛像脱皮一样整张的剪下来。在剪羊毛时，同一种颜色的羊毛放在一起，而肚子上的羊毛一般是不用的，因为比较硬。

弹羊毛工序很重要，在竹席上用竹弓把羊毛弹松，然后铺在专用的竹帘上，喷水打湿，在不同的季节里，气候太冷或太热羊毛都不太好黏合，因此，热天必须用冷水、冷天必须用热水，水要用口喷；铺羊毛的时候要根据制作毛毡类型进行，比如制作伙波，就铺成梯形，然后用竹帘把铺好和喷好水的羊毛裹起来，一个人或几个人用双手滚动，成形后，移到竹席上反复用力滚动，几次三番，等羊毛凝结。窄的那方用一羊毛制成的绳收领即为完工。喷水固定，制作瓦拉就要在羊毛成形和凝结后用竹片搁在中间来回折叠成百褶裙样式，一般是折成十三片，大小为七寸左右。然后，在瓦拉上边用羊毛编成的粗绳收口，然后晾晒。瓦拉还有另外一种做法就是用羊毛搓成绳，人工梭织而成，且带有长流苏，上方也是用羊毛编织的绳子收口。一般不染色的有黑色白色两种颜色，也有染成蓝色的。毛毡折叠（一般为 30 褶 -90 褶），架什的制作过程也是通过弹羊毛、喷水、卷羊毛、擀羊毛、定型，待到羊毛凝结后，用竹片来隔开每一层褶，如此来回折叠，然后在两边用两块木板夹住定型，在上方也用羊毛制成的绳子收为领，再将绳之两头系在一起，然后晾晒便可完成。架什的制作又比火波和瓦拉要复杂和细腻一些，袈什一般分为单层袈什和双层袈什，双层袈什是比较常用，一般用在婚嫁和丧葬中。双层袈什它薄如铜钱，以两寸宽的褶皱数层。主要制品垫毡，状为长方形，根据需要，擀制大小作垫子使用。毛毡（有伙波、瓦拉、袈什）形状略呈梯形，上窄下宽，火波用于野外放牧时防寒、防雨；瓦拉一般也是用来防寒，且在节假日有重要活动时穿；袈什是（双层袈什）婚嫁时的礼服和过世（不管哪个阶段的人）人的必备服装。背毡，即背具、作背小孩之用，形为正方形。

我问他："做这些披毡是……"他说："以前我爷爷、父亲那一辈，屋头穷没有棉被子，这披毡晚上睡觉时，一张把全身裹好一张地上垫着睡。"他边说边做动作，呈蜷缩状。"夜里睡在火塘边，烧着大疙篼。火小了，冷了脚就伸出去，火大了，热了脚缩回来披毡里。这个披毡冬天穿着是热火的，夏天穿着凉快的。"他又蜷在地上像S状睡着，做着伸出去、缩回来的动作。

"您的意思是披上它冬暖夏凉。"我说。"哦，就是，就是了，穿着风也吹不着，下雨的时候，不打湿身子。"他连连回答道。我说这个好，遮风挡雨。"赶得细的披毡，相当牢，湿透了子弹都打不进去。"他补充道。他脱下帽子，吹了两下，又拍了一下戴回去。我隐隐约约觉察到他还想跟我说些什么，我急切地期待着，但是他欲言又止。

太阳偏西了，虽然他终究没有说出话，我也没有再问他什么，因为我已经猜得到他大概想要说的话。

我问："您这床披毡，披了多少年了？"他低着头，拨着左手的指头，嘴唇在微微动着，在算着年份，"哦……很多年了，我爷爷不在的那年前，我爷爷和父亲给我做的。"啊！这么多年还这么牢固。看我很惊讶，他微微一笑，"天天披着，有人气保护好就不会烂，如果不穿即使放着也会生虫，而且会被虫吃完的。"他看出我半信半疑的表情，指着披毡颜色说，"你看这个颜色黄黄的，年份长了，看看这边边，有些缺了。""哦！原来这样的。你打算以后还披着吗？"我问。"是的，穿着它总感觉到我爷爷、父亲他们还在我的身边。”我看见他那凹进的眼眶里含着泪，说话的声音在哽咽。借物思亲，映照出他这般深情。

我说，我走了。他却一再挽留。我从摄影包里拿出相机说道："我给你拍张照片吧。”他用右手摸摸衣服，看看全身上下，脸上流露出羞愧的神情。看他动作和表情，我明白了，我说："没事，这身最好。”他憨憨地笑，放下条子，披上披毡，用右手擦擦眼角，然后用手掌心搓搓鼻子，呼呼吸了两下。我说："看我，我大声数一、二、三，好，按下快门。”按下快门的那瞬间，拍下了我觉得是我一生中最值得敬重和佩服的羊倌，让他留在了我的相机里、留在了我的梦里、留在我的生命长河里。

在走的时候，我对他说："我今天过来只是想要认识一下您，过一段我还会回来，到时我通知您，您提前准备一下，到时候我们把剪羊毛和制作披毡的过程细细地做个记录。”他很激动地答应了下来。

我搭上了回来的车，在心里告诉自己，我要尽快地把这件事情做了，并且要让更多的人认识这位羊倌，要让更多的人知道这一门老祖宗留下来的技艺。这一门老祖宗留下来的技艺不仅能遮风挡雨，还能产生经济效益养家糊口，最重要的是作为中国非物质文化，它裹挟着民族的文化、情感和历史，是祖辈情感传颂的纽带，是岁月的印记，是民族的记忆。

彝族披毡制作技艺是体现彝族先民智慧结晶的一门技艺。它是祖国传统文化的重要组成部分，是我们了解和研究彝族历史和社会的宝贵资料，是中华民族文化园中的一朵瑰丽的奇葩。一定要留住它，在历史长河里刻下它，记忆里留下它。

（赵泽华，彝族，副研究馆员，现任丽江市非物质文化遗产保护中心主任，云南省曲艺作家协会理事，中国人类学、民族学会员）

# 大医精诚济苍生

## ——省级“非遗”传承人朱瑞林小记

白 浩

宋代著名政治家、文学家范仲淹曾说，“不为良相，便为良医”，这是他那句名言“先天下之忧而忧，后天下之乐而乐”的最好注脚。可见，古时“良医”的地位是非常高的，在人们眼中，似乎“良医”的地位仅次于“良相”。唐代名医孙思邈在《大医精诚》中说，医道乃“至精至微之事”。这些都是古人对医者的敬畏之辞。因何要敬畏医者？因为他们可疗病痛，可起沉疴，可挽性命，可济苍生。

我与云南省省级“非遗”传承人朱瑞林先生结识、交往已经十余年，大都称他为“哥哥”而不是“医生”、“医师”。我们的初识及友谊源于我肌肉拉伤后再一次被医院大夫误诊为“腰椎间盘突出”。按照我十分有限的认知，大多数人成长到一定的年龄，颈椎、腰椎等部位往往会因病变长骨刺，有的骨刺压迫神经，患者行动不便、头晕恶心甚至昏厥倒地，有的则幸好避开神经，没有产生什么不适感，因而自信身强体棒。腰椎变形严重至于椎间盘突出者，当属前者，走路不雅观、病痛难忍受，得赶紧寻医问药或有针对性地锻炼，尽量使突出部分归位、复原……据说这类病不算无药可治，但要手到病除也确属不易。医院里的治疗方案大概有两条：或是冒风险做切除骨刺手术，或是循保守做机械牵引理疗。得知自己的椎间盘竟然突出了，我像热锅上的蚂蚁一样忍受剧痛东突西奔地寻找良医，私底下的妄想是既不做手术也不做牵引而能够痊愈。

较长一段时间的病急乱投医后，可能是缘分到了，来自黑龙江齐齐哈尔、在丽江开诊所的著名中医大夫张静女士，先是一眼看出我的

“其行趑趄”是因“梨状肌严重损伤”导致，与腰椎骨刺并无多大关系，并以针艾精准扎灸穴位、拳肘相加疏通经络、煎药涂药调理内体，我长期被耽搁而愈演愈烈的病痛迅速得到不少缓解，右腿的肌肉萎缩得到控制。闲谈间，张静医生、林天德先生告诉我，他们有一个叫朱瑞林的朋友以用祖传草药方治疗骨伤病闻名，是宁蒗县人氏，傈僳族，为两重保险计，建议我去找他看看。让我觉得心底乍喜、眼前一亮的是，得知这位民间医生有秘制药酒，会喝酒的患者可直接内服或外用，见效迅捷。我暗忖，这倒省去了看病治病的许多过程及无数麻烦，于是，心急火燎地直奔“神医”那“神乎其神”的药酒而去。

朱先生中等个头、面色红润、表情温和、语调轻快、笑声爽朗，但我并没有尊称他为医生，而是依据大概年龄叫他兄长。我想，他没有穿白大褂，药是祖上百年来传下来的，也没有悬挂着招牌的诊所，更听闻他先是入伍参军，转业后竟然因为电学知识深厚还是宁蒗县电影公司负责人、县地震局工程师，50 多岁提前退休，“医生”之名似乎离他很远，可不能乱喊。殊不知，其实他年纪轻轻就学会了“多管齐下”、“多种经营”，断断续续开始行医治病了。只是，相识不久的一段时间里，我发现，或者是出于安全考虑，或者是另有隐情，我的这位兄长虽然有一大堆治病的宝贝，但是不见他诊断疾病——患者要拿着齐全完备的检验报告、医学影像、确诊结论，他才按图索骥、对症下药。我都被误诊了，您还要南辕北辙照着人家的结论开方子，那能把病治好吗？我心生嘀咕。

随后的日子里，朱先生倾其所能给我中草药方子和药酒、带我去他合作的盲人按摩馆理疗，使我常常感动。诚如以上所述，我的病根不在骨头，因此，他的灵丹妙药和治疗手段似乎也成了屠龙人的一身绝技，对于其他物种如我只起了微不足道的效果，仅仅觉得药酒口感不错，值得回味。当然，我也明显看出他对不能有效治疗我的“疑难杂症”既困惑又愧疚。但是，除了像张静医生一样绝没有张口闭口大谈诊疗费用而让我尊重外，我越发感受到朱先生的可敬可爱。简而言之，朱先生的魅力在于依然保留了许多传统美德，遵循着许多少数民族人民奉为圭臬的真挚、淳厚、善良的为人处世准则，这些美德今天在许多地方的很多人身上似乎较难找到蛛丝马迹了。当然，吸引我的还有朱先生丰富的阅历和像阅历一样丰富的中医诊疗理论，什么“外病内治”、“下病上治”、“本地药治本地病”等等，把我听得如痴如醉、入心入脑。口说无凭，在我的追问下，朱先生如数家珍地列举出一大串被他医治好的病例，有的还翻出照片为证。这些被他用回春妙手治愈的患者，地域几乎遍布全国各省、职业几近囊括所有类别、年龄包罗老中青少阶段，除了骨伤病患者主要是骨折病人外，还有脾、肺、肾、肝、胆、心、胃、肠、膲、膀胱等器官出了毛病的。在他娓娓道来的话语中，我尤其注意到这么一番话 :“有些病人家里本来就很困难，哪有药费给我？但我不仅不要药费，送他们走时还要再给几个疗程的中草药回去内服外用。”因此，即便是再困难的患者，康复后想尽办法给他送来农特产品、大小锦旗的感恩故事便源源不断地发生着，让朱先生温暖且为难。从小就听我的奶奶讲过不少豺狼虎豹直至鸟雀蚂蚁被好心人救助、救治后感恩报恩于人的传奇故事，朱先生用真实事例再次印证了人类坚守真、善、美的强大得感天动地的力量，重复彰显着人之为人必须要有无根而固的情义、情分、情操、情怀的不灭道理。

我们的友谊一直延续着，我仍不时到兄长家里讨些中草药服用，其实我早因为病情发展到髋关节病变而在首都医治归来有几年了。我也一如既往地钦佩于他的悬壶济世解除病患痛苦、动情于他的仁心仁术换来医患和谐、欣慰于他的术有专长以及美满生活。只是，就像拿历史文物当作喂狗的碗一样愚昧可怜的人，我对身边这位兄长的确有些熟视无睹和有眼不识泰山的肤浅轻薄，直到有一天他透露 :“宁蒗朱氏诊疗法”早已是云南省人民政府公布、云南省文化厅颁布的省级非物质文化遗产，他本人因为贡献突出早已是云南省非物质文化遗产传承人，而且是云南省内数十万傈僳族同胞中唯一获此殊荣的民间医生。并且，经过艰辛努力，他也早就是中国民族医药协会会员、中国民族医药协会民族医药发展工作委员会理事，中国民族医药学会会员、科普分会理事，云南省民族民间医药学会会员和学会认定的“民族民间医药一技之长”（医治骨伤病）获得者，丽江市民族民间医药学会会员、常务理事，被聘为学会民族民间医药专家，是无可争议的中流砥柱。他的药房“朱氏草堂”早就遐迩闻名。他还编写了《丽江傈僳族民间草医草药》一书公开出版发行，填补了丽江傈僳族无医药典籍的空白。2012 年被丽江傈僳文化研究会授予“优秀会员”称号，2016 年被云南省民族民间医药学会授予“文化传承奖”荣誉称号，2018 年获得第五届全国传统中医特色疗法“国际中医特效医技专家奖”，2019 年被丽江市老科技工作者协会评为“先进老科技工作者”……这些被他说得平平淡淡的信息极大地震撼了我，也油然想起“请不要轻视你身边的任何人，藐视别人就是轻视自己”这句经典话语而长时间地羞愧不已、无地自容。

傈僳族是一个全球有 200 多万、国内有 100 多万人口的民族，和彝族、纳西族等同属汉藏语系藏缅语族彝语支民族。朱先生这样概括傈僳族医药的基本面貌：丽江市内的傈僳族大多生活在金沙江河谷地带的山区、半山区，因为地理环境的原因，人们常有骨折、跌打损伤等情况。经过无数次尝试，有些人逐渐认识到某些动物、植物、矿物可以治病，积累了神奇的医药技能。傈僳族医药提倡就地取材，特别擅长续接筋骨等骨科医术。他们对“医”和“药”的认识基本上靠在生产生活实践中的经验记忆和口耳相传得以保存和传承，没有具体的文字记载。而朱先生的医学渊源是：中华人民共和国成立前，朱姓家族就世世代代在宁蒗县翠玉乡的库脚行医，到朱瑞林的爷爷朱武金，已经掌握众多的傈僳族民间中草药神奇验方，特别是治疗骨折、跌打损伤以及骨质增生、腰椎间盘突出、颈椎骨质增生、肩周炎、股骨头坏死等达到了较高的水平。1980 年朱武金去世前，将骨折、跌打损伤的秘方传给朱瑞林的父亲朱以底若。朱以底若应用自己家的祖传秘方为骨折、跌打损伤患者治疗，成为远近闻名的傈僳族骨科医生。由于医术精湛，宁蒗县翠玉合作医疗社聘请他坐诊 20 余年，朱以底若因此接触到其他流派的医药文化如中医、西医、各民族民间医药知识，补充完善了朱氏医药在骨伤科治疗当中的方剂、经验和原理，最终成为当地著名的骨伤科民间医生。朱以底若十分疼爱大儿子朱瑞林，常带朱瑞林上山采药并把骨折、跌打损伤的秘方传授给大儿子，朱瑞林也成为宁蒗翠玉傈僳族中草药朱姓世家唯一的第三代传人，第四代传承人是朱婧妍（朱瑞林的二女儿）。在傈僳族医药的价值和自己取得的突破性进步方面，朱先生总结为：傈僳族中草药是中国传统医药学中的瑰宝，不仅在自己民族的历史上做出过重大贡献，而且，在现代医学和生命科学高度发展的情况下仍然发挥着不可替代的作用。傈僳族民间医药在药理上推崇的是辨证施治，讲求阴阳相互平衡，讲求脏腑、经络整体疏导，无论是对疾病的预防控制，还是在人类生育、健康、衰老、疾病、死亡等生命现象全过程中都有不可替代的独特作用。因此，他根据药理把祖传秘方进行了必要的增补和修改完善，目前已治愈骨折、跌打损伤病患者 5000 多例，总有效率达到 95% 以上（自青年时期行医以来则至少治愈了各类病患 2 万多人），倍受治愈者推崇和爱戴。关于朱氏传统医药的治病的原理和优点，朱先生称：朱氏传统医药在现代医学分类的骨伤科类中的疗效特别明显，主要以内服汤药的方剂为主治疗骨伤科疾病。在传统的中医理论中，肾主骨的辨证中医原理在朱氏传统骨伤汤药上得到了充分证明，朱氏医药的内服汤药以提升病人肾气来强化病人内外循环体质的汤药为主、生肌活血汤药为辅。这种奇特的内服汤药也是区别于其他中医药、外包草药膏治疗骨伤的重要特征，并且，因其临床治愈时间短于西医和其他中医药治疗手段而广受患者的好评。而对药材的来源，朱先生说：90%来自高海拔山区和金沙江河谷地带，都是自己上山采摘或向当地老百姓购买。大部分生长在傈僳族人民居住的地方，并且只有傈僳族名字，许多药材在各类中药词典里都没有记载。这些草药生长周期长，不容易培植，都是野生纯天然药材，非常珍贵、稀缺。

围绕“傈僳族医药”和“宁蒗朱氏诊疗法”这一主题，我与朱先生诚挚交流：几乎所有民族、族群都拥有自己独特的医药知识和体系，均发挥了独到的社会作用。虽然各民族之间客观存在生活地域、经济生活、语言、心理素质方面的差异，与汉族“大杂居、小聚居”的特征明显，社会发展程度也不尽相同，但是，在丽江市内，各族人民以及中草药又多生活、生长在狭小的共同地域，不同民族、族群、家族的医生之间也就像中华民族共同体一样不可避免地呈现出“你来我往、我来你去，你中有我、我中有你”的交往交流交融状态。丽江 12 个世居民族历来崇尚团结和谐、共同进步，不少民间医生同时掌握、应用多种民族语言也是明证。故而，诸如丽江“纳西族医药”、“彝族医药”、“白族医药”、“傈僳族医药”等概念以及其具体代表人物、成果——医生、药方，相互之间既需要传承弘扬“人无我有、人有我优”的一技之长、高举只属于自己的特色招牌，又应该“各美其美，美人之美；美美与共，天下大同”，宏观把握整体与个体、全局和部分、个体与个体之间的关系。既不宜妄自尊大、画地为牢，也不必自甘人后、丧失自信。所谓“三人行，必有我师焉”，取长补短方可共同进步。朱先生以为事实就是如此，各民族之间谁也离不开谁。

在“朱氏草堂”药房，还有一位年轻人与朱先生如影随形。他是朱先生的二女婿罗基传，宁蒗人，汉族。这些年他跟着岳丈大人学了不少中医药的常识，也足以诊断常见病例，但苦于没有行医资质，正在努力学习诊疗诊断知识，积极备战全省“中医一技之长”考试，争取早日拿到行医证，并且决心像岳父一样成为云南省非物质文化遗产传承人。年轻人的思路与朱先生还不谋而合：顺应时代前进的节奏，早日生产出携带和服用简便方便的中草药产品。为此，他们已经与天津、山东等地的医药生产企业多次洽谈合作事宜。

“老骥伏枥，志在千里；烈士暮年，壮心不已。”倏忽之间，朱先生已跨过古稀之年，和蔼可亲、机智果敢、谦虚低调的他在不声不响间持之以恒、默默付出、大器晚成，取得了引人瞩目的成就。他的事业早已超越一己私利和一隅之囿，不仅为民族、地方争得了荣誉，还扎扎实实地传承、弘扬并心甘情愿地与世人分享其独门绝学，一直心系解除病患痛苦、始终情注造福人类社会。此等仁心仁术已经誉满杏林，也必能载入史册。

晋代名医杨泉在《物理论·论医》中谈道：“夫医者，非仁爱之士不可托也，非聪明理达不可任也，非廉洁淳良不可信也。是以，古之用医，必选名姓之后。其德能仁恕博爱，其智能宣畅曲解，能知天地神祇之次，能明性命吉凶之数。处虚实之分，定逆顺之节，原疾疹之轻重而量药剂之多少，贯微达幽，不失细小，如是乃谓良医。”唐代医学大家孙思邈在《大医精诚》里强调：“凡大医治病，必当安神定志，无欲无求，先发大慈恻隐之心，誓愿普救含灵之苦。若有疾厄来求救者，不得问其贵贱贫富、长幼妍媸、怨亲善友、华夷愚智，普同一等，皆如至亲之想。亦不得瞻前顾后、自虑吉凶、护惜身命。见彼苦恼，若己有之，深心凄怆。勿避险巇、昼夜寒暑、饥渴疲劳，一心赴救，无作工夫形迹之心。如此可为苍生大医，反此则是含灵巨贼。”我对照这些在心、智、品方面对医生从业条件和职业操守的要求，发觉朱瑞林先生可谓大都已经具备。所以，为着弥补自己原先的无知轻狂，鉴于朱先生在传承基础上取得的创造性贡献，今后我必须也一定会发自肺腑地、恭恭敬敬地称呼他为“朱医生”、“朱大医生”。我所称谓的“医生”二字，是具有特殊含义的，那里面包含了我深深的敬意和由衷的赞许。愿朱先生心想事成，愿他所从事的民族医药事业早日攀上医学高峰，为天下苍生造福。

（白浩，男，纳西族，中共党员，主任编辑、记者，1972年出生于古城区金山街道办。1996年从云南民族大学中文系毕业至今在丽江日报社工作，《丽江日报·文化周刊》主编。中央民族大学口头与非物质文化遗产研究生班结业，鲁迅文学院第26期少数民族文学创作培训班结业。《白浩作品选集》入选“纳西族现当代作家作品选集”，2020年12月由作家出版社出版发行本人作品集《八里庄旧事》。主编或参与编写了《向世界申报》《八旬拾花》《丛林撷英》《新编丽江风物志》等书籍。曾在《文艺报》《缤纷》等报纸、杂志发表作品多件。散文《贺龙敲石鼓，红旗漫天舞》入选中国作家协会主编的《红色记忆：中国作家2016年重走长征路作品集》。数十件作品获得过云南省报纸副刊好作品奖及其他奖励，其中，本人创作并编辑的《巨甸拉市坝村灾后见闻》一文荣获第35届云南新闻奖一等奖，第26届云南报纸副刊好作品奖一等奖，入选市文联主编的《2019年丽江文学作品选》）

# 纳西族著名女歌手和耀淑

牛相奎 白 浩





和耀淑是在党的培养下成长起来的纳西族女歌手。早在20世纪50年代初，她就与纳西族著名歌手和锡典、和顺良等一起活跃在丽江歌坛上，为社会主义革命和建设放声高歌。进入耄耋之年，仍在为传承和弘扬纳西族优秀文化辛勤工作。

1930年农历七月，和耀淑出生在丽江坝子东南部美自村一农户家里，因为是子孙3代里的第一个女孩，祖母给她取乳名叫“翠花”，希望她长大了像一朵艳丽的花朵，给家庭带来欢乐和吉祥。依照习俗，长大后取学名和耀淑。家里虽然贫寒，但和耀淑的童年是快乐的。7岁，她就跟着祖母去放马，在村背后的山坡上，马儿悠闲地在草地上吃草，祖孙俩或坐在树荫下，或坐在潺潺小溪边，祖母一边打草鞋，一边给她唱歌、讲故事，猜谜语。她的父亲是当地有名的歌手，逢年过节、结婚喜庆，村民们就围坐在院子里唱“喂默达”，常常是通宵达旦。美自村是有名的民歌村，出过好几位很有名气的歌手。村里人都会唱“谷气”调，但“谷气”调只能在野外唱，家里是不能唱的。在放牛、放马的草地上，在砍柴的山路上，不时传来悠扬、舒缓的“谷气”调。由于家庭和环境的影响，加之自身的艺术天赋，十四五岁时，和耀淑已会唱许多调子了。她嗓音甜润，不仅能即兴创作，且善于运用比兴手法，博得村民们的称赞。

晚年，她常回忆起第一次跟外村的几个小伙子对歌的情景。那时，美自村一带，春旱秋涝，农历二三月河沟里就没有一滴水，夏秋时节大片田地被水淹没，成群的白鹭和野鸭飞来歇在水面上，种下的庄稼颗粒无收。那时，和耀淑已十五六岁。这是一个晴朗的夏日，她和几个小伴来到村口放马，一块儿坐在树荫下，一边打草鞋一边聊天。这时，从河下游过来几个捕鱼的小伙子。小伙子们看见坐在树下打草鞋的姑娘们，就撂下渔具，站在水里朝姑娘们唱起歌来。在小伴们的鼓励下，和耀淑也亮开金嗓，一场欢乐的对歌开始了，你唱我和，对歌一直对到太阳挂上西山。第二天，小伴们又来到树下，一边打草鞋，一边等待着捕鱼的小伙子们，但一连几天都不见小伙子们的身影，这使姑娘们感到些失望。

1948 年底，在中共丽江地下党的领导下，为适应革命斗争的需要，农村办起了农民夜校或识字班，宣传革命思想，激发了广大群众学文化、求解放的强烈愿望。当时和耀淑刚满 18 岁，参加了党的外围组织开南研习所和民主妇女联合会。根据党的指示，她深入到群众中去，用歌声动员群众、组织群众、鼓舞群众。这期间，她创作了不少揭露地主、官僚、国民党反动派罪恶的诗歌。如《不劳而食的鸟》，用形象的比喻讽刺统治阶级，揭露他们不劳而食的阶级本质：

大雁不种谷，
大雁嘴很尖，
吃米它在先。

五月果子黄，
树上有害虫，
果汁被吸干。

把地主比作不种谷而食米的大雁、吸吮果汁的害虫，把农民的血汗都吸干了。

马雅可夫斯基说，“无论是诗，无论是歌，都是炸弹和旗帜。歌手的声音，可以唤起阶级。”民歌在中共地下党组织领导丽江各族人民争取解放的斗争中发挥了重要作用。

时隔60多年，和耀淑已年逾八旬，她常回忆往事，就会情不自禁地唱起当年开南研习所的同志共同创作的《反三征歌》等革命歌曲：

地下的灰哟，
被风刮走了；
种下的粮食，
官家收去了。
干旱的大地，
被火烧去了；
金钱和财物，
官家刮走了。
篱间的小鸟，
老鹰叼去了；
心爱的人儿，
官兵抓走了。

所有伤心的事，
快来倾诉吧！
所有不平的事，
快来记下吧！
要想过上好日子，
赶快拿起锄头，
赶快举起砍刀，
齐心协力去斗争。

还有一首控诉国民党拉夫、抓壮丁的《抓兵调》，在反“三征”斗争中广为传唱，反响强烈。歌者悲愤唱道：

在我生长的地方，
是太阳照不到的地方。

在我生活的地方，
有的是虎豹豺狼。

三丁抽一抽壮丁，
不该到阿哥头上。
可是阿哥的名字，
保长已经挂上。

阿哥这样的青年，
村里还有一群。
可是那一群呀，
有势又有钱财。

拿出金子啊，
赎出自己的姓名。
拿出银子啊，
叫别人替他卖命。

可怜的小鸡啊，
被老鹰抓走了。
阿哥是穷人的儿子，
被官家抓走了。

亲亲的阿哥啊，
远远离开了家乡，
再看不见阿妹的面容，
再听不见爹娘的呼唤。

1949 年 5 月 1 日，丽江各族人民齐声唱着高亢、激昂的《团结歌》，举行声势浩大的“五一”大游行。今天，面对我们的采访，和耀淑老人情不自禁高唱起来：

种田的，做工的，
大家都是一家人，
团结起来闹革命，
推翻旧世界，
建立新中国，
当家做主人。

1948 年 12 月，经过革命斗争锻炼和考验的和耀淑，由开南区委委员和月斌、和蔚南同志介绍，经中共丽江地下党组织批准，被吸收为中国共产党党员。1949 年 7 月 1 日转为正式党员。

1949 年，革命风暴席卷玉壁金川大地，丽江各族人民在中国共产党的领导下和国民党反动派进行英勇斗争的日子里，和耀淑和成千成万的工人、农民兄弟姐妹们，举着红旗，一路高唱着高亢、激昂的纳西语歌曲，举行声势浩大的“五一”“七一”大游行，终于迎来了丽江的解放。

1949 年 7 月 1 日，丽江正式解放，建立人民政权，受苦受难的百姓得解放，人民翻身做主人。

这年年底，国民党保安团进犯丽江。为保卫新生的革命政权，和耀淑与同村的一位女同志奉命装扮成卖柴的纳西妇女，到大研镇侦察敌情。她们通过早前曾多次到八河一家凉粉店卖柴的主顾关系，了解到保安团在大研镇活动的情况，顺利完成了上级交给的任务。不久，保安团撤离丽江，云南宣布和平解放。

正当人们欢庆胜利的时候，和耀淑家发生了预想不到的一件事，令她和全家人十分难过。事情要从 19 年前讲起：那是龙王庙祭神的日子，村民们烧过香，拜过神，就去树荫下、水塘边吃各自从家里带来的午餐。那天，和耀淑的父亲和同村的和大叔相遇，俩人就相约着去庙里喝酒。喝到兴奋处，和大叔突然对耀淑的父亲说，“我家老大已经6岁了，听说你家大嫂有喜了，要是生的是姑娘，就叫她做我家的媳妇吧！”和耀淑的父亲正在高兴头上，便毫不思索地说，“我老婆要是生个女娃，我们就是亲家了。”于是两人把酒杯斟满，一杯接一杯地把一大瓶酒喝干，临走又拉手又拥抱，亲热极了。不久，和耀淑的母亲分娩了，生了个又白又胖的小女孩，祖母给孙女取乳名叫“翠花”。和大叔家闻讯后，送来了订亲的礼物酒、茶、红糖等，和大叔与和耀淑的父亲在龙王庙的婚约变成了现实，一个刚满月还在襁褓里的婴儿就成了别人家未过门的媳妇。转眼又过了10年，跟和耀淑订婚的和家老大已经16岁了，他下边还有两个弟弟。那时国民党征兵，什么“两丁抽一”“三丁抽二”，搞得老百姓人心惶惶。和大叔家怕抽壮丁，就把老大送去亲戚家，没半年因感染麻疹亡故。老大死后，和大叔家又带了些礼物到和耀淑家，说，“耀淑是我家没过门的媳妇。老大不在了，还有老二，从今天起，她是我家老二的媳妇了。”那时和耀淑还小，虽然知道此事，但没有放在心上。现在，丽江刚刚解放，和大叔家见和耀淑成了积极分子，今天去乡里开会，明天去县里开会，日子长了，怕把早年定下的婚姻吹掉。于是就来和耀淑家谈婚，提出要在10天内来接亲，她的父母没有答应。男方家就搬来一帮亲戚守在大门口，扬言要来抢亲。面对这突如其来的变故，全家人惊恐万状。和耀淑是村妇联主任，她天天向群众宣传妇女翻身，男女平等，婚姻自由，废除包办婚姻等等。如今，她自己却成了包办婚姻的受害者。怎么办呢？她请人写了一份告状书，送给开南区临时人民法庭。法庭经过认真调查后，认为这是一个典型案例，对广大群众很有教育意义，于是进行公开宣判，判决婚姻无效，婚约解除。

1956年，和耀淑与从部队转业到地方工作的和元清结婚。和元清是达瓦村人，在解放斗争时期，他与和耀淑就是战友和同志。结婚那天，县里为他俩及各单位的几对新人，一起举行隆重而俭朴的集体婚礼。

中华人民共和国成立后，和耀淑又投身到各项建设事业中。作为村、乡青年妇女干部，党指向哪里她就到哪里。她先后参加了修筑丽鹤公路，兴修漾弓江、开南河水利工程，开办社队企业黄连素厂，还远赴维西叶枝参加运粮队支援解放西藏。



人民翻身做主人，家乡面貌日新月异。经过兴修水利，昔日饱受旱灾和水患之苦的美自村也从 1951 年开始栽种稻谷。和耀淑抑制不住激动的心情，放声唱道：



禾苗干枯的时候，
天上下雨了。
禾苗又转青了，
秋天结了饱满的籽。

百花凋零的时候，
春风吹来了。
百花又开放了，
秋天结了丰硕的果。

纳西人受难的时候，
共产党来了。
纳西人站起来了，
过上了幸福的日子。

1951 年 1 月，农村党组织停止活动。以后，由于各种原因，和耀淑未能重新登记入党。她虽然离开了组织，但她的心始终向着党。1959 年，和耀淑参加建设团山水库，带领妇女突击队，春节不下工地，奋战数百天，直到水库落成。在水利工地上，和耀淑光荣加入中国共产党。这是她第二次入党。在举行入党宣誓后的那天晚上，她怀着激动的心情，用诚挚、朴素的语言表达对党和毛主席的感激之情：

心里有千万支歌，
第一支歌要歌唱毛主席；
心里有千万句话，
第一句话要感激共产党。

作为杰出的纳西族女民歌手，和耀淑在丽江有很高的知名度，在省内也有一定的影响。这年，云南省第二次文代会在昆明隆重召开，和耀淑作为特邀代表被邀请参加大会，只是那时她正带领妇女突击队奋战在水利工地上，因而未能前往出席会议。

在人生的道路上，她曾有过一些遗憾，但党和政府也给了她许多荣誉。1956 年，怒江傈僳族自治州成立，她作为纳西族代表到自治州首府参加成立庆典。1981 年，丽江地区文联成立，她被选为文联委员。以后又被选为丽江县政协委员。

在 70 年漫长的岁月里，和耀淑作为一名优秀的纳西族民间歌手，从未停止过歌唱。节庆期间，集会场所，在全县一年两次的骡马物资交流会上，人们都能从广播喇叭里听到她优美动人的歌声。她满怀激情，通过广大群众喜闻乐见的“谷气”“喂默达”等形式，宣传党在各个时期的方针、政策，赞扬新人新事新风尚，讴歌故乡的山川景物和在党的领导下所取得的成就，创作了许多脍炙人口的作品。

1992 年出版的《纳西族文学史》“女歌手和耀淑及其作品”一节中写道，“和耀淑在创作上，善于运用隐喻、象征手法，运用‘本子’（典故）自然流畅，因此她的作品显得含蓄优美、灵活自然。”书中还收录了她在宣传县级领导人的直接选举时唱的一首民歌：

三月撒小秧，
要使秧苗壮，
先得选好种。

九月谷子黄，
谷子成熟时，
就要来选种。
长百粒的穗，
放到一边去；
长千粒的穗，
选出来做种。
只要选好种，
要千就熟千，
要万能产万。
选举带头人，
就像选种子，
强的选出来，
人民才放心。





整首歌基本上都用了隐喻手法，最后才点出了本意。因为是向广大农民群众做宣传的，所以，作者就选取了农民群众最熟悉的选种来比喻选举县、乡领导人，以选好种才能有好收成，来比喻选好领导人，人民才放心。比喻贴切通俗，寓深意于浅近的道理之中，足见作者的匠心。

《纳西族文学史》还写道，“进入新社会，和耀淑的创作热情更高，作品的数量和质量得到不断提高。如50年代初期创作的《解放西藏》《变工队真好》《大雁和野鸭》等，都是较优秀之作。”

和耀淑善于从传统民歌中吸取营养，运用借字谐音、排比、拟人化等手法，表现新的题材，反映现实生活，表达思想感情和愿望。她在《大雁跟着凤凰飞》中唱道：

大雁虽然善飞，
可飞不过高高的雪山。

大雁跟着凤凰飞，
高高的雪山飞过了。

骏马虽然善跑，
可穿越不了辽阔的江河。
骏马跟着麒麟跑，
越过大江大河了。

麂子虽然灵敏，
可采不到陡崖上的仙草。
麂子跟着马鹿找，
陡崖上的仙草采到了。

纳西人虽然勤劳，
可开辟不了上天堂的路。
纳西人跟着共产党，
幸福的天梯登上了。

不久前，从尘封多年的书箧中翻出一本已经发黄的笔记本，上面记有和耀淑演唱的几首歌谣，有国际音标记音的纳西族口弦调，以及丽江解放斗争时期广为流传的纳西语演唱的《游击队歌》等，还没有译成汉文。其中有一首是和耀淑为送给纳西族知名女学者和钟华而创作的，日期是 1981 年 12 月 21 日。那年，云南省社科院民族文学研究所和丽江地区文联联合组成调查队进行纳西族民间文学调查工作。有一天，牛相奎与和钟华一起到达瓦村看望著名女歌手和耀淑。那时和耀淑已 51 岁，还在为家务操劳着，见我们来，她显得十分高兴。那天，她唱了好几首歌，牛相奎与和钟华用国际音标一一记录下来。临走时，她说："今天你们来，我太高兴了，特别是和老师（钟华）从这么远的地方来看我，心里十分感动。今天我要唱首歌送给和老师。”于是，她放开歌喉唱了起来：

雪山十三峰，
十三雪峰下，
有个玉壶海。
玉壶海子里，
凫鸟在嬉戏，
鸥鸟在遨游。



玉水养凫鸟，
玉水养鸥鸟。
玉水的恩情，
凫鸟不忘记，
鸥鸟不忘记。

记得那一年，
有只小凫鸟，
飞去大海里。
海水洗羽毛，
海水洗翅膀，
小鸟长成大鸟了，
能飞千里了，
能飞万里了。

今天日子好，
凫鸟回来了，
回到玉壶海。

鸥鸟和凫鸟，

相聚在一起。

亲亲的姐妹呵，

一起来唱吧，

一起来跳吧！

岁月流逝，物换星移。和耀淑老人已 88 岁高龄，虽然身体已大不如前，但思维清晰，耳聪目明，还记得儿时祖母给她讲的故事，还记得她幼年时唱过的歌谣，还能口述《蜂花相会》《鱼水相会》《古陆（赶马调）》等纳西族传统长歌大调。不久前，应村里青年们和老体协的要求，创作了好几首反映现实生活的作品供村里演唱。她一边口述，一边叫儿子用汉字记录下来。她还叫家人买来磁带，常常一个人坐在录音机前，将她以前唱过的一些歌子和传统大调录下来，说这是纳西族珍贵的文化遗产，叮嘱家人要好好保存，一代代传下去。

和耀淑老人的儿子和正钧，高中毕业以后一直在家务农。母亲年迈，妻子多病，女儿残疾，全家的生活重担落在他的肩上。为增加家庭经济收入，他在从事农业生产的同时，钻研技术，搞苗木培植和花卉盆景。和正钧从小耳濡目染，对本民族文化有深厚的感情，通过刻苦学习，熟练掌握了纳西拼音文字，先后将母亲口述的长歌大调、民间歌谣录了音，再用纳西拼音文字书写下来。几年来，他已记录了《撮鲁麻（牧象女）》《展抗（弹筝）》等传统大调及数百首民间歌谣，总计一万余行。其中，长歌《撮鲁麻》及部分反映生产劳动、生活习俗的歌谣，已分别收入“纳西族语言遗产系列丛书”《纳西族长调选》《纳西族劳作歌选》。他用纳西拼音文字记录书写的同时，也进行汉语翻译。他说，趁母亲还健在的时候，要将更多的精力投入到纳西族优秀传统文化遗产的弘扬和传承工作中。这是我的职责，也是母亲的心愿。

作为纳西族民间歌手，和耀淑老人一生歌唱，歌唱党、歌唱社会主义、歌唱改革开放，不忘初心，为争取解放、社会主义建设和传承纳西族优秀传统文化做出了突出贡献。

和耀淑嗓音甜润，出口成章，善于运用比、兴手法。7 岁开始在祖母和父亲的熏陶下学会唱纳西族民歌，12 岁时能与成年人即兴对歌，14 岁时已掌握了众多的纳西族口传古调（如《创世纪》《蜂花相会》5 个调、《鱼水相会》《殉情》《赶马调》《猎狗》2 调、《牧象姑娘》《牧羊姑娘》《丧歌》《买卖寿岁》《伐筝》《猎人与织女》等），熟记了大量的纳西族神话、传说、故事、谚语等，为以后创作优秀作品打下坚实基础。和耀淑的一生历经坎坷，却始终保持共产党员的本色，不懈地用歌声忠实传达党和政府的声音，在各个历史时期极大地动员和鼓舞了广大人民，深受群众喜爱。她的创作和演唱可分为 5 个时期，前 3 个时期为 1948 年至 1962 年，期间，创作了 100 多首纳西族民歌；“文革”中，和耀淑被扣上“三家村”黑店宣传员、鼓吹手的罪名，创作一度处于沉寂状态；1978 年后，她又放开歌喉，用生动优美的民歌赞美改革开放、歌颂国家强大、祝愿人民幸福，宣传党的一系列法律、法规和政策，作品数量惊人、成就突出。她还为众多纳西文化研究学者毫无保留地提供了大量的第一手资料，其事迹和作品被《纳西族文学史（初稿）》《纳西族民间故事选集》《纳西族民歌选》《丽江妇女口述史》《纳西族童谣》“纳西族语言遗产系列丛书”《边疆文艺》等收录。获得过丽江地区“农村文化先进工作者”称号；2018 年 9 月 29 日，丽江文化研究会、纳西文化研究会特授予和耀淑老人“纳西族优秀民间歌手终身成就奖”，会长杨国清及丽江文化界人士到达瓦村上门祝贺并赠送匾牌；2021 年，获得党中央首次颁发的“光荣在党 50 年”纪念章。

2022 年 1 月 3 日，“耀星陨落，玉岳含悲，功高德厚垂后世；淑范永辉，金江恸咽，艺美歌甜启来人。”纳西族民歌一代巨星和耀淑走完 92 年的人生旅途安详辞世。她在 1948 年初加入党的外围组织“民青”，成为开南文艺所（后更名为开南研习所）成员。1949 年 2 月加入中国共产党。1949 年 3 月加入丽江县妇联。和耀淑生前是中国民间文艺家协会会员、云南省民间文艺家协会会员，曾任丽江县妇联河东妇联副主任、河东地下党总支副书记、丽江县业余宣传员、丽江县首届文代会代表、丽江县民歌协会副主席、丽江县政协委员、丽江地区民族祝贺团成员、丽江地区文联会员。“文革”时期受冲击和迫害，党的十一届三中全会后恢复党籍。纳西族著名女学者和钟华的悼词说出了和耀淑女士众多亲朋好友的心里话：

相识整整四十载，情谊胜姐妹。
赤胆忠心为革命，歌声传社会。
才华出众淡名利，心同日月辉。
德高望重启后世，言行成丰碑。
而今耀淑驾鹤去，英名将永垂。

（牛相奎，男，纳西族，1938年10月出生于云南丽江古城。长期从事民族文化研究和文学期刊编辑工作。1956年7月加入中国作家协会昆明分会（云南省作协）。曾任中国少数民族作家学会理事、云南省作家协会理事、丽江地区作家协会主席、《玉龙山》杂志副主编。处女作《玉龙第三国》（与木丽春合作）收入《中国新文艺大系（1949—1966）· 少数民族文学卷》，翻译整理的纳西族东巴经诗史《鲁般鲁饶》（与赵净修合作）获云南民间长诗奖，并收入“云南民族民间文学典藏”。1997年10从丽江市文联退休后仍笔耕不辍，相继创作、出版《彩云下的故土》《纳西婚礼与歌谣》《丽江文化散论》《玉壁金川纪事》《牛相奎作品选集》等，并获云南文艺基金奖、丽江市文学艺术创作奖、丽江市宣传文化工作突出贡献奖、丽江市社科优秀成果奖等）

# 三尺讲台注深情

陈洪金

张桂梅踏进喜洲，就被苍山脚下、洱海之滨的这个小镇迷住了。在东北老家，她习惯了林海雪原一派冰天雪地的景象。在中甸林区，她习惯了山野林间的万籁俱静和林场工人们的粗野豪放。到了喜洲小镇，她每天可以看见高耸的苍山和帆影点点的洱海。更重要的是，她脚下的这片土地，有着悠久的历史和厚重的民族文化。

这是一个跟董玉汉老师一样可以托付终身的地方。

大理，作为一座历史文化名城，跟牡丹江、中甸和丽江不一样，它更加吸引人。

数千年前，这片被温暖的阳光照耀、高耸的苍山怀抱、洱海的浪花拍打着的土地，居住着一个叫作白族的古老民族。早在新石器时代，这一片温暖的土地上就已经有人类居住，在漫长的岁月里，他们在这里繁衍生息，耕作放牧，唱歌跳舞，成为被大自然无限眷顾的民族，无忧无虑地生活着。春秋战国时期，楚国人庄蹻率兵来到云南，沿着金沙江溯流而上，驻守云南，成为最早的大规模进入云南的汉族人，后来，他在云南建立滇国，大理就是这个早已被历史淹没了的古老国度的重要地区。西汉时期，汉武帝派张骞出使西域，得知从中国南方也可以通往西域各国，于是便派人开通从四川经云南出缅甸去印度的南方丝绸之路，大理作为滇西北的交通枢纽，成为南方丝绸之路和茶马古道上的必经之路，商队和马帮从此在这里来来往往，走了不知多少年。一千多年前，这里先后建立了南诏国和大理国，两个古国与我们中原地区的唐朝和宋朝同时存在，是当时重要的地方政权。如今的大理古城就是当年两个古国的都城。

喜洲小镇，在数千年以来，一直都是苍山洱海地区人烟稀密、商业繁华的历史名镇。早在唐代，这里就是南诏国的故都，在后来的数百年里，喜洲一直都是洱海边一个十分繁华的地方。至今还完整地保存着许多古朴的街巷和院落。走进喜洲，以四方街为中心，北至田庄宾馆，南至富春里、彩云街、染衣巷，西至市上街中段，东至镇东公路东侧的两院保护民居，约 17.32 公顷的面积内，集合了大部分重点保护民居，同时包括了被列为国家重点文物保护单位的严、董、杨三家大院。著名作家老舍曾经到过喜洲，他被这个古镇深深地吸引，说："喜洲镇却是一个奇迹。我想不起，在国内什么偏僻的地方，见过这么体面的市镇。进到镇里，仿佛是到了英国的剑桥，街旁到处流着活水；一出门，便可以洗菜洗衣，而污浊立刻随流而逝。街道很整齐，商店很多。有图书馆，馆前立着大理石的牌坊，字是贴金的！有警察局。有像王宫似的深宅大院，都是雕梁画栋。有许多祠堂，也都金碧辉煌。不到一里，便是洱海。不到五六里便是高山。山水之间有这样的一个镇市，真是世外桃源啊！"

在喜洲一中教书的时光，应该是张桂梅人生中最甜蜜的日子。

大理从来就是一个充满了风花雪月的地方，张桂梅和她的丈夫董玉汉老师在喜洲一中，一边教书，一边在苍山洱海之间流连忘返。喜洲是董老师的家乡，也便是张桂梅的家乡了。在家乡，当一名乡村老师，跟孩子们生活在一起，这是许多人梦寐以求的理想职业。这时候，董玉汉老师带着张桂梅，在他的家乡，吃着大理特有的乳扇，喝着白族的三道茶，抬头看苍山上的积雪，沐浴着洱海边吹来的风，生活的美好，仿佛一幅画卷，在他们的人生中徐徐展开。

多年以后，张桂梅的学生杨梁谈起张桂梅夫妻二人，还是那么动情。杨梁是喜洲本地的孩子，家住在喜洲镇仁里邑村，当年，杨梁先是在喜洲一中初 30 班读书，后来又到 36 班读书，张桂梅和董玉汉老师先后是他的语文老师。多年来，作为张桂梅在喜洲一中教过的最后一届学生，他对张桂梅一直怀着深深的感恩之情。

在杨梁眼里，董玉汉老师是一个性格温和的人，有点胖，无论是上课，还是在生活里，他总是笑眯眯地面对每一个人，上课也很风趣，很少看到他发火。董玉汉老师在喜洲一中教了几年书以后，便被提拔当了校长，整个学校，在他温文尔雅的管理下，就像洱海水一样宽广而温厚。

张桂梅则有着东北人特有的直爽和刚烈。作为张桂梅在喜洲一中教过的学生，杨梁一再提起，张桂梅对学生的严管与厚爱，绝对不是她到丽江市华坪县教书以后才开始的。他坚持认为，在喜洲一中的时候，张桂梅老师就一直保持着那样的风格。只不过，在经历了太多人生变故以后，张老师的那种风格更加明显和深刻了。在课堂上，张桂梅对学生要求很严格，班上几个调皮的学生，很快被她打理得服服帖帖的。有一次，一个犯错的学生在课堂上跟张桂梅顶嘴，两人当着全班学生的面开展了针锋相对的“大辩论”，彼此互不相让。张桂梅口若悬河，说情说理，步步为营，层层分析，最后，终于让学生哭着承认了错误。

喜洲一中是一所历史悠久的农村中学，孩子们都是来自周围村庄的农家子弟，除了学校所在村子的孩子走读以外，全部都是住校生。那时候，喜洲一中的学生宿舍全都是用教室改造而成的，每一间宿舍住三十多个人。人多必然嘴杂，每天晚上，晚息结束以后，孩子们回到宿舍，争先恐后洗脸、洗脚、刷牙忙完以后，各自回到床上，却不会安然入睡。唧唧咕咕的“卧谈会”才是这一天晚上最喧闹的时光。孩子们都来自乡野农村，各种奇闻逸事自然成为“卧谈会”上最吸引人的谈资。于是，孩子们七嘴八舌，你一句我一句，漫无边际地“谈”下去，不知不觉就说到了深夜。第二天早上，因为睡眠不足，孩子们一个个都萎靡不振，头昏脑涨，影响了正常的学习。

张桂梅发现了学生们的“卧谈会”，便每天晚上去宿舍检查孩子们的休息情况，督促各个宿舍按时关灯入睡。每当宿舍外面传来张老师的脚步声，“孩子们，睡觉了”，宿舍的灯熄了，夜色里，孩子们一片安默。第二天，宿舍外面又传来张桂梅的脚步声，“孩子们，起床了”，几间宿舍瞬间喧哗起来，孩子们又争先恐后洗脸刷牙，开始了新的一天学习生活。如此再三，时间一天天过去，学生们的生活起居也一天天规律起来。

“没有谁安排张老师去这样做，她既不是学校领导，也不是班主任，说起来，这些都不是她应该管的事。如果说她身份稍微特殊一点的话，那就是她是董玉汉老师的妻子，是校长夫人。但是，我觉得这根本不是主要原因。最重要的原因在于，张老师与生俱来的爱心。”杨梁作为张桂梅的学生，他这样评价。

张桂梅对学生的关心，不仅仅在课堂、在宿舍，还在于关心学生的日常生活。这，杨梁是深有感触的。跟其他学生相比，杨梁的情况稍微有点特殊。杨梁的家离学校不远，原本可以不用住校。但是，他的父母为了维持一家人的生计，远在昆明卖早点做小吃，家里留下杨梁三兄弟和七十多岁的爷爷，老少四人在喜洲老家生活。因此，杨梁三兄弟可以算得上是我国改革开放后早期的留守儿童。好在，他是喜洲一中教师杨秉文老师的侄子，他在喜洲一中读初中的几年，没有跟同学们一起住在学校的大宿舍里，而是借住他的叔叔杨秉文老师的教师宿舍。更巧的是，杨梁借住的宿舍，就在董玉汉、张桂梅夫妇家厨房的隔壁。

作为一个初中学生，杨梁也许是唯一一个从生活侧面观察过张桂梅一家在大理喜洲一中教书时光的学生。那时候，张桂梅一家的生活是宁静而甜美的。董玉汉老师作为一个喜洲本地的白族人，跟很多大理人一样喜欢种兰花。每到周末，杨梁就会搬一把小椅子，在宿舍外面的阳光下看书，做作业，学校里显得异常安静，常常看到性格温和的董老师在几步之遥的地方给兰花浇水，有时候还把那几盆心爱的兰花搬到阳光下晒晒。

那时候的张桂梅，除了教书是一把好手，小日子也过得很滋润。但是她没有只顾自己过日子，还时时不忘关心学生。杨梁作为住在隔壁的学生，经常受到张桂梅的照顾。当年，跟所有的农村中学一样，食堂的伙食是很差的。回忆起当年喜洲一中的食堂，杨梁至今记忆犹新，说："天天一碗大白饭，浇上一勺几乎没有油星的白菜汤。只有每周一那天，学校管食堂的那个人去买点猪肉，用酸腌菜一炒，算是加餐了。一元五角钱一份，住校的单身老师也就吃这个。"

有一天，还是一个周末，杨梁在阳光下看书，张桂梅在旁边水龙头底下洗菜，对杨梁说："中午别去食堂吃饭了，跟我们一起吃。"说完，张桂梅还把盛放在一个小簸箕里的一堆"草根"递到杨梁面前说："你闻闻，这折耳根好香。"

杨梁回忆当时的情境，"我当时还没见过这东西，一闻，有股腥味直冲鼻头，好腥臭！我脱口而出。"

"臭？一点也不臭啊？很香呢，你没吃过折耳根？张老师说，很好吃呢，越嚼越香，你尝尝！说着，摘了一小节递给我，我半信半疑，接过来，咬了一小口，一嚼！哇！更腥臭了，到水沟边就要吐！别吐！别吐！张老师说，她说这可是好东西呢！咽下去！多次几次后你就不会觉得腥了，反而有一种独特的香味。话语中透着几分霸道语气。张老师说话就是这么强硬，不容推辞的。"

那天中午，张桂梅给杨梁炖了骨头汤，正在长身体的男孩子最需要的就是这种营养。但是，杨梁在记忆里，让他最难忘的是那天吃的折耳根，他在张桂梅老师家里第一次吃到。难以下咽的腥臭，在张桂梅的鼓励下，他咽下去了，因为张老师说，这种学名叫作鱼腥草的凉拌菜，这是一种清热解毒消炎的中药，经常吃对身体很有好处。多年以后，杨梁竟然喜欢上了这种凉拌菜。

如今，杨梁早已离开了老家喜洲，在广西桂林成家立业，而立之年的他，对张桂梅老师的讲述，常常是从张老师教他吃折耳根的那个故事开始，他说："现在，三十多年过去了，张老师说的这话，还回荡在耳边。不知几时，鱼腥草跟薄荷一样，早已成了我最爱吃的东西了，虽然现在我爱人和小孩见了这两样还是避之唯恐不及，唯独我最爱之。所以，每当见到菜市场有卖鱼腥草时，我都会买一点来解解馋。三十多年过去了，我来桂林也有十五年了，鱼腥草给我的第一次味觉记忆，依然是腥臭的，难以下咽的，也是难以忘怀的。在我心里，如果把张老师比成鱼腥草，那也很贴切。有的人，没有光鲜靓丽的外表，刚接触时，甚至让人觉得有点讨厌，张老师就是那么一个人，在她严厉的，甚至有些咄咄逼人的外表下，有一颗伟大的良苦用心。"

张桂梅老师，在那一方小小的三尺讲台上，演绎着属于她的平凡而又美丽的人生，注入了无尽的母爱与情怀。在她哺育、训导、关爱过的孩子们眼里，她永远是人生路上的引路人、"好妈妈"！

（陈洪金，云南永胜县人，中国作家协会会员，云南省作家协会理事，作品散见于《新华文摘》《十月》《青年文学》《大家》《天涯》《山花》《长城》《清明》等，著有个人文集《陈洪金文集》（5卷）等，有作品入选大学教材、中学教辅读物、高考模拟试卷。现任云南省丽江市文联副主席）

# 教书育人倾我心

李朝德

## 一

2021 年 7 月 3 日下午，悬挂着“热烈欢迎七一勋章获得者张桂梅同志载誉归来”布标的中巴车，驶过华坪县鲤鱼河畔，驶过县城大街小巷。所经之处，群众纷纷驻足，鼓掌致敬。

位于云南和四川交界处的云南省丽江市华坪县，是滇西北高原的一座小城，人口不到二十万。在这块偏远的土地上，获得如此高的荣誉还是第一次。

车辆行驶到华坪女子高级中学门口，张桂梅从车上下来。在热烈的掌声和欢迎声中，华坪女高的两名女生捧着红色的康乃馨迎了上来。她们把鲜花献给张桂梅，然后懂事地挽着张桂梅的手臂，轻轻抚摸她贴满膏药的手。

县里的同志搀扶着张桂梅走进女高校园。在当天讲话时，张桂梅把胸前的“七一勋章”取下，将这枚代表着无上荣誉的勋章举起，激动地说：“这个光荣的勋章不属于我，而是属于我们这片英雄的土地，属于我们在座的父老乡亲，属于我们英雄的党员和英雄的人民！没有你们，没有这块土地，就没有我的今天，没有我为国出力、为民服务的今天。”

台上的张桂梅，身形消瘦，让人心疼。金色的阳光照耀着她沧桑的容颜，也照耀着孩子们。在鼓掌的人群中，穿红色校服的女高学生特别显眼。几天不见张老师，因为激动和想念，很多孩子的泪水从脸颊上滚落。

她是孩子们眼中的老师，也是她们心中的妈妈。仿佛远山的一位提灯人，张桂梅给大山里的孩子们带来光明、温暖、希望和爱。而在张桂梅看来，“是这片土地给了我一个绽放人生的舞台！是党和政府支持、培养了我，让我能做事，把事做好，让我实现了我的梦想，了却我的一桩桩心愿。”

对于一个没有财产、失去家庭、孱弱多病的人来说，是什么样的意志让她“千磨万击还坚劲”？是什么样的信念让她初心不改、勇往直前？

让我们到岁月深处追寻答案。

## 二

1957 年 6 月，张桂梅出生在黑龙江省牡丹江市。

小时候，她经常听东北抗联、八女投江的故事。杨靖宇、赵一曼、赵尚志……这些抗日英烈的英勇事迹常常让她听得如痴如醉，在脑海里久久萦绕。

“朔风怒吼，大雪飞扬，征马踟蹰，冷气侵人夜难眠。火烤胸前暖，风吹背后寒，壮士们！精诚奋发横扫嫩江原。”奋进激昂的东北抗日联军《露营之歌》，让少年张桂梅心潮澎湃。老师声情并茂地讲述八女投江的故事，也每每让她听得泪光闪闪。她最爱读《红岩》，前前后后不知读了多少遍，每读一遍都会受到巨大的鼓舞。《红岩》中江姐视死如归的革命气节让她十分敬佩。

一个偶然事件，让她终于找到革命先烈不怕困难、不怕牺牲的“秘诀”。

20 世纪 60 年代的一天，上小学的张桂梅像往常一样背着书包欢快地回家。虽然已是初春，但黑龙江的雪还没有完全融化，寒风依旧凛冽。才走到村口，她就发现自家的房屋前围了许多人。张桂梅心里一紧，身材瘦小的她跑过去扒开人群，挤到前面看出了什么事，才发现原来是自家的房子倒塌了。





张桂梅家的破旧房子在雪水渐渐融化时，因墙根被长时间浸泡，再加上连续刮大风，土墙支撑不住，完全倒塌。父亲看着倒塌的房屋，欲哭无泪。她站在父亲身边，看着遍地的瓦砾和泥土，吓坏了。

这时，人群中一名女干部走了出来。这位女干部个子高高的，脸白白净净，两条麻花辫梳得很齐整。张桂梅至今都记得她的样子和声音。这位女干部对张桂梅父亲说：“你不要担心，把家管好就行。房子的事有我们呢！”她说话时声音细细的。张桂梅说，她当时根本不相信这样一个白白净净、穿着讲究的女干部能把她家的房子重新盖起来。

女干部声音不大，但非常有号召力，转身招手对大家说：“大家别看了，赶快行动起来，我们一定要把倒塌的房子尽快建起来。不能让这家人在外面冻着饿着！”

女干部不仅指挥镇定有序，还加入盖房的队伍中来。她跟村民一起把倒塌的土墙碾碎，找来茅草铡碎，再混合成胶泥拓成土坯，然后再砌墙盖房。

为了尽快把房屋盖起来，这位女干部没日没夜地工作。她的衣服上沾满泥浆，脸被大风刮得通红粗糙，双手裂开了一道道血口子。

房子终于盖起来了。完工时，张桂梅小心翼翼地问：“阿姨您是谁啊，为什么帮我家盖房子？”这位女干部说：“我是一名共产党员，共产党员就要帮助人。你们家房子倒塌了，不帮忙盖起来，你们没有地方住怎么行？”少年张桂梅心中一阵温暖，又问：“阿姨，谢谢您，您能告诉我您的名字吗？”女干部摸了摸她的头说：“孩子，房子是大家盖的，这是我们应该做的。共产党员都会这样做，也没有必要知道我的名字。只要你长大也能去帮助别人就行了。”

这之后，张桂梅又见过那位女干部几次。她总是笑眯眯的，常常停下来与村里的人聊天，谁家有困难都爱找她帮忙。女干部的形象，深深地印在了张桂梅心里。她知道了共产党员这个称呼，也知道了共产党员就是要做好事，就是要帮助需要帮助的人。

## 三

1974年，张桂梅响应“奔赴祖国边疆、支援三线建设”的号召，不远千里，和姐姐一起来到云南省中甸县。中甸，现名香格里拉，是云南省迪庆藏族自治州首府所在地。对年轻的张桂梅来说，那是一个遥远而陌生的地方。就风景来说，这里美不胜收。草原辽阔，天空澄碧，远方的雪山熠熠生辉。但这里海拔高、气候寒冷、空气稀薄、交通闭塞。很难想象，一名十七岁的东北姑娘，在地理环境、生活环境与家乡迥异的地方落地生根，要付出多么不同寻常的努力。

到云南后不久，张桂梅的父亲去世了。这让背井离乡的她身心遭受巨大打击。

1990年7月，张桂梅大学毕业，她和丈夫董老师来到大理市喜洲一中工作。丈夫当校长，她当普通老师，琴瑟和鸣。然而，幸福的生活并没有持续很久。1994年，丈夫患重病去世，留给张桂梅无尽的悲伤和思念。

1996年8月，重新振作起来的张桂梅收拾好行装，毅然离开这片给她带来幸福温情又给她留下巨大痛苦的地方，来到了丽江市华坪县。张桂梅没有选择进入全县条件最好的县一中，而是选择师资力量薄弱的中心学校任教。她主动请缨，承担起四个毕业班的语文和政治教学工作。

但命运再次弄人，1997年4月，张桂梅被检查出患有子宫肌瘤。如果这个时候离开教学岗位去治疗，会严重影响孩子们的学习。上百个孩子、上百个家庭的希望就在眼前呐！该怎么办？

八女投江、江姐的事迹如在眼前，为什么她们能坚持下来，能把生死置之度外？一想到革命先烈的英勇无畏，想到共产党员无私帮她家盖房，还有自己病重时，素不相识的乡亲们为她捐钱，她就无法心安。

不是还没倒下吗？那就先把学生送去中考再说！只要能帮孩子们考个好成绩，自己忍受病痛又算什么？直到把学生送进中考考场，张桂梅才去医院——医生从她腹腔切出一个超过两公斤的肿瘤。

人一旦坚定了信仰就会勇往直前，就会所向披靡。焦裕禄身患重病，依然以坚强的毅力、炽热的情怀带领全县干部群众治理"三害"。如今，她也要把有限的生命，投入到无限的为人民服务中去。

1998 年 4 月，张桂梅成为一名光荣的共产党员。她在党旗下默默许下诺言：要努力成为江姐、焦裕禄那样的人。"能把青春献给党，正是我无上的荣耀"，歌剧中江姐的这句唱词，铸就了她的人生信仰。现在，她要把"对党忠诚，积极工作，为共产主义奋斗终生，随时准备为党和人民牺牲一切"，作为人生最高追求。

那时，每年开学，总有缴不起费用的家长。有次，一位家长来给孩子缴费。他伸出黑黑的大手，将一大把五角、两角、一角的钞票放到张老师的办公桌上，不好意思地说："就这些了啊，实在对不起老师了——有了钱我还会送来！先让我家娃娃读着吧。"

再看看他身边背着书包、脸蛋黑黑的小姑娘，清澈的目光充满求知的渴望。张桂梅被深深触动了，她说："没有事，你能将她送来读书就很好了，剩下的我负责。"家长走后，她清点了这些钱，最大的面额五角，总共三十五元三角。这是全家积攒了半年供女儿上学的费用，而当天要缴的费用是一百五十元。

张桂梅把剩下的学费垫付了。她说："那是终生难忘的一幕，让我看到了山区的贫困和对上学的渴求，也提醒着作为老师的基本职责和任务是什么，明白了一个共产党员奋斗的目标和方向是什么。"

在学校教书时，张桂梅为让每一个孩子能接受教育而奔走；在华坪儿童福利院，她又为让不幸的孩子都有温暖的家而努力。为了改善孩子们的生活、学习状况，她节衣缩食，把省下的每一分钱都用在学生和儿童福利院的孩子身上，自己却越来越穷。

后来，福利院里的弃婴、深山女生的遭遇又让她萌发创办一所免费女子高中的想法。筹备免费女子高中吃苦受累，不被理解、受委屈是常事。“绝不放弃每一个孩子！无论多难，无论多苦，我绝不退缩。”这是张桂梅的选择。

2008 年 8 月，国内第一所全免费女子高级中学——华坪女子高级中学建成。学校建起后，张桂梅把所有的时间和精力都给了孩子们。“越是偏远落后的地方，越需要把党和政府的温暖送到有需要的群众手上，这是一名共产党员的责任和使命。”张桂梅说。

由于学习压力大、家庭困难，有些孩子会萌发辍学打工的念头。为了把温暖送到最需要的人手里，为了让有梦想的女孩子从大山里走出来，张桂梅翻山越岭去家访。张桂梅知道，有时候一个眼神、一次拉手就能改变孩子的人生，几句鼓励的话、一个拥抱，就能成为她们勇往直前的力量。

为了不增加学生家里的负担，家访十多年来，她与随行人员从不在学生家里吃饭。家访的车上，一行人员都是自带面包、方便面、矿泉水等。遇到困难家庭，送衣服、送物品、送钱是常有的事，在张桂梅的带领下，随行的老师也把自己的腰包掏得干干净净。张桂梅说，我们的家访不是走形式，而是要有实实在在的内容：家里多少人，多少亩地，多少亩花椒，多少棵果树，是否挂果了，一年多少收入，最主要的困难是什么……都是家访的内容。到家里后，揭开锅盖，看看他们吃什么，走进住处，看看盖什么被子，就知道孩子是什么家境了。

在家访过程中，遇到路不通的，群众出行不方便的，就向有关部门反映，协调把路修通；遇到水管破裂无人管的，也要落实责任人尽快处理。家访一路，留下一路的故事。她说：“共产党员，就是要解决群众困难，不分分内还是分外。”

2020 年寒假，张桂梅又踏上了家访路。但与前些年相比，路好走了，车子可以直接开到学生的家门口；易地搬迁让许多家庭搬出了大山，不像原来家访只能往大山里跑。脱贫攻坚取得了举世瞩目的成就，对大山的影响也显而易见。“这次家访，不到十天就走完了一百多家，学生们的家境明显比之前好多了……”张桂梅说。





## 四

建校十三年的华坪女高，正悄悄地改变着当地的面貌。这种改变有些看得见，有些更重要的东西则是看不见的，比如思维方式、价值理念、人生追求，等等。在当地，几乎人人都知道华坪女高和张桂梅，华坪、永胜、宁蒗这些县偏远的山村也有女高的学生。如今，华坪女高的学生、儿童福利院的孩子，许多都已长大成才，走向了祖国各地去发展。

过去，一些家长不愿意送孩子来读书，找各种理由搪塞。这些年不一样了，很多家庭都会主动送孩子来读书。每年新生报到时，张桂梅都会问家长一个问题：“为什么送孩子来我们女高？”建校初期，家长们的回答是：“我们借不到钱，只能来读这所学校。”如今，她再这样问，家长们都会自豪地说：“因为女高好，成绩好，张老师好，我们全家都以娃娃能读女高为荣！”

这无疑像一束光，让整个家庭都有了盼头。而张桂梅老师，无疑成了孩子们最贴心的掌灯者，用自己默默的付出，照亮孩子们前行的路。她用自己的行动，引领着每一个孩子前行，也用自己的行动，践行着一个共产党员的初心和使命。

从北京回来的当天，张桂梅又投入到紧张忙碌的工作中。晚自习时，张桂梅佝偻着身子，在教学楼里开始新一轮的巡视。她上下楼梯时斜着身，双脚在一个台阶站定，再伸出一只脚迈向下一个台阶。每一步仿佛都回应着她说过的话："教书育人，是无上光荣的事业，每一个教师都要珍惜这份光荣，择一事，终一生。"

第二天课间操时间，张桂梅又一次站在红旗下，与全体师生共唱《英雄赞歌》："烽烟滚滚唱英雄，四面青山侧耳听，侧耳听，晴天响雷敲金鼓，大海扬波作和声……"

再次听到这熟悉的旋律，张桂梅内心依然充盈着澎湃的激情。她在心里发誓，只要还有一口气，就要站在讲台上，倾尽全力、奉献所有，点亮更多孩子的梦想，托起大山里的希望。

（李朝德，云南省作协副秘书长，中国作家协会会员、二级作家。在《人民文学》《人民日报》《中国作家》《散文选刊》《青年文摘》《读者》《意林》等刊物发表过散文、评论、小说多篇，散文入选过《中国散文精选》、《中国随笔精选》，出版有长篇报告文学《生命的乐章》、《乌蒙长歌》两部。曾获"边防文学奖"、"云南日报文学奖""改革开放四十周年云南10部优秀报告文学奖"、"洪峰文学奖"等奖项）

# 人文风物孕明珠

罗朝会





丽江永胜往昔千百年来是“养在深闺人未识”，而如今在文化界、旅游界渐露头角。它风光特异，物产丰富，人文鼎盛，正是这一切，孕育了永胜——滇西北这颗闪闪发光的明珠。

永胜是云南省丽江市下辖县之一，位于云南省西北部，地处长江上游金沙江中游段。它最为耀眼的“名片”即是文化。永胜的文化主题谓之边屯文化。

边屯起源于汉代，是一个国家的政权维护其统治的需要。统治阶级组织守卫边疆的士兵屯垦种植，一边承担守边防护的职责。这就出现了战时拿起武器守边疆，闲时拿起农具忙生产的现象。这种屯种养兵的措施，史称“屯田”。明朝时到了屯田制度的鼎盛时期。明洪武十四年，朱元璋派傅友德、蓝玉、沐英等，率 30 万大军进军云南，实现祖国版图和政令的统一，后大批征调军队，组织民力在云南各地大力开展屯田。永胜的边屯文化是在实施屯田制的长期社会实践中创造、积淀形成的，是典型的中原文化和当地民族文化的结合体。

永胜边屯文化别具一格，有多元性、复合型等特点。

他留文化是永胜文化的一支。其余脉尚存于永胜县六德乡双河、营山、玉水，属少数民族杂居地。他留文化源远流长，主流文化起源于明末清初，在清康乾时代达到了极盛，对永胜的经济文化发展产生过重大影响。最初他留人的传说是从昆弥河畔迁徙而来，后与洪武调卫戍边军队与当地土著他留人融合的后裔。因此，在现在独特的他留文化中同时闪耀着汉族文化和原始他留文化两种文化的灵光，也属边屯文化的一个部分。他留人现在还保留着的原始自由婚姻，仍成为外界了解他留人的重要文化标志。他留红米、火草麻布、乌骨鸡、炕床、粑粑节、服饰、歌舞等，都向世人展示他留文化独特、自然、原始、迷人的风貌和民族特色。

永胜清水“科甲之乡”享誉滇西北。清水村属清水古镇，边屯文化遗存甚多。该村距永胜县城六十里，因明代在此设置驿站，建有可关闭的南北阁楼寨门，形同城堡，故又称作“清邑”，习惯上简称“清驿”。清水人历来重视文化教育，人杰地灵，英才辈出，明代以来，清邑逐步发展成了滇西北的“科甲之乡”。在清朝中期达到鼎盛，被誉为滇西北的“文风之地”，与大理喜洲并称云南第一村。儒学、义学、私塾、官驿、官仓、寺庙齐备。明清两朝，永胜金榜题名者，有进士 8 名，举人 62 名，贡生 408 名，在永胜境内，金榜题名或仕途畅达、名声显赫者，以清邑为最。当时清邑出的名士如：阮嘉祥，历任四川潼州知州，陕西临洮少府；刘慥，授翰林院编修，先后任四川顺庆府、重庆府、山东曹州府知府，镇杨道监司，福建按察使，河南、山西布政使，并署理巡抚职务，晚年主篡《永北府志》；黄恩锡，授甘肃伯县知县，中卫县知县，朝廷礼部主事兼则例馆纂修等，参与制定典章制度；杨嵘，授广西武缘县知县；黄耀枢，代理四川郫县知县，后授丰都县知县，归乡后，在壶山书院主讲，永北文风因之大盛；单镜，随赵尔丰至西藏平叛，后留署川边贡觉军粮府正堂。其余文化人物还多。

永胜县的期纳古建筑群甚是珍贵。2019 年 10 月，期纳古建筑群被国务院核定公布为全国重点文物保护单位，正式成为“国宝”。期纳古建筑群是指在永胜县期纳镇范围内的九幢古建筑，它们分别是：瑞光寺、东岳庙、黄家宗祠、宝月寺、阮家宗祠、阮家大院、阮家佛堂、袁家宗祠和何家大院。其中，瑞光寺修建于明崇祯七年（1634 年），为永胜八大寺庙之一，规模气势不凡，结构古朴严谨，建寺数十年“壁不染尘”，彩绘壁画鲜艳如初，相传是因有一“逼尘珠”埋于正殿之下所致，更使瑞光寺名声大振。乾隆末年重修瑞光寺，永胜清水进士刘慥曾题诗一首：“不放烟霞出谷口，蝉留银树锁禅关”。其他的建筑也都各有风格，争奇斗胜。

永胜不仅人杰地灵，而且环境优美，物产丰富。

程海是云南省九大高原湖泊之一，是滇西北高原一颗璀璨的明珠，位于金沙江中段、永胜县中部。它与非洲乍得湖、墨西哥可可湖是世界上天然生长螺旋藻的三大湖泊。目前非洲乍得湖污染严重，已经丧失了生存发展的条件，墨西哥可可湖已经消失，程海是唯一仅存且仍然保持这一自然独特性的湖泊。2007 年，程海螺旋藻获得中国国家地理标志产品认证。

永胜与明人杨慎还颇有渊源。在涛源镇金沙江有个村子叫金江，以前是金沙江上的重要渡口，这里有一个神奇的故事，相传明朝大才子杨慎（杨升庵），因“议大礼”得罪皇帝，被发配永昌卫（今保山市），在云南游历会友，在永胜渡过金江古渡时写下了《临江仙》:“滚滚长江东逝水，浪花淘尽英雄……古今多少事，都付谈笑中。”在程海镇河口村委会有寺称为状元寺，在三川镇翠湖畔有楼称为状元楼，这均是当地群众文人为纪念杨慎而给予的称呼。

永胜县制瓷历史也相当悠久。元朝时期，云南是全国仅次于江西景德镇的青花瓷器生产地。清朝同治八年（1869 年），永北镇人刘以和创办矣察碗厂，产品通过茶马古道销往西藏等地。民国初年，永北瓷业从江西景德镇请来技师，制造釉下五彩瓷器，永北瓷器的数量和质量得到大幅提高，产品行销滇西各地。永胜瓷器主要用高岭土为原料烧制。高岭土土质洁白细腻，耐火性强，是上等的造瓷原料。永胜在瓷界享有盛誉，有许多瓷界专家学者对永胜高度评价的话是 :“滇中官窑，国瓷故里。”

永胜人精于珐琅银器制作技艺。他们的这一技艺开始于元朝，成熟于明清，盛行于民国，迄今已有 800 多年历史，2009 年被列为云南省非物质文化遗产名录。永胜珐琅银器制作技艺是掐丝珐琅，主要流传于县城和三川镇，目前，永胜知名的珐琅传承人有谭志平、唐建安、过鹏儒等人。

永胜美食美味花式繁多，惹人逗留。这些美食美味也是边屯文化的一部分，许多都成了非物质文化遗产，其中的代表人物也成了也成了非物质文化遗产传承人。永胜美食美味首推三川火腿。三川火腿的主产地在永胜县的三川坝，但其实永胜县全县都做火腿腌制，只不过工序上略有不同。现在三川火腿已经被列为非物质文化遗产。三川火腿被国家有关食品专家称为中国唯一的“软性火腿”，誉为“国粹”。永胜的饮食，如边屯文化一样，是中原饮食同边疆地方特点的融合，汇集了许多地方饮食文化优点，很有特色。永胜的美食，著名的如席笋煮鳝鱼、全荷宴、三川肝花酱、三川辣参、热河野山药、他留乌骨鸡、水酥饼等等，随意在永胜街巷或村寨游走，即可路遇当地美味。

永胜今后几年的奋斗目标是要建设成为长江上游重要生态安全屏障、乡村振兴示范区、高原特色农业新高地、大丽攀交通“次枢纽”、民族团结示范区、丽江旅游“后花园”。

永胜人有深厚的文化底蕴，有别致的自然景观，有丰饶的物产资源，有理由相信，他们的梦想一定能实现！

（罗朝会，云南永胜人。毕业于丽江师范学校。现任丽江市永胜县委宣传部常务副部长）

# 幽情淡墨记谷宇

张永康

辛丑金秋，时逢白露后五日，连日阴雨，一朝放晴，秋高气爽，天高地阔。丽江边屯文化研究会组织一干会员，发起谷宇古村历史文化调研，游记即发端于此行。

余与众友同行采风，曰教授学者、曰诗人书家、曰驴友摄者、曰传媒艺人二十有余。古语云：同来花树下，必是看花人。众友携手同路，书者、画者、诗者、摄者，皆因文而及艺，由艺而生文，无外乎“文化”二字，故余概称文友也。

谷宇之行，主旨虽一题，采风历两日。因物华繁多，行程匆然，令余目不暇接，亦不能一一记盛。为使观者了然不惑，今依行走路径，删繁就简，择其要而记之。

## 一、谷宇古村

谷宇，乃沧阳古村落之一。谓之古者，概之有三：一曰历史古老，可追溯至明初“洪武调卫”之前，经朝代更迭风雨，见证数百载春秋；二曰建筑古旧，村内频现明清古迹，多民国房舍，古貌古韵，古色古香，雕梁画栋刻尽岁月沧桑；三曰民风古朴，与童叟相谈，与妇孺相交，皆坦诚恬淡，热忱好客，春风和气而怡然自乐之风蔚然。其依山傍水之态，呈山水田园画图，谓之武陵；其雄关险要之势，居茶马古道要津，非凭虎邱。

缘至村前，有好事书友尝考村名曰：吾夜阅古志，昼察地形，“谷宇”非“谷雨”，且“谷”字乃“山谷之谷”而非“稻谷之谷”，非此

"谷"而不能书者，何也？此"谷"非彼"谷"也！

众友笑之：所言极是，此二"谷"可与孔乙己四"茴"相较耳。然庄中老幼妇孺，皆言村名为"哭雨"，何故？众皆愕然，不得解。少顷，余笑答曰：君不见海河通村，镇内水系皆汇于此，尝闻前岁洪魔肆虐，村中鸡飞狗叫，墙倾屋摧，唯盼雨歇而水退，哭也；近年旱魔横行，稼穑艰辛，五谷歉收，唯祈天降甘霖，普济群生，哭也。实有雨哭之，无雨亦哭之，或谓"哭雨"也。众皆恍然，笑语欢声冲淡炎炎酷暑，顿觉步伐轻盈如许。

文友云："吾欲先会魁星阁，何如？"

"然也！"遂穿桥入巷，下坡过坎，拨玉米薪林，趟花生田畴，拜会魁星阁也。

## 二、魁星阁

魁星，传其乃古时才子，因满腹才学，相貌丑陋，麻面跛脚，谓之："麻面满天星，独脚跳龙门"。故其造像依"魁"字而寓"魁星点斗"，头部似鬼，青面赤目，一足踏鳌，寓"独占鳌头"之意，一脚后翘，如"魁"之弯钩；左手捧斗，如"魁"中之"斗"，右手执朱笔，掌管文运兴衰。

古代学士文人，多信奉魁星，常修阁造像虔诚拜之，以期魁星点之而高中。《乾隆永北府志》载，沧阳澜沧卫城之东南，亦曾建魁阁，其巍峨雄壮，应与城内文昌宫、东岳庙、文庙诸庙争辉。于此，可见中原文化与边地文明之融合，实为边屯文化之一斑也。

余远观魁阁，雄立于花园坡侧翼，倚石山、靠坡脚，隐没于千丛绿树之下，万株玉米之间，仅露屋檐上部于碧空，所谓犹抱琵琶半遮面也。但见阁檐巍巍，傲然耸立，有如天外飞来于田间；楼端阁稳，翘角展檐，则似欲飞还腾之凤凰。一条寿字镂空屋脊矗立于阁顶，映于碧空，如篆刻之妙，阴阳之美。两条雕砖鳌鱼分列于屋脊两端，昂头甩尾，左呼右应，稳重威严。

至阁前，方知魁阁独立成院，惜院墙俱毁，大门颓倾欲堕，一株参天苦楝斜长于院中，与魁阁相映成趣。入院，杳无人迹、百草丛生，几竿枯竹傲立于满园荆棘之上，荒芜非一日矣。





余与文友登石磴数级于阁内，烟火寥寥，神去阁空，蛛丝累累，尘土遍地，顿感满目寒凉。向导云，此间古有魁星塑像，面目狰狞，腰缚铁链，暗藏机关，凶神恶煞如鬼魅。有欲取功名者近前观之，不料触发机关，魁星瞬间扑面而来，朱笔如独孤九剑，直刺额头。观者大骇，面如死灰，胆破而逃之夭夭，魁星因铁链复归原位。

余细观之，阁楼两层结构，有楼梯上下相连，并可转阁相通，今梯无踪迹，唯柱、梁等木质构件皆完好无损，幸之何如。阁楼巍然，未知历经几百载风雨，虽屋面受损不一，然其主体终不偏不倚、无倾无斜，乃至飞拱檐角，轮廓弧线圆润如初。其构造、其拱艺、其卯榫、其雕刻，皆堪称一绝，非今之工艺所能媲美者。余曾观滇池湖畔西山龙门之魁阁，两两相较，亦各有千秋。龙门魁阁优于地形气势、鬼斧神工，谷宇魁阁则胜在造型工艺、独具匠心也。

余尝观此阁前岁图片，苦楝参天，绿竹葱茏，院墙完好，令人神往。今观之，断垣残壁，满目萧疏，魁星安在哉？若今之视昔，可知魁阁巍巍，香烟缭绕，阁中香火隆盛矣；由古视今，则魁阁危危矣，可见文物之保护，任重而道远矣。

吾之泱泱国度，由来崇文尚教，今愈甚矣，成果斐然，绝非往昔科举之制相比。盖教育之道，非求取功名之一径也，亦非赖魁星之功。然魁阁尚在，乃见证历史、研究边屯之文物，且为郡内唯一，倘不复修，有朝一日消失殆尽，则后人仅能佐以图册，以管窥豹，悲夫！杜牧《阿房宫赋》云：秦人不暇自哀，而后人哀之。后人哀之而不鉴之，亦使后人而复哀后人也。余拟《阳关调》一首，惟愿魁阁依旧，历风雨而安然也：

巍巍一座魁星阁，
遗韵犹存花园坡。
阁中圣像今何在？
墨客骚人空叹哦。

## 三、云谷大桥

余偕文友魁阁折返，少顷即至云谷大桥。

漫步海河，一座古桥即兀然于眼前，谓之古者，青石桥墩稳立于海河正中，如剑锋直劈波涛，将水流中分于桥下两孔。桥上端列长亭，覆以青瓦，桥面铺实粗壮栗木，以褐色栗木作护栏交于亭宇立柱，榫卯严密、结构精巧、古趣盎然。两端以青石支砌拱形桥门，门楣上书“云谷大桥”四个大字，落款“民国三十七年三月”。

入桥门，可见拱门两侧内镶石碑各一，两端四块。立于桥面，清风徐来，浑然不觉酷暑，方知亭宇之妙。逢日而避暑纳凉，遇水则遮雨听涛，此非一举两得乎？功莫大焉。观古桥之木石，可知经历之风雨，岁月之斑驳。然囿于材料人力，桥体至今岿然，前人智慧令人称奇也。

余纳罕于桥名，欲考出处，遂细观《纪念碑》。但见碑文法书遒劲有力、端庄雄健，书风令人击节，当为方家手笔耳。惜岁月侵蚀，石碑风化，部分文字剥落无考，无法畅读也。更有甚者，西端碑文遭人为铲除，一字无留，仅余累累錾痕于石壁，可恨之极。文友不解，借问于向导，曰：“文革”遗迹，所为保命。众皆悟之，连称可惜。

余弗甘心，细考碑文，终得桥名出处：“因居云山之西、盘谷之南，乃命之曰云谷大桥。”桥名既得，岂有再略款识之理，遂逐字考之，得之梗概也。盖先建学堂，次造大桥，再修公路，功劳义举不一而足，然“岂刻石勒碑能纪念万一乎？”发起人为“陆军军官学校少校营长”，姓名被毁无考，碑文内述“军人本色、解甲归来”字样，执笔人乃“虎邱樵子赵厚庵”。

向导曰：少校营长即村人李焕东是也，乃血战台儿庄之英雄人物，因炮火致残。解甲返乡，挺残身、挎断臂，建桥修路，身先士卒，身残志坚，血性不改，为村人称道。余闻斯言，亦百倍敬仰之。

然“文革”风暴袭来，家人恐受累，将其碑文名姓除之后快。惟其如此，所以如此，悲乎。时不独焕东，华夏亦遭荼毒，实乃时代之殇也。惟愿风暴不再，世间太平。

去岁金秋，吾国举行抗战胜利纪念盛会，有言曰：八路军“狼牙山五壮士”、国民党军“八百壮士”，皆千千万万抗日将士之杰出代表也。又云，共产党领导开辟之敌后战场，与国民党指挥之正面战场协力合作，终形成共同抗战之战略局面……言之凿凿，信之旦旦，重申史实，铭记精神，令人心潮激荡也。是岁，再邀抗日老将士观礼于国庆阅兵，传为佳话。一寸山河一寸血，十万青年十万兵。岁月倏忽，然抗战誓言犹在耳。鉴往事，凡抗日将士，无论国共，皆中华民族之功臣也。前事不忘，后事之师。睹桥思人，吾辈当铭记李焕东侪辈，不独建桥有功于当代，更在于抗战而利及千秋。抗日将士精神不死则国魂不灭，惟此，伟大抗战精神当有传也。余亦以诗纪念之：

### 七律·云谷大桥

一座虹桥架海河，
名曰云谷历风多。
迎波抗浪根基固，
蔽日遮阴岁月磨。
鏖战沙场身手健，
还乡解甲志难挪。
修桥铺路为桑梓，
厚德仁心胜佛陀。

## 四、古村宅院

穿越云谷大桥，余与文友逆海河而上，欲游古村。

海河，因程海出水经此河注入金江，故名。据《乾隆永北府志》载，一千七百六十二年，海水下降，无法出流。余观之，海河宽约数丈，河床上升，河堤皆以巨石巩固。高速路巨龙般飞驰而过，偶有桥墩立于河内，隐隐现洪流冲击痕迹，可知水流之急、洪灾之肆、云谷大桥之险。

向导曰，吾尝闻老辈人云，虽海水断流，河亦常年流水，雨季迅猛。至若水微时节，鱼虾颇丰，村人以捕之为快事。吾少时，沿岸皆巨树环之，攀花红椿一应俱全，古树参天，浓阴蔽日，人欢马叫，孩提嬉笑不绝于耳。文友开华先生亦云，吾曾于此驻村，耳闻目睹者众，虽河水不大，然巨树不少，确热闹之极，弹指间，四十载矣。

谈话间，欣遇文友晓雁女士于村边古树下作画，但见羊毫过处，水墨氤氲，瞬息则满纸烟云，古树苍劲、房舍依依，一幅《谷宇山水图》浑然天成矣，余不禁叫好，以为深得汝璋先生真传也。摄友亦点赞不已，“长枪短炮”闪耀不绝。

盏茶功夫，至古村入口。老妪三五成群闲谈纳凉，探问年纪，皆耄耋也。然其古稀之貌、天真之言、恬淡之态，令人艳羡也。村道皆以青色石板铺之，并布以消防钢管，乃评为国家传统村落时实施，近十载矣。

行于村内，古建筑错落有致，青瓦土墙遍布于眼帘。惜少数屋舍久无人居，墙倾梁颓，摇摇欲坠，几成危房矣。沿主道数百步，岔道渐多，呈放射状延伸，大小有别，弯曲无致。所谓乱道渐欲迷人眼，若有密集恐惧症候者，到此必眼花缭乱，脑涨头晕。或受酷暑影响，余不禁睡意熏熏、微汗淋淋。

向导云，旧时村内有新娶媳妇出门担水，竟迷失不归，无可奈何，竟弃挑而泣之。余戏曰 :“撂挑子”典故或发源于此也未可知！文友皆笑云，莫言新娘，吾乃不知所终也。

言毕，便经十字路口。向导云："此乃村道复杂处之一也，旧时有马帮欲往金江古渡，到此每有迷失，绕行无果，多有折返。请君细看，路分三径，出口仅一，汝可竞猜，答对有奖。"文友争相猜之，仍不得要领。余详观三条路径，皆两面有墙，且宽窄相近，几无差异，唯有屋后青峰可作方位参照。唯一区别仅西道较短，而南北较长，展眸放眼，尽头皆大门紧闭。文友疑惑不解，岂非三条死胡同也，出口安在？

向导云，非也，既不到门前，必不知出路，奥秘正在于此。于是乎，文友跃跃欲试。行毕，所言不虚，诚不欺也。西、北两道乃死胡同，唯有南道，至木门前则豁然开朗，道路直角拐向后山，视之不通，实乃视角欺骗所致。由此悟道，可知世间之事，耳闻莫若目睹，目睹不如躬行也，一叹！余仰首，见点将台巍峨傲立于村后，设若孔明曾在此祭锋点将，则阡陌纵横有如迷宫之古村，岂非诸葛所排八卦阵乎？

少时，不觉至一古院落。墙有木牌，黄底红字，上书：谷宇李溢宅院，市级文物保护单位，某年某月云云。

一面巨型照壁与大门紧相连属，以寿字雕砖打底、矩形青砖镶框，青瓦白墙、灰框墨线，青瓦之下以书画小品点缀，四君子图案隐然于陈壁。照壁右侧，木拱垂花大门格外惹眼，其雕刻精细、层次分明，两边佐以青砖碉垛。碉垛之上，覆以青瓦翘角饰之，垂花木拱与碉垛层层叠叠托起飞檐。飞檐之上，则雄立一堵风火墙，映衬主屋侧檐哨角，与房屋浑然一体、天衣无缝。所谓阳光布德泽，万物生光辉，阳光普照之下，阴暗有别，棱角分明，苟换之视角，则别有风味矣，其建筑特色令人叹为观止。

古巷古屋，摄友之佳材也。更有晓梅、晓燕、雪梅美女作家入镜，美景佳人在侧，摄友焉有不动心之理，嚓嚓快门声如春蚕食叶、雨打芭蕉，余恐落后，亦快手拍之，俄而与文友踏石磴四级入院。

院落不大，四面相合，方寸之内，别有洞天。主屋正面照壁，两侧厢房相对，院内蔓藤如盖，天然成荫。主房右侧山墙开孔成小门，穿墙入门，则又成一小院，院内盛石缸，年岁不俗，水则新矣，清可照人。

众友立于主房屋厦，尚觉游廊宽阔有余。拱形游廊，棕椽白瓦，造型别致，为余首见也。余详观拱形木椽，圆弧根根一致，且不见拼缝接口痕迹，盖因一次成型也。苟以文火相烤折弯，何得弧度如出一辙？怪哉！其工艺为谜也。拱椽之下，镶以扇形实木，扇面之上阳刻牡丹锦鸡图案。再下则以两根粗壮方形实木作梁贯穿，两方梁木相距五寸，中间形成自然空格。实木之下，又是一方镂空吊梁，吊梁布局三幅画框，雕刻各色图案，凤凰、仙鹤、牡丹、石榴等花鸟一应俱全。纵观游廊，虚实相融、方圆相交，青瓦棕木浑然一体。

最为精细者，莫过堂屋木雕。两旁板壁之上，分别雕刻镂空“福”“寿”二字，寓意福寿双全。图案内圆外方，阴阳结合，周围缀以香供、花瓶，瓶中之花环绕字体，外围则以蝙蝠、寿字、中国结各色图案饰之，精美绝伦也。“福”“寿”二字，拱卫着堂屋正中之六扇门，门可对开，亦可连开。门上镂空雕刻每有不同，且上下各异。奇花异草、珍禽瑞兽数不胜数，栩栩如生。细微之处可见毫发，国花之蕊、鸟雀之舌莫不跃然眼前。不足处，仅余上部，下则尽毁，文友欲问根源。

疑惑间，一耄耋老者款款现身，仙风道骨、须眉尽雪，牙虽残缺、口齿流利，侃侃相答文友之问。老者直言：毁者，“文革”之毒也，苟上部不以稀泥覆之，亦无存也。下部被毁，皆因阳雕，稀泥难覆者；上部得存，盖因阴刻也。吾尝闻先辈云，木雕乃父子二人所为，一日之木屑，不过一盅耳，此门一道，耗时即一月之久，工程艰矣。一场浩劫，无数文物尽毁，悲夫！

向导云，老者乃主人也。此院之异，不唯建筑，是为书香门第耳。一九六二年，有学子姓李名航者，以高分登入京都清华学府。至若余者，或任公职于丽郡，或执教鞭于沧阳，所涉行业甚广，家风亦盛焉。

文友或曰：何不欢聚于儿孙乐享天伦，反独守古屋耶？老者云，前岁吾曾送孙求学，今儿孙成人，不想添其累赘，况吾生长于斯，与此屋厮守，方知人生来处，岁月不居，吾独求安然。亦有叶落归根、春泥护花、报本追远之意，非“乡愁”二字可了也。

文友心生敬意，与老者合影，一一作别。俄而串村入巷，走马观花，阅古房旧院无数。不觉又逢古宅一院，照壁大门皆别具一格。

余入之，环视院内，顿觉眼前一亮。余因自幼酷爱书画，对书法情有独钟，故略去建筑之结构、雕刻各类，而详记墙壁书画也。但见照壁之上，帧帧国画构思精巧、左右对应；厢房两面，幅幅书法若断还连、气势逼人。照壁之画、厢房之书交相辉映，院落书卷之气扑面而至，如斯之美也，妙哉！

余如胸揣幼兔，大气不吐，凝神静气详观之。只见厢房二楼墙壁之上，幅幅书法隔窗呈直幅排列，均以行书示人，中则间之以山水国画。详考内容，有苏子《赤壁赋》、李白《春夜宴桃李园序》之佳句，有杜牧、刘禹锡之美诗。书风潇洒俊逸，笔画遒劲干练，颇得二王真谛。余详较之，均落穷款，独无书家名姓。世华先生曰，此书笔力雄劲、功底深厚，今人恐难及之，必出自方家手笔无疑也。言毕，永辉先生捷足先登，上楼造访，扭腰伸首多次均未得水落石出者，无功而返之。

余继而详端照壁国画：计有花鸟三帧居中，山水两幅分列左右，国画间皆缀以楷书，每幅画作均有题款，或书警句，或摘诗词。或云“绿竹横窗是入诗囊之料，高朋入座是破愁城之兵”；或书“以此怡年一任雁鸿来去，以此永日不知乌兔升沉”云云。

所谓山重水复疑无路，柳暗花明又一村。余倏而发现一幅花鸟画下有小楷款识。只见一块嶙峋怪石兀立于画图右方，几枝垂柳随风飘荡，数丛水草若现若隐，两只野鸭于湖中悠闲戏水，一只扎入水中仅露尾部，一只展开嫩黄色脚掌力拨清波，憨态可掬，笔力鲜活，可知画家胸中烟云、笔底乾坤。五行小楷云“野塘鸭戏水，柳坞燕衔泥。民国七年中秋佳日主人摘古”，其书法苍劲雄浑，颜书韵味浓厚，又兼柳体笔法，“鸭”“柳”“民”则融入隶书结体。俄而于左侧山水图中现“诗梦草堂、虎溪山人”八字，其余均无款识。

余出院绕行照壁之后，外侧亦有书画，惜年久失修，被泥水污染无考，仅余一图山水，但见树木稀疏、山脉潜形，一桥溪水映照于前，与隐隐山梁之数间楼阁遥相对峙。幸有五行楷书曰：“山外青山楼外楼，岁戊午秋日仿米南宫笔意于邺架书屋”，字体苍劲有力，侧锋用笔颇多，与前之款识无二，应出自一人手笔。

余自言：民国七年，迄今历一百又三载风雨，照壁斑驳欲倾，而书画墨色如新，胜于当今墨汁丙烯之百倍，奇哉！“诗梦草堂邺架书屋虎溪山人”书画双绝，何人耶？

一语未了，忽闻文友疾呼。

## 五、点将台

余复入院，文友云：“吾欲登台点将，恐汝落单迷失。”遂浩浩荡荡进发点将台。

至村后，但见青山连绵、石峰竞秀。向导云，此地旧为陈李二姓宗祠，俱毁无存。后山之峰尤为奇也，彼为观音坐莲台，再后则龟岭、狮峰、凤丘、虎山依次排列。言毕，及至点将台前。赤日炎炎，然文友亦无惧而登攀也。

点将台，村民或名祭锋台、将台坡，《永北直隶厅志》载：“祭锋台，在城南一百二十里，老虎山旁，台高五六丈，其色类红沙。相传武侯（诸葛亮）征南时，筑以祭剑，顶上又有江沙石一，时现巨人迹，寻过转隐。”明初李浩《三迤随笔·武侯南征行军路》亦载：“武侯军后出西泸，走大凉山香城道，战凉山八部，初擒孟获而后纵之；战于成偈，擒获又纵之；历半月，渡泸水于金沙渡、直捣十二关司孟获寨，三擒孟获于赤崖……”成偈乃沧阳古称，为唐贞元十一年南诏设置成偈赕也，况金沙渡、赤石崖皆于郡内，有迹可考。纵观古志，可知孔明登祭锋台非空穴来风也。

点将台坡陡难行，怪石丛生，间以沙土，灌木荆棘遍布，攀之艰难。且沙土泛白，有异于常形。向导云，此台之土与别坡不同，盖因含磷所致也。一炷香时刻，众友终登顶。余观点将台，状如腰鼓，亦如酒盅倒扣，坡陡而顶平，“江沙石”既无所踪，“巨人迹”亦弗再现。立于坡顶，秋光滟滟，凉风习习，谷宇古村乃至期纳盆地尽收眼底，天然一色《金秋图》，真赏风观景妙处也。东可赏云台山秋色，南可观莲花台雄姿；西面雄狮与凤凰两山争艳，北侧则屋舍俨然鳞次栉比。龙盘虎踞，集一地之灵秀；有凤来仪，聚四方之物华。此非桃花胜地、武陵之源乎？

素闻谷宇古村七星八洞，七星乃对坡、团坡、水井坡、中家坡、花园坡、寺坡、七公公坡，八洞曰月亮洞、仙人洞、响洞、闷水洞、豹子洞、大石洞、石门洞、花园洞。余观之，点将台有如帅居棋盘，七星八洞俨如棋子围于四周，似有七星拱卫、八洞荫泽之意耳。更有龙飞凤舞、猫跃虎吟、北辰映月、紫竹红昌、仙鹤石卵、星度天桥、金猫捕鼠、石门望江、帝敕马瞧、乱蜂朝王诸景美不胜收，岂非洞天福地也！想当年诸葛在此祭剑点将，当有深意耶。然文友登台，手中既无寸铁，何以祭剑，又无一兵一卒可遣，何得点将乎？唯有高吟杜少陵《秋兴八首》，方不负登台赏秋之美意耳！登高吟赋，美意延年，岂不快哉！

更甚者，花园坡魁星阁正对将台，余以为亦非偶然。尝闻文江先生云，其父杨锟记魁星阁抱柱联曰：朱笔高悬一点不错，鳌头俯视众山若丸。楹联由清水驿单镜撰书，惜已失传。又云，其伯父杨铣，亦谷宇文化名人，对碑文过目难忘，曾记载村中碑文史迹无数，失之无传，憾事也。余曾参与郡志纂修，对名人单镜略有知悉。镜，字蓉舟，乃光绪拔贡，文才拔萃、品德超群，曾参与西藏平乱，后致力于家乡授学，其事迹《永胜县志》每有传记。余于《永胜前人墨迹选》见其书作三幅，王风卓然，名不虚传也。

立于点将台，神龟、鳄鱼、雄狮、凤凰诸山皆立于眼前，神形兼备、仪态盎然，更有老虎山雄踞北侧，威震谷宇。传言，古时此虎为患被斩而身首异处，虎头即七星之对坡，与虎首隔海河相望，虎颈处百丈悬崖如刀劈斧削，蔚为壮观。尤奇处，山之左右有长流清泉各一，如双乳孕育谷王二村，当为母虎也。

狮山与凤山相交者，名滑石板箐，盖以石板铺就，乃茶马古道也，越斯山即至金江古渡。前言《三迤随笔 · 泸水渡碑》载："东行四十里可达金江渡；东行一日可达北胜州。金江渡有青石古碑，为孔明立，上书'泸水渡'三字，后署汉丞相诸葛武侯立于建兴三年夏五月初六。"于此，泸水渡即金江古渡无疑也。余尝闻，"滇西才女、民国女杰"高玉柱因抗战捐躯，途经此处回沧城壶山安葬。村民闻言，争相扶柩，泪别英雄。嗟夫！才女远去，将军不存，壮志未酬，遗恨千秋！

正欲展眼，文友于草丛中发现红土瓦砾若许，遂惊问缘由。向导曰，吾闻先辈云，传言武侯既在此点将祭剑、擒释孟获，必为风水宝地也。有村中好事者，尝于此建小屋一间。翌日，鸡无鸣、狗不吠，全村哑然沉寂，鸟雀无声。村民大骇，复撤屋，则一切如前，鲜活如故，怪哉！文友闻之，愈觉惊奇，百思不解也。余亦有诗赋之：

**七律 · 点将台**

胜日登临点将台，

巍峨雄壮似飞来。

七星拱卫呈奇阵，

八洞寻幽弃垢埃。

诸葛祭锋除祸患，

巨人隐迹费疑猜。

而今览胜留遗恨，

《秋兴》长吟难释怀。

## 六、云谷寺

登毕点将台，文友复访云谷古寺。

云谷古寺者，县郡文物也。立于海河之畔、云谷大桥之侧，背靠神龟岭、毗邻魁星阁，建于咸丰四年，迄今近一百七十载。寺前一株参天古榕形如巨伞，遮尽尘世浮华。入古寺，清凉素洁、曲径通幽，飞龙绕柱、法相庄严。最为称道处，寺乃郡内二中前身，教学印记犹存；今为文化活动中心，集佛教、育人、文化于一体也。

初，余见应玄习老先生所撰《谷宇情》一文，详述二中建校风云，艰难困苦，百般磨难。幸得谷宇好人李极及村民相助，师生同心，方改庙宇为学舍、变佛堂为讲坛，用时一月即告成，为社稷育才数以百计，功莫大焉！转眼已六十余载矣，可谓光阴似箭，物是人非。然古寺魁阁尚在，女生入住魁星阁，为青面獠牙之魁星所惧而不眠，二百余师生立于寺前，誓言铮铮、红旗猎猎诸景，余亦身临其境也，更喜先生“述而不作、实事求是”之风。习老先生九十高寿，尚能行文如流水，记忆之准确、思维之清晰、笔力之雄健，实令吾辈汗颜。老先生命运多舛，曾因建校谷宇而惨遭不测，命悬一线，幸得村民相救耳。逝者如斯，往事成烟矣，今惠风和畅，先生每以书画娱情，乃有金石之寿，岂非仁者寿乎？余阅之，亦有感于斯文，眼热鼻酸，不觉双目朦胧而掩卷。余所感怀处，行入谷宇版《清明上河图》，不惟古村之丽，更在于人心之善、民风之淳，李珪之耿、李极之善、郭荣安之恒，皆洞见谷宇人文精神也。尤为荣安先生，耄耋之年首修村志，九十又二乃成书《谷宇村史》三册，矢志不渝精神当传扬之。

不日，余又见体元先生文，述及李极先生二三事，不独身怀绝技之奇人，乃建校育人，抢救保护洞经古乐亦有功矣。《北胜谷宇洞经古乐传谱》付梓传世，皆李极、洪德昌、曹先智、廖海生、李珪诸先生之功矣。观其遗照，慈祥和蔼，形象愈加鲜活。谷宇人才济济，由此即见一斑矣。村中各姓，俊彦辈出，尤以李、陈、郭氏突出，其翘楚遍布于士农工商，无论军政，不一而足者，此非人杰地灵乎？

思忖间，忽闻洞经古乐入耳，其文乐细腻、武乐飞扬、打击乐铿锵，所演曲目均自《传谱》。乐毕，文友耳悦心畅，立身拊掌。俄而流行乐曲再起，村中妇孺着白衣黑裙，于榕树下翩翩起舞，和谐宁静之景怡然寺前。

书友采风，当有题也，遂铺桌展纸、墨润毫飞。谈笑间，守伦先生成诗一首，文新先生挥毫即就，诗书合璧，纸润墨香，众友夸赞不绝。未几，世祥、永辉、世华诸先生书作相继告成，诗联兼具，未能记之，虽书风各异，亦豪情满怀。余无诗兴，仅得一对镶名联，自知功力浅薄，欲以气势取胜。乃效某江湖书家，装腔作势一声大吼，撸袖赤膊，信笔书之，联曰：

谷藏猛虎源流远，

宇荫苍生文运长。

开华先生果被余气场所震，瞠目结舌竟忘拍摄，幸得荣新先生摄之。文新先生受染，雅兴未减，即云："吾欲书大字有四，汝当限题也！"

余曰："莫若'云谷生风'四字为妙，吾虽居榕树下，仍觉暑气逼人，奈何无风也。高速在侧，飞车疾驰云谷而不绝，车来风起，车去风生，岂非'云谷生风'乎？"

闵先生连云"妙哉！"，但见笔走龙蛇，墨飞香花，手起笔落，大书即成。余观之，灵动飞扬，果欲生风，妙品耳！

书毕，见联柱、晓波、开鹏诸先生画作均成，云谷大桥、李溢宅院莫不跃然于纸上，兼有油画、水彩、速写诸作，文友啧啧，点赞不已。

书画既成，文友即入席于云谷休闲园。古语云，兵马未动粮草先行，采风调研亦无例外。此行能成，有赖于金平先生慷慨解囊也。先生于丽郡从事文艺传媒二十八载，脑有"金点子"，胸怀家乡情，每助力于筑路架桥、村志文艺诸业，其功大焉。

席间，文友或畅谈感想，或建言献计，或谋划作文。更有葡萄美酒、瘦猪肥羊，文友品云厨佳肴，把酒言欢，议之于谋。不能酒者，乃以绍会先生供以橄榄油代之，美颜怡身，可小酌亦可大饮者，非此油莫属也。前岁，余尝求学于西林，教授曾言及严先生植被，并率众学友赴海口观摩“总理树”，为恩来先生亲植，枝繁叶茂，冠已参天。其间亦提先生再三，足见沧阳才俊，遍布古滇矣。苟有一日，“寒夜客来油当酒”或成新风亦未可知矣。一笑！

采风期间，兼有果园寻幽、虎乳探秘、村舍座谈、乐谱探访、老人采访、民间工艺走访诸活动，亦不能一一细述也。盖纸短情长，言浅意深，手书吾心，弗计工拙，乃以诗结之：

### 七律·谷宇感怀

不见武侯不见仙，
断碑残迹诉源渊。
石峰耸峙将台后，
玉带横穿虎岭前；
毓秀钟灵真福地，
龙翔凤翥是瑶天。
若思古寨寻遗韵，
有空常来谷宇闲。

（张永康，男，汉族，在职硕士研究生。丽江永胜人，先后供职于永胜县东风乡人民政府、东风乡农技站、县农业局农技中心、种子管理站、县公共资源交易中心等单位，现为永胜县文联主席。酷爱书法和写作，理论文章和散文见之于《云南日报》《社会主义论坛》《云南经济日报》《丽江日报》《丽江发展研究》《边屯文化》《永胜文艺》等报刊。曾参与编纂《永胜县志》第二版，主编《永胜县农业志》）

# 边屯文化“活教材”

张永康

云南永胜的边屯文化闻名远近。所谓的边屯文化，起源自明代“洪武调卫”，由中原传统汉文化与本地少数民族文化融合而成，具有亦军亦民特点。

在美丽的程海湖畔毛家湾，矗立着一幢航空母舰式的建筑，这幢建筑就是中国永胜·云南边屯文化博物馆。一眼望去，博物馆犹如一艘动力十足的航母，在大海中劈波斩浪、奋力前行。

就在今年，这幢貌似航母的边屯文化博物馆先后被命名为丽江市民族团结进步教育基地、云南省民族团结进步教育基地。

边屯，是我国历代王朝维护民族团结、祖国团结统一的重大政治政策措施。永胜是我国边屯文化的集中展示点。为了挖掘各民族交往交流交融的历史事实，铸牢中华民族共同体意识，永胜县于 2011 年建立了中国永胜·云南边屯文化博物馆。

永胜县边屯文化博物馆包括博物馆、毛泽东铜像广场、毛泽东祖先纪念园以及毛氏宗祠四大部分。

## 边屯文化博物馆

永胜边屯文化博物馆是目前国内唯一一个展示边屯文化的专题博物馆，是重要的边屯文化、民族文化展示和研究基地。自开馆以来，国内外热心毛氏文化和边屯文化的观众纷纷慕名而来，已接待国内外游客 130 余万人次，为永胜边屯文化、毛氏文化、民族文化的展示和宣传发挥了重要作用。

永胜边屯文化博物馆秉承中华优秀历史文化传统，立足本土文化资源优势，旨在较为清晰、系统地展示以人口大迁徙和民族大团结、文化大融合为主题的边屯文化、民族文化和一代伟人毛泽东的先祖毛太华及其在云南留下的后裔500多年来创立的毛氏文化的丰富内涵。从建筑外观上看，边屯文化博物馆，既像一只展翅的雄鹰，又像一艘起航的舰船，昭示着边屯文化在全国文化大繁荣、大发展的新时代展翅翱翔和扬帆远航的光明前景。博物馆设有"序厅"、"边屯云南"等七个展厅，所展陈的内容除边屯文化外，还有丰富的民族民间文化产品，这是永胜各民族在生产生活中互相包容、互相借鉴、团结发展所创造出的文化精品。

"序厅"通过15幅仿青铜挂壁浮雕，集中展示了大明王朝为统一、巩固、开发和建设边疆，所推行的"寓兵于农、屯民实边"的历史。其中，"军屯图"再现的是从洪武十九年（1386年）起，明朝廷将大量兵士调入云南各地进行驻防、屯垦的情况；"民屯和商屯图"再现的是边屯的另外两种形式，即"民屯"和"商屯"。边屯政策在云南边疆的大规模实施，不仅满足了朝廷驻滇军队的自给自足，而且极大地促进了云南民族的大团结、大融合、经济的大发展、文化的大繁荣、社会的大稳定。

"边屯云南"展厅以大量图片、模型、实物和多媒体，展示了云南边屯的历史和业绩。云南素为中国多元文化富集之地，异彩纷呈的民族文化源远流长，在彩云之南多彩民族文化的大观园中，独具特色的边屯文化是一道引人注目的亮丽风景。

展厅里，一幅滇王印章的图片格外醒目，不觉使人联想到了庄蹻入滇的历史壮举。庄蹻入滇，开创了云南各民族交往交流交融的先河。从庄蹻入滇到滇王复汉，历史雄辩地证明了我们辽阔的疆域是各民族共同开拓的，我们悠久的历史是各民族共同书写的，我们灿烂的文化是各民族共同创造的，我们伟大的精神是各民族共同培育的。

一组云南不同时期的人口数据立柱在灯光的照耀下异常耀眼。不断增长的人口数据表明：大规模屯边，使云南的人口发展非常之快，也说明了边疆的不断稳定，经济的快速繁荣。

“明清以来的云南文化名人”展厅共收录和展示了明清时期200余位云南历史文化名人的生平材料，较为全面地介绍了他们的生平事迹，比如杨升庵、孙髯、刘慥、赵藩等等不一而足，他们在军事、经济、政治、文化、社会等方面做出了不可磨灭的贡献。

“永胜非遗记忆”展厅展示了在长期的生产生活实践中，永胜各族人民用自己的智慧和汗水，创造了丰富而灿烂的非物质文化遗产，生动鲜活地展示了永胜各族人民的个性特点和审美习惯，从侧面展示了中原文化与民族文化交融发展的状况。

“翰墨丹青话边屯”展厅展示了自明朝至当代永胜知名书画家的作品，这些作品风格各异、个性迥然，展示着几百年来永胜各族儿女在中华优秀传统文化上的传承和翰墨丹青方面的深厚造诣。

“北胜州与澜沧卫”展厅展示了永胜的历史沿革、人文风情。永胜历史悠久，早在新石器时代就有人类在此生息繁衍。西汉时期中央王朝在这里设置郡县，此后，历代政府都在这里设治经营，迄今已有两千多年的建置历史，特别是北胜州和澜沧卫时期，内地人口大量来到永胜屯垦，中原汉民与当地土著夷民的相互融合，中原文化与当地文化的交融发展，形成了至今六百多年来一直处于主导地位的边屯文化。

“沧阳春秋”展厅展示了在永胜境内出土的从新石器时代、春秋战国到明清以来的上百件珍贵文物及其他实物，向人们讲述着悠远的中华文明历史和人文风情。

在民族团结进步示范创建中，永胜边屯文化博物馆充分发挥自身职能，紧紧围绕“中华民族一家亲，同心共筑中国梦”总目标，紧扣铸牢中华民族共同体意识主线，大力弘扬了社会主义核心价值观。

徜徉于永胜边屯文化博物馆，人们无时无刻不感受到中华文化的源远流长、中华民族的坚贞勇毅、民族团结的交流共融，让人激情澎湃、荡气回肠，也让人不觉心生对前人开疆拓土精神的敬畏，同时惊叹边屯文化的无穷魅力，以及永胜人民的智慧。

数百年来，汉族和少数民族在永胜这片土地上包容共居、互相扶持、共同发展，让永胜文化逐渐形成了以边屯文化为主体、丰富多彩的民族文化为支撑的多元文化格局，其中表现尤为突出的有：深厚的边屯文化，神秘的他留文化，独具特色的毛氏文化和大量的民族、民间诗歌、故事、建筑、服饰、民俗、工艺、美术、节日、歌舞、器乐文化等。这些传统民族文化资源，是永胜发展进程中遗留的珍贵文化资源，也是各民族共有的精神财富，是中华文化不可分割的一部分。

沧海桑田、斗转星移，永胜各族人民以聪明勤劳、淳厚朴实、富于创新的精神，在多年的生产生活实践中，创造了灿烂的民族民间文化，这些文化内容丰富、形式多样，具有鲜明的个性特征，并以其独特的艺术形式，具体、生动、形象地反映了各民族传统的思想意识、情感理念和历史渊源，极具审美、开发和研究价值。这些文化，在边屯文化博物馆里体现得淋漓尽致，并吸引着四面八方的游客前来参观、不断探索。2021 年，永胜边屯文化博物馆分别被命名为丽江市第一批民族团结进步教育基地、云南省民族团结进步教育基地。

结合民族团结进步示范县的创建，打造民族团结进步教育基地，是对民族团结进步教育活动的拓展和创新。永胜边屯文化博物馆将继续发挥其教育功能，扩大社会影响力，力争把博物馆建设成为全国民族团结进步教育基地，为推动民族团结进步事业不断向前发展而不懈奋斗！

# 古风习习说他留

聂极鸿

云南省永胜县有金沙江自北向西再向南环绕，素有“滇西粮仓”的美誉，曾是滇西北的重要关隘和茶马古道上的重要驿站，也是滇西北的历史文化重镇和政治、经济中心之一，历代为兵家必争之地，也一直是众多学者探寻的宝地。说起永胜的文化不得不提他留文化，它是滇西北古代文化中的一朵奇葩。

他留人，自称“他鲁”或“他鲁苏”，有自己的语言，没有本民族通用的文字，只有少数“铎系”（他留人的祭司）专用的象形符号，通用汉语、汉字，属彝族的一支。他留人居住在永胜县六德傈僳族乡，在这里创造了灿烂的古代文化，留下了丰富的民俗文化。

多年以来，他留人一直披着神秘的面纱而鲜为人知。唯有那夷为废墟的古城堡，令人叹息；“彝汉融合”遗迹的他留山碑林，映射出历史之谜；特有的“过七关”、“青春棚”奇婚异俗，演绎着不一样的浪漫；“铎系唱经”的呢喃，联系着远古和神明……

## 一、灰烬已冷的古堡

进入六德傈僳族乡的营盘村，古堡遗迹便历历在目，残垣断壁，碎石砖瓦、生活印记让人能在遗迹上勾勒出他留古城堡的轮廓，联想起它曾经的辉煌。

他留山是历史上永胜通往巴蜀的必经之地，也是马帮从县城出发刚好一站路程的宿营之地，他留古城堡，既是驿站，又是一个战略要塞。

他留古城堡三面环山，依山势而建，占地面积2000余亩。城堡内房屋台基随处可见，院落多为典型的四合院五天井；城堡外围可见土墙残壁，堡内范围土地表面零散砖瓦、陶瓷等各类碎片，残存着四五百斤中的“马槽”、石条铺筑的石阶；石头堆砌井壁的古井，现仍有40余口古井至今尚能使用。这一切仿佛都诉说着昔日城堡内的热闹。据载，在清朝康熙、乾隆年间达到极盛，古城堡建有10余条街道，集政治、交通，经贸、军事，文教于一体。

如此浩大壮观的城堡绝不是一朝一夕可以建成的，是经过多年的积累和沉淀，凝聚着彝汉民族的智慧和血汗。

关于它的繁荣，城堡内高氏土司衙门遗址和栖云洞就是最好的佐证。城堡中部略偏东的平坦地段的耕地中，尚存三条梗子、两对硕大的柱石墩，以及古井、麒麟石、仙鹤石等遗迹，占地面积在土地改革时测量为18余亩。村民们都能说得清楚，这里就是土司衙门遗址，为土司高光斗所建设。高光斗，字云沧，崇祯四年（1631年）承袭之职，被授予永北州四品肤色府同知。

在城堡东南侧峭壁巨石丛中有一岩洞，岩洞顶由一整块百余平方巨石板覆盖，犹如水泥制成的平顶，洞门口高楼般石墩耸立，如鬼斧神工，崖上云岚出没，时隐时现，他留盛景尽收眼底。岩洞正前方书有“栖云洞”三个醒目大字，落款“辛丑秋月主人高光斗”。在栖云洞崖壁上篆刻着“谁能超世界，共坐白云中”10个大字，10个字竖着排分3行，“中”字独占一行，犹如一把宝剑“镇”在崖壁上，署名“主人云沧醉书”，并刻“高氏光斗”印，一代土司看破红尘、与世无争的境界跃然于前。

“香火入云飞”，“大醉而书更有神”，“石壁撑青天，老洞压第屋，水流石不转，倍兴闵人宿”，“登石楼，上楼梯，一层高、一层低，凄清风程飞，怨怨愁听猿”，“到此忽行山上舟，蓬莱仙岛可神游。夜深小阁成仙境，一派松涛似水流”，其余人士诸如上述题刻繁多，虽经岁月流逝，仍能品读古人之雅致，“栖云洞”俨然就是昔日文化交流的佳处。

古城堡相对应的应是繁荣的政治、经济和文化，但现今的他留山及周围地区，则是生产力发展水平还十分落后的贫困地区，与繁荣的过去似乎毫无关联。

战争总是以极端的方式书写着历史，改变着人民的生活方式。据载，因清末战火，他留古城堡被付之一炬，他留人四处逃散，最终散居他留山等地。

今观古堡，硝烟早已散去，灰烬业已冷却，人们仍能从残存的碎片中感受那金戈铁马鏖战之惨烈，血火交融之悲壮。或许“谁能超世界，共坐白云中”的高土司也未曾想到那一片繁荣也未逃脱战争的洗礼，令今人唏嘘。

## 二、迷影重重的碑林

在他留山上，绿荫丛林掩藏着万余座古墓，墓群依山而建，层层叠叠，鳞次栉比，布局严谨，错落有致，面积为 30.4 万平方米。茔区内已清点登记在册的古墓有 6340 多座，其中保存完好的有 2500 余座，有碑文的占 45% 以上。墓葬始于明万历年，晚至民国时期，约 400 来年。墓群现是国家级重点文物保护单位。

墓群多为王、蓝、陈、海四姓坟墓，各个姓氏家族的茔区四至界限分明，互不混杂，大多为包石冢丘。不同年代、不同风格的古墓罗列一起，俨然一个露天石刻展览馆，恢宏壮观堪称碑林奇观。

走进碑林，如同穿越历史之谜的浓雾，细细品味，可以解读他留人的历史。墓碑所篆刻的铭文、图腾、墓志、墓联繁多，具有典型的汉文化特征。虽经历史的腐蚀，雨露的冲刷字迹风化脱落，但仍能依稀感受祖先的模糊的气息和身影。

根据他留山的墓碑，族谱、传说记载，他留人祖先应为“洪武调卫”迁徙而来的一支军民，来时是三百六十户伍，“寓兵于农，屯民实边”于他留山一带；然则“洪武调卫入永”均为中原人士，是永胜汉族的先民，据载没有少数民族和他留人。因果种种，为何彝区会有如此规模的汉族墓？他留先民究竟从何而来？说着他留本土语言，为何在古墓群却全是汉族文字？

答案或许就在古墓里。古墓以它静寂的方式隐藏了丰富的他留符号、历史待人来考证。但不论结果如何，碑林是“彝汉融合结晶”，是民族融合的一个极好证据。

他留人的主要祭祀活动集中于传统节日，主要传统节日除春节、清明节外，特有的则是宗支节和粑粑节，这两个节日均在他留山开展。

宗支节是以同姓亲族为单位举行的祭祖活动，主要由王、蓝、陈、海四大旺姓家族单独进行。王氏家族为农历五月十七、蓝氏为六月十七、陈氏为七月十七、海氏为八月十七。仪式庄严肃穆，缅怀和追思先祖，非本氏门中不得参与此项活动。他留人过宗支节现早已成为历史（二十世纪五十年代停止），但“宗支节”的存在无处不在印证着他留山、他留碑林、他留人的密切联系。

粑粑节是他留人最隆重的节日，相当于汉族的春节。时间在六月二十四举行，连续三天。六月二十四是彝族、白族等少数民族的火把节，而他留人不过火把节，过的是粑粑节。六月二十四日一大早，各家都蒸好米饭，用石碓舂，做成粑粑，粑粑从大到小层叠成塔形，共十二个，着盛装，由把目（村主任）带队到他留山墓地，进行祭祖活动。他留墓群前有一广场，正中有个重约吨余的石刻麒麟大鼎供人烧香条纸火；用360枝松枝搭成祭台，以纪念缅怀入主他留山的三百六十户伍先祖。祭祀由他留酋长主持，在锣鼓声、葫芦笙乐、鞭炮声中，由铎系以牛羊血向先祖进香点血，咏诵“铎系唱经”并祈祷，而后村民有序向先祖敬献粑粑。仪式结束后，大家以粑粑为食物就地聚餐，载歌载舞狂欢。整个他留山，乃至沉寂的碑林也沉寂在热闹与喜庆中，生者与死者由此达到最微妙的默契。

## 三、奇异的习俗

也许因为巍峨的大山的阻隔，他留人好像被时光所遗忘，依然保留了最传统的生活方式，日出而作，日落而息，这种从诗经时代就上演的生活方式已不多见，在漫长的光阴中，他留人形成了本部族独有的语言和风俗。

他留人世代男耕女织，他们的礼服是用当地特有的火草和苎麻编制成麻布裁制的。火草是一种草本种子植物，叶片正面光滑细腻，而叶子背皮是净白柔软成毛毡状的纤维，这是他留人纺纱织布的主要原料。雨水时节前后，火草正旺，他留人便须上山采集火草，趁火草尚新鲜，从叶尖起撕扭起纤维，待到叶脉时与下一片草叶纤维相连，接着撕扭，往复操作，理成线条，再纺成线。他留人家，各家各户都有自制的纺线和织布工具，苎麻和火草按照经纬线比例混合编织，制成火草麻布。制作火草麻布是一件很麻烦又耗时耗力的活计，全靠原始的手工操作，一家人尤其是主妇，一年忙碌下来只能制作两套成人的衣服。他留人以勤劳淳朴、心灵手巧著称，衣着也甚是考究，色调突出黑白亮色，间以红蓝青等色镶边，传统服饰为右开领的胸襟式上衣，男的有短装、礼装、丧服，女的有童装、青年装、成年装、丧服，火草麻布制成的衣服冬暖夏凉，是珍稀的民族手工艺品。

炕床是他留人火塘文化和饮食文化的缩影。炕房大半被一张三面抵墙的大床(炕床)占据，床高约60厘米，用粗实的圆木作架，床面先铺一层篾笆，再铺草席和羊毛毡，后方和左右做床，空出中前沿做火塘。火塘处于一间房子的正中位置，用石板铺成平面，上支锅桩石，后来改用铁三角。炕床前沿空地部分是做饭菜的地方，老人、小孩、男人们和客人在床上围着火塘盘腿坐着，边烤油茶或洋芋、他留粑粑，边谈笑风生拉家常。炕床还是长者和客人的寝息之所，夜间铺开被褥，老人和客人们守着火塘，饮酒闲聊，叙旧谈天，天南海北。他留人的炕床把火塘文化体现得淋漓尽致，把火塘的基本功能展现得充分、透彻。即使是电器化的今天，火塘依然是他留人必不可少的生活伴侣。

他留人的青年男女成年之后，要履行洗礼、换裙、“过七关”等程序。姑娘的洗礼通常由母亲来完成。母亲为女而洗澡换装、梳妆打扮。姑娘原先穿的白衣白裙，换成蓝衣黑裙。男青年的洗礼是由其兄长来完成的，兄长先给弟弟洗澡、理发等，换上一身新衣。

他留族最特别的恋爱方式就是“过七关”和“串棚子”，就是年轻男女的专利，“过七关”不仅女孩要过，男孩也要过。他留人中凡有女孩的家庭，到了女孩快换裙的年龄，父母就为每个女儿在靠近门口的地方搭建一间“青春棚”。少女“过七关”是由七个有经验的小伙子分别完成的，由姑娘的姐姐承头，先请一个精明能干的小伙子跟她过夜，并由这个小伙子负责找六个小伙子分别与她过夜，每夜一个，传授异性相处、谈情说爱的方式、方法和经验。连续七个小伙子都跟她过了夜之后，第一个小伙子就把她领去交给她姐姐，说明他已完成了任务，姑娘经过实习，可以自行接待男朋友了；男孩反之亦然。睡在“青春棚”里，虽然共用一床一被，但那被子中间，却有一条无形的界限，不可逾越或造次。因为是自由恋爱，先试婚后结婚，他留人离婚率也就较低。随着时代的进步，交通基础设施的改善，很多他留人走出了巍峨的大山，也有外边人走进他留山，“过七关”的传统也在逐步地消亡，而将女儿的“青春棚”建在靠近门口的形式一直沿袭到现在。

他留人相信有灵魂，善待死者也就是善待灵魂，安慰肉体也就是娱乐灵魂。铎系是他留人的祭司，是他留原始宗教信仰方面的专家，主持各种宗教祭祀活动，同时也是他留文化的继承者，传播者。铎系头戴岗度，手持法器，在灵场上边奏边敲边舞，边唱边写。唱的是铎系唱经，写的是铎系文（象形符号）。铎系不停地吟唱，超度亡灵，评述亡人，讲述民族传统，神话传说，伦理道德，讲述生产生活知识等等，搭建起了人与神灵的桥梁。

或许说生命的延续是真实可感的，而许多历史的真实会以奇特的方式活在了当下。他留人以其特有的方式，一年一年，一代一代，传承和存留下来。而他留古堡、他留碑林、他留山也在用它的馈赠给予他留人，守望着这片土地、这方子民。

（聂极鸿，丽江市永胜人，汉族，大学文化，历任副连长、副指导员，宣传干事，文章、作品多次刊登于《解放军报》《中国国防报》《人民陆军报》等，有的文章在中央广播电台播放，现任丽江市永胜县文联副主席）

# 金沙浪涌古今情

聂极鸿

中国地大物博，江河众多，它们或是清澄透彻，或是泥沙滚滚，而金沙江就是其中一条神奇的河流。“金沙水拍云崖暖，大渡桥横铁索寒”，金沙江不仅古来闻名，还因其“红色基因”、伟人题诗而蜚声中外。它“江如其名”，自诞生之时起，便携带黄金而来，被喻为“最豪的江河”。远古文明的每一次升腾，都和江河息息相关。金沙江也是如此，它用绵延不绝的水流养育了一方水土，也随着时代的演进，让文明之花在它的身边不断开放。

丽江市永胜县，一个静静地躺在金沙江温暖的怀抱里的县份。滔滔的金沙江水穿过无数险峻的峡谷，带着高原的风声、欢笑，一路东行，到了永胜这片平坦的土地上，开始变得懈怠起来，留下了一段平坦而开阔的江面，滋养了肥沃的土地，堆积汇聚了宝贵财富，倾听了一代代兴衰与荣辱。

## 一、上天恩赐

“层层金沙淘不尽，浩荡江水永不停”。“金，出金沙江，淘洗得之。”永胜沿江一线的居民们世代繁衍生活在金沙江边，望着金江水，吃着江中鱼，淘洗江中金。“靠山吃山，靠水吃水”，依靠丰富的资源进行着日复一日的生产生活，淘金是金沙江流域数千年漫漫历史长河中不可忽视的历史因素。

一架“金床”、一只“金筐”、一个“金斗”、一个“金盆”，是淘金人必备的工具。所谓“金床”，准确表述是淘金使用的木床——几根支架，一块木板，木板上刻有凹陷的槽，与洗衣用的搓板相类。同样，“金筐”就是淘金用的竹篾筐；“金斗”就是淘金时舀水的木斗；“金盆”就是淘洗金沙的木盆。

自然真的很神奇，不得不惊叹于造物主的鬼斧神工。由洪水冲刷、裹挟而来的沙金的沉积，仿佛有规律可循，但又似乎是浩浩江水暗箱操作的结果，颇有几分秘不示人的味道。它不遗余力地给予人们馈赠的同时，另一方面又在考验着人们的智慧。

淘金，选址最为关键，在没有现代勘探技术的从前，凭的就是一双“眼”，观水的流向，看砂石构造，要不为表面的浮华炫惑，发现粗糙中的精致、黯然中的光泽、腐朽中的神奇，找寻那或是江流十数米至数十米的滩地，或是粗糙的砂砾卵石层中的沙金“栖息地”。

挖取“金塃”主要有钻洞和挖明塘。钻洞所挖多为倾斜向地底深入，在地下的矿洞曲折有变，深浅不一，矿洞时大时小。小的仅容矿工一人匍匐而入，大的可宽达数十米。现今，永胜涛源镇的太极、沿江、金江等村仍能找到以前挖金矿的矿洞口，据传，一些大的矿洞可在地底蜿蜒数里。挖明塘的，在江河道的冲积层或江河堤上开挖，虽说是明塘，浅的数米，深的亦可达数十米。

选定地点后，便在临水处支架起金床，将金筐置于金床上，在选定的地点挖取“金塃”，或挑或背运到金床边，把沙盛入金筐，一边用金斗舀水冲刷，一边不停地摇，含金的重沙被冲洗在金床上，沉积在凹槽中。待凹槽中金沙充盈，倾入金盆，再反复淘洗，剩下的便是黑色的小米粒粒大小的称钨沙和闪闪烁烁的沙金。将水银倾倒进金盆，振荡、搓揉，沙金附着在水银上，钨沙分离，以火灼之得金。

民谚说：“穷打杵，饿当兵，背时倒灶淘沙金。”旧时，淘金是穷苦人无可奈何的谋生手段。“万粒黄沙一粒金”，淘金极其辛苦，它随着人们的生产生活，也不断变化着它的历史妆容。

据史料记载：永胜（昔称永北府）在元代以前已开始淘冶沙金，迄今已有500多年历史。至明代，朝廷便向永北府征收课金，到清代，因课金加重，官府“以正课不敢虚县”为由，将课金摊派给淘金人和江岸农民，致使淘金业萧条，江岸农民“卖妻鬻子、苦累无穷”。乾隆六年（1741），在清廷翰林院为官的永胜人刘慥，冒死向皇帝进谏《请免金课奏》，朝廷敕令云南总督到永北府核查，将正课金减半，永胜淘金业方始恢复。据1939年民国中央地质局《云南永胜金江街附近地质及金矿概述》记载：仅永胜金江街一带淘金人数就多达3000人，年产黄金1000两左右。




时至今日，永胜沿江一线部分居民家中还存放着金床、金盆等淘金工具。众多与淘金有关的地名、故事、传说、歌谣、谚语等仍在区域内流传。

## 二、疯狂掠取

随着时代的发展，用机械代替人力是生产力发展的必然趋势。

20世纪80年代末90年代初，宁静的金沙江上出现了链斗式淘金船。所谓链斗式淘金船是经挖泥船改装升级形成的，主要就是两艘浮船上固定一套链条挖斗和一套洗沙设备。三根钢绳的一头系在船头钢架，另一头则系在岸上的巨石或较大的灌木上，将船牢牢固定在选好的江中淘金位置。然后开足马力，固定在船架上的数十个挖斗，通过链条，不断将从河中挖起的江沙倒入洗沙设备，金沙分离。淘金船正常运转后，只要一个工人通过绳索，控制挖斗的进入江中的深浅即可。一斗沙即可抵过去人工背一趟“金塃”，遇富矿时，甚至创造出日进数十万的“神话”。

一时间，浙江、湖南、广西、江西等多地私人淘金人一拥而入，本地淘金人也纷纷效仿，金沙江沿线变得热闹非凡，机械淘金迎来“鼎盛”时期。几十万一艘的淘金船，在那个年代简直就是天文数字。然而，对于非法淘金所带来的利润，却足以让人“疯狂”。与此同时，持续数千年的传统人力淘金走向衰落，靠“金盆”、“摇床”从事淘金的淘金人几近消失，“金老板”成为这一时期淘金人的代名词，他们怀揣着“淘金梦”在奋斗，也在与命运“赌博”。

百艘淘金船密布江面、机械不分昼夜轰鸣，宛如一个现代化的大型工地。大型机械疯狂地挖沙淘金，把泥沙从数十米的江里挖出，经过一番筛选后，又把废沙石倾倒到江中，在江心形成了一座座沙石堆。江水浑了、河床被切割了、河道改向了、沿岸的山体和土地垮塌了……滔滔的金沙江变得满目疮痍，它变得狂暴起来，许多从小就在江里游来游去的人也不敢再次尝试到江里一游。因为淘金，一系列的生态环境、安全、监管、社会等问题也全都来了。

“金沙江岂能毁于金沙！”金沙江丽江段流域愈演愈烈的非法淘金活动引起当地政府高度重视。“轰！轰！”2005年3月，随着数声巨响，停靠在金沙江边的50多艘非法采金船被炸毁，化为废铁没入江底，部分淘金船主闻风逃遁，饱受肆虐的金沙江暂时恢复宁静。

疯狂的“淘金热”落下帷幕，也仿佛映衬着太极村“金窝窝”的传说。金沙江水在永胜涛源镇的太极村鬼斧神工般绕了个大大的“S”，半弧江水就宛似太极图上半区的“阴鱼”，江心刚好有块天然黑礁石，奇巧的是正点在“鱼眼”位置。滔滔江水的冲刷，天长日久，在石顶上形成了一个小窝。相传，一个江边的渔人无意间发现江心石顶上的小窝里满满一窝沙金，渔人喜不自禁取出了沙金。从此，每隔几日，他都要在夜里去取沙金，而江水也从不辜负他，每次都会沉淀下满满一窝，渔人也因此而富甲一方，坦然地享受江水赐予他的荣华富贵。

然而，世上没有不透风的墙。一次，渔人无意中向邻居透露了秘密。于是，邻居也向江心进发了，他不仅取出了沙金，还用随身带着的錾子把小窝凿大了一倍，想得到更多的沙金。然而，他下次再去的时候，发现小窝里空空荡荡，连一粒沙金也没有留下。

千百年来，江心石上那个空空的金窝，总在提醒人们，要珍惜大自然的馈赠，如果贪得无厌，得到的除了绝望，还是绝望。



## 三、时代变迁

正所谓物极必反，否极泰来。金沙江经历了千百年来的人力淘金、短暂的淘金热，也迎来了新的变迁。20 世纪末，“一库八级”水电站开发战略使波涛汹涌的金沙江成为中国水电开发的主阵地，掀开了中国水能源基地建设的重要一页。



“故土难离，故土难离，就是挪上半步也不愿意。故土上隐藏儿时的乐趣，那里有趟惯的江河，那里有爱摸的鱼……”移民是水电产业开发中躲不开、绕不过的热点、难点、焦点。在金沙江中游水电开发“一库八级”中，永胜县共涉及了金安桥、龙开口、鲁地拉、观音岩四个梯级电站，水电移民涉及金沙江沿线的 8 个乡镇、36 个村委会、147 个村民小组近 3 万人。

“靠山吃山，靠水吃水”，金沙江养育了这一方水土千百年，沿线农民祖祖辈辈依靠土地和金沙江生活，日出而作，日落而息，吃用都可自给自足，形成了自己的生活方式，享受着金沙江给予的无私馈赠。

“祖祖辈辈住习惯了，修建电站建设要我们搬离家园，说实话，最初我是真不想搬。”谈起最初不愿签订搬迁协议的原因，一些村民直言不讳地说，“一是故土难离，二是对搬迁后的生活没有信心。”

意到浓时怎忍舍，情到深处无怨尤。在工作组耐心工作下，在最好的资源用于安置移民下，金沙江沿线 3 万余村民搬离故土，开启新的生活，建设起新的家园。

金沙江还是那条金沙江，不过现今的金沙江已“高峡出平湖”，水位提高了 100 多米，晴沙已不再，波涛也已不再，太极江心的礁石业已不再。

江中的黄金已不再可淘，守着奔流向前的金沙江，沿江村民何去何从？“大力推进金沙江绿色经济走廊建设，切实把绿水青山转化成为金山银山。”党委政府给出了明确的答案。

高峡平湖，绿树掩映，碧水蓝天下，一个个颇具现代小城镇规模和气息的移民新集镇整齐划一地列阵在金沙江两岸；集镇内道路纵横交错、四通八达；漂亮洋气的楼房鳞次栉比；软籽石榴、褚橙、沃柑、核桃、小米蕉等高原特色产业蓬勃兴起，绿化了金沙江两岸昔日的黄土地，鼓胀了移民的钱袋子……

春天里，金沙江两岸，绿意盎然的沃柑林从坡底朝着山顶奋力延伸，普通柑橘还在孕育花苞，这里沃柑却已越过寒冬，错开大部分水果的成熟季，新鲜上市，成为群众脱贫致富的“金果果”。山坡上的石榴已然一片新绿，枝头上绽放的石榴花一朵朵、一簇簇、一丛丛，含着露，闪着光，仿佛团团火焰，一片勃勃生机！

历史车轮滚滚向前，时代潮流浩浩荡荡。

金沙江日夜流淌，流走的是往昔的古朴心绪，迎来的是新时代的奋进情怀。山还是那座山，江还是那条江，人还是那群人。有的人消失了，有的人获新生，生命终将如浴火的凤凰，历经涅槃，生生不息。

# 幽思心曲寄南国

## ——致我心中永远的丽江

雅 鲁

有一支古老而妙曼的歌　自南天飘来　几回回　在梦里谛听
它是如此遥远　又是这般切近　敲打着　我易感的心灵
青山多情　绿水多情　悠悠的古调　凝睇的笑意　更自多情
遥想的思绪　如一根纤细的游丝　又似一只飞赴关山的风筝

丽江　是你吗　是你吗　我孩童时便听闻　你俏丽的芳名
那是一场半个多世纪的苦恋　它像琥珀　沉积　凝结　澄明
心底缱绻萦系　眼中憧憬闪回　笔下跌宕摇曳　梦里风雨兼程
任时空的风烟　再是弥漫　也掩不住　你的笑靥　你的歌声

想见大研古雅　玉龙宁谧　泸沽静美　程海清幽　金沙欢腾
一脉东巴　余韵徐来不绝如缕　一声声诵经敲打岁月的窗棂
掇一块坨坨肉　啜一口老窖酒　叹人生如棋局　世事如飞蓬
我　像个贪心的渔人　打捞滇西热土那沉埋已久的历史影踪

还有　还有　纳西人的婀娜　傈僳人的婉转　摩梭人的笑影
还有　还有　木府的深邃　接风楼的堂皇　四方街的风情
多想探访　寂寂村寨中火塘的古韵　沉沉夜色里木楼的幽境
多想亲聆　纳西歌王百转千回的神曲　茶马古道叮当作响的铃声

我恍惚沉入冥想　就在细雨沙沙的黄昏　一个个身影　摇动心旌

风尘仆仆的徐霞客　目光睿智的东巴祭司　手持经卷的土司木增
你们　将历史的　文化的　宗教的触角　深深地植根于边陲古城
将一粒粒火种　撒向苍茫大地　沐浴着　千百年的凉雨　热风

穿起来吧　百褶裙　白毡帽　黑马靴　让世界艳羡你别样的姿容
跳起来吧　勒巴舞　甲蹉舞　阿哩哩　让世界体味你奔放的人生
唱起来吧　打麦调　栽秧调　谷气调　让世界沉醉你澎湃的激情
大美丽江　你　是我心深处　永不落幕的风景　永不褪色的图腾

（雅鲁，系刘志军笔名。作家，诗人。《中国纪实》杂志社编委。著有长篇小说《睡城》《红夜》等诗文作品）

# 古韵新声赋丽江

刘志军





调古韵，赋新声，一琴一弦南国情。古城古，丽江丽，争说前世与今生。史籍考履历，大研别其名，渊源拟平遥，悠久似阆中。数百年间倏忽过，风雨不摇气势雄。人道是，遍地名胜醉神魂，我赞它，人间绝少一幽境。看不尽，万千游子乘春来，络绎宾朋踏秋行；谁不是，风物盈怀惹情思；谁不是，风情满眼动心旌。程海水碧，金沙浪涌；山霭暮紫，烟光晨凝；翠色流走，轻云浮动；雁鹭长鸣，鱼鳖嬉泳；地肥草美，芦荻丛生；水鸟翩飞，意趣天成。蓝空蓝，白云白，耳闻溪湖拨弦声；山一程，水一程，流霞岚雾锁玉龙。泸沽湖畔风情异，摩梭楼里火塘红。才惊喜，暂坐逢古柳，行处小桥横；又思量，故道茶马远，思古起幽情。品茶酒佳馔之异香，撩文人墨客之雅兴。中外学人且访古，叹只叹，纳西秘境正迷蒙；远来诗者莫轻狂，赞复赞，边陲人杰恃地灵。遥想当年徐霞客，尘外楼阁访木增，笔走龙蛇留胜迹，盛赞府邸拟王城。共执手，道生平；接杯盏，叙遗风；说东巴，诵古经。悠悠岁月过眼底，漫漫尘嚣入空明。任他落日坠西岭，任他曙色透窗棂。商贾云集，生息和美；人文荟萃，烟火鼎盛。静观古道交错，溪河穿城；细赏悠扬古调，婀娜丽影；更有甲蹉舞步，翩然生风。猛抬头，飞檐高阁，雕梁画栋；惊回首，照壁盈门，花草掩映。你也说古朴典雅，我也说巧夺天工。殊不知，丽江先贤倾洒多少心力，纳西匠人耗费多少才情。未入仙境，胜似仙境；如饮醇醪，如沐春风。亦惊亦羡边城美，好山好水自多情。人说滇西秀丽，人杰地灵，山水明澈，荡涤心灵；我道丽江大美，风华天纵，冠绝华夏，中外蜚声。

说不尽的奇闻异景，浩若繁星；描不完的斑斓色彩，灿若霓虹。遥望南天，情思潮涌。敢以区区笔墨，赋以古韵新声。这丽江：天堂乎？圣地乎？它的倩影，它的风姿，日夜永驻我心；这古城：美矣哉！奇矣哉！它的气韵，它的精魂，世代永志芳名！

2021 年 12 月 8 日于京南固安寓所

（刘志军，作家，诗人。《中国纪实》杂志社编委。著有长篇小说《睡城》《红夜》等诗文作品）

# 后 记

对大美丽江这一人文风景胜地，我们仰慕已久。早想近距离地亲近它，鉴赏它，品味它，感悟它的绝代风华。竟不料这一天终于到来。就在 2021 年初春，应丽江市委、市政府、市委宣传部的盛情邀请，与中国作家协会副主席兼中国纪实文学研究会会长、全国政协常委白庚胜亲切协商，签定大型纪实文学作家赴丽江采风活动，白庚胜同志返回到北京，即着手筹备采风活动，做到精心组织，精心策划，精心安排，组成由中国纪实文学研究会名誉会长、党支部书记刘守家为团长的中国纪实文学作家采风采访团，奔赴人间仙境——丽江。

十月的阳光，恰值金秋时节，秋日的丽江千娇百媚。这不禁令人想起唐代诗人刘禹锡的《秋词》，“自古逢秋悲寂寥，我言秋日胜春朝”，丽江之秋，毫不逊色于春的明丽。“行人无限秋风思，隔水青山似故乡”，另一位唐代诗人戴叔伦的《题稚川山水》，叫人引发联想，顿生幽思，感觉“他乡”的青山绿水亦如故乡山水，无比亲切。置身丽江，才觉它的魅力，人人都说它恍如人间天堂，确乎实至名归。萦绕在丽江头上的光环实在太多了：国家历史文化名城、国家园林城市、中国优秀旅游城市、中国特色魅力城市、中国十大休闲城市、国际著名旅游城市……

谁说不是呢。丽江，这片神奇的土地，岂止人杰地灵，文化底蕴也异常深厚。在那里世世代代生息的纳西族人民，勤劳，坚忍，睿智，乐观，千百年来所积淀的纳西文化，古老而悠久，璀璨而神奇。而民族传统文化正是一个民族最为宝贵的精神财富。纳西文化是这个民族绵绵不绝、永世赓续的血脉与灵魂。1997 年，丽江古城被联合国教科文组织评为“世界文化遗产”，2003 年，三江并流被评为“世界自然遗产”、纳西族东巴古籍入选“世界记忆遗产名录”。可以说，悠远的历史，多彩的文化，为这个民族赋予了独特的印记。丽江，以其绝美风光、特异文化，为世人所钟爱，所心仪。

正因如此，我们每个人心中的那种急切，那种仰慕，那种激情，就可想而知了。“遥襟甫畅，逸兴遄飞。爽籁发而清风生，纤歌凝而白云遏”，唐代诗人王勃状写滕王阁名流雅集的“盛筵”所发的感受，或许可以略表我们的此刻心情。“中国作家网”对这次活动做了专题报道。中国作协副主席、中国纪实文学研究会会长、全国政协常委白庚胜特地发来致辞。致辞中说，丽江是多民族聚居和融合的城市，拥有丰富的民族、民俗文化和大美的自然风光，在脱贫攻坚和乡村振兴中，也取得了重大的成就，希望作家们能走进丽江的山水与乡村，感受民族文化，用笔写好丽江故事。这番致辞也正是我们此行的初衷，我们就是要用手中的笔，用心中的爱，倾情泼墨，写好“丽江故事”。

这次丽江之行，随行人员有中国纪实文学研究会副会长陈政举、朱金平，以及作家王科、杨易峰、刘凤龙、赵晏彪、尹超等。采风作家一行对丽江可谓心慕神追，情有独钟，将从纪实的角度，用文学艺术真实描述和反映丽江的特色文化、历史故事，以及新时代以来人民群众的生活状态。在丽江的短短五天，他们时刻都沉浸在感情潮水的奔涌之中。

特别令人感动的是，丽江市委、市政府、市委宣传部，以及当地诸多人士的大力支持与盛情接待。市委市政府为此次采风活动大开方便之门，丽江市委宣传部部务委员陈国光，舆情信息科科长和龙、监察室主任和松阳，永胜县委宣传部常务副部长罗朝会，永胜县文联主席张永康、副主席聂极鸿，“纳西歌王”和文光，等等，为我们提供了许多周到细致、亲切温馨的服务，并提供丽江有关资料，令我们心生宾至如归之感，我们无以为谢，唯有用心书写丽江故事，以回馈“东道主”的盛情厚意。唐代诗人吕岩咏道，“白酒酿来缘好客，黄金散尽为收书”，于采风团而言，主人“好客”，我们却不为“收书”，为的是赏鉴南国之美，书写丽江之胜。

叫我们记忆犹新的是，就在到达丽江的当晚，采风团被热情地安排入住在束河古镇“一杯茶”客栈。那不是一座普通的客栈，因为，我们一走近它，即刻被它浓郁的文化氛围所感染。——文化丽江，果然名不虚传！这是一座青砖灰瓦、古色古香的中式建筑。品一品门两旁挂着的那副木制对联，便觉有无限意趣，上联是“杯溢素香留客醉”，下联是“茶煎雅苑待君归”，其古风雅韵，胜过一剂醒神良药，令人心神清爽，俗念全无。从客栈环境，我们能体会出主人的热心周到，待客有礼。整个客栈洋溢着浓浓的艺术氛围，凸显着中华文化及纳西文化的特色，其间，不时地传来古琴的悠扬，煞是清心怡神。就连那带有民族特色的纳西美食，也浸染着一派民族文化光晕。

我们的采访，主要着眼于丽江古城的历史、文化、人文、风物。此行当珍重，大好河山也必然是要饱览一番的。古城、古镇、古村，河湖街巷，歌舞民俗，非遗古迹，丽江大地上的一切，都牵动着我们的心旌。

“地球人”都知道，丽江山水奇美，景色宜人。明代诗人楼琏有诗为证，他在《云南即事》中咏道，“五云南国在天涯，六诏山川景物华”。唐代诗人杜荀鹤咏姑苏诗句曰，“君到姑苏见，人家尽枕河”，我们在丽江的五个日日夜夜，也切身体会了“君到丽江见，人家尽枕河”的梦幻般的人间仙境。

丽江古镇，也叫大研古镇，依山傍水，风景秀美，拥有大片保持明清建筑特色的民居，“三坊一照壁，四合五天井，走马转角楼”，被誉为“民居博物馆”。而“家家通流水，户户垂杨柳”，又让它平添一份古雅。地处云贵高原和青藏高原衔接部的永胜，历史悠久，人文丰厚，有“文风之地”、“科甲之乡”美誉，以边屯文化、毛氏文化为代表的中原文化和以土司文化、他留文化为代表的少数民族文化，在这里相映生辉。白沙古镇，位于玉龙雪山下，乃丽江土司“木氏家族”的发源地，早在宋元年代，就是繁华昌盛之地，堪称丽江商贸、政治、文化中心；“青石小径探幽源，村社群山掩映间”，今天的白沙古镇，许多村落仍富于原生态特色。高原明珠程海湖，像一颗镶嵌在万绿丛中的蓝宝石，“落霞与孤鹜齐飞，秋水共长天一色”，“水波漫渺逐清浪，烟雨迷蒙泛扁舟”，令人心醉神迷。泸沽湖，作为我国的第三大深水湖泊，闻名中外，有西子湖“水光潋滟晴方好，山色空蒙雨亦奇”的奇幻，又有洞庭湖“湖光秋月两相和，潭面无风镜未磨”的幽静。世代生活在泸沽湖畔的摩梭人，勤劳、善良、俊美、乐观、坚强，用音乐与舞蹈抒发着对生活的赞美和对未来的向往。他们这一群体，是中国至今唯一仍存在的母系氏族社会，其走婚风俗被称为“东方母系文化家园的最后一朵红玫瑰”。旅游胜地玉龙雪山，更是远近驰名，明代诗人程本立《丽江雪山》诗中，以“玉龙峰高九千仞，日色晦明云气寒”，状写玉龙雪山之巍峨高耸、景色变幻、云烟冷暖，读了，叫人心底顿时生出王勃那种“天高地迥，觉宇宙之无穷”的感慨。茶马古道，历尽数百年沧桑，那上面，蜿蜒曲折，印满多少美丽的故事，谱写多少亲切的传说。

丽江，又是世界遗产荟萃之城。东巴文是纳西族古老的象形文字，它的创制已有一千多年历史，数以万卷的经典文献，至今仍然为东巴和研究者使用。它是比巴比伦楔形文字、古埃及圣书文字、美洲玛雅文字和我国中原甲骨文字更为原始古朴的文字，是人类文字的“大熊猫”，被称为人类社会起源和发展历程的活化石。它被联合国教科文组织世界记忆工程咨询委员会批准列为《世界记忆遗产名录》。白沙镇有国家级非物质文化遗产项目“白沙细乐”，有国家级非物质文化遗产项目“三多节”。丽江的很多白族匠人，用匠心传承的木雕技艺，在漫长的历史长河中，绽放着夺目的光彩，印证着丽江“物华天宝，人杰地灵”的底蕴。他谷人用火草和苎麻混织而成的火草麻布古老服饰，也已成为非物质文化遗产。纳西古乐，诠释着一个民族的古老记忆；古乐声里，有“大珠小珠落玉盘”的清脆流利，又不乏“轻拢慢捻抹复挑”的悠扬婉转。他们将岁月融进古曲，将人生渗入古调。傈僳族歌谣，述说着这个民族的劳动方式、生活变迁，也凸现着他们的音乐天赋。值得一提的还有“纳西音乐世家”——和文光月亮姆家庭一家四代，这个家庭被媒体誉为“纳西民歌博物馆”、“百年音乐世家”，他们倾心致力于纳西族歌舞文化的挖掘、整理、传承和弘扬，一家四代以不同的人生阅历和对纳西文化艺术的感悟，为自己的民族放歌，向世人述说着与纳西族文化的缱绻情愫。





品类繁多的纳西传统文化，闪耀着民族智慧之光，为世人奉献了一座由岁月与人工铸就的“香格里拉”！

我们这一次在丽江走访、采风，收获多多。采风团作家以及当地作家、相关人士，将各自的观感、思索，形诸文字，共计撰写八十多篇纪实性文学作品，近百万字，共同描绘了一幅“丽江风华”人文风物长卷。

满怀收获激情，满载丰硕成果，我们圆满完成采风采访任务，打道回京。接下来的日子里，我们趁热打铁，对已成文稿斟酌遴选，增减加工，修饰润色，在标题、文字、主旨、文化特色等等方面，做了一系列案头工作。“千淘万漉虽辛苦，吹尽狂沙始到金”，唐代诗人刘禹锡的两句诗，恰好能够表明我们的这番辛苦劳作的价值所在。从某种角度可以说，整个成书过程，是我们再度解读丽江、感悟大美、诠释风华的过程，也是我们又一次心灵洗礼的过程。我们的奔忙、劳作是很有意义的！

在此，更要特别表示的是，感谢丽江市委、丽江市政府、丽江市委宣传部的大力支持，感谢丽江当地作家、各界人士的热情接待。没有丽江人的真挚情怀、古道热肠，我们是难以圆满完成任务的。值此成书之际，我们在遥远的北京，向美丽的丽江致以深深的祝福与期待。

愿丽江的未来更美好！

刘守家

2022 年 4 月 1 日